조선 국왕 영조 문학 연구

조선 국왕 영조 문학 연구

초판 1쇄 인쇄 2020년 5월 21일
초판 1쇄 발행 2020년 5월 28일
지은이 안장리
펴낸이 이방원
편 집 정조연 · 김명희 · 안효희 · 윤원진 · 정우경 · 송원빈 · 최선희
디자인 박혜옥 · 손경화 · 양혜진 **영 업** 최성수 **업무지원** 김경미
펴낸곳 세창출판사
출판신고 1990년 10월 8일 제300-1990-63호
주소 03735 서울시 서대문구 경기대로 88 냉천빌딩 4층
전화 723-8660
팩스 720-4579
이메일 edit@sechangpub.co.kr
홈페이지 http://www.sechangpub.co.kr

ISBN 978-89-8411-944-4 93810

이 도서의 국립중앙도서관 출판시도서목록(CIP)은 서지정보유통지원시스템 홈페이지(http://seoji.nl.go.kr)와
국가자료공동목록시스템(http://www.nl.go.kr/kolisnet)에서 이용하실 수 있습니다. (CIP제어번호: CIP2020021735)

이 책은 2014년도 대한민국 교육부와 한국학중앙연구원(한국학진흥사업단)의 한국학 총서 사업 지원을 받아 수행된 연구임.
(AKS-2014-KSS-1130001)

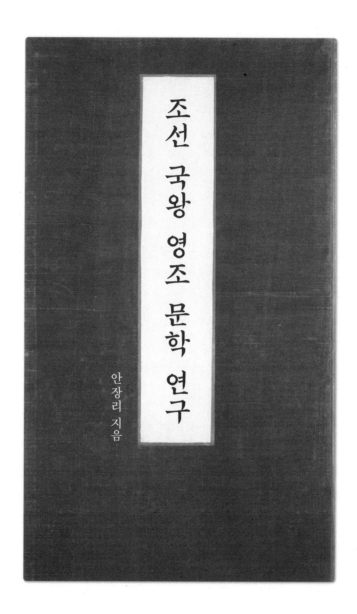

조선 국왕 영조 문학 연구

안장리 지음

세창출판사

　　필자가 영조어제를 접하게 된 것은 2005년, 한국학중앙연구원 장서각에서 영조어제를 해제하면서부터이다. 당시 영조어제를 보고 시도 아니고 산문도 아닌 문체에 당황했던 기억이 있다. 이런 글을 5,000여 건이나 쓴 것에 대해 의아해하면서 이 문체의 연원은 뭘까 궁금해하기도 하였다. 그래서 3언체, 4언체 및 5·7언 잡체시 등 그 연원이 될 만한 것을 살펴보기도 하였지만 이제 와 생각하면 부질없는 일이었던 듯하다. 전무후무한 영조만의 문체였기 때문이다.

　　영조어제첩 해제를 하던 동료들은 영조가 노망이라고 생각했다. 자신의 기분을 반복해서 토로하는 넋두리 같은 글을 한 해에 1,000여 편씩이나 짓기도 했으니 그런 평가를 받을 만했다. 하루에 서너 편씩을 쓴 셈인데 직접 쓸 수 없을 때는 측근에게 받아쓰게 하기도 하였으니 대단한 집필가인 듯이 여겨지지만 정작 내용을 보면 문학적 긴장감이 전혀 없는 글이 대부분이다. 그러나 이제 생각하면 이런 글쓰기를 통해 영조는 만년에 자신의 정체성을 확실히 했던 것으로 여겨진다. 영조어제첩에는 '잔소리' 같은 글도 많지만, 자신의 일생을 기술하거나 국왕으로서의 대표적 업적을 뽑는 등, 영조의 자기 인식을 표출한 글도 적지 않기 때문이다.

　　필자는 영조 대 승하한 인원왕후의 국휼등록에서 늘 인정과 의례 사이의 괴리를 언급하고 의례보다 인정을 앞세우는 영조의 태도를 보면서 영조를 국가보다는 왕실 중심의 자기 생각을 더 중시하는 이기적인 국왕이라 생각하였다. 그러나 영조의 이런 결기가 없었으면 영조는 죽을 때까지 생모인 숙빈 최씨를 어머니라 부를 수 없었을 것이다. 뭇 신하들의 반대를 무릅쓰고 숙빈 최씨의 묘와 무덤 그리고 호칭의 명칭을 격상시켰기에 영조는 국왕의 신분으로 미천한 어머니의 무덤에 떳떳하게 절할 수 있게 되었다.

영조는 생활에 있어서도 자기 주장을 관철시켰다. 영조는 만년에 집경당에서 주로 생활하였으며 이 시기에 창작한 어제를 『집경당편집』이라는 제목으로 편찬하기도 하였다. 경희궁 집경당은 국왕의 편전도 침전도 아니었지만, 영조는 이곳을 거처로 정하여 정사를 보고 침전으로도 사용하였다. 이는 노년에 드넓은 편전과 침전 등을 다님으로써 생기는 피로를 차단했다는 점에서 영조의 장수 비결로 작용했을 것으로 여겨진다.

영조 장수 비결의 다른 하나는 인삼탕 복용이다. 노년의 영조는 왕이지만 치아가 건재하기 어려웠을 것이다. 그러므로 식사를 통한 영양보충이 어려웠을 듯한데 인삼탕이 몸에 맞았던 듯하다. 영조는 인삼탕을 공을 세운 '건공탕'으로 명명하였으며, 내의원을 중국 명의 '편작'이라 일컫곤 하였다. 나중에는 하루 세 끼를 인삼탕만 먹는다고 불평하기는 했지만, 이것으로나마 세끼를 채울 수 있었기에 인삼탕은 장수에 도움을 주었던 셈이다.

영조는 참 검소한 국왕이었다. 국왕의 생일부터 시작해서 온갖 기념일에 크게 축하 행사를 하자는 신하들의 요청을 거절하곤 하였으며, 『상방정례』, 『국혼정례』 등 의례를 간소화하는 규례를 만들기도 하였다. 이런 검소와 절제도 영조의 장수에 도움이 되었을 듯하다.

안대회 교수는 정조의 서간을 고찰하는 연구에서 은밀한 편지로 수행하는 '밀찰의 정치'라는 말을 했는데 영조는 자신의 뜻을 공개적으로 간행하여 지키게 하는 '간본의 정치'를 하였다. 영조는 신하와 백성 심지어 세자나 세손에게 훈계하는 글이나 자신을 반성하고 다짐하는 글을 집필하는 대로 간행하여 누구나 자신의 뜻을 알 수 있게 하였다. 이러한 간본의 정치에는 부작용도 있었는데 누구나 알 수 있는 훈계를 지키지 못했던 사도세자에게 이는 큰 스트레스를 주었고 정신병마저 유발하게 했던 것으로 여겨진다.

문학이 표현하지 않고는 주체할 수 없는 감정의 분출에서 이루어지는 것이라 할 때 영조 문학도 이에 속한다고 할 수 있다. 다만 영조 문학의 대부분은 자신에게 또는 타인에게 반성과 훈계의 목적이 앞선 문학이기에 인간 본연의 모습 이해에 도움을 주기보다는 영조 당대를 살아가는 사람, 당대에 구현되어야 하는 사회의 이상적 모습을 그리고 있다고 할 수 있다. 이는 영조 개인의 특성이기도 하지만, 왕실의 후손으로 태어나 국가를 52년간 이끌어야 했던 국왕의 입장에서 어쩔 수 없이 체득한 것이기도 하다. 그러므로 영조의 문학을 통해 문학의 아름다움을 찾기는 어렵지만, 당대적 인간과 사회, 특히 평생 국가를 이끌어야 하는 의무를 지닌 국왕 영조의 면모를 이해하는 데는 영조어제만 한 것이 없다고 해도 과언이 아니다. 이 책이 조선 21대 국왕 영조를 이해하는 데 많은 도움을 주기 바라는 마음이다.

이 책을 저술하기까지 많은 분들의 도움이 있었지만 특히 권오영 선생님과 박용만 선생 그리고 이욱 선생과 석창진 선생, 이재준 선생의 도움은 잊을 수 없다. 아울러 이 책의 출판을 수락해 주신 세창출판사의 이방원 사장님, 여러모로 도움을 주신 김명희 이사님, 그리고 무리한 교정 요구에도 묵묵히 따라 준 정조연 선생 등 출판사 편집부 여러분께 고마움을 표하고 싶다.

2020년 5월
한국학도서관 관장실 안장리

목차

제1장 여는 말

1. 들어가기

국왕의 문학은 통치 행위의 연장이라 할 수 있다. 국왕의 글은 역대로 군신 간에 주고받은 군신창화집君臣唱和集, 시문을 수집한 『열성어제列聖御製』 등으로 남아 있으며, 조선 제19대 국왕 숙종(肅宗, 1674~1720) 이후의 왕들은 개인 문집을 남기기도 하였다. 장서각에는 총 1,286책의 열성어제가 소장되어 있으며, 영조(英祖, 1724~1776)를 비롯해 정조(正祖, 1776~1800), 순조(純祖, 1800~1834), 익종翼宗, 헌종(憲宗, 1834~1849), 철종(哲宗, 1849~1863), 고종(高宗, 1863~1907), 순종(純宗, 1907~1910) 등의 국왕 문집 그리고 사도세자思悼世子의 문집 등이 전해지고 있다. 그러나 학계에서는 왕의 문학 활동을 문예미학적 성취로만 판단하여 이에 대한 연구를 등한히 한 경향이 있다.

중국에는 청대淸代 제4대 황제 강희제(淸 聖祖 康熙帝, 1661~1722)를 비롯하여 옹정제(淸 世宗 雍正帝, 1722~1735), 건륭제(淸 高宗 乾隆帝, 1735~1795),

가경제(淸 仁宗 嘉慶帝, 1795~1820), 도광제(淸 宣宗 道光帝, 1820~1850), 함풍제
(淸 文宗 咸豐帝, 1850~1861), 동치제(淸 穆宗 同治帝, 1861~1875), 광서제(淸 德宗
光緖帝, 1875~1908) 등의 어제시문에 대한 연구가 진행되고 있으며, 특히 건륭
제의 경우, 어제를 통해 문학 사상 및 종교 사상에 대한 연구도 진행되는 등
어제 관련 연구가 심화되어 있어 국내 국왕 문학 연구의 일천함과 비교된다.

　　장서각 소장 영조어제첩본英祖御製帖本 5,000여 건에 대해서는 해제집
도 출판되고 관련 논문도 일부 발표되었으나 이는 대개 영조 만년의 작품에
한정되어 있다. 세제世弟 시절부터 한창 국정을 펼치던 중장년 시절의 글은
개인 문집이나 열성어제로 간행되었으나 이에 대한 연구는 거의 없다고 해도
과언이 아니다. 열성어제의 보관에 힘써 온 정조는 영조어제가 이미 간행된
어제 외에 필사본 등이 몇 권이나 되는지 모른다고 하였고 또 만여 권이라고
도 하였으며,[1] 서명응徐命膺은 팔천여 권이라고도 하였다.[2] 정조 대에도 영조
어제의 전모에 대해서는 확실하지 않았던 셈이다. 본서에서는 영조어제첩본
은 물론 문집, 『열성어제』, 영조어제간본英祖御製刊本 등을 망라한 연구를 수행
하여 영조어제의 전모를 밝히고자 한다.

　　조선 제21대 국왕 영조의 작품에는 시대와 국가, 궁궐과 제도, 왕실과
친족 등에 대한 국왕의 진솔한 소회가 풍부하게 담겨 있으므로 본 연구는 당
쟁黨爭의 폐해와 사회모순이 격화된 시기로 평가되던 당시, 국가 전 분야의 개
혁을 시도한 영조와 그의 시대에 대한 이해에 기여할 것이다. 아울러 앞으로
숙종, 정조, 고종 등 국왕 저작 연구의 초석이 될 것이다.

1　『승정원일기』, 정조 5년(1781) 7월 10일.
2　『승정원일기』, 정조 5년(1781) 9월 1일.

2. 선행 연구 및 연구 방법

조선 국왕의 문학에 대한 전반적인 연구로는 서울대학교 규장각(2005)과 필자의 연구(안장리 2016)가 있다. 규장각(2005)에서는 규장각에 소장된 왕실 자료를 중심으로 왕실의 연원, 정치, 학문, 문예, 역사 서술 등을 다루었는데 왕실 문예의 일부로 열성의 시문과 국왕 개인 시문, 그리고 군신의 창화 등 자료에 대한 전반적 해제를 수행하였다.[3] 그리고 필자는 한국학중앙연구원 장서각에 소장된 1,286책의 『열성어제』에 대해 판본과 분량, 각 판본의 대표적 어제를 소개하여 열성어제 전반에 대한 이해를 높이는 소정의 성과를 거둘 수 있었다(안장리 2016). 주제별 연구로는 김남기(2003, 2008, 2009, 2010), 이은영(2002), 필자(안장리 2007, 2017) 등이 국왕의 생활, 제문祭文, 제화시, 천기 인식, 출판, 팔경 등에 대해 고찰하였고, 국왕 개인의 문학에 대해서는 이종묵(2002), 이현지(2009, 2010) 등이 세조, 성종, 연산군, 효명세자 등의 문학에 대해 논하였다.

또한 영조의 문학에 대해서는 특정 자료를 중심으로 한 연구가 다각도로 수행되었는데 일명 훈서訓書로 일컬어지는 영조어제간본英祖御製刊本에 대한 연구로 이정민(2002)은 전반적인 특징을 고찰하였고, 이근호(2011)는 『어제대훈』과 『어제상훈』에 대해, 김문식(2012)은 『어제자성편』에 대해, 김건우(2008)는 『어제엄제방유곤록御製嚴堤防劉昆錄』에 대한 각각 고찰하였다.[4] 또한 영조의 윤음綸音에 대한 김백철(2011)의 고찰도 있다. 영조어제간본의 언해류에 대해서는 박용만(2004)이 전반적으로 논하였으며, 김주필(2004)은 표기와

---

3 서울대학교 규장각 편, 『규장각 소장 왕실자료 해제 · 해설집』 1~4, 서울대학교 규장각, 2005.
4 『어제엄제방유곤록』(K4-3540)은 『봉모당봉안어서총목』의 '영종어제간본' 목록에는 들어 있지 않으나 영조 40년(1764)에 별도로 간행되었으며, 붕당의 폐해를 지적하고 탕평을 훈계하고 있다는 점에서 영조어제간본과 같은 성격을 지니고 있다고 볼 수 있다.

음운 현상에 대해, 조항범(2004)은 어휘에 대해, 황문환(2004)은 문법론적 특징에 대해 다루었으며, 신성철(2009)은『어제백행원』의 국어학적 특징을 고찰하였다.

영조어제첩본에 대해서는 김상환(2006), 필자(안장리 2006), 노혜경(2006), 김종서(2006, 2008), 이종묵(2008), 김유경(2008), 조융희(2008) 등이 영조어제첩의 전체적 특징과 의미는 물론 구체적으로 문답체 및 3언체 등 문체적 특징, 시어詩語의 전고화典故化 등 시어의 특징, 어제첩에 나타난 노년 인식 등을 다루는 한편 '건공탕建功蕩', '풍천風泉' 등 즐겨 쓰는 특정 어휘를 고찰하기도 하였다.

이 외에 이종묵(1999), 조계영(2009) 등에 의해 조선 국왕의 어제 창작, 문집 편찬 및 보존 관련 연구가 이루어졌다. 특히 영조어제에 대한 연구는 한국학중앙연구원의 장서각에서 다각도로 수행하였는데 이는 영조어제 대부분이 장서각에 소장되어 있기 때문이다. 본서의 고찰은 이들 선행 연구에 힘입은 바가 크다.

본서의 연구는 기초 연구, 현황 연구, 내용 및 형식 연구, 비교 연구 등으로 이루어졌다. 첫째, 기초 연구는 영조어제의 정리 및 교감으로 현존하는 영조의 문집,『열성어제』, 영조어제간본, 영조어제첩본 등을 정리·비교하여 영조어제 전체 작품의 면모를 밝히는 한편 여러 본에 중복해서 나타나는 동일 작품을 교감하여 오류 및 변화의 양상을 밝히고자 하였다.

둘째, 현황 연구는 문집으로 편찬된『어제집경당편집御製集慶堂編輯』, 『어제속집경당편집御製續集慶堂編輯』,『영종대왕어제속편英宗大王御製續編』,『영종대왕어제英宗大王御製』,『어제시문御製詩文』,[5]『영종대왕어제습유英宗大王御製拾

---

5 『영조문집보유』(국학진흥연구사업추진위원회 편, 한국정신문화연구원, 2000)에는『어제』로 되어 있으나 표지에는 '御製詩文'으로 되어 있어 표지의 제목을 따르기로 한다. 권수 제가 '御製'라서

遺』, 조선 역대 국왕의 어제를 엮은 『열성어제』에 수록된 영조 『열성어제』, 『봉모당봉안어서총목奉謨堂奉安御書總目』과 『봉모당봉장서목奉謨堂奉藏書目』에 '영종대왕어제간본英宗大王御製刊本', '영종대왕어제첩본英宗大王御製帖本' 등으로 분류된 영조어제간본과 영조어제첩본 등을 개관하고 이들의 편찬, 간행, 보존 양상을 고찰하였다.

문학 창작은 직접 짓고 쓰는 경우가 일반적이지만 영조의 경우 —특히 만년 저작의 경우— '말하는 대로 쓰게 하는 방식(呼寫)'을 자주 쓴 편이다. 영조어제는 생전에 편찬된 경우와 사후에 편찬된 경우가 있으며, 이들의 간행 역시 생전에 간행된 경우와 사후에 간행된 경우가 있다. 특히 영조는 각 작품에 대한 검토 및 편찬과 간행을 위해 특별히 어제편차인御製編次人을 두었다. 본서에서는 영조어제를 자료별로 검토하되 편찬, 간행, 보존 등에 있어서 공통적인 사항에 대해서는 별도로 언급하였다.

셋째, 영조어제의 내용 및 형식을 구분하여 분석하였다. 어제의 내용은 주제별로 분류하여 분석하고, 형식에 대해서는 영조의 특징적 문체에 대해 그 연원과 의의를 살펴보았다. 내용을 세분해 보면, 먼저 영조가 국정 주체자로서 조종祖宗의 성덕盛德을 기리고, 국태민안을 기원하며, 통치 방법과 인재 선발에 대해 고심하고, 대중국 정책을 수행하는 양상 등을 구분하여 분석하였다. 그리고 군신 간의 교유 방식으로 수행한 군신 간의 창화, 종친과의 교유 양상에 대해 거론하였으며, 궁궐 건물 및 경물에 대한 시문을 통해 영조의 궁중 생활 및 주변 경물에 대한 인식을 고찰하였다. 생모인 숙빈 최씨, 효장세자와 사도세자 그리고 딸과 세손 등에 대한 시문을 통해 영조의 가족애를 살펴보았으며, 장수한 왕으로서 노년의 소회와 질병에 대한 토로 등을 통

『어제(御製)』라고 한 것 같으나 『영종대왕어제(英宗大王御製)』도 권수 제는 '御製'이므로 이에 준하여 제목을 선택하였다.

해 군왕이면서 개인이었던 영조의 인간적 감회도 고찰하였다.

영조어제의 형식에 대해서는 3언체 율문, 잡체 율문 등 이른바 영조체로 일컬어지는 문체에 대해 중점적으로 분석하고, 감회와 훈유訓諭 등으로 이루어진 훈유문, 그리고 문답체 등 영조의 독특한 문체를 검토하는 한편, 그런 문체가 생성된 시기와 배경을 고찰하였다.

넷째, 영조어제를 건륭어제와 비교하였다. 중국의 청나라 어제에 대한 선행 연구를 검토하고, 영조어제와 비교하여 한중 어제문학 비교 연구의 기반을 구축하고자 하였다. 청대에는 강희제가 시 1,146수, 문 3,525편을, 옹정제가 시 540여 수, 문 185편을, 건륭제가 시 42,550수, 문 1,148편을, 가경제가 시 11,760수, 문 238편을, 도광제가 시 2,008수, 문 127편을 짓는 등 역대로 문인만큼 많은 시문을 남겼다. 본서에서는 가장 장수하고 또 많은 작품을 창작한 건륭제의 어제 편찬과 간행, 내용적 특성 등을 영조어제와 비교함으로써 영조어제의 독자성도 아울러 가늠하고자 하였다.

제 2 장 영조어제 현황

영조어제를 문집, 열성어제, 영조어제간본, 영조어제첩본 등 4가지 형
태별로 정리해 보면, 영조의 문집은 『영조·장조문집英祖莊祖文集』에 수록된 『어
제집경당편집』과 『어제속집경당편집』, 『영조문집보유英祖文集補遺』에 수록된
『영종대왕어제속편』, 『영종대왕어제』, 『어제시문』, 『영종대왕어제습유』 등이
다.[1] 태조에서 철종까지의 열성어제는 규장각에서 영인한 『열성어제』에 수록
되어 있으며, 이 중 권18에서 권37까지 총 20권 10책이 영조어제에 해당된다.[2]

---

1 『영조문집보유』에 수록된 『어제서시세손(御製書示世孫)』은 「서시세손」 등 세손에게 내리는 11편
　　의 영조어제 필사본을 엮은 책자로 이 중 일부는 『영종대왕어제속편』에 수록되는 등 독자적인 문
　　집으로 보기 어려우므로 별도로 논의하지 않았다.
2 『열성어제』 편찬 방식과 그 역사에 대해서는 필자의 『장서각 소장 《열성어제》 연구』(안장리, 한국
　　학중앙연구원출판부, 2016)에서 밝힌 바 있다. 가장 큰 특징은 역대 어제에 이어서 편차하는 방식
　　으로 수행된다는 점이다. 그렇기에 권1에서 권17까지는 조선 제1대 국왕 태조에서 제20대 국왕
　　경종까지의 어제가 편차되어 있어 영조어제는 권18에서 시작하게 된다. 이하 본서에서 언급하는
　　『열성어제』는 대부분 이 영조의 『열성어제』를 의미한다.

1. 『어제집경당편집』

『어제집경당편집』은 1768년(영조 44)에 6권 3책으로 간행한 문집으로 1764년(영조 40) 11월에서 1767년(영조 43) 9월까지 지은 글이 수록되어 있다. 글의 말미에 대부분 집필 시기를 제시한 관지款識가 있어 창작 시기를 알 수 있다. 영조는 문집의 편찬 이유에 대해 다음과 같이 언급하였다.

내가 13세의 늦은 나이에 배웠는데 나이가 이미 80세를 바라보게 되었다. 지은 글을 편차인에게 부쳐 교정하게 함에는 깊은 뜻이 있다. 원편과 속편 15권 외에 시를 쓰지 않겠다고 하여 기록하지 않도록 하였으나 편차인이 모아서 책을 만들었기에 물리칠 수 없었다. 이름하기를 '보유補遺'라 하고 글의 수록한 바를 보고 이제 3편으로 만들었다. 아! 편찬 말미에는 삼풍三風을 경계하는 윤음이 있어 이에서 내 뜻을 다 나타내었으니 다시 무슨 말을 이어서 하랴! 그러나 추모의 글 또한 감히 소홀히 할 수 없으므로 '보유'의 앞에 경세문답警世問答을 둔 뜻이 대개 이것이다. 이제 3권의 '보유'를 그대로 깊이 보관하였는데 뒤에 기록하는 사람이 '집경당편집集慶堂編輯'이라고 이름하였으니 바로 내 늙은 시절에 스스로 반성하는 것을 쓴 것이다. 이는 어제御製에 덧붙일 생각이 없었다. 아아! 세상에서 하고자 하는 일이 해도 해도 다 하지 못한다고 한다. 말이 비록 천근하나 바로 하루 이틀 만기萬機하는 뜻이 있다. 공자가 이르기를 '바둑이나 장기를 둘 수 있지 않은가? 오히려 나을 것이다'라고 하셨다. 정자程子 또한 구슬을 꿰라는 말을 하였다. 이제 내가 이를 만드는 것 또한 늘그막에 마음이 흩어지는 것을 막으려는 뜻에서다. 대저 갑신년 10월 그믐에 팔순을 바라보는 자성옹自醒翁은 쓴다.[3]

영조는 원래 이 문집의 제목이 '보유補遺'였던 것을 현재의 제목으로 고쳤다고 하고 있는데, 『승정원일기』에서는 이 문집의 제목이 '어제망팔수록御製望八隨錄'이었는데 이를 '집경당편집'으로 고치게 하였다고 하고 있다.4 문집 서두에 '집경편록유시후손集慶編錄留示後孫'이라 한 것을 보면 '집경편록'이라고도 일컬은 듯하므로 간행 이전에는 '보유', '어제망팔수록', '집경편록' 등 다양하게 불리었음을 알 수 있다. 영조는 1768년(영조 44) 10월에 이 책을 간행하여 보관하게 하였는데 10월 16일에 편집인 구윤명에게 간행 여부를 확인하였을 때 구윤명은 아직 교정 중이라면서 완벽해진 뒤에 간행할 것이라고 하였다.5 같은 해 10월 20일에 간행이 이루어지자 영조는 편집인인 구윤명, 채제공蔡濟恭, 이담, 조덕성趙德成에게 호피를 내려 주었으며 교정관 여귀주呂龜周에게도 상을 주었다.6 이 글의 내용에 대해서는 서문의 주석에 다음과 같은 언급이 있다.

> 장차 교정하기 위해 이 글을 가져다 보았다. 처음에는 다만 '희噫' 자하나로만 언급하고 아래에 혹 그 제목을 달았는데 그 뒤로는 모두 제목이 있게 되었다. 아직 없는 경우에는 지금 다시 수록할 수 없으며, 이미 수록된 것은 삭제하기 아까워 그대로 수록한다. 범례는 비록 노년의 '습유拾遺'와 다르나 어찌 구애될 필요가 있겠는가?7

---

3 『어제집경당편집』, 국학진흥연구사업추진회 편, 『영조·장조문집』, 한국정신문화연구원, 1997, 33~34쪽.
4 『승정원일기』, 영조 43년(1767) 11월 16일.
5 『승정원일기』, 영조 44년(1768) 10월 16일.
6 『승정원일기』, 영조 44년(1768) 10월 25일.
7 『어제집경당편집』, 앞 책, 34쪽.

'희' 자 하나만 언급했다는 말처럼 총 6권으로 이루어진 이 책의 제1권, 제2권은 '희자명제噫字命題'로 제목이 붙여져 있으며, 일부 작품의 끝에 '朝講日書諭冲子조강일서유충자', '憶昔廊小識억석랑소지', '兩都八道民隱詩帖小序양도팔도민은시첩소서', '自醒翁自叙자성옹자서', '乙酉年大比科榜目序文을유년대비과방목서문', '朝樂章跋文조악장발문', '年代考연대고', '自省翁自歎自省錄자성옹자탄자성록', '續自省錄속자성록', '勉飭羣工綸音면칙군공윤음', '題將錄卷首제장록권수', '特敘自勉仍飭冲子특서자면잉칙충자', '暮年親政後識모년친정후지', '紀懷기회', '題于尙方제우상방', '一日三記懷일일삼기회', '諭耽羅民人유탐라민인', '乙酉八吉展禮編錄을유팔길전례편록', '書示冲子서시충자' 등의 부제가 첨부되어 있다. 희자명제는 문자 그대로 글 서두를 '희噫'로 시작하는 글이다. 이 '희'는 번역하면 '아!' 정도의 감탄사로 번역할 수 있겠는데 이로 볼 때 영조가 이 글들을 집필할 때 상당히 감정적이었음을 추정할 수 있다.

제3권은 '희자명제' 14편 외에 제목을 붙인 9편이 있으며, 4~6권은 모두 제목이 있다. 처음에는 제목 없이 쓰다가 나중에 제목을 붙였던 듯하다. 악장, 치사致詞 등의 문체도 일부 있지만, 대부분은 산문으로 '흥회興懷', '자탄自歎', '서시충자書示冲子' 등 소회를 풀거나 자손을 훈계하는 내용이다. 이 책의 작품 편수는 '희자명제' 71편을 비롯하여 162편으로 이루어져 있다. 제1권의 제목은 '희자명제 28편'으로 되어 있으나 실제 작품 수는 31편이며, 제2권은 '희자명제 24편'으로 되어 있으나 실제 작품 수는 25편, 제3권은 '희자명제 14편'으로 되어 있으나 실제 작품 수는 15편이다. 그러므로 실제 희자명제는 71편이며, 제목이 붙은 작품은 제3권에 9편, 제4권에 19편, 제5권에 36편, 제6권에 27편으로 총 91편이다. 문체는 대개 산문이지만 4언체가 다수 보이는데 제2권에 1편, 제3권에 10편, 제4권에 9편, 제5권에 14편, 제6권에 6편 등 총 40편이 4언체다. 악장은 제4권에 「유조외연시악장柔兆外宴時樂章」, 「내연시악장內宴時樂章」 등 2편이 있으며, 치사는 제5권에 「혜빈조현례치사惠嬪朝見禮致詞」, 「세손빈조현례치사世孫嬪朝見禮致詞」, 「명부조현례치사命婦朝見禮致詞」 등 3편이 있다.

2. 『어제속집경당편집』

『어제속집경당편집』은 『어제집경당편집』에 이은 속편으로 1770년(영조 46)에 채제공과 이담 2인의 편차인에 의해 6권 3책으로 편찬되었다. 1767년(영조 43) 12월에서 1770년(영조 46) 7월까지의 작품이 수록되어 있다. 말미에 1770년(영조 46) 8월 7일에 쓴 발문이 있다.

> 아아! 원편 3권에 뜻이 모두 담겨 있는데 잠깐 사이에 도리어 남은 글이 있으니 이제 이어지게 하였다. 앞 3권과 뒤 3권은 문답의 앞 1편과 뒤 1편과 같으니 어찌 우연이겠는가? 원편이 이미 서문이 있으니 속편이 어찌 발문이 없겠는가? 대략 여기에 써서 후인으로 하여금 내 마음을 헤아리게 할 것이다. 경인 유월 갑술삭 경진일 발跋.[8]

이 글에서 원편은 『어제집경당편집』으로 이 속집의 내용이 원편과 마찬가지로 감회를 읊은 글임을 알 수 있다. 이 책은 총 6권으로 구성되어 있으며, 제1권에 22편, 제2권에 26편, 제3권에 23편, 제4권에 20편, 제5권에 20편, 제6권에 18편 등 총 129편이 수록되어 있다. 이 중 4언체는 20편이며, 4언과 5언이 복합된 율문체로 제4권의 「만회양일萬懷兩日」과 제6권의 「탄명연歎冥然」 등이 있다.

『어제집경당편집』과 『어제속집경당편집』의 편찬 및 간행은 1770년(영조 46) 7월 27일에 이루어지며,[9] 4일 후인 8월 1일 이 문집의 교정이 끝났음을 알리고 예각에서 활자로 인쇄하여 올리게 하였다는 기록이 있다.[10]

---

8 『어제속집경당편집』, 국학진흥연구사업추진회 편, 『영조 · 장조문집』, 220쪽.
9 『승정원일기』, 영조 46년(1770) 7월 27일.

3. 『영종대왕어제속편』

『영종대왕어제속편』은 1758년(영조 34) 6월에서 1761년(영조 37) 6월까지 3년간의 글을 편찬하여 간행한 책이다. 전체 10권 5책으로 시는 없고 문으로만 구성되어 있으며, 활자는 현종실록자이다. 「영종대왕어제속편자서英宗大王御製續編自序」라는 서문이 있는데 이 서문은 책을 편찬할 때 쓴 글이 아니므로 주의가 필요하다. 이 서문은 이미 편찬한 『열성어제』를 '원편'이라 일컫고 이에 이어서 쓰기에 '속편'이라고 명명한다는 글로 이 속편을 쓰기 전인 1758년(영조 34) 6월 8일에 쓴 글이다. 이 글에서 밝힌 속편의 편찬 방식은 문체에 구애되지 않고 순서대로 수록하겠다는 다짐이 밝혀져 있다.[11] 그러므로 이 서문으로는 이 문집의 편찬과 간행 시기를 알 수 없는데 『집경당편집』의 서문에서 '원편'과 '속편'이 15권이라 하고 있으므로 1764년(영조 40) 이전에 이미 이 속편도 편찬했음을 알 수 있다. 또한 간행은 현존하는 속편의 제목에 '영종대왕'이라는 명칭을 붙인 점과 편찬자의 면면이 『열성어제』와 같음을 볼 때 영조 사후 『열성어제』와 함께 간행된 것으로 여겨진다.[12]

문체는 제문祭文, 윤음綸音, 소지小識, 서간, 서문, 상소에 대한 답글, 기문, 훈유를 펼친 글, 유서諭書, 설說, 책제策題 등이 망라되어 있다. 총 435편이 실려 있으며, 제문이 197편으로 가장 많고 훈유 93편, 윤음 54편, 유서와 서간 등이 20여 편으로 그 뒤를 잇는다. 훈유의 제목에는 '서시書示', '시의示意' 등 자신의 뜻을 보여 준다는 의미의 어휘가 많으나 '술회述懷', '사회寫懷', '자탄自歎',

---

10　『승정원일기』, 영조 46년(1770) 8월 1일.

11　「영종대왕어제속편자서(英宗大王御製續編自序)」, 『영종대왕어제속편』, 국학진흥연구사업추진위원회 편, 『영조문집보유』, 3쪽.

12　정조는 영조의 『열성어제』와 함께 『속편』도 반사하라고 하고 있다. 『승정원일기』, 정조 즉위년(1776) 7월 6일.

‘기회紀懷’ 등 소회를 토로한다는 뜻이 들어가는 경우도 있다.

표-1 『영종대왕어제속편』 권당 문체별 편수

구분	1권	2권	3권	4권	5권	6권	7권	8권	9권	10권	합계
祭文	23	21	31	25	18	7	15	20	15	22	197
小識	1	3			2	2	2	1		1	12
綸音	2	1	5	4	3	12	5	8	8	6	54
說	1										1
訓諭	3	7	7	7	9	9	9	16	16	10	93
書	1	2	1	2	1	2	4	1	4	3	21
序文	1	1	1	1				1			5
諭書		1			1	2		1		1	6
陰記		1									1
箴		1									1
祝文		2							1	1	4
題			1	4	2			2	2	2	13
跋				1					1	1	3
敎文				1							1
告由				2				1			3
記					2	2	5	2	2	3	16
銘						1	1				2
聯句								1			1
志										1	1
합계	33	42	49	51	43	43	48	62	58	61	435

　　『영종대왕어제속편』의 창작 시기를 보면 제1권은 1758년(영조 34) 5월에서 9월까지, 제2권은 9월 17일에서 12월까지, 제3권은 1759년(영조 35) 1월 1일에서 3월 10일까지, 제4권은 3월에서 윤6월까지, 제5권은 윤6월 5일에서 8

월 1일까지, 제6권은 8월에서 1759년(영조 35) 10월까지, 제7권은 1759년(영조 35) 11월에서 1760년(영조 36) 1월까지, 제8권은 1760년(영조 36) 2월에서 6월까지, 제9권은 6월에서 10월 8일까지, 제10권은 10월 18일에서 1761년(영조 37) 6월 초까지 등으로 추정된다. 왜냐하면 이 책은 시기별로 편찬되어 있으며, 시기를 확인할 수 있는 작품을 각 권의 서두와 말미에서 확인한 결과가 다음과 같기 때문이다.

제1권 첫 번째 글「휘령전단오다례제문徽寧殿端午茶禮祭文」의 단오제가 5월 4일이며, 권말에서 4번째 글「효소전구월십삼일다례제문孝昭殿九月十三日茶禮祭文」이 9월 13일이다. 제2권 첫 번째 글「유기로민인등서諭耆老民人等書」는 9월 17일에 반포되었으며, 권말에서 2번째 글인「무인납향대제섭행일와호戊寅臘享大祭攝行日臥呼」의 납향대제臘享大祭는 12월에 지낸다. 제3권의 첫 번째 글「효소전기묘정조제문孝昭殿己卯正朝祭文」의 '기묘정조己卯正朝'는 1759년 1월 1일이며, 권말에서 3번째 글「기묘삼월초구일기회어보경당己卯三月初九日紀懷於寶慶堂」은 3월 9일이다. 이어진 글「심경소서心經小序」는 3월 10일에 지은 글이다. 제4권의 첫 번째 글「효소전삼월망다례제문孝昭殿三月望茶禮祭文」의 삼월망三月望은 3월 15일이며, 권말에서 2번째 글「휘령전윤유월삭제문徽寧殿閏六月朔祭文」의 윤유월삭閏六月朔은 윤6월 1일이다. 제5권 2번째 글「명행조참윤음命行朝參綸音」은 윤6월 5일 글이고, 권말에서 2번째「휘령전팔월삭제문徽寧殿八月朔祭文」의 팔월삭은 8월 1일이다. 제6권의 첫 번째 글「영화당명暎花堂銘」은 8월 1일에 갱진하게 한 글이며, 권말에서 9번째 글「성학집요소지聖學輯要小識」는 10월 6일에 지은 글이다. 제7권의 6번째 글「효장효순묘십일월초팔일견지신치제문孝章孝純廟十一月初八日遣知申致祭文」은 11월 8일이며, 권말에서 13번째 글「경진춘정월순후팔일추억육십일년차일대정사은시사기회庚辰春正月旬後八日追憶六十一年此日大庭謝恩時事紀懷」의 '경진춘정월순후팔일庚辰春正月旬後八日'은 1760년(영조 36) 1월 18일이다. 제8권의 4번째 글「경진이월초사일임전봉조하유척기선교 시기회庚辰二月初四日臨殿奉朝賀兪拓基宣教時紀懷」는 2월 4일이며, 권말에서 12번째 글 「술회선시여의述懷先示予意」의 글 끝에 6월 1일에 쓴다고 하였다. 제9권 7번째 글 「선무사행재배례축식서어휘윤음宣武祠行再拜禮祝式書御諱綸音」은 6월 14일에 지은 글이며, 권말에서 2번째 글 「경진시월초칠일친림옥서시서사庚辰十月初七日親臨玉署示書賜」는 10월 7일에 지은 글이다. 제10권의 3번째 글 「경진초동이십이일임흥화문유민궤죽후윤음庚辰初冬二十二日臨興化門流民饋粥後綸音」은 10월 22일에 지은 글이며, 권말에서 2번째 「신사유월초사일사릉견종신섭행제문辛巳六月初四日思陵遣宗臣攝行祭文」은 1761년(영조 37) 6월 4일의 글이다.

4. 『영종대왕어제』

『영종대왕어제』는 1761년(영조 37) 3월에서 1763년(영조 39) 8월까지, 2년 간의 글을 엮은 필사본이다. 불분권 상하 2권의 문으로만 구성되어 있다. 서문과 발문이 없어 편찬자 및 편찬 시기는 알 수 없다. 서두 주석에서 이 두 권은 내소內所에서 내려 준 것으로 본래 표제가 없었는데 편찬자가 '어제'로 이름을 삼았다고 하였다. 문체는 고유문告由文, 제문, 서간, 축문, 유서諭書, 훈유訓諭, 비답批答, 명문銘文, 연구聯句, 훈서訓書, 소지小識 등으로 이루어져 있다. 상편에 131편, 하편에 83편 등 총 214편이 수록되어 있다. 본래 이 문집은 속편으로 편찬되어야 했을 것이다. 그럼에도 이를 속편에 수록하지 않은 것은 임오화변壬午禍變 시기의 작품이었기 때문으로 여겨진다.

이 책 역시 연대순으로 편찬되어 있으며, 상권의 첫 번째 글 「제내종문안청題內宗問安廳」 관지에 '세 황조 숭정 무진 기원후 3년 신사년(1761) 모춘(3월) 7일 짓다歲皇朝崇禎戊辰紀元後三辛巳暮春七日題'라고 하였으며,[13] 상권 뒤에서 5번째 글인 「교중외대소신료기로군민한량인등서敎中外大小臣僚耆老軍民閑良人等書」[14]는

표-2 『영종대왕어제』 권당 문체별 편수

구분	祭文	祝文	題	敎書	訓諭	書	小識	令	序	批答	命	聯句	頒敎	日記	致詞	합계
상권	108	2	4	1	6	7	1	1	1							131
하권	57	1	1		15		1			1	2	2	1	1	1	83
합계	165	3	5	1	21	7	2	1	1	1	2	2	1	1	1	214

1762년(영조 38) 8월 1일에 지은 글이다.[15] 하권의 「기회記懷」는 관지에 '임오 추석 후 1일 씀壬午秋夕後一日識'으로 되어 있어 1762년 8월 16일에 지은 글이며, 하권 뒤 「소령원추석제문昭寧園秋夕祭文」에 영조가 70세에 이 글을 쓴다고 하였는데, 70세는 1763년(영조 39)이고 추석은 8월 15일이므로 이 책은 이때까지의 글을 엮은 것으로 추정할 수 있다.

5. 『어제시문』

『어제시문』은 상하上下 2책인데 상책은 시로 이루어진 2권 1책의 필사본이다. 시는 1권에 145제 235수, 2권에 71제 102수로 총 216제 337수로 이루어져 있으며, 시기적으로는 1권은 1714년(숙종 40) 영조가 세제가 되기 전부터 국왕 재위 22년인 1746년 6월까지, 2권은 같은 해 7월부터 1747년(영조 23) 11월 동지까지 지은 시를 시기순으로 편찬한 것으로 보인다. 이 책의 제1권 제1수는 「경차어제용내국선석상지희시운敬次御製用內局宣席上志喜詩韻」으로 '세갑오유월

---

13 「제내종문안청(題內宗問安廳)」, 『영종대왕어제』, 국학진흥연구사업추진위원회 편, 『영조문집보유』, 197쪽.
14 『영종대왕어제』, 앞 책, 226쪽.
15 『승정원일기』, 영조 39년(1762) 8월 1일.

歲甲午六月'이라 부기되어 있어 연잉군 시절인 1714년(숙종 40)으로 추정할 수 있고, 1권 끝부분의 「권선지로행勸善指路行」은 관련 기사가 실록에 나타난다.[16] 2권 마지막 시제는 「남신력기년홍회이작覽新曆紀年興懷而作」인데 『열성어제』를 보면 1747년(영조 23) 정묘 시기에 수록되어 있으며,[17] 이 뒤의 시는 「정당양부홍회이작正當陽復興懷而作」으로 동지에 대한 감흥을 드러내고 있다. 이로 볼 때 앞의 시도 1747년 동지에 새 달력을 보고 느낀 감흥을 드러낸 시로 판단되므로 위와 같이 시기를 추정할 수 있다. 이 『어제시문』 상책은 교정본으로 여겨지는데 「사총재체궁청賜冢宰替躬請」 제2수의 경우 『어제시문』에는 제3구 '不諒是' 밑에 '諒是改以能諒'이라고 부기되어 있는데 『열성어제』를 보면 이 부분이 '不能諒'으로 수정되어 있다.[18] 또한 「사신은홍익삼賜新恩洪益三」의 3, 4구의 경우 '此日予心'과 '無偏無黨輔邦家'가 기존의 글자 위에 덧붙여져 있다.[19] 『어제시문』 상책과 『열성어제』와의 전체적인 비교는 제5장에서 다루도록 하겠다.

　　『어제시문』 하책은 문으로만 이루어져 있으며, 제2권만 남아 있다. 제문 40편, 소지小識 2편, 훈유訓諭 9편, 서書 4편, 서문 1편, 유서諭書 1편, 음기陰記 1편, 축문祝文 1편, 제題 1편, 사문賜文 7편, 고유告由 4편, 기記 1편, 지志 1편, 녹錄 3편, 찬贊 1편, 반교頒敎 1편, 기타 3편 등 82편이 수록되어 있으며, 1763년 (영조 39) 8월 17일부터 1764년(영조 40) 초까지의 글을 시기순으로 편찬한 듯

16　『영조실록』, 영조 22년(1746) 6월 24일.

17　「남신력기년홍회이작(覽新曆紀年興懷而作)」, 「열성어제 권20」, 서울대학교 규장각 편, 『열성어제』 3, 서울대학교 규장각, 2003, 413쪽.

18　그러나 이런 지시가 되어 있는 경우는 이 외에는 없다. 「사총재체궁청(賜冢宰替躬請)」, 『어제』, 국학진흥연구사업추진위원회 편, 『영조문집보유』, 279쪽; 「열성어제 권19」, 서울대학교 규장각 편, 『열성어제』 3, 300쪽.

19　첨삭된 글자 중에 3구의 '卽予此辰'은 알아볼 수 있으나 4구의 경우는 몇 글자가 지워져 전체를 읽기 어렵다. 「사신은홍익삼(賜新恩洪益三)」, 『어제』, 앞 책, 271쪽, 「열성어제 권18」, 서울대학교 규장각 편, 『열성어제』 3, 262쪽.

하다. 작품 제목 위에 동그라미를 붙이는 등 교정의 흔적이 있으므로 교정본으로 여겨지나 서문과 발문이 없어 편찬자 및 편찬 시기를 알 수 없다. 이 역시 『영종대왕어제』와 마찬가지로 임오화변 이후 가까운 시기의 작품이므로 속편에 추가하지 않은 것으로 여겨진다.

6.『영종대왕어제습유』

『영종대왕어제습유』는 관공서 및 사가私家에서 수집한 시 3수와 문 773편이 수록된 필사본이다. 4권 4책으로 이루어져 있으며 각 권마다 서두에 목록이 첨부되어 있다. 제1권의 서두에 실린 「수서별유좌의정홍치중手書別諭左議政洪致中」은 영조 재위 초년에 지은 어제이며,[20] 제4권의 끝에 실린 「우의정이사관치제문右議政李思觀致祭文」은 영조가 83세인 1776년(영조 52) 2월 16일에 지은 치제문이다.[21] 이로 볼 때 시기별로 편찬한 것으로 여겨지나 문집 권두의 주석에서 '공사公私에 소장한 자료를 수집하였으며, 수집 순서대로 편차하였다'라고 하였으므로 수집 순서대로 편찬한 것으로 봐야 한다. 서문과 발문이 없어 편찬자와 편찬 시기를 알 수 없으나 「어제집경당서문」의 주석에서 '습유'에 대한 언급이 있는 것으로 볼 때 일찍부터 『어제집경당편집』의 문체와 다른 일반적인 문체의 글은 관공서나 민간에서 수집된 글과 함께 이 책에 수록한 것으로 보인다. 현존하는 문집의 편찬은 '영종대왕'이라는 제목을 볼 때

---

20 홍치중(洪致中)이 좌의정에 임명된 것은 1726년(영조 2)이다. 『영조실록』 영조 2년(1726) 5월 13일에 "홍치중을 의정부 좌의정으로, 조도빈(趙道彬)을 의정부 우의정으로 삼았다. 임금이 홍치중을 불러서 복상(卜相)을 명하였으므로 이에 조도빈이 병조판서를 거쳐 우상(右相)에 임명되었다"라는 기사가 있다.
21 『영조실록』, 영조 52년(1776) 2월 16일.

영조 승하 후에 편찬된 것으로 추정된다. 문체는 제문이 압도적으로 많으며 축문, 편지, 교서敎書, 기문記文 등과 유척기兪拓基의 회혼례를 축하하는 글, 예전에 일하던 총부摠部와 주원廚院 등에 대한 감회의 글 등이 있다.

표-3 『영종대왕어제습유』 권당 문체별 편수

구분	권1	권2	권3	권4	합계
祭文	142	209	161	186	698
小識	1				1
訓諭	1	1		5	7
書	6				6
諭書	1				1
祝文	18	1	2	25	46
題	1		1	1	3
賜文	2	2	3		7
告由			1	2	3
敎書			1		1
詩	3				3
합계	176	215	172	223	776

7.『열성어제』

태조에서 철종까지의 『열성어제』는 58책 110권으로 이루어져 있다. 이 중 영조어제는 책으로는 제10책에서 제19책까지 권으로는 권18에서 권37까지 총 10책 20권에 해당된다. 창작 시기는 1714년(숙종 40)에서 1758년(영조 34)까지이다. 아울러 1권 1책의 『영조어제별편』을 『숙종어제별편』과 합부하여 2권 2책으로 『열성어제』와 별도로 간행하였다. 판본은 현종실록자이다.

어제를 추가해서 수록하는 것은 절로 그 때가 있는 것인데 하필이면 오늘 편차하는 이유는 무엇인가? 지난날의 어제御製숙종어제]²²는 경자 년에 편차하여 수록하였으므로 전해지는 자구字句를 쓸 때 잘못 베낀 것을 물을 곳이 없어 해당하는 곳에 주를 달아야 하였다. 하물며 나의 형편없는 배움으로 후일에 전해지는 것에 어찌 글씨만 오류가 있겠는 가? … 이후 더 짓는 것은 마땅히 속편으로 삼을 것이니 원편과 속편을 막론하고 이미 인쇄하고 이미 수록한 것 외에는 비록 아무리 적은 글 자라도 누가 감히 덧붙여 수록하겠는가. 특별히 편차 뒤에 써서 후세 에 보이노라. 무인戊寅 중하中夏 상완上浣에 기록한다.²³

윗글은 『열성어제』에 수록된 영조의 「권하소지卷下小識」이다. 서두에 '어제수록이 때가 있다'라고 한 것은 관례적으로 열성어제의 편찬이 국왕 사 후에 이뤄졌던 일을 의미한다. '하필이면 오늘 편차한다'라고 한 오늘은 바로 관지에 기록한 1758년(영조 34) 5월 10일이다. 당시 영조는 65세였다. 이렇게 생전에 편찬한 이유를 요약하면 선왕 숙종이 『자신만고紫宸漫稿』를 남기고 승 하하였는데 이를 『열성어제』로 간행하는 과정에서 의문스러운 내용이 있어도 확인할 수 없는 문제가 있어 자신의 글에 대해서는 스스로 충분히 보완하여 출판하려 하다 보니 생전에 만들게 되었다는 것이다. 영조어제는 1714년(숙종 40)에서 1758년(영조 34)까지의 문이 실려 있으며 시의 경우는 본인이 1754년 (영조 30) 이후에는 짓지 않아 1754년까지의 시가 실려 있다.²⁴

---

22 영조 직전의 어제는 숙종어제를 편찬한 1720년 간행본과 경종어제를 편찬한 1726년 간행본이 있는데 경자년은 1720년이므로 여기서의 어제는 숙종어제를 가리킴을 알 수 있다.
23 「권하소지(卷下小識)」, 「열성어제 권37」, 서울대학교 규장각 편, 『열성어제』 5, 서울대학교 규장 각, 2003, 479~481쪽.
24 영조는 숙종의 어제보다 많은 어제를 출판할 수 없다고 하여 그 분량이 넘는 부분에 대해서는 문

한편 영조는 경종어제를 추가한 1726년 간행본에 이어서 1776년 간행본에도 범례를 붙였는데 1726년 간행본 범례에서 추가한 내용은 다음과 같다.

『영종대왕어제초본』은 모두 13권이나 지금은 10권의 시문만 남기고 삭제하였으며 자구를 바로 잡고 고치는 것은 모두 임금의 재가를 받았다. 그 편찬과 수록의 선후 또한 아뢰어 가르침을 받아 연대순으로 하였다. 이제 이 10권을 원편으로 삼고 이후 어제는 마땅히 속편이 될 것이다. 이는 「어제권하소지」에 갖추어 실었다.[25]

위 기록에 따르면 13권본 『영종대왕어제초본』을 10권으로 산삭하였음을 알 수 있다. 산삭된 내용은 초본이 없어 확인할 수 없으나 「어제권하소지」에서 제문과 윤음이 많다고 한 것으로 보아 이들 문체를 줄이지 않았나 한다. 『열성어제』는 시와 문으로 나누어 편차되어 있으며, 시는 시기별로 문은 문체별로 분류되어 있는데 〈표-4〉와 같다.

〈표-4〉에 실린 내용을 보면 시 485제 782수, 연구聯句 13제 19수, 가사歌詞 9제 13수, 치사致詞 17수, 소疏 6편, 행록 3편, 묘지 3편, 음기 8편, 제문 170편, 축문 24편, 훈유 41편, 윤음 162편, 서 63편, 서문 36편, 기문 14편, 발문 4편, 제題 14편, 소지 73편, 명銘 13편, 찬贊 9편, 잠箴 3편, 송頌 4편, 상량문 1편 등이다. 문을 보면 제문과 윤음이 가장 많고 소지, 서書, 훈유 등이 그 뒤를 잇고 있다.[26]

『열성어제』를 간행할 때 정조는 열성어제는 모두 목판인데, 영조어제

집을 엮지 않았는데 여기서 영조가 숙종이 쓴 분량 이상을 쓰지 않으려고 했음을 알 수 있다.
25 이 범례는 1776년에 작성되었다. 「열성어제목록 범례」, 서울대학교 규장각 편, 『열성어제』 1, 서울대학교 규장각, 2003, 3~6쪽.
26 안장리, 앞 책, 143~157쪽.

표-4 『영종대왕어제』 권당 문체별 편수

책차	권수	시	문
10	권18	132제 261수	
	권19	106제 183수	
11	권20	162제 211수	
	권21	76제 118수, 聯句 13제 19수, 歌詞 9제 13수, 致詞 17수	
12	권22		疏 6편, 行錄 3편, 墓誌 3편, 陰記 8편
	권23		祭文 60편
13	권24		祭文 64편
	권25		祭文 46편, 祝文 24편
14	권26		訓諭 17편
	권27		訓諭 22편
15	권28		訓諭 2편, 綸音 26편
	권29		綸音 27편
16	권30		綸音 36편

만 활자로 하는 것이 미안하다 하였고 채제공이 그럼 다른 열성어제도 활자로 간행하자고 하자 이는 다음에 논의하자고 하였으나 결국 태조에서 영조까지의 열성어제 전체를 현종실록자로 간행하였다.[27] 유의양柳義養은 열성어제 간행과 관련하여 세 가지를 문의하여 결정한다. 첫째는 목판본인 열성어제의 발문을 주자(현종실록자)로 만들게 한 것이며, 둘째 글의 문맥상 명백한 오류는 고치게 하였으며, 셋째, 휘諱하여 쓴 글은 관행대로 쓰게 한 것이다.[28] 또한 유의양은 정조에게 『열성어제』는 간행하였으나 영조어제집의 간행은 진종眞宗

---

27 『승정원일기』, 정조 즉위년(1776) 3월 11일.

으로 승격한 효장세자의 글 중에 피휘避諱 문제로 늦어진다고 하였다.[29]

『열성어제』의 보존은 사고四庫에의 보관과 신하들에게의 반사頒賜로 이루어지는데 봉조하, 시·원임대신時原任大臣, 승지, 옥당, 선조편차인先朝編次人, 교정당랑校正堂郎, 한주翰注, 어장御將, 금성위錦城尉, 창성위昌城尉 등에게 각각 1건씩 반사하게 하였으며, 『영조어제속편』은 봉조하, 시·원임대신, 선조편차인, 승지, 감인낭청監印郎廳 등에 각 1건씩 반사하게 하였다.[30] 또한 훈련대장 장지항張志恒, 금위대장 이한응李漢應 등과 현직에 있는 나머지 장수나 신하에게 내리게 하였다.[31] 그리고 감인낭청의 부사과副司果 심유진沈有鎭, 유의양 등에게 상현궁上弦弓 한 장씩을 교서관 관원에게는 장식 없는 활 한 장씩을 하사하였다.[32] 이처럼 『열성어제』의 간행은 참여자에 대한 상의 수여로 마치게 된다.

8. 영조어제간본

본서의 '영조어제간본'은 『봉모당봉안어서총목』과 『봉모당봉장서목』의 '영종대왕어제간본' 항목을 지칭한다.[33] 『봉모당봉안어서총목』에는 1744년(영조 20)에 간행된 「역대군감소지歷代君鑑小識」를 비롯하여 1776년(영조 52) 간본까지 85편이 있으며, 『봉모당봉장서목』에는 89편이 있다. 규장각에서 간행된 『영조어제훈서』도 영조어제간본과 연관되어 보이는데 이는 『영조어제훈

---

28 『승정원일기』, 정조 즉위년(1776) 4월 12일.
29 『승정원일기』, 정조 즉위년(1776) 4월 23일.
30 『승정원일기』, 정조 즉위년(1776) 7월 6일.
31 『승정원일기』, 정조 즉위년(1776) 7월 11일.
32 앞 책, 같은 날.

서』에 실린 51편에서 40편이 영조어제간본과 같기 때문이다.[34]

그러나 『영조어제훈서』에 있는 「어제첨간대훈御製添刊大訓」, 「어제수성윤음御製守城綸音」, 「어제회갑모년서시원량御製回甲暮年書示元良」, 「어제서시세손御製書示世孫」, 「어제과폐이정윤음御製科弊釐正綸音」, 「어제경세문답속록御製警世問答續錄」, 「어제표의록御製表義錄」, 「어제엄제방유곤록御製嚴堤防裕昆錄」, 「속광국지경록續光國志慶錄」, 「영수백세록永垂百世錄」, 「어제준천명병소서御製濬川銘幷小序」 등 11편은 영조어제간본에 속하지 않으며, 『봉모당봉안어서총목』의 영조어제간본 85편에서 45편은 『영조어제훈서』에 수록되어 있지 않으므로 『영조어제훈서』는 본서에서 논하는 영조어제간본과 관계가 없다고 해도 과언이 아니다.

『봉모당봉장서목』에는 동일 제목이 19편이나 보이는데 이는 복본일 가능성이 높으나 속단하기는 어렵다. 왜냐하면 영조는 동일 제목을 여러 번

---

33 『봉모당봉안어서총목』과 『봉모당봉장서목』은 『봉모당도서목록』(한국학중앙연구원 장서각 편, 한국학중앙연구원출판부, 2012) 영인본 및 해제본 2책으로 간행된 바 있다. 본서에서는 책을 주로 활용하였다.

34 『영조어제훈서』와 영조어제간본이 겹치는 40종은 "『어제대훈(御製大訓)』, 『어제상훈(御製常訓)』, 『어제속상훈(御製續常訓)』, 『어제상훈언해(御製常訓諺解)』, 『어제자성편(御製自省編)』, 『어제속자성편(御製續自省編)』, 『어제심감(御製心鑑)』, 『어제정훈(御製政訓)』, 『어제훈서(御製訓書)』, 『어제훈서언해(御製訓書諺解)』, 『어제고금연대귀감(御製古今年代龜鑑)』, 『어제계주윤음(御製戒酒綸音)』, 『어제경세문답(御製警世問答)』, 『어제경민음(御製警民音)』, 『어제자성록(御製自醒錄)』, 『어제유양성열록(御製揄揚盛烈錄)』, 『어제효제편(御製孝悌篇)』, 『어제영세추모록(御製永世追慕錄)』, 『어제추모록(御製追慕錄)』, 『어제속영세추모록(御製續永世追慕錄)』, 『어제추모수계록(御製追慕垂戒錄)』, 『어제조훈(御製祖訓)』, 『어제경세편(御製警世編)』, 『어제백행원(御製百行源)』, 『어제소학지남(御製小學指南)』, 『어제계술수연록(御製繼述受宴錄)』, 『어제독서록(御製讀書錄)』, 『어제근팔계충자문(御製近八戒冲子文)』, 『어제근팔유곤록(御製近八裕昆錄)』, 『어제풍천록(御製風泉錄)』, 『어제수덕전편(御製樹德全編)』, 『어제근정훈유(御製勤政訓諭)』, 『어제회갑편록(御製回甲編錄)』, 『어제준석년정동위관례문(御製遵昔年定銅闈冠禮文)』, 『어제권세위효제문(御製勸世爲孝悌文)』, 『어제팔순유후록(御製八旬裕後錄)』, 『어제팔순서시후곤록(御製八旬書示後昆錄)』, 『어제팔순유곤록(御製八旬裕昆錄)』, 『어제조손동강대학문(御製祖孫同講大學文)』, 『어제송숙야잠욱면충자겸시평생여의(御製誦夙夜箴勗勉冲子兼示平生予意)』" 등이다.

쓰곤 했기 때문이다. 그 예로는 '훈서', '추모록', '영세추모록', '속영세추모록', '자성옹자서' 등이 대표적이다. 즉, '훈서'는 1756년(영조 32), 1769년(영조 45)에 각각 지었으며, '추모록'은 1762년(영조 38), 1768년(영조 44), 1770년(영조 46) 등에, '영세추모록'은 1764년(영조 40) 및 1770년(영조 46)에 각각 지었다. '속영세추모록'은 1769년(영조 45) 및 1770년(영조 46)에 각각 지었으며, '자성옹자서'는 1770년(영조 46)과 1773년(영조 49)에 각각 지었다. 1756년(영조 32) '훈서'는 영조가 숙종의 기제사를 맞아 선원전璿源殿 재실齋室에서 자신을 독려하는 뜻을 저술한 글로 현재『어제훈서』(K2-1903)로 전하지만 1769년(영조 45) 글은 전하지 않는다. 1762년(영조 38) '추모록'은 '추모록'을 쓰게 된 배경을 서술한 산문으로『어제추모록』(K4-4834)에 해당되고, 1768년(영조 44) '추모록'은 영조가 꿈에 선조를 뵙고 과거를 회상한 산문으로『어제추모록』(K4-4835)에 해당되며, 1770년(영조 46) '추모록'은 영조가 자신의 추모하는 마음을 네 부분으로 구성한 산문으로『어제추모록』(K4-4836; K4-6932) 등으로 전한다. 1770년(영조 46) '영세추모록'은 영조가 어버이에 대한 추모의 마음을 적은 산문으로『어제영세추모록』(K4-4836)에 해당되며, 1764년(영조 40) '영세추모록'은 전하지 않는다. 1770년(영조 46) '속영세추모록'은『어제속영세추모록』(K3-77)으로 전하지만 1769년(영조 45) '속영세추모록'은 전하지 않는다. 1770년(영조 46) '자성옹자서'는 영조가 평생 동안 지니고 있었던 마음가짐을 술회한 산문으로『어제자성옹자서』(K4-4080; K4-4081)에 해당되며, 1773년(영조 49) '자성옹자서'는 영조가 지내 온 일생을 연보 형식으로 서술한 산문으로『어제자성옹자서』(K4-4082)로 전한다.[35]

　　『봉모당봉안어서총목』과『봉모당봉장서목』의 영조어제간본 목록을

35　이 글에서의 현존 여부는 장서각 소장자료만으로 확인한 것이다.

연대별로 비교하면 〈표-5〉와 같다.

표-5 『봉모당봉안어서총목』과 『봉모당봉장서목』의 영조어제간본 비교

연도	봉모당봉안어서총목	봉모당봉장서목	작품 수
1741		大訓(2)[36]	1
1742		童蒙先習序	1
1745	常訓, 常訓諺解	常訓, 常訓諺解	2
1746	自省編, 自省編諺解, 心鑑[37]	心鑑, 自省編(3)	3
1749	政訓, 續兵將圖說序	續兵將圖說[38]	2
1754	回甲編錄	回甲編錄	1
1756	訓書, 訓書諺解	訓書諺解(2), 訓書	2
1757	古今年代龜鑑, 戒酒綸音	古今年代龜鑑(3), 戒酒綸音	2
1758	續常訓		1
1759	續自省編, 訓世孫書	續自省編(2)	2
1762	警世問答, 警民音諺解, 追慕錄, 王世孫會講帖, 景賢堂與王世孫會講帖	追慕錄, 警民音,[39] 王世孫會講後入侍筵說,[40] 景賢堂會講略記[41]	5
1763	孝弟篇, 識慶編, 自醒錄, 抑箴, 歷代君鑑小識[42]	識慶編, 抑箴(2), 孝弟篇	6
1764	永世追慕錄, 祖訓, 警世編, 特題詩經, 志喜編, 丁閣重修誌	志喜編, 永世追慕錄, 祖訓(2), 警世編, 聖可學問答*,[43] 健元陵丁字閣重修記[44]	7

36 괄호는 『봉모당봉장서목』에 나타나는 제목의 횟수를 뜻한다.

37 이 책은 『봉모당봉안어서총목』에는 1776년으로 되어 있으나 1746년 작이므로 수정.

38 이 책은 『봉모당봉안어서총목』의 「속병장도설서(續兵將圖說序)」로 추정됨.

39 이 책은 『봉모당봉안어서총목』의 「경민음언해(警民音諺解)」로 추정됨.

40 이 책은 『봉모당봉안어서총목』의 「왕세손회강첩(王世孫會講帖)」으로 추정됨.

41 이 책은 『봉모당봉안어서총목』의 「경현당여왕세손회강첩(景賢堂與王世孫會講帖)」으로 추정됨.

42 『봉모당봉안어서총목』에는 이 책이 갑자년 즉 1744년에 지은 것으로 되어 있으나 『영종대왕어제』에 수록된 글의 관지에는 '癸未初秋' 즉 '1763년 7월'이라 하였으므로 이처럼 정리한다.

43 *은 『봉모당봉장서목』에만 보이는 제목을 뜻한다.

44 이 책은 『봉모당봉안어서총목』의 「정각중수지(丁閣重修誌)」로 추정됨.

1765	追記自敍仍戒冲子文, 百行源, 國初復都漢京故事, 追記潛邸自敍仍戒冲子文, 感皇恩	望八隨記*, 百行源(2), 追記潛邸自敍仍戒冲子文, 感皇恩詩45	6
1766	繼述受宴錄, 小學指南	小學指南	2
1767	讀書錄, 景賢堂宣麻錄	讀書錄(3)	2
1768	追慕錄		1
1769	續永世追慕錄, 儀府御製, 近八戒冲子文, 敦府御製, 訓書, 記百懷, 重刊千字序, 追感皇恩編, 近八裕昆錄, 昌德慶熙奉安閣記	近八裕昆錄, 記百懷, 近八戒冲子文, 續永世追慕錄, 追感皇恩編(2), 敦寧府,46 昌德慶熙奉安閣記	11
1770	自醒翁自序, 追慕錄, 永世追慕錄, 興懣, 續集慶堂編輯, 續永世追慕錄	自醒翁自敍, 永世追慕錄(2), 興懣	5 (續集慶堂編輯 제외)
1771	樹德全編, 尙衣院御製, 勤政訓諭, 風泉錄, 辛卯重光錄	風泉錄, 勤政訓諭, 樹德全編(2), 辛卯重光錄	6
1772	舊邸庭中賡韻錄, 便殿耆耉同會錄, 中書堂述盛事, 追慕垂戒錄	追慕垂戒錄, 耆耉同會錄,47 中書堂述盛事	4
1773	八旬裕後錄, 八旬書示後昆錄, 自醒翁自序, 遵昔禮定銅闈冠禮文,48 續陟岵三章, 勸世爲孝悌文, 慶運宮賡載錄, 耆耉宴會錄, 揄揚盛烈錄, 兩朝册封入學日記抄錄49	八旬瞻東西橋懷千萬*, 盛烈錄,50 八旬書示後昆錄, 慶運宮賡載錄, 兩朝册封入學日記,51 遵昔禮定銅闈冠禮文, 八旬裕後錄, 勸世爲孝悌文, 續陟岵三章	11
1774	展禮日述懷示冲子	展禮日述懷示冲子	1
1775	八旬裕昆錄, 暮年堂中書示, 祖孫同講大學文	八旬裕昆錄(2), 祖孫同講大學文, 暮年堂中書示	3
1776	誦孔訓勉今世, 八旬向九翁靜臥慷慨書示孝孫, 誦夙夜箴勖勉冲子兼平生予意, 八旬興懷千萬書示冲子, 記懷	誦孔訓勉今世, 八旬興懷千萬書示冲子, 誦夙夜箴勖勉冲子兼平生予意, 記懷	5
기타	-	望八暮年悶旱復禱勉飭臣庶, 金枝玉葉, 喜雨	3

45 이 책은 『봉모당봉안어서총목』의 「감황은(感皇恩)」으로 추정됨.

46 이 책은 『봉모당봉안어서총목』의 「의부어제(儀府御製)」로 추정됨.

47 이 책은 『봉모당봉안어서총목』의 「편전기구동회록(便殿耆耉同會錄)」과 같은 책으로 추정됨.

48 '遵昔禮定銅闈禮文'은 '遵昔年定銅闈冠禮文'의 오기로 추정됨.

49 이 책은 『봉모당봉안어서총목』에는 1776년 병신으로 되어 있으나 1773년 작이므로 수정.

50 이 책은 『봉모당봉안어서총목』의 「유양성렬록(揄揚盛烈錄)」과 같은 책으로 추정됨.

51 이 책은 『봉모당봉안어서총목』의 「양조책봉입학일기초록(兩朝册封入學日記抄錄)」과 같은 책으로 추정됨.

위의 표에서 보듯 영조어제간본을 간행하는 횟수가 해가 갈수록 증가하는데 1741년(영조 17)에서 1759년(영조 35)까지 1~2편이던 간본 숫자가 1762년(영조 38) 5편으로 늘고 1769년(영조 45), 1773년(영조 49)은 11편이나 증가한다. 영조어제간본의 내용은 대체로 훈유訓諭와 감계鑑戒, 추모追慕, 감개感慨 등으로 이루어져 있는데 특히 훈유의 경우 세자와 세손에게 내려 준 경우가 많다. 1745년(영조 23)에서 1761년(영조 37)까지「상훈」,「상훈언해」,「속상훈」,「자성편」,「자성편언해」,「속자성편」,「정훈」,「회갑편록回甲編錄」,「훈서」,「훈서언해」,「고금연대귀감」 등 11편을 장헌세자莊獻世子에게 내렸으며, 세손에게는 1759년 세손이 9세일 때부터 1776년까지「훈세손서」,「조훈」,「추기자서잉계충자문追記自敍仍戒冲子文」,「추기잠저자서잉계충자문追記潛邸自敍仍戒冲子文」,「소학지남小學指南」,「훈서訓書」,「근팔계충자문近八戒冲子文」,「근팔유곤록近八裕昆錄」,「팔순유후록八旬裕後錄」,「팔순서시후곤록八旬書示後昆錄」,「전례일술회시충자展禮日述懷示冲子」,「팔순향구옹정와강개서시효손八旬向九翁靜臥慷慨書示孝孫」,「송숙야잠욱면충자겸시평생여의誦夙夜箴勖勉冲子兼示平生予意」,「팔순흥회천만서시충자八旬興懷千萬書示冲子」 등 14편을 내렸다. 이는 후계자를 위한 훈유가 영조어제간본 간행의 주요 목적이었음을 보여 준다. 한편 영조어제간본의 활자본은 무신자와 임진자가 주로 사용되었다고 한다.[52] 특히 형태적 특징을 보면 종이의 질에 있어서 두께가 일반 서책의 두 배 이상으로 두껍고 무거우며 인쇄 상태도 매우 깨끗하여 글자의 새김 등이 정교하고 정돈되어 있다고 한다.[53] 이러한 재료와 상태는 간행본 어제의 보존에 크게 기여하였을 것으로 여겨진다.

52 옥영정,「장서각 소장 어제류 간본의 서지적 분석」,『서지학연구』 29, 한국서지학회, 2004, 428쪽.
53 옥영정, 앞 논문, 429쪽.

9. 영조어제첩본

이 책에서의 영조어제첩본은 『봉모당봉안어서총목』과 『봉모당봉장서목』의 '영종대왕어제첩본' 항목을 지칭한다. 『봉모당봉안어서총목』 총 3권에 총 5,277편이 실려 있다. 제1권에 1,808편이 수록되어 있으며 1741년(영조 17)에 지은 「작헌일감개이작酌獻日感慨而作」에서 1773년(영조 49)에 지은 「야이장주역연夜已長晝亦然」까지 창작 순서대로 편차되어 있다. 제2권에 2,242편이 수록되어 있으며 1774년(영조 50)에 지은 「기와嗜臥」에서 1775년(영조 51)에 지은 「승문점承文點」까지 창작 순서대로 편차되어 있다. 제3권에는 연대 미상 작품 1,227편(어제단구 26편 포함)이 수록되어 있다.

연대별 작품 수를 보면 1741년(영조 17) 1편, 1751년(영조 27) 1편, 1759년(영조 35) 2편, 1761년(영조 37) 2편, 1762년(영조 38) 2편, 1763년(영조 39) 3편, 1764년(영조 40) 9편, 1765년(영조 41) 19편, 1766년(영조 42) 45편, 1767년(영조 43) 76편, 1768년(영조 44) 6편, 1769년(영조 45) 185편, 1770년(영조 46) 252편, 1771년(영조 47) 444편, 1772년(영조 48) 278편, 1773년(영조 49) 815편, 1774년(영조 50) 1,364편, 1775년(영조 51) 879편 등으로 이루어져 있다. 제3권에 연대 미상의 1,000여 편이 있으므로 단정할 수는 없으나 1769년(영조 45)부터 200여 편 이상의 첩본을 만들기 시작했으며 특히 1773년(영조 49)부터는 1,000여 편의 첩본을 만든 것을 확인할 수 있다.

『봉모당봉장서목』에는 제2권에 5,242건의 첩본 목록이 있는데 26개 보관함에 수록된 건수를 보면 1함에 178건, 2함에 172건, 3함에 173건, 4함에 182건, 5함에 180건, 6함에 173건, 7함에 176건, 8함에 171건, 9함에 186건, 10함에 156건, 11함에 171건, 12함에 185건, 13함에 167건, 14함에 168건, 15함에 168건, 16함에 146건, 17함에 155건, 18함에 160건, 19함에 177건, 20함에 198건, 21함에 184건, 22함에 168건, 23함에 182건, 24함에 163건, 25함에 198건, 26

함에 201건 등으로 구분되어 있다. 이 중 16함의 146건이 가장 적으며, 26함의 201건이 가장 많은 건수이다. 그런데 16함을 보면 2책본 21건, 3책본 4건, 4책본 4건, 6책본 1건 등 건당 책이 많은 경우가 많으며, 26함을 보면 2책본 10건, 3책본 4건, 4책본 1건 정도가 보인다. 이로 미루어 볼 때 대개 함의 크기는 같았으며, 첩의 두께나 복본 숫자에 의해 건수가 차이가 나는 것으로 보인다.[54]

이처럼 개별 작품이 첩으로 만들어진 이유는 영조가 선왕인 숙종보다 많은 작품을 남길 수 없다고 절필을 하였고 이후 다시 짓게 되면서는 개별 장첩을 하였기 때문이라고 한다.[55] 정조는 「영종대왕행록」에서 다음과 같이 언급하였다.

> 근년에 와서 왕께서 조용히 조섭하시는 가운데 매일 몇 편씩 어제문御製文을 쓰시고는 매 편마다 정원政院으로 하여금 장첩裝帖을 해서 올리도록 하였다. 어느 날 좌우에서 비용이 너무 많이 든다고 아뢰자, 왕께서 이르시기를, "나라고 왜 그 생각을 하지 않겠느냐. 그러나 내가 지금 이렇게 늙어서 그것을 다 모아 편집을 하자면 시간이 없을 뿐만 아니라 내가 쓴 글이 선조先朝보다 더 많기를 바라지 않기 때문에 지금 이렇게 장첩을 한 것이다. 비용이 많이 드는 것은 알지만 다만 그전에 내가 했던 말을 실천하기 위해서이다" 하였다.[56]

---

54 한국학중앙연구원에서 출판한 『영조어제 해제』 10권에는 1권에 492건, 2권에 489건, 3권에 519건, 4권에 519건, 5권에 317건, 6권에 516건, 7권에 624건, 8권에 512건, 9권에 515건, 10권에 498건 등 총 5,001건이 해제되어 있다. 순서는 가나다순으로 되어 있다(한국학중앙연구원 장서각 편, 『영조어제 해제』 총 11권(목록 1권), 한국학중앙연구원출판부, 2011~2014).
55 「영종대왕행록」, 『국역 홍재전서』 17, 한국고전종합DB, 한국고전번역원, http://db.itkc.or.kr.
56 「영종대왕행록」, 앞의 DB.

영조어제를 편마다 장첩하는 일은 언제부터 시작되었는지 명확하지 않다. 다만 위의 글을 볼 때 언제부턴가 쓰는 글마다 장첩을 하도록 한 것으로 여겨지는데 '조용히 조섭하는 중'이라는 시점은 대개 거처를 집경당으로 옮긴 이후의 시기이며, 어제첩이 집중적으로 보이는 시기는 『어제집경당편집』 편찬 이후인 1770년대 이후부터 승하하기까지의 시기이므로 영조가 77세인 1770년부터는 쓰는 대로 장첩을 한 것으로 추정된다. 이로 볼 때 '집경편집'으로 일컬어진 『어제속집경당편집』이 끝나는 1770년(영조 46) 8월 이후 영조어제첩이 집중적으로 만들어졌음을 추정할 수 있다.

장첩의 이유는 영조의 언급에서 보다시피 더 이상 편찬할 계획이 없기 때문이며, 말로 표현하지는 않았지만 보존할 가치는 있다고 여겼기 때문이다. 편찬하지 않고 보존하는 방법으로 낱낱의 작품을 개별적으로 장첩하는 방법을 선택한 셈이다. 이는 상당히 유효한 방법이었던 듯하다. 영조어제의 보존은 정조의 각별한 관심 때문이기도 하지만 이렇게 장첩되었기에 다른 어제들과 함께 봉모당에 보존될 수 있었고 현재는 한국학중앙연구원 장서각에 보존되어 있다.

영조 승하 후 영조어제첩본의 보존과 관련하여 정조는 "내소에 있는 어제첩본[帖本] 수천 권은 교정할 수도 없고 간행하는 것도 마땅하지 않으니 전체를 베껴서 『숙묘보감肅廟寶鑑』 봉안처에 함께 봉안하는 것이 좋겠다"라고 하였다.[57] 또한 구윤명이 영조어제 중에 봉안 못 한 것의 처치를 문의하니 등출謄出하고 간행한 것이 거의 만여 권이라 80건이나 만드는 것은 어렵고 50건을 만들어 5건은 5처 사고에 봉안하고 6건을 안으로 들이고 나머지는 반사하도록 하였다. 또한 하루에 사자관이 몇 장씩 베낄 수 있느냐는 정조의 물음에

---

57 『승정원일기』, 정조 즉위년(1776) 3월 11일.

10여 장이라 하니 정조는 자신이 춘궁春宮에 있을 때는 2~3인의 사자관이 하루에 30여 장씩 등서하였다고 하였다.[58]

열성어제는 군왕이 사망한 후에 편찬되며 간행되어 반사되는 것이 관행이었다. 그런데 영조에게는 열성어제에 수록되지 않은 어제가 존재했고 또 장첩으로 존재하는 어제도 있었는데 정조는 특히 장첩으로 존재하는 어제의 처리에 대해 고민하였음을 알 수 있다. 정조는 필사본으로 되어 있는 어제첩 본 전체를 50부나 베끼라고 하고 있다. 실록의 사고 봉안처럼 자료 보존의 방법의 하나는 복본을 만드는 것인데 정조는 어제첩의 복본을 만들되 간행이 아닌 등사의 방식을 취한 셈이다. 이렇게 한 이유는 무엇보다 영조어제첩의 전체 분량이 많지 않았기 때문으로 여겨진다. 현존하는 영조어제첩의 형태는 첩으로 만들어졌으며 율문의 경우 2절 6행 6자로 된 경우가 많고, 분량이 많은 경우도 6~10절 정도이다. 산문 역시 글자가 크고 단문인 경우가 대부분이다. 그렇기에 정조는 2~3인의 사자관이 하루에 30여 장씩 베낄 수 있었다고 한 것으로 여겨진다.

10. 영조어제의 편찬 및 간행, 보존

조선 후기 숙종 후반에서 영조·정조 시기는 문예부흥기로 출판 규모가 증대하였으며, 국가에서의 간행도 급증하게 되는데 특히 영조는 대중 계도를 위해 자신이 추진하는 정책의 목적과 성과를 담은 서적을 다수 간행하여 반사하였다.[59] 이와 같은 시대적인 영향도 있겠으나 실질적으로 영조어제

---

58 『승정원일기』, 정조 즉위년(1776) 3월 21일.
59 이재준(「조선시대 내사본연구」, 중앙대학교 박사논문, 2016, 55~59쪽)은 영조 대의 내사본으로

의 편찬에 있어서는 어제편차인御製編次人이, 그리고 보존에 있어서는 정조의 역할이 컸다고 할 수 있는데 여기서는 이를 차례로 살펴보도록 한다.

1) 어제편차인

『승정원일기』에서 '御製編次人어제편차인'을 키워드로 치면 전체 295건이 나타나는데 이 중 영조 대가 294건이다. 정조 대의 1건 역시 영조 대 어제편차인을 지칭하고 있어 어제편차인은 영조 대에만 있었던 명칭임을 알 수 있다. 어제편차인의 출현은 사도세자에게 대리청정을 맡긴 1749년(영조 25) 5월 10일 실록 기사에 처음 등장하며, 1773년(영조 49) 12월 23일 기사에 마지막으로 나타나는데 모두 어제편차인을 어전에 들이라는 내용이다. 영조가 어제편차인을 어전에 두고 수시로 자신의 글을 점검하였음을 알 수 있다.

영조의 『열성어제』 권말에는 편차인으로 오광운吳光運, 원경하元景夏, 조명리趙明履, 홍계희洪啓禧, 이철보李喆輔, 조명정趙明鼎, 구윤명具允明, 채제공蔡濟恭 등을 수록하고 있다. 영조어제 편찬이 언제부터 시작되었는지 확실하지 않으나 이를 처음으로 맡은 인물은 오광운인 셈이다.[60] 1745년(영조 21) 오광운의 사망으로 편차의 역할은 이듬해에 원경하에게로 넘어갔으며,[61] 1747년

99종을 들었는데 대부분이 영조어제간본이다.

60 영조는 영조어제 편찬에 오광운 외에 5, 6명이 관여하였다고 하였다. 「영종대왕어제속편자서(英宗大王御製續篇自序)」, 「영종대왕어제속편」, 국학진흥연구사업추진위원회 편, 『영조문집보유』, 3쪽.

61 『승정원일기』 영조 22년(1746) 4월 26일 자 기사를 보면 오광운이 만든 어제 2책을 원경하에게 맡기는데 이는 오광운이 사망하였기에 편차인을 변경한 것이다. 『승정원일기』 영조 19년(1743) 윤4월 17일 기사를 보면 영조는 예조참판 오광운에게 어제 편찬 상황을 점검한다. 오광운은 편찬 중에 있으며 이성중이 베껴서 보내온 비망기 등의 어제 등도 함께 편찬하고 있다 하고 영조는 윤음도 잊지 말라고 당부한다. 이해 5월 17일 오광운이 어제 등서를 마치고 예조에 봉안하였다고 하였다. 그리고 7월 1일에는 등사한 어제 서문 중에 서문 제8편 제15행의 오류를 사죄하였

(영조 23) 1월 22일 부제학 조명리가 동참하게 된다.[62] 1751년(영조 27) 1월 18일 조명리는 원경하가 밖에 있어서(현직에 있지 않아서) 혼자 편차하기가 어렵다고 토로한다.[63] 이를 통해 어제 편차는 혼자 하기에 어려운 일이었음을 알 수 있다. 같은 해 8월 27일에 홍계희는 어제편찬자인 조명리가 옥당에서 병조兵曹로 갔으므로 승정원에서 어제 편차를 맡는 게 좋겠다고 하여 윤허를 받았으며,[64] 11월 24일 기사를 보면 홍계희가 본격적으로 어제 편차에 관여하고 있다.[65] 이철보는 1752년(영조 28) 5월 이미 어제 편차의 역할을 맡고 있다고 하고 있으므로 이즈음부터 어제 편차를 수행했음을 알 수 있다.[66] 영조는 1757년(영조 33) 6월 8일 조명리의 종제인 조명정, 편찬을 담당하던 구택규具宅奎의 아들 구윤명, 오광운과 같은 역할을 할 것으로 기대되는 채제공 등을 어제편차인으로 임명한다.[67] 이는 열성어제 편찬을 위한 본격적인 편차인 편성으로 이들이 영조 열성어제 편찬에 최종적으로 관여하였으며 1776년(영조 52) 간행시에도 이들이 교정을 맡는 등 중추적인 역할을 하게 된다. 1758년 5월 영조의 『열성어제』 편찬 이후에도 어제편차인은 계속 있었는데 1758년 11월 22일 영조는 어제편차인 구윤명, 원인손, 채제공, 좌부승지 윤동승尹東昇, 가주서假注書 변득양邊得讓, 기사관 홍수보洪秀輔, 유서오柳敍五 등이 함께한 자리에서 승지에게 자신이 지은 「주인옹문답」을 읽게 하고 또 편차인에게 읽게 하였다.

다. 이렇게 어제 편찬을 맡았던 오광운은 1745년(영조 21)에 사망하였으므로 이 일은 홍문관 제학 원경하에게 넘어가게 된다.

62 『승정원일기』, 영조 23년(1747) 1월 22일.
63 『승정원일기』, 영조 27년(1751) 1월 18일.
64 『승정원일기』, 영조 27년(1751) 8월 21일.
65 『승정원일기』, 영조 27년(1751) 11월 24일.
66 『승정원일기』, 영조 28년(1752) 5월 4일.
67 『영조실록』, 영조 33년(1757) 6월 8일.

이때 어제편차인들이 차례로 읽고 아뢴 대로 첨삭을 하였다.[68] 어제편차인의 활동은 『영조실록』보다 『승정원일기』에 자세히 나타난다. 『영조실록』 1758년 12월 16일 기사를 보면 영조가 승지에게 효소전孝昭殿 제문을 쓰게 하였다는 기사가 있는데 이날의 『승정원일기』를 보면 임금이 효소전 제문을 쓰게 명하고 편차인 구윤명에게 읽게 한 뒤 구윤명이 다 읽고 아뢰기를 이 중 4글자를 고쳐야 한다고 하니 영조가 그렇게 하도록 하였다고 구체적으로 기술하고 있다.[69] 영조는 어제편차인과 어제의 첨삭을 함께 했을 뿐 아니라 문집에 수록할지 여부도 논의하였는데 이를 통해 제문을 어제에 싣지 않고 『승정원일기』에만 싣는 경우도 보인다.[70]

영조는 구윤명, 채제공, 원인손 등 어제편차인과 1759년(영조 35) 4월 영조어제 속편의 초본을 첨삭하였으며,[71] 1760년(영조 36) 1월에 속편 4권이 완성된다.[72] 속편 4권에는 1759년(영조 35) 6월 초까지의 글이 수록되어 있으므로 어제 창작 6개월 후에는 정리하여 편찬하는 단계까지 나갔음을 알 수 있다. 어제편차인의 임명 양상을 보면, 1761년(영조 37) 편차인 조명정과 홍인한洪麟漢이 교대로 입시하였으며, 1761년 12월부터는 구윤명이 이듬해 4월까지 주로 맡았다. 또한 5월부터는 홍인한, 채제공, 원인손 등이 편차인으로 거론되고 있다. 영조는 이철보에게 '구편차인舊編次人'이라 하여 편차인을 맡았던 신하인 점을 강조하였으며, 정조 역시 즉위하였을 때 이들 편차인을 '선조편차인先朝編次人'이라 지칭하고 있다.[73] 영조가 어제편차인의 공백이 생기지 않

68 『승정원일기』, 영조 34년(1758) 11월 22일.
69 『영조실록』, 영조 34년(1758) 12월 16일.
70 『승정원일기』, 영조 37년(1761) 6월 2일.
71 『승정원일기』, 영조 35년(1759) 4월 26일.
72 『승정원일기』, 영조 36년(1760) 1월 9일.
73 『승정원일기』, 정조 즉위년(1776) 7월 6일.

도록 고심하였으며 어제편차인을 중시하였고 이는 정조 역시 공감하였음을 알 수 있다. 그렇다면 어제편차인의 일은 무엇이었을까? 『승정원일기』의 다음 기사에서 그 일부를 엿볼 수 있다.

계유년 12월 15일 미시에 임금이 숭문당에 납시었고, 어제편차인이 입시했을 때 편차인 조명리, 좌승지 김양택, 가주서 김교재, 기사관 정택신·정상순이 차례로 나아가 엎드렸다. 임금이 승지에게 초지를 가져오라 하시고 홍회興懷를 입으로 읊고 받아쓰는 중간에 임금이 잠시 웅얼거리다가 이르기를 "전년의 금일은 바로 내가 창의궁에 누워 있던 날이다. 이 뜻으로 쓰게 하면 경 등은 반드시 쓰지 못할 것이다. 그러므로 시의 본의를 잃게 될 것이다." 대비를 알현하고 먹을 것을 내려준 뒤에 또 하교하기를 "작년의 금일은 창의궁에 가 있었다. 지금은 내 옆에 있어 내가 회포를 풀어 장차 글을 만들려 하므로 침묵하다가 물러났다." 이에 잠시 웅얼거리다 다시 몇 구를 부르고, 임금이 이르기를 "차심此心 운운의 글자가 두 곳에 있는가?" 조명리가 아뢰기를 "그렇습니다." 임금이 이르기를 "앞의 차심을 석년昔年으로 고치는 게 좋겠다." 명리가 아뢰기를 "차월此月도 두 곳에 있으니 한 곳은 금월今月로 고치는 게 좋을 듯합니다." 임금이 이르기를 "차此로 고치는 것이 좋겠다." 임금이 명리에게 읽게 하고 명리가 반을 읽고 아뢰기를 "작년(昨年)도 두 곳입니다." 임금이 말하기를 "한 곳은 '작시昨時'로 고치는 게 좋겠다." '위군위친爲君爲親'이라는 구절에 이르자 명리가 아뢰기를 "이 구절에 '하의何意'가 있지 않습니까? '위爲' 자를 '어於' 자로 고치는 게 좋을 듯합니다."[74]

74 『승정원일기』, 영조 29년(1753) 12월 15일.

이 기록에서 어제편차인 조명리가 임금과 함께 어떻게 어제를 첨삭하였는지 구체적으로 확인할 수 있는데 이 외에도 영조는 교서나 축문 등의 글자를 삭제하거나 첨가하는 일,[75] 치제문에서 외조부에게 '경卿'이라는 호칭을 써야 하는가의 문제[76] 등을 어제편차인과 논의하고 있다. 영조는 어제편차인 조명리가 한번 본 글은 의심할 곳이 없다는 칭탄을 하기도 하는데 이는 어제편차인이 검토한 글은 전적으로 믿을 수 있다는 의미이다. 그만큼 유능한 인물을 어제편차인으로 발탁하였음을 알 수 있다.[77]

2) 간행

어제의 간행에 대해서는 『규장각지』의 '편차 4'에 잘 설명되어 있다. 이는 정조가 영조의 어제편차법을 바탕으로 만든 것으로 추정되므로 영조의 어제 간행 및 정조의 영조어제 간행의 가까운 형태였다고 할 수 있다. 어제의 편차는 어제를 종류별로 정리하는 '회최會稡', 사자관이 어제를 선사한 뒤 규장각 각신과 왕의 재가를 거치는 '선사繕寫' 등으로 이루어져 있다.

이에 따르면 어제는 22항목으로 나누어 편차하였으며, 이 외의 경우는 별도의 체제에 따라 항목을 세우고 나누도록 하였다. 글을 쓸 때는 '속등續謄'에 대비하여 상하편으로 나누고 하편은 빈 종이로 남겨 두었다. 왕의 재가를 거쳐 속등까지 완료한 뒤에는 이문원, 규장각, 대내 등에 각 1부씩 보관하였다.[78]

정조 때는 교서관을 규장각의 외각에 소속시켜 모든 간행업무를 관장하게 하였다. 간행의 과정을 보면 감동인監董人 선정, 간행 방식 결정, 간행 등

---

75 『승정원일기』, 영조 29년(1753) 11월 6일.
76 『승정원일기』, 영조 30년(1754) 1월 23일.
77 『승정원일기』, 영조 26년(1750) 6월 12일.
78 「편차제사(編次第四)」, 서울대학교 규장각 편, 『규장각지』, 서울대학교 규장각, 2002, 53~65쪽.

3가지 절차가 따르는데 감동인 선정은 왕이 특별히 지정하거나 내각의 시·원임대신을 올려 낙망을 받는 방법이 있었다. 간행 방식의 결정은 활자와 누판 중에 선택하는데 누판의 경우 활자본을 번각하거나 사자관의 정서淨書를 새겼다. 이때 감동 각신이 외각에 나가 장인을 모아 인쇄하는 임무를 주게 된다.

영조어제의 간행은 영조어제간본, 『어제집경당편집』, 『어제속집경당편집』 외에는 모두 영조 사후 간행되며, 이 간행은 정조 대에 주로 이루어지는데 『열성어제』, 『영종대왕어제속편』, 『영종대왕어제습유』 등 기존 어느 국왕보다 많은 분량의 글이었으나 영조가 이미 대부분 편찬해 두었으므로 수월하게 간행되었던 듯하다.

3) 보존

영조어제의 보존에는 봉모당奉謨堂의 역할이 컸다. 봉모당은 누구보다 많은 작품을 남긴 영조어제의 보관을 위해 정조가 특별히 조성한 왕실서고다. 『정조실록』에는 이에 대해 다음과 같이 기록하고 있다.

> 임금이 즉위하여서는 먼저 선조先朝의 편차인 구윤명·채제공 등을 명하여 개국하고 영고英考의 어제를 편집하여 목판에 새기고 영고의 어묵御墨을 모사하여 돌에 새겼으며, 또 어제가 중외中外에 흩어져 있어 인쇄되지 않은 것은 설국設局하여 등사하되 1본本은 원릉元陵의 편방偏房에 봉장奉藏하고, 1본은 대내 별전大內別殿에 임시로 봉안하고는 대신을 불러 하교하기를, '우리 선대왕의 운장雲章·보묵寶墨은 모두 다 소자를 가르쳐 주신 책이니, 존신경근尊信敬謹하는 바가 어찌 보통 간찰簡札에 비할 것이겠는가? 의당 한 전각殿閣을 세워서 송조宋朝의 건봉虔奉하는 제도를 따라야 하겠으나 열조列祖의 어제·어필에서 미처 존각에 받

들지 못한 것을 송조에서 각 왕조마다 전각을 달리하는 것과 같게 할 필요가 없으니 한 전각에 함께 봉안하게 되면 실로 경비를 덜고 번거로움을 없애는 방도가 될 것이다. 아! 너 유사有司는 그 창덕궁의 북원北苑에 터를 잡아 설계를 하라' 하고, 인하여 집을 세우는 것이나 단청을 하는 것을 힘써 검약儉約함을 따르라고 명하였는데 3월에 시작한 것이 이때에 와서 준공되었다."[79]

이 글에서는 영조어제의 다양한 보존 방법을 제시하고 있다. 첫째, 어제는 편집하여 판각한다고 하였는데 이는 간행하여 보존한다는 것이다. 둘째, 어묵은 모사하여 돌에 새긴다고 하였다. 어필을 돌에 새겨 오래 유지시킨다는 뜻이다. 셋째, 필사본을 2부 더 만들어 한 부는 영조의 능에 보존하고 한 부는 궐내 별도의 전각에 보존한다는 것은 필사본 복본화를 의미한다.

정조 7년에는 영조의 어제어필 7언 1구 및 『열성어제』 361판을 봉모당에 봉안하도록 하였다.[80] 그러나 장소가 협착하다고 하여 목판과 석판은 이문원摛文院에 봉안하게 된다.[81] 철종 대인 1856년 봉모당의 협소 문제가 다시 논의되었으며, 1857년 4월에 이문원 근처의 대유재大猷齋에 봉모당을 새로 마련하였으며, 이곳의 중앙 3칸 좌우 1칸으로 이루어진 본당에 어제어필 등을 보관하게 된다.[82] 『봉모당봉장서목』에 따르면 영조어필 등은 중앙 3칸 중 제1칸의 3층 중 제1층에 보관되었고 '영조어제습유', '영조어제속편' 등은 제2칸의 제3층에 보관되었다. 영조의 그림 족자 등은 제3칸의 제1층에 보관하였으며,

---

79 『정조실록』, 정조 즉위년(1776) 9월 25일.
80 『승정원일기』, 정조 7년(1783) 2월 25일.
81 『승정원일기』, 정조 9년(1785) 10월 20일.
82 신명호, 「봉모당후고봉장서목 해제」, 『봉모당도서목록』 해제본, 한국학중앙연구원출판부, 2012, 20~21쪽.

영조어제첩본은 26개의 함에 나누어 보관하였고 영조어제간본은 상하 두 개의 함에 나누어 보관하게 된다.[83]

Ⅱ. 소결

영조어제의 시기별 수록 양상을 보면, 영조가 21세인 1714년(숙종 40)에서 65세인 1758년(영조 34) 6월까지의 시문이 활자본 『열성어제』에 수록되며, 이 이후부터 68세인 1761년(영조 37) 6월까지의 시문이 활자본 『영종대왕어제속편』에 수록된다. 그리고 그 이후부터 71세인 1763년(영조 40) 7월까지의 산문이 필사본 『영종대왕어제』에 수록되며, 이 이후부터 72세인 1764년(영조 41) 7월까지의 산문이 필사본 『어제시문』에 수록된다.[84] 이 이후의 영조어제 중 일반적인 문체는 필사본 『영종대왕어제습유』에 수록되는데 이 『영종대왕어제습유』에는 이전에 관공서나 민간에 소장되었던 글도 함께 실리게 된다. 『어제집경당편집』과 『어제속집경당편집』에는 1764년(영조 41) 11월에서 1770년(영조 47) 8월까지의 영조어제 중에 감회와 훈유를 담은 영조 특유의 글들이 수록되며, 『어제집경당편집』과 같은 성격의 글로 이루어진 영조어제 첩본은 1770년(영조 46) 이후 주로 창작되고 작품별로 바로 장첩된다. 이상에서 정리한 바와 같이 영조어제는 1714년에서 1776년까지의 어제가 대부분 보존되어 있으며, 이 외에 1741년(영조 17)부터 수시로 간행한 영조어제간본 85편도 대부분 전해지고 있다.

---

83 안장리, 「영조어제의 봉모당 소장 양상 고찰」, 『장서각』 40, 한국학중앙연구원 장서각, 2018.
84 『어제시문』에는 산문 외에 시도 있으나 이는 『열성어제』와 겹치는 시기의 작품이며 『열성어제』 편찬을 위한 교정본으로 보인다.

영조어제의 편찬과 간행은 주로 생전에 이루어진 것으로 보인다. 영조는 어제 편찬을 전담하는 어제편차인을 두고 수시로 작품의 첨삭과 편찬을 진행하였으며, 먼저 영조어제 13책본을 만든 뒤 이를 산삭하여 20권 10책의 『열성어제』로 편찬한다. 이후의 글은 '속편'으로 편찬하되 『열성어제』에 첨부하지 않을 것을 천명하는데 이는 아버지인 숙종보다 많은 분량을 쓰는 것을 꺼렸기 때문이다. 그렇지만 글쓰기를 멈추지는 않아서 이후 쓰인 글은 또다시 5책의 속편으로 편찬되며, 이는 영조 사후 『영종대왕어제속편』으로 간행된다. 『영종대왕어제』와 『어제시문』 하책은 모두 필사본으로 남아 있는데 이는 임오화변壬午火變과 가까운 시기의 글이기에 별도의 간행을 추진하지 않은 듯하다.

영조는 일부 훈유문은 간본으로 만들어 간행했지만 1770년 이후 대부분의 글은 장첩하여 보관하게 했는데 이 장첩본이 5,000여 건에 달하는 영조어제첩본이다. 『어제집경당편집』과 『어제속집경당편집』의 간행은 본인의 뜻이라기보다 신하들의 주도로 이루어졌는데 후손에게 감계가 될 수 있다고 생각하여 영조도 간행을 승인하게 된다. 『어제시문』 하책 이후에 지어진 일반적인 문체의 시문은 별도로 수집하여 '습유'로 편찬하게 된다. 영조어제의 일반적인 문체 중에는 제문이 1,230편으로 가장 많다.

영조어제 분량을 보면 『열성어제』는 시 822수, 문 664편이며, 여기에 『열성어제별편』의 시와 문을 합치면 전체 시의 분량은 831수, 문은 691편이다. 『영종대왕어제속편』은 10권 5책으로 문만 435편이다. 『영종대왕어제』는 상하권으로 연구聯句 2편 외에 산문 212편이 실려 있다. 『어제시문』은 상하권 2책으로 상책은 1714년(숙종 40)에서 1747년(영조 23)까지의 시 337수가 실려 있으며, 하책에는 1763년(영조 39)에서 이듬해까지의 문 82편이 수록되어 있다. 『영종대왕어제습유』는 4권 4책으로 시 3수와 문 773편이 수록된 필사본이다. 『어제집경당편집』은 6권 3책으로 희자명제 71편을 비롯하여 162편으로 이루어져 있으며, 그중 4언체가 40편이다. 『어제속집경당편집』은 6권 3책이며, 4언체 20편을 포함하여 129편이다. 『봉모당봉안어서총목』에 의하면 영조어제간본은 85편이며, 영조어제첩본은 5,277편이다. 총 8,652편의 영조어제에서 영조어제첩본의 분량이 과반수를 차지함을 알 수 있다. 영조어제첩본은 대부분 70세 이상 만년의 작품으로 만년에 특히 많은 작품을 창작한 셈이다.

제 3 장 영조어제의 내용

1. 영조의 생애

사람의 일생은 자신이 생각하는 삶이 있고 세상에서 평가하는 삶이 있다. 본서에서는 영조가 자신의 일생을 회고하는 글을 먼저 살펴보고 이어서 『영조실록』에 실린 행장을 통해 세상에서 평가하는 국정운영자로서 영조의 생애와 업적을 고찰하도록 하겠다.

1) 영조가 회고하는 일생

영조는 여러 번 자신의 일생을 회고하는 글을 지었다. 그중 80세에 지은 「어제금팔순성명연御製今八旬誠冥然」(K4-1488)은 비교적 늦은 시기에 생애 전체를 회고한 내용이다. 글 말미에 집필 이유에 대해 기술하고 있는데 20세 계사년에 경현당에 도사도감圖寫都監을 설치하고 자신을 그렸던 일을 생각하고

60년 뒤 계사년인 80세 정월에 도사도감을 위선당爲善堂에 설치하여 어진을 그리게 하였으며, 이 과정에서 인생을 회고하게 되었다고 하였다. 자신의 초상을 보고 자신의 일생을 회고한 셈이다.

이제 여든 되니 정말로 아득하다. 어렸을 때를 생각하니 전생 같다. 갑술년(1694) 9월 13일은 창덕궁 보경당寶慶堂에서 내가 태어난 날이요, 때는 인시(寅時: 오전 3~5시)였다. 이후 창경궁 북쪽 건극당建極堂 동쪽의 의춘헌宜春軒에서 자랐다. 나이 겨우 6세일 때 처음 봉작을 받아 종친부宗親府 유사有司가 되었고 같은 해 12월과 이듬해 봄 정월에 인정전仁政殿 중에서 복두공복幞頭公服을 입고 사은례謝恩禮를 하였으며, 계미년 초 9세 때 통화문通化門에서 관례를 하였고, 갑신년(1704) 11세 때 안국동 영안제永安第에서 가례를 하였다. 13세인 병술년에 스승에게 『소학』을 배웠고, 같은 해 8월에 내외연內外宴에서 잔을 올렸다. 기축년 16세에 사옹원(司饔院, 廚院) 도제거都提擧가 되었고 그해 여름 종친부에서 전최殿最할 때 문안청問安廳에 있었으며, 사옹원에서 전최할 때 본주원本廚院에 있었다.

경인년 17세에 주원 도제거로서 내외연에서 잔을 올렸고, 신묘년 18세 8월에 태실太室에 전알展謁할 때 처음으로 어가御駕를 수행하였다. 같은 달 강릉康陵에 갈 때 또한 어가를 수행하였으며, 임진년 19세에 바로 창의동彰義洞 잠저로 나아갔다. 이해 봄에 처음 총관摠管에 임명되었고, 초여름에 북한산성에서 시위侍衛하고 또한 아울러 종부宗簿 종정宗正을 겸하였다. 10월 동향제冬享祭에서 초헌관初獻官으로 위촉되었고, 계사년 20세 봄 정월에 숭정전崇政殿에서 경하慶賀할 때에 총관으로 시위하였고 존호尊號를 올릴 때 예대로 하였다. 3월에는 종부 도제거로서 봉안사奉安使로 심도(沁都: 강화도)에 갔고, 초여름에는 경현당景賢堂에 또

한 입시하여 어느 도감都監이냐 물으니 이 도사도감圖寫都監이었다. 전
정殿庭에 첨배瞻拜할 때에도 서반西班에 참여하였으며, 1본本을 장녕전
長寧殿에 봉안할 때 전설정典設庭에서 지영례祗迎禮를 하였고, 여름 6월
에 영은문迎恩門에서 칙사를 맞이하여 관소館所에서 연향할 때 주원 도
제거로 참여하였다. 같은 해 8월에 동교東郊에서 차헌관差獻官에 위촉
되었고, 돌아올 때 고암鼓巖 해창정사海昌亭榭를 보았다. 9월에 춘당대春
塘臺에서 임금이 친히 시사試射하실 때 보검을 들고 모셨으며, 겨울 12월
에 내반원內班院에 입직하면서 청방廳房에서 시탕侍湯하였다.

갑오년 21세에 8개월간 직숙直宿하면서 어필유서御筆諭書와 도상圖像 그
리고 구마廐馬를 하사받았고, 8월에 총부로 물러났으며, 그믐에 근무
일수를 채웠음을 알리고 구마를 하사받고 창의동 사제私第로 나갔다.
9월에 다시 총관에 제수되었다. 같은 달 내외연에서 진작進爵하였으
며, 10월 동향제에서 아헌관亞獻官이 되었다. 이는 내 형을 위한 친향제
親享祭였다. 같은 달 서교西郊에서 헌관에 위촉되었고 이때 정섭 중이었
으므로 제사를 마친 후에 밤을 이용하여 돌아와 돈의문敦義門 밖 경영
고京營庫에 이르니 동쪽이 이미 밝아 왔다. 관대冠帶를 하고 개양문開陽
門으로 예궐詣闕하여 문안하였다. 겨울에 다시 직숙할 차비를 하였다.
아아! 이 이후 오랫동안 금중禁中에 있었다. 정유년 24세에 온양에 행
행할 때 대궐에서 운검雲劍으로 시위하며 어가를 수행하고 서울에 돌
아온 후 앞에서 직숙한 곳인 과천 어목헌御牧軒, 직산稷山 영소정靈沼亭,
수선정水仙亭, 천안 화축관華祝館 등을 모두 보았다. 겨울에 칙사를 접견
할 때 주원 도제거로서 희정당熙政堂에 입시하였다. 우리 황형皇兄께서
연향대宴享臺에서 칙사를 대접할 때 또한 주원 도제거로서 참여하였다.
아아! 무술년 25세 3월 9일에 못난 나는 창의동 집 함일재咸一齋 서쪽에
서 유고를 당해 동쪽 일청헌壹淸軒에서 배존陪奠하고 남쪽 치심재治心齋

에서 여막을 살았다. 아아! 이 이후 마음은 이미 식었으며, 이에 해당 부서에 주원 도제거, 총관, 종친부 종부 등을 면해 줄 것을 청했으나, 은혜를 입어 직분을 유지하였다. 5월에 고령高嶺에 참예參預하는 데 따라갔으며, 서울로 돌아와 하교를 받들어 서명함에 기복起復하여 예궐할 때는 각권角圈을 달고 궐내에서는 모자와 허리띠는 같되 금포단령綿布團領을 입었으며, 궐외에서는 심제心制로 옷은 검은 삿갓과 포직령布直領, 검은 대를 띠고 신을 신었으며 모두 말을 탔다. 기해년(26세) 홍정당興政堂에서 기로소에 들 때 우리 황형이 친히 어첩御牒을 썼으며, 이때 입시하여 영수각靈壽閣에 봉안하고 또한 이 뜰에 지영례를 전설典設하였다. 같은 해 여가가 있을 때 심제로 옷을 입고 고령에 나아가 정중히 절하였다.

아아! 경자년(27세) 5월 초길일初吉日 담제禫祭 후에 옷을 갈아입고 예궐하여 다시 지금의 억석와憶昔窩인 사알방司謁房에서 직숙하였다. 대략 7년 1개월 남짓 시탕하였으나 정성이 부족하여 융복전隆福殿에서 돌아가셨다. 이 이후 나는 고로인孤露人이 되어 5개월간 자정전資政殿에서 5시에 배존하고 예문관藝文館에서 여막살이를 했으며, 대여大轝를 따라 산릉도감山陵都監에 참예하였다. 나에게 수시릉관守侍陵官과 동거童車를 만들어 주었는데 수시릉관이 모두 타고 재인암才人巖에 이르러 나는 걸어서 따르고 동거는 일영헌日永軒에 두었다. 대여를 따라 돌아와서 창경궁 옛 예문관에서 직숙하였으며, 모든 제사를 마친 후에 사저로 나아갔다.

아아! 신축년 28세 8월 15일에 배릉拜陵하였으며, 또 배릉 20일에 서울로 돌아와 배전拜殿하였다. 또한 배견하고 사저로 돌아왔는데 다음 날 세제에 봉한다는 명을 듣고 심담心膽이 모두 손상되었으니 또한 더 말이 필요 없다. 이에 예궐하였다. 9월에 책봉을 받고 보경당에 거처하였다. 아아! 갑술년 이후 28년, 다시 이곳에 있게 되니 진실로 천만 뜻밖이었다. 아아! 임인년 29세에 삼년상을 마치고 (태학에) 입학하여 황형을 따라 능에 절하였다.

아아! 갑진년 31세 여름 5월에 황형을 따라 자전慈殿에 술을 올렸다. 8월에 시탕하였으나 정성이 모자라 황형께서 돌아가셨다. 9월에 재위를 물려받으니 아아! 효인가? 우애인가? 이 이후 두 자전을 받들게 되었다. 무신년(35세) 9월 두 대비께 잔을 올렸다. 아! 겨울 11월에 효장세자孝章世子를 위해 기제복朞制服을 입게 되었다. 내 나이 37세 봄에 영릉(寧陵: 효종과 인선왕후의 능)에 절할 때 남한행궁南漢行宮과 재덕당在德堂에서 뵈었다. 아아! 6월에 시탕하였는데 정성이 모자라 어조당魚藻堂에서 황수皇嫂를 사별하였다. 광명전光明殿에서 5개월간 5시에 배전하였으며, 덕유당德游堂에서 어막살이를 하고, 10월 인산因山할 때 따라가서 보제원普濟院에 참예하였다.

신해년 38세에 구장릉舊長陵에 참여하여 의례에 따라 예를 폈으며, 8월에 신장릉新長陵에 참여하고 이어 소령원昭寧園에 참여하여 절하였다. 기미년 내 나이 46세 봄 정월에 삼백 년 고례古例에 따라 통명전에서 친경례親耕禮를 하고 자전에 잔을 올렸다. 계해년 50세에 다시 자성慈聖께 잔을 올렸다. 갑자년 51세에 사마광司馬光의 기영고사耆英古事를 본받아 영수각靈壽閣에 배하였으며, 궤장을 받고 와서 광명전에서 자전에 잔을 올렸다. 정축년 64세에 못난 내 정성이 모자라 영모당永慕堂에서 자안慈顔을 영원히 사별하고 통명전에서 5개월간 5시에 배전하고 공묵합恭黙閣에서 초막살이를 했으며, 인산할 때 따라서 정자각에 참예하였다. 예년 자전의 가르침에 부응하여 정중히 우주(虞主: 우제 지낼 때 쓰는 신주)와 연주練主에 모두 직접 글을 썼다.

아아! 아득하도다. 60세가 넘어 영원히 고로인이 되었으니 누가 장차 나와 더불어 짝이 될 것인가? 몇 차례 존호를 올리고, 제9실과 제11실에 존호를 추상追上하는 등의 절차는 모두 국승國乘에 있으니 이제 어찌 거듭할 것인가? 이미 전에 아뢰었으므로 예를 마친 후에 더하였다.

내 나이 66세인 기묘년 6월 일에 의구궁義舊宮에서 친영親迎하였으며, 통명전에서 가례를 치렀다. 정해년 내 나이 74세에 내전內殿과 구궐舊闕에 참예하여 서릉씨西陵氏에 제사한 후 친잠親蠶을 행하고 하례를 받은 후 돌아와 석채례釋采禮를 하였다. 또한 고례에 따라 대사례大射禮 일체를 태학太學 하연대下輦臺에서 하였다. 기로들을 위해 대사례를 경희궁 건명문建明門에서 하였다. 기로과耆舊科를 한 번은 춘당대에서 한 번은 구궐구저舊闕舊邸에서 창방唱榜하였다.

기축년 내 나이 76세에 결혼 십 주년으로 내전과 더불어 함께 광명전에서 잔칫상을 받았다. 나이 79세 임진년 겨울에 제10실에 존호를 올리고 또 육상궁毓祥宮에 존호를 올렸으며, 나는 내전과 더불어 존호를 받았다. 휘령전徽寧殿 또한 그러하였다. 계사년 내 나이 80세에 결혼 15주년으로 내전과 함께 광명전에서 잔칫상을 받았다. 옛 예에 따라 추준追遵되어 나는 연화문延和門 앞에서 양로연養老宴을 하였고 곤전坤殿은 여러 명부命婦들과 덕유당德游堂에서 잔치하였다.

아아! 내가 아득히 천만 뜻밖으로 이제 80세가 되었는데 이처럼 태강太康하다니! 이처럼 태강하다니! 어찌 혐의로움을 이기겠으며, 어찌 송연함을 이기겠는가? 그 대개를 써서 곤이昆爾에게 보이노라.

황조皇朝 숭정崇禎 무진(1628) 기원후紀元後 3번째 계사년 6월 14일 씀.

내가 즉위한 지 49년이요 나이는 80세인 계사년 봄 정월에 집경당集慶堂에서 회사繪士에게 먼저 기본을 하게 하고 자정전에 불러서 보았다. 이어 위선당爲善堂에 도감을 설치하고 그리게 하니 이 어찌 나를 위한 것인가? 지난 계사년 경현당을 추억하니 이 또한 이어서 기술하려는

뜻이 있다. 아! 지금 기술하려는 내 뜻은 진실로 천만 뜻밖일 뿐이다.[1]

이 글에서 영조는 나이에 따라 자신의 일생을 기술하고 있다. 영조가 언급한 나이는 1세, 6세, 9세, 11세, 13세, 16세, 17세, 18세, 19세, 20세, 21세, 24세, 25세, 26세, 27세, 28세, 29세, 31세, 35세, 37세, 38세, 46세, 50세, 51세, 64세, 66세, 74세, 76세, 79세, 80세 등이다. 40세까지는 나이를 21번 언급한 반면, 41세에서 80세까지는 9번만 언급하고 있어 젊었을 때를 더 많이 기억하고 중시하고 있음을 엿볼 수 있다. 또 31세에 즉위 이후가 13번 그 이전이 17번이므로 즉위 이전에 더 비중을 두었음을 알 수 있으며, 자신의 일생을 국정보다는 가족 중심으로 기억하고 있는 셈이다.

이 글의 첫 구절에서 영조는 자신의 어렸을 때가 전생 같다고 하였는데 만년의 영조는 자신의 장수가 뜻밖의 일이며, 젊었을 때가 전생 같다는 말을 입버릇처럼 하곤 하였다. 영조는 1694년(숙종 20) 9월 13일 인시寅時 창덕궁 보경당寶慶堂 옆의 태화당泰和堂에서 태어났다.[2] 태화당은 숙빈 최씨의 호산청護産廳이 배설된 곳이다. 그러나 행장이나 영조의 언급에서도 모두 보경당을 탄생한 곳으로 제시하고 있다. 심지어 영조는 보경당이 자신이 태어난 곳이라 하여 '탄생당誕生堂'으로 명명하기도 하였다. 생모인 숙빈 최씨가 당시 머물던 곳이 보경당이었기 때문에 그런 듯하다. 영조 출산 당시 숙의淑儀였던 최씨는 왕자를 낳아 이듬해 귀인貴人에 봉해졌다.

영조는 2세부터 창경궁 북쪽 건극당 의춘헌에서 생활하게 된다. 영조가 어린 시절을 의춘헌에서 보낸 사실은 영조의 회고에 의해 비로소 알 수 있던 사실이다.[3] 의춘헌은 일반적으로 경종비의 승하 장소로 일컬어진다. 19세

1 「어제금팔순성명연(御製今八旬誠冥然)」(K4-1488).
2 『호산청일기(護産廳日記)』(K2-3619).

성인이 되어 사저로 나갈 때까지 경희궁 경선당 등에서도 생활했지만 의춘헌에서 주로 생활한 것으로 여겨진다.[4]

6세인 1699년(숙종 25)에 봉작을 받았다는 것은 연잉군延礽君에 봉해진 일을 말한다. 이때 아울러 종친부 유사당상有司堂上이 되었다. 6세 아이에게 당상의 직책을 맡긴 것을 보면 종친부에서 영조의 신분상 위상이 높았음을 알 수 있다. 이때 영조는 복두공복을 입고 사은례를 한 것을 기록하고 있는데 어린 나이에 처음으로 공식적인 복장을 하고 왕실의례를 행한 것이 인상적이었던 듯하다. 또 9세에 관례를 하였다고 하였는데 이는 10세를 잘못 기억한 것이다. 계미년을 9세라 하고 갑신년을 11세라고 기술하고 있다.[5]

13세에 『소학』을 배우고 내외연에 잔을 올렸다고 하였는데 영조의 독서편력을 언급한 「어제독서록御製讀書錄」(K4-1748)을 보면 8세에 『효경孝經』을, 10세에 『동몽선습童蒙先習』을 배웠다고 하였다. 여기서 『소학』을 언급한 이유는 특히 세손에 대한 훈계 때문으로 여겨진다. 영조는 자신이 소학을 13세, 28세, 73세에 거듭 읽었으며, 72세에 『소학』을 간행한 사실을 강조하기도 하였다.[6] 또 세손이 일상에서 지켜야 할 덕목으로 이루어진 책이기에 특별히 언

---

3 「어제억갑술(御製憶甲戌)」(K4-3139)에서 영조는 2세부터 창경궁 건극당 의춘헌에서 거처하였다고 하였다.

4 경선당에 대해서는 제3장 4절의 '추모당' 참조.

5 영조는 10세인 1703년(숙종 27) 12월 15일에 창경궁 통화문(通化門) 동쪽 월랑(月廊)에서 관례를 행했는데 이는 혼인을 위한 통과의례 같은 행사였다. 이듬해 2월 21일 서종제(徐宗悌)의 딸과 안국동 영안제(永安第)에서 혼례를 치렀다. 신부는 후에 정성왕후에 오르게 되는데 영조보다 2살 연상이었다. 정성왕후 행장에 의하면 혼례 시기는 갑신년이 분명하며, 「어제자성옹자서」(K4-4082)에서도 "갑신년 2월 20일 선비(先妣)를 모시고 안국동 영안제에 나아갔다. 21일 복두공복에 말을 타고 송현 구성필가에 나아가니 이곳은 지금의 저경궁 남쪽집이다. 친영하고 돌아와 안국동에서 길례를 하였다. 다음 날 문안한 뒤에 다시 안국동 집에 나아갔으며, 3일 동안 함께 대궐에 나아갔다"라고 하였다. 갑신년에 11세였으므로 계미년은 10세인 셈이다.

6 「어제독서록(御製讀書錄)」(K4-1748)에서 영조는 8세에 『효경(孝經)』을, 10세에 『동몽선습(童蒙先習)』을, 13세에 『소학(小學)』을, 19세에 『대학(大學)』을 읽었으며, 29세에는 『대학』과 『논어(論語)』

급했다고 할 수 있다. 내외연은 숙종 재위 30주년을 기념하는 진연으로 인정전仁政殿에서 이루어졌는데 왕세자 경종이 대표로 숙종에게 진연하는 행사였다. 이 행사에서 아홉 번 술잔을 올리게 되었는데 왕세자가 첫 잔을, 영의정 최석정崔錫鼎이 둘째 잔을 드렸으며, 영조는 셋째 잔을 올렸다. 이후 연령군延齡君, 판중추부사 이유李濡, 임양군 이환李桓, 동평위 정재륜鄭載崙, 영돈녕 김주신金柱臣, 호조판서 조태채趙泰采 등이 각각 잔을 올렸으며, 잔을 올릴 때마다 제조提調가 탕을 바치고 음악을 연주하고 또 춤을 추었다고 한다.[7] 16세에는 사옹원司饔院 도제거都提擧가 되어 왕실 음식을 주관하면서 있었던 전최殿最에 대해 회고하고 있다. 전최는 지방 수령의 근무에 대한 평가 점수를 부여하는 일로 당시 숙종이 병환으로 도목정都目政을 하지 못하기에 종친부 문안청, 사옹원 본주원 등에 있던 영조가 왕을 대신해서 업무를 한 일을 언급한 것으로 여겨진다. 이로 볼 때 영조는 이미 16세부터 왕의 업무를 일부 수행하였음을 알 수 있다.

17세에 회고한 진연은 숙종이 병이 회복되고 50세가 된 것을 기념하는 내외연으로, 숭정전崇政殿에서 거행되었다. 또한 18세에 태묘 및 왕릉에 전알

를, 32세에는『맹자(孟子)』를, 34세에는『중용(中庸)』을, 35세에는『서전(書傳)』을, 38세에는『예기초(禮記抄)』를, 41세에는『시전(詩傳)』을, 43세에는『주역(周易)』을 44세에는『춘추(春秋)』를, 48세에는 4년 동안『심경(心經)』을, 51세부터 6년 동안『주례(周禮)』를 읽었으며, 65세 이후 72세까지는 경연을 통해『대학』,『중용』,『논어』,『맹자』,『시전』,『근사록(近思錄)』등을 강하였고 만년에 눈이 어두워져 신하를 불러 읽은 책으로는『강목(綱目)』,『송감(宋鑑)』,『황명통기(皇明通紀)』,『명기편년(明紀編年)』,『심경』,『주자봉사(朱子封事)』,『대학연의(大學衍義)』,『동국통감(東國通鑑)』,『성학집요(聖學輯要)』,『당감(唐鑑)』,『절작통편(節酌通編)』,『육선공주의(陸宣公奏議)』,『근사록』,『이충정공주의(李忠定公奏議)』,『좌전(左傳)』,『역대명신주의(歷代名臣奏議)』,『정관정요(貞觀政要)』,『명신주의(明臣奏議)』,『송명신언행록(宋名臣言行錄)』,『송원강목(宋元綱目)』,『대학연의보(大學衍義補)』,『주자어류초(朱子語類抄)』,『자치통감(資治通鑑)』,『여사제강(麗史提綱)』,『역대군감(歷代君鑑)』등이 있다고 하였다.
7 『숙종실록』, 숙종 32년(1706) 8월 27일.

하는 어가를 따른 일을 기술하고 있는데 이는 처음으로 어가를 수행한 경험을 기술한 것이기도 하지만 밖에 거둥할 만큼 숙종의 건강이 좋아졌음을 나타내는 내용이기도 하다.[8] 19세에 잠저로 나간 일도 기술하고 있다. 영조는 1712년(숙종 38) 2월 12일 성년이 되었으므로 궁궐을 떠나 창의궁彰義宮에 거처를 정하게 되는데 이때부터 오히려 중책을 맡아 계속 궁궐에 출입하게 된다. 이해 3월에는 오위도총부의 도총관都摠管에, 가을에는 종부시宗簿寺 도제거(宗正)에 임명되었다. 오위도총부는 병권을 통솔하는 곳은 아니지만, 최고의 군령기관이며, 종부시는 종친의 규율을 관리하는 기관이다. 군령과 종친 규율을 맡아 국왕을 보필하는 임무를 수행하게 된 것이다.

연잉군은 도총관으로서 이해 4월 10일 숙종의 북한산성 거둥을 시위한 일을 기록하고 있다. 또한 왕을 대신하여 종묘사직에 올리는 동향대제 때에 초헌관을 맡았음을 기록하고 있는데 이들은 모두 연잉군의 대외적 위상이 높아진 양상을 나타낸다. 이러한 위상과 역할은 이듬해부터 본격적으로 나타난다. 20세 3월에 강화도에 간 이유는『선원록璿源錄』을 봉안하는 일이었으며, 4월에는 화가 진재해秦再奚가 어용을 그렸는데 연잉군이 그림에 조예가 있다고 하여 참예하게 되었다.[9] 윤5월에는 중국사신을 맞이하였는데[10] 당시 숙종이 다리를 다쳐 의례를 간소화하고 어쩔 수 없는 경우는 세자나 왕자들에게 자신의 역할을 맡겼기 때문이다.

8월에는 춘당대에서의 무재武才 시험을 관장하기도 하였다.[11] 8월의 제사와 관련해서는 8월 실록 기록에 관련 기록이 보이지 않으므로 7월에 사직

---

8 "初隨駕京 康泰兩陵",「어제억석(御製憶昔)」(K4-3186).

9 『숙종실록』, 숙종 39년(1713) 4월 13일.

10 윗글에는 6월이라 했으나『숙종실록』에 의하면 사신은 윤5월에 와서 6월 초에 돌아갔으므로 6월이기보다는 윤5월일 가능성이 높다.

11 위의 글에서는 9월에 수행했다고 하나『숙종실록』에 의하면 8월 23일의 일로 기록되어 있다.

단 등 여러 곳에서 거행된 기우제 중 하나가 아닌가 하나 미상이다. 8월에 해창위海昌尉의 정자를 보려고 고암鼓巖으로 들어갔다고 했는데, 여기서 영조가 해창위를 언급한 이유는 해창위가 명나라 보인을 모방하여 주조한 일 때문으로 여겨진다.[12] 12월에는 내반원에 입직하였다고 하였는데 당시 숙종의 환후가 심해져서 잠을 자지 못하고 수라를 들지 못할 정도였으며,[13] 12월 10일에도 차도가 없었다고 한다. 이에 연잉군은 문안청에서 21세인 이듬해 8월까지 시탕에 참여하게 된다. 다행히 유천군 이정李濎의 치료가 효험이 있어 9월에는 숭정전에서 진연례를 행하게 됐다. 영조의 『열성어제』에는 이때의 작품이 첫 작품으로 실려 있다. 그러나 숙종은 다시 11월부터 종기로 고생하였으며, 12월에 환후는 더욱 심해진다. 그래도 영조는 계속 도총부 총관으로 그리고 사옹원 도제거로서 임무를 수행하였으며, 24세인 1717년(숙종 43)에는 병환 중의 아버지를 수행하여 온양온천을 다녀오기도 하였는데 아버지와의 가장 긴 여행이었을 것이다.

같은 해 7월 초부터 이복형 경종이 시민당時敏堂에서 대리청정을 수행하게 되었다. 이는 경종과 당파가 다른 연잉군에게 불리한 일이었다. 이 글에서는 이 일을 그저 황형이 칙사를 대접할 때 함께 참여하였다는 말로 대신하고 있다. 25세에 당한 유고는 숙빈 최씨의 상을 말한다. 숙빈 최씨는 지병으로 이미 3년 전부터 궁궐에서 나와 창의궁 함일재咸一齋에서 거처하고 있었는데 49세의 나이로 승하하게 된다. 위의 글에서 생모의 거상에 대해 당시의 직

---

12 해창위는 현종의 셋째딸 명안공주(明安公主)의 남편 오태주(吳泰周)의 봉호이며 영조에게는 고모부가 된다. 조선은 병자호란 이후에 청나라의 보인(寶印)을 사용하였는데, 상신 이신명(李頤命)의 주달로 인해 처음으로 승문원에 해창위가 모방하여 주조한 명나라의 보인이 있다는 것을 알게 되었다. 이 일로 인해 영조는 현종의 부마인 해창위와 그 자손을 특별히 대우하게 되는데 이 일을 기록한 것으로 보인다. 여기서 고암은 동소문 밖에 있으며 광릉으로 가는 길목에 있다. 정자 앞에는 후포 터가 있었다고 한다.

13 『숙종실록』, 숙종 39년(1713) 12월 6일.

분, 상을 당한 후의 복식 등에 대해 구체적으로 적고 있는데 숙빈 최씨는 신분이 낮았기에 상례에서 왕자의 어머니로서의 대우를 받을 수 없었다. 영조는 이 글에서 당시의 심정을 언급하고 있다. 부모상에는 삼년상을 치르게 마련이다. 그러나 영조의 생모는 신분이 천했고 또 아버지인 숙종이 살아 있는 상황이었다. 심지어 생모상을 당한 2개월 후인 5월 17일에 영조에 대해 탈상 전에 복직시키는 논의가 있었는데 영조는 이를 고마운 일로 표현해야 했다. 영조는 예조와 승정원의 의견에 따라 궁궐 안을 출입할 때는 상복을 입지 못하고, 궁궐 밖에서는 백포白布·직령의直領衣·참포립黲布笠·흑대黑帶를 착용하되, 공적인 모임에서는 공복公服을 착용해야 했다. 이는 부모상과는 거리가 있는 복색이었다. 이해에 영조는 첫째 딸이 출생 1년 만에 요절하는 불운까지 겪는데 바로 생모 사후 1개월 후의 일이었다. 그러나 이 글에서는 이 일을 언급하지 않았다.

영조는 26세인 이듬해에 숙종이 60세 환갑을 맞아 기로소에 들어간 경사는 언급하고 있지만 2월 15일 첫째 아들 효장세자를 얻은 사실은 기록하고 있지 않다. 자식의 일보다 아버지의 경사가 중요했기 때문이다.

영조는 27세인 1720년(숙종 46) 6월 8일 숙종이 경희궁 융복전隆福殿에서 승하했을 때를 자세하게 기술하고 있다. 특히 자신이 국장에 어떻게 참여하였는지 적고 있는데 수레를 만들어 주었음에도 타지 않고 걸어서 간 일, 산릉에서 돌아온 뒤 예문관에서 직숙하고 사저로 돌아온 일 등을 꼼꼼히 기술하고 있다. 숙종 승하 시 연잉군은 정치적으로 당쟁의 소용돌이에서 백척간두에 있었다고 할 수 있다. 아우인 연령군도 전년에 죽었으므로 왕의 후계자로서 경종을 위협하는 자는 연잉군 자신이 유일했기 때문이다.

그런데 이듬해 세제 책봉의 명이 있어 9월 6일 인정전에서 경종의 후계자로 책봉되었으며, 이후 보경당에 거처하게 된다. 사저에서 다시 궁궐로 돌아온 것이다. 연잉군을 지원하던 노론은 세제 즉위에 만족하지 않고 연잉군의 대리청정을 주청하게 되는데 이 대리청정을 둘러싸고 세제를 지원하는 노론과 국왕을 지원하는 소론 사이의 정쟁은 극에 달하게 됐다. 그 결과로 발생한 신임옥사辛壬獄事로 인해 노론 4대신인 김창집金昌集, 이이명李頤命, 이건명李健命, 조태채 등을 비롯한 수많은 사람이 처형되거나 유배되는 등 중형에 처해지고는 했으므로 영조도 불안한 나날을 보내야 했다.

그러나 영조는 이런 갈등은 언급하지 않고 뜻밖에 세제에 임명되었으며, 세제로서 선왕에 대한 탈상을 하였다는 언급만 하고 있다. 1724년(경종 4) 8월 25일 경종이 재위 4년 만에 창경궁 환취정環翠亭에서 승하함에 따라 5일 후인 8월 30일 영조는 세제로 책봉되었던 인정전에서 국왕으로 즉위하였다. 당시 영조는 31세였다. 이 글에서 영조는 즉위에 대해서도 그 의식 등을 별도로 언급하지 않고 다만 국왕으로서 경종비와 숙종비 두 자전慈殿을 모셨다는 말만 하고 있다.

즉위 이후 영조는 경종비와 인원왕후의 죽음, 효장세자의 죽음 등을 겪은 것과 생모의 묘와 선조의 능에 전알展謁한 일 등을 기술하고 있으며, 특히 새로 맞은 정순왕후貞純王后와의 기념일과 행사 등을 중점적으로 기술하고 있다. 주로 왕실 가족 관련 일만 언급하고 있는 셈이다. 정치적인 일도 가족과 연관하여 기술하고 있는데 예를 들어 35세인 1728년(영조 4) 무신란戊申亂을 제압한 일도 직접적으로 언급하지 않고 자전慈殿에 잔을 올렸다는 말로 승리를 비유하고 있다. 다만 가족 중에 사도세자思悼世子에 대한 이야기는 끝까지 언급하지 않고 있다.

2) 행장을 통해 본 일생

영조가 자신의 일생을 회고한 글에서는 국정운영자로서의 활동과 업적이 잘 드러나 있지 않으므로 52년간 재위한 국왕으로서 영조를 이해하기 위해서는 영조의 행장을 살필 필요가 있다. 영조의 행장에 정리된 국정운영 양상을 징리하면, 즉위 원년인 1725년 1월 18일 압슬형壓膝刑을 제거하였으며, 큰아들 경의군敬義君을 효장세자로 책봉하였다. 양가녀良家女를 궁인宮人으로 들이지 못하게 하는 법을 세웠으며, 백성을 위해 기우제를 지내기도 하였다. 충절을 현양하기 위해 8월에는 병자호란 삼학사三學士의 묘석을 세우고 12월에는 강화도의 충렬사, 남한산성 현절사顯節祠, 충렬사 이순신 사당, 화양동 송시열 사당에 제사하는 한편 명나라 의종毅宗에 대한 의리를 내세우기도 하였다.

그 이듬해에는 정초에 창의궁 일한재日閑齋에 있던 서적 164종을 세자에게 내리고 서연書筵을 열게 하였는데 당시 세자는 겨우 8세였다. 일찍부터 세자 훈육에 대한 강박관념을 지녔던 듯하다. 아울러 백관에게는 붕당, 사치, 음주를 경계하였다. 즉위 이후 '백성에 대한 관심', '충절 현양', '세자와 백관에 대한 훈계' 등을 통해 국가적 기틀을 잡으려 하였다. 그러나 35세인 1728년(영조 4) 무신란이 있었고, 또 11월 16일에는 효장세자와 사별하게 된다. 1730년(영조 6)에는 나홍언羅弘彦의 역모사건이 일어나기도 하였으며, 같은 해에 경종비인 선의왕후宣懿王后가 26세의 나이로 요절하였다. 20세의 어린 나이로 왕대비가 된 지 겨우 6년 만에 그 유명을 달리한 것이다.

39세인 1732년(영조 8)에는 큰 흉년이 있어 이해 11월에 5도를 구휼하게 하고, 굶어 죽은 이의 주검은 관에서 묻어 주게 하였다. 이듬해인 40세에는 풍현증風眩證을 앓기도 하였다. 1735년 1월 21일 사도세자가 창경궁 집복헌集福軒에서 태어나자 이듬해 3월 바로 세자에 책봉하였다. 경종 독살설과 후사 문제로 고민하던 영조에게 사도세자의 출생은 큰 기쁨으로 다가왔을 것이다. 이후 영조는 형벌을 축소시키고, 부모를 비롯한 조상의 능을 배알하고, 친경親耕, 친잠親蠶 의례를 행하는 등 국정운영자로서의 위민 행사를 강화하고, 충절을 현창하는 일 등을 추진하였다. 48세인 1741년(영조 17) 4월 이조낭

관의 통청通淸 관장을 혁파했으며, 10월에는 『대훈大訓』을 간행 반포한다. 『대훈』은 경종 독살설 등 영조 즉위의 당위성을 의심하는 세력 및 문무백관에게 자신의 정통성을 주장한 훈서이다. 이후 영조는 승하하는 그날까지 수시로 이런 훈서의 간행을 통해 자신의 주장을 펴는 한편 '군사君師'로서 세자 및 문무백관을 계도하려 하였다.

1742년(영조 18) 3월 26일에는 성균관 반수교泮水橋에 탕평비를 세워 탕평에 대한 의지가 확고함을 다시 한번 내세웠으며, 1744년(영조 20) 51세의 나이에 기로회耆老會에 들어가 제도적으로 어른으로서의 위상을 갖추기도 하였다. 이해에 『소학선정전훈의小學宣政殿訓義』, 『속대전續大典』, 『국조속오례의國朝續五禮儀』 등을 편찬하였으며, 이듬해인 1745년에는 고려 충신 정몽주鄭夢周를 치제하고 당시 은거한 두문동 절의인들을 표창하여 충절을 강조하였다. 53세인 1746년 2월에는 『자성록自省錄』을 간행하여 세자 및 문무백관에게 자신을 돌아볼 것을 주문하였다.

1749년(영조25) 56세가 된 영조는 15세의 사도세자에게 대리청정을 맡겼으며, 『정훈』을 통해 정사의 방향을 제시하는 한편 『탁지정례度支定例』 편집, 명 태조와 의종황제의 대보단大報壇 추가 향사 등을 시행하게 하였다. 이듬해 7월 균역법均役法을 시행하게 하였으며, 8월 27일에는 원손인 의소세손懿昭世孫이 태어나 왕권의 안정이 더욱 공고해지는 듯하였다. 영조는 즐거운 마음으로 9월에 온양온천을 다녀왔으며, 이듬해에는 『수성절목守城節目』을 간행하여 도성의 방위를 강화시켰다. 이제 든든한 후계자와 안정된 나라를 지키기만 하면 된다고 여긴 셈이다. 그러나 이듬해인 1752년(영조 28)에 3세의 세손이 요절하는 아픔을 겪어야 했다. 다행히 같은 해 9월 창경궁 경춘전景春殿에서 원손이 태어나니 바로 정조였다.

60세인 1753년(영조 29) 8월 생모 숙빈 최씨에게 '화경和敬' 시호를 추상하고 '소령원昭寧園', '육상궁毓祥宮'으로 개칭하였다. 이로 인해 공식적으로 미천했던 어머니를 미천하지 않은 어머니로 격상시켜 국왕의 어머니라 부르고 또 친히 제사를 지낼 수 있는 기반이 마련되었다. 숙빈 최씨가 승하한 지 25년 만의 성과였으며, 관습적인 의례보다 인간적인 정의情意가 중요함을 관철시킨 결과였다. 1754년(영조 30)은 회갑이었으나 진연을 사양하고 심지어 날전복의 공헌貢獻도 정지시켰다. 사치의 금지를 스스로 실천한 셈이다. 이러한 사치의 금지는 영조가 국정운영 내내 견지해 온 기조이기도 하였다. 이듬해에는 을해옥乙亥獄이 있었다. 을해옥은 '나주괘서사건羅州掛書事件'으로도 일컬어지는데 소론일파가 노론을 제거할 목적으로 영조의 정통성을 부정하고 밀풍군密豐君 탄坦을 옹립한 역모사건이다. 영조는 이해 8월 역변逆變의 원류를 기록한『천의소감闡義昭鑑』을 찬집하였다. 이 책은 영조가 자신이 세제로 책봉된 일이 정당한 일이었음을 밝혀 집권의리執權義理를 천명한 책이다.

64세인 1757년(영조 33) 2월에는 부인 정성왕후가 창덕궁 관리합觀理閤에서 승하하였고, 한 달 후에는 모후 인원왕후가 영모당에서 승하하였다. 영조는 노구임에도 불구하고 5개월간 통명전通明殿에서 배전陪奠하고 공묵합恭默閤에서 여막살이를 하였다. 66세인 1759년(영조 35) 영조는 8세의 원손을 세손에 책봉하였으며, 정순왕후를 신부로 들였다. 정순왕후와의 나이 차이는 51년이었다. 이듬해 2월에는 청계천 준천濬川을 시행하였는데 이는 탕평과 균역에 이어 영조의 대표적인 업적으로 꼽힌다. 69세인 1762년(영조 38) 2월 영조는 11세 세손 정조의 가례를 맞았는데, 이 경사스러운 해의 윤5월 13일에는 사도세자를 폐서인하고, 같은 해 윤5월 21일에는 뒤주에서 죽게 하였다. 바로 임오화변壬午禍變이다. 이후 영조는 이와 관련된 기록을 모두 삭제하게 하여 이 사건을 불식시키고자 하였다.

사도세자의 죽음으로 대리청정에서 친정으로 바뀌었으며, 이듬해에는 70세를 맞아 신하들의 칠순 하례를 받았다. 74세인 1767년(영조 43) 세손과 친경례를 하면서 정순왕후에게는 친잠親蠶을 하게 하였다. 영조는 4차례에 걸처 친경례를 하였는데 친잠례를 함께한 것은 이때가 처음이며 300년 만의 의례라 자랑하였다.[14] 영조는 이후 형률 축소, 충신 제향 등 군왕으로서의 임무를 수행하며 만년을 보냈다. 81세인 1774년(영조 50) 3월 공사 여노비女奴婢의 공역을 폐지하고 이듬해 12월에 24세 세손에게 대리청정하게 하였으며, 1776년(영조 52) 3월 대보大寶를 세손에게 전하고 5일 경희궁 집경당에서 승하하니 향년 83세였다. 이상의 내용이 「어제금팔순성명연」에는 언급하지 않았지만 행록에 기록된 영조의 중요 거취이다.

2. 즉위 이전의 집필

영조는 28세에 세제가 되기까지 단지 왕자일 따름이었다. 즉 왕위계승자와는 거리가 있었다는 말이다. 19세에는 성년이 되어 궁궐 밖으로 나가야 했으며, 종실의 일원으로 신하의 역할을 다하였다. 게다가 이복형 경종에 비해 열세적 위치에 있으면서 경종을 지원하는 소론 세력과 자신을 지원하는 노론 세력의 당쟁 속에서 자신을 지켜야 하는 입장이었다.

잠저로 나가기 전 궁궐에서 지은 글은 전해지지 않는다. 영조가 그림에 조예가 있어서 어진을 그리는 현장에도 참예하게 되었던 일도 잠저 시절인 20세 이후의 행적이다. 영조의 그림 역량에 대해 숙종은 다음과 같은 시를 지었다.

붓을 놀림에 창의성이 많고,
경치를 그림에 법도에 맞네.

14 한형주, 『밭 가는 영조와 누에 치는 정순왕후』, 한국학중앙연구원출판부, 2013, 88~89쪽.

궁궐에서 일 없는 날에는,

산수와 인물 갖춰진 그림을 펴네.

運毫多意思 寫景有規度

無事龍樓日 披圖二美具[15]

이 시는 영조가 그린 산수인물도에 대한 숙종의 감상이다. 숙종은 정무가 한가할 때 아들 연잉군의 그림을 펼쳐 본다고 했고 그림이 창의적이면서도 그림의 법도에 맞는다고 칭찬하고 있다. 숙종은 남달리 그림에 관심이 많았고 제화시를 많이 남긴 군주로 유명하다.[16] 따라서 영조의 그림에 대한 평가는 단순히 자식에 대한 아버지의 의례적인 평가에 그치지는 않을 것으로 여겨진다. 그러나 안타깝게도 전하는 그림은 없는 듯하다.

이 시기 작품으로는 21세이던 1714년(숙종 40)에 숙종의 시에 차운한 「경차어제용내국선온석상지희시운敬次御製用內局宣醞席上志喜詩韻」, 「양성헌팔영養性軒八詠」, 「한음閒吟」, 「영대무중심우詠大霧中尋牛」, 「서재팔영書齋八詠」, 「신세新歲」, 「원조일작元朝日作」, 「인일人日」, 「신춘축新春祝」, 「차동조소진단오첩시운次東朝所進端午帖詩韻」, 「입추立秋」, 「효일曉日」, 「석월夕月」 등 12제 24수가 있으며, 1719년 고령 어머니 묘 근처에 육오당과 기념각을 짓고 소일하며 지은 것으로 추정되는 「와유청흥臥遊淸興」, 「영회詠懷」, 「한음閒吟」, 「삼오칠언三五七言」, 「전원낙흥십영田園樂興十詠」, 「초당사영草堂四詠」 등[17]과 「제육오당 6수題六吾堂六

15　「제연잉군도사산수인물(題延礽君圖寫山水人物)」, 「열성어제 권17」, 서울대학교 규장각 편, 『열성어제』 3, 20쪽.

16　숙종은 임진왜란으로 인해 궁중에 소장된 서화가 많지 않음에도 불구하고 남달리 서화취미를 가지고 있어 169편의 서화 관련 어제를 남기고 있는 것으로 평가된다(진준현, 「숙종의 서화취미」, 『서울대학교 박물관 연보』 7, 서울대학교 박물관, 1995).

17　「와유청흥 2수(臥遊淸興 二首)」(「열성어제 권21」, 서울대학교 규장각 편, 『열성어제』 3, 519쪽)의 보주에서 '여기서부터 「초당사영」까지는 임인년(壬寅: 1722) 잠저 시 지은 것을 추가로 기록하였

首」등 총 19제 52수의 시가 있다. 이 외에 문으로는 「육오당기六吾堂記」가 있다. 이 시기 시는 왕실의 경사나 새해맞이 등 의례적인 시를 주로 썼으며, 가끔 자신의 거처나 어머니의 묘소를 읊는 시를 남기고 있다. 먼저 숙종 시에 차운한 시를 보면 다음과 같다.

> 국왕 건강이 회복된 경사에,
> 비로소 알겠네, 하늘의 묵묵한 도움.
> 전국이 먼저 기뻐하고,
> 조정과 백성도 편히 잠드네.
> 기묘한 편작의 의술을,
> 오직 공이 전적으로 연구했기에.
> 큰 뜰에서 하례를 드리는 날에,
> 오색구름 앞에서 즐거워하네.
> 聖候乃瘳慶　始知黙佑天
> 八方先忭洽　朝野復安眠
> 奇妙靑囊術　惟公學業專
> 大庭獻賀日　蹈舞五雲前[18]

이 5언 율시의 수련에서는 숙종의 쾌유가 하늘의 도움이라 하고 함련

다」라고 하였다. 임인년은 영조가 세제이던 1722년이나 「제기임각 2수[병소서]」(題祈稔閣 二首[幷小序])(「열성어제 권21」, 앞 책, 515쪽)를 보면 영조가 고령에서 벼 베는 모습을 본 것은 1719년과 1721년이라고 하고 있는데 1719년은 왕자로서 생모의 묘소를 지키던 시기이며, 1721년은 세제의 명을 받아 명릉을 다녀가면서 잠시 생모의 묘소에 머물던 시기이다. 이로 볼 때 임인년이기보다는 1719년~1721년 사이에 고령에서의 시를 지은 것으로 여겨진다.
18 「경차어제용내국선온석상지희시운(敬次御製用內局宣醞席上志喜詩韻)」, 「열성어제 권18」, 서울대학교 규장각 편, 『열성어제』 3, 197쪽.

에서는 이로 인해 조선의 모든 백성과 신료들이 편안해졌다 하였다. 경련에
서는 의원에게 편작의 기술이 있다고 칭송하였으며, 미련에서는 쾌유를 축하
하는 날, 상서롭고 고귀한 오색구름이 떠 있는 대궐 뜰에서 춤추며 기뻐한다
고 하였다. 숙종의 쾌유를 축하하는 의례적인 시이다. 이때 숙종은 8개월간
병을 앓고 있었는데 유천군 이정李瀞이 치료에 참여하여 도수환導水丸을 처방
하였고 이 약이 효험이 있어 1714년 6월 4일에 환후가 나았으며, 이날 밤 선
온宣醞이 내리니 도제조 이이명李頤命이 「지희시志喜詩」를 지어 유천군에게 보
여 주었고 궁궐에 있던 사람들이 모두 차운하였는바 숙종이 이를 들이라 하
고 차운시를 지었다고 한다.[19] 숙종어제 제목은 「갑오년 6월 4일 주원에 직숙
하는 것을 파하게 하고 약원에 물러나 쉬게 하였다. 이날 황혼에 특별히 약원
삼제거, 유천군 및 주서에게 주찬을 내리니 그 자리에서 '지희'라는 시를 지었
으니 진실로 인정이 반드시 이르는 바이다. 그러므로 별감에게 가져오게 하
였다. 도제조 이이명의 원운 및 제조 조태구 등의 차운 율시를 과연 등사하여
가져왔으므로 드디어 그 운에 차운하였다」이다.[20] 시는 제목에서 차운의 이유
를 설명하고 있는 셈이다. 시의 내용은 다음과 같다.

사옹원에서 약방으로 올 때,

---

19 『숙종실록』, 숙종 40년(1714) 6월 4일. 이와 관련하여 숙종은 유천군 이정에게 별도의 시를 내리
기도 하였다(『숙종실록』, 숙종 40년(1714) 6월 9일). 시는 「사유천군어구일영명제사은(賜儒川君
御裘一領命除謝恩)」(「열성어제 권12」, 서울대학교 규장각 편, 『열성어제』 2, 서울대학교 규장각,
2003, 456쪽)이다.

20 「갑오유월사일명파주원직퇴숙약원시일황혼특사주찬우약원삼제거유천군급주서의석상작시지
희고인정지소필지고영별감지래의도제조이이명원운급제조조태구등차운율시과위등래수치기
운(甲午六月四日命罷廚院直退宿藥院是日黃昏特賜酒饌于藥院三提擧儒川君及注書矣席上作詩
志喜固人情之所必至故令別監知來矣都提調李頤命元云及提調趙泰耈等次韻律詩果爲謄來遂次其
韻)」, 「열성어제 권12」, 앞 책, 456쪽.

계절은 더운 여름이었지.

여윌 것을 생각하여 수라 모시고,

밤에도 마다 않아 잠도 못 잤지.

유천군의 정성 또한 지극하여,

좋은 처방 효용이 이제 드러났네.

궁중 술을 처음 잔에 따르니,

사양 말고 자리 앞에 오시게.

自廚歸藥院　時序屬炎天

念瘁宜傅饌　短宵趁未眠

儒川誠亦至　良劑效方專

宮醞初斟酹　莫辭到席前

　　수련의 사옹원은 국왕의 식사를 관리하던 곳이고 약방은 질병을 관리하던 곳인데 이 시를 보면 숙종이 입맛이 없는 구담口淡에 시달리고 있어 약방에서 사옹원의 수라까지 관리하고 있었음을 알 수 있다. 당시 약방에서는 유천군이 쓰려는 처방이 위험하다며 받아들이지 않았으나 결국에는 유천군의 의견이 관철되어 처방을 하게 되었고 이에 따른 효험이 있었다고 한다.[21] 이 시의 미련에서는 숙종이 직접 유천군에게 술을 내리며 말을 하듯이 하고 있는데 이 일과 관련하여 숙종이 유천군에게 내린 별도의 5언 율시도 있다.[22]

　　「양성헌팔영養性軒八詠」은 연잉군이 창의궁 양성헌에서 본 인왕산, 대나무, 연등, 구름, 연못의 물고기, 달, 눈 속에 핀 매화 등의 정취 8가지를 읊은

21　『숙종실록』, 숙종 39년(1713) 12월 22일; 숙종 40년(1714) 4월 27일 및 5월 3일.

22　「사유천군어구일영명제사은(賜儒川君御裘一領命除謝恩)」, 「열성어제 권12」, 앞 책, 456쪽; 『숙종실록』, 숙종 40년(1714) 6월 9일.

팔경시다. 제목의 '양성'은『맹자』'존심양성存心養性'에서 유래한 말로 숙종이 연잉군에게 내려 준 호이며, 영조의 잠저인 창의궁을 마련하면서 붙인 헌명軒 名이기도 하다. 창의궁은 연잉군을 위해 숙종이 마련해 준 사저로 본래 효종 孝宗의 부마인 인평도위寅平都尉의 집이었다.[23] 「양성헌팔영」의 소표제는 다음 과 같다.

제1경 서망인왕西望仁王 : 서쪽으로 인왕산을 바라봄

제2경 정전수죽庭前脩竹 : 뜰앞의 대나무

제3경 의함관등倚檻觀燈 : 난간에 기대어 등놀이를 구경함

제4경 북악층운北岳層雲 : 북악산의 층진 구름

제5경 관어지당觀魚池塘 : 연못에서 물고기 구경

제6경 농암모연農巖暮烟 : 농암에 저녁 연기

제7경 등루완월登樓翫月 : 누에 올라 달놀이 함

제8경 유헌설매幽軒雪梅 : 그윽한 숙소의 눈속 매화

창의궁은 한성부 북부 순화방 즉 지금의 종로구 통의동에 위치해 있는 데, 「양성헌팔영」에 의하면, 인왕산의 동쪽에 있었고, 뜰 앞에는 지금과 같은 소나무가 아니라 대나무가 있었으며, 연등과 달을 구경할 수 있는 누대와 거 처할 수 있는 집으로 이루어져 있었다.

누각에 기대어 멀리 보니,

인왕산이 지척지간에 있네.

갑자기 안개 노을 속에 쌓임은,

23 「어제어사어헌자위문답무부추모(御製於舍於軒自爲問答無付追慕)」(K4-3118).

산이 본래 예로부터 한가롭기에.

倚閣遙望處　仁王指觀間

焂忽煙靄裏　山意古今閒[24]

제1경 「서망인왕」이다. 양성헌에서 보니 창덕궁에 있을 때보다 인왕
산이 지척이어서 좋아했는데 갑자기 안개 속에 가려지는 것을 보고 번거로운
세속에 거리를 두는 산의 뜻을 알게 되었다는 내용이다. 전체적으로 탈속의
흥취를 읊고 있는데 제5경에서는 이런 산의 여유로움은 물론 연못에서의 맑
은 흥취(淸興復洋洋)를 읊으며,[25] 제8경에서는 양성헌에서 한가한 날을 보내는
(幽軒閑暇日) 상황을 노래하고[26] 또 제2경과 제4경에서는 깎아 지른 북악산의
기상(一峰如削立)과 대나무의 고고함(長立復亭亭)을 칭송하는 뜻을 드러내기도
하였다.[27]

　　영조는 숙빈 최씨의 상을 당하여 시묘살이를 하는 재실 옆에 집을 짓
고 육오당六吾堂이라 명명하고, 스스로를 육오거사六吾居士라 이름하였다.[28] 그
리고 다음과 같은 기문을 지었다.

　　당의 이름이 육오六吾인 것은 어째서인가? 이는 실로 출처가 있으니 예
　　전에 권석주權石洲가 당의 이름을 사오四吾로 하였고 남호곡南壺谷이 또
　　한 십오十吾로 당의 이름을 삼았다. 이제 내가 또한 묘소 제청祭廳의 동

24　「서망인왕(西望仁王)」, 「열성어제 권18」, 서울대학교 규장각 편, 『열성어제』 3, 197쪽.
25　「관어지당(觀魚池塘)」, 「열성어제 권18」, 앞 책, 같은 쪽.
26　「유헌설매(幽軒雪梅)」, 「열성어제 권18」, 앞 책, 같은 쪽.
27　「북악층운(北岳層雲)」, 「열성어제 권18」, 앞 책, 같은 쪽; 「정전수죽(庭前脩竹)」, 「열성어제 권18」,
　　앞 책, 같은 쪽.
28　「제육오당 6수(題六吾堂 六首)」 병소서(幷小序), 「열성어제 권18」, 앞 책, 512쪽.

쪽에 집 하나를 짓고 항상 부속집이라 일컬었다. 내가 슬하에서 모신지 이제 20년이 되었으며 다섯 가지 사명이 있었으니 불행히 벌을 받아 망극의 아픔을 겪었으니 어찌 이루 말할 수 있겠는가? 이제 이 집을 묘 아래에 부속시킨 것이 어찌 다만 살펴서 절하는 날 잠시 쉬려는 뜻이겠는가? 진실로 묘를 모시며 편하게 거처하여 하나는 예전에 모시던 일을 차마 잊지 않고자 하는 뜻이요, 하나는 나의 울적한 회포를 풀고자 함이다. 이 집이 이미 지어짐에 내 마음이 또한 이와 같으므로 어찌 이름을 짓지 않겠는가? 이에 고인의 뜻을 써서 석주에게서 두 가지를 늘리고 호곡에게서 네 가지를 덜어서 이름하기를 육오당이라 하였다. 육오는 즉 내 밭에서 먹고(食吾田), 내 샘에서 마시며(飮吾泉), 내 책을 읽고(誦吾書), 내 잠을 편히 자며(安吾眠), 내 분수를 지키고(守吾分), 내 수명을 즐긴다(樂吾年)는 것이다. 아아! 뒷사람이 내 말을 황탄하게 여기지 말고 이 당을 보고 내 뜻을 생각하고 이 글을 짓고 내 말을 슬퍼한다면 진실로 나의 다행이겠다.[29]

사오당을 지은 권석주는 석주 권필(權韠, 1569~1612)이며, 사오의 내용은 '내 밭에서 먹고(食吾田), 내 샘에서 마시며(飮吾泉), 내 분수를 지키고(守吾分), 내 수명을 마친다(終吾年)'이다.[30] 십오당을 지은 남호곡은 호곡 남용익(南龍翼, 1628~1692)이며, 십오는 권필의 사오에 '내 집을 짓고(結吾椽), 내 선산先山에 의지하고(依吾阡), 내 시를 읊고(吟吾編), 내 거문고를 두드리고(鼓吾絃), 내 오활함을 지키고(守吾迂), 내 졸리면 쉰다(安吾眠)'라는 여섯을 추가한 것이다.

29 「육오당기(六吾堂記)」[잠저시작(潛邸時作)], 「열성어제 권35」, 서울대학교 규장각 편, 『열성어제』 5, 247쪽.
30 「사오당명(四吾堂銘)」, 『석주집』 외집 제1권, 한국고전종합DB, 한국고전번역원.

한편 남용익은 권필의 '수오분守吾分' 대신에 '낙오천(樂吾天: 내 천명을 즐긴다)'
이라고 하였는데[31] 연잉군은 권필을 따른 셈이다.

> 가난한 삶은 안자[안회]의 즐거움이요,
> 고졸함 지키니 내 분수에 편안하네.
> 초가정자에서 무릎 안고 누워,
> 세상 시끄러움 웃어 버리네.
> 簞瓢顔子樂 守拙安吾分
> 茅亭抱膝卧 笑看世囂塵[32]

이 「수오분」 기승구에서는 공자의 제자 안자顔子가 한 주발 밥과 표주
박 하나의 물로 이루어진 단촐한 삶을 편안히 여겼다는 『논어』를 인용하고,
자신도 그처럼 가난한 삶을 편안히 여긴다고 하였다. 전결구에서는 초가로
만든 정자에 누워 세상과 경쟁하지 않고 사는 삶을 즐기고 있는 면모를 읊었
다. 어머니의 죽음으로 맞게 된 고령의 전원생활에서 궁궐 내 치열한 정쟁의
삶에 지친 정신을 쉬고자 했던 면모를 보인다. 실제 영조는 국왕이 된 후에
본래 임금의 자리가 어려우므로 이에 뜻을 두지 않았으며, 육오당을 지어 거
처한 뜻은 나의 분수를 지키고 연수年壽를 즐기며 여생을 보내려는 뜻이었다
고 하기도 하였다.[33]

연잉군의 육오당은 권필에게서 '식오전', '음오천', '수오분' 등 3가지를
가져오고, 남용익에게서 '음오편', '안오면', '낙오년' 등 3가지를 가져오되 '음

---

31 「십오당시(十吾堂詩)」병소서(幷小敍), 『호곡집(壺谷集)』권5, 『한국문집총간』131권, 한국고전
    종합DB, 한국고전번역원, 96쪽.
32 「수오분(守吾分)」, 「열성어제 권21」, 서울대학교 규장각 편, 『열성어제』3, 515쪽.
33 『승정원일기』, 영조 5년 8월 18일.

오편'을 '송오서'로 수정하였다. 그러면서도 시 제목은 기문과 달리 '송오서'를 '간오서'라고 하였다.

거처에 무엇이 있나?
좌우가 모두 책일세.
저녁까지 맑은 창 아래서,
눈 앞에서 내 벗이 되네.
齋中何所有　左右皆圖書
竟夕晴窓下　眼前作友余[34]

이 「간오서」 기승구에서는 육오당에 책이 많다고 하였으며, 전결구에서는 저녁 맑은 창 아래서 그 책을 본다고 하였다. 그리고 그 책의 내용이 모두 자신의 벗이 된다고 하였다. 책 속의 옛사람 외에는 마음을 나눌 벗이 없었던 영조의 외로운 면모가 잘 나타난 시이다.

역시 고양에서 지은 「한음閑吟」에서 영조는 자신이 전원에 한가히 누워 있어 태곳적 사람이라 일컬어졌으며, 자신에게 대나무 정자면 충분한 이유는 경치가 저절로 새로워지는 점 때문이라고 하였다.[35] 책과 자연만이 영조가 편하게 즐길 수 있는 대상이었음을 알 수 있다. 그런데 이 시기에 지은 또 다른 시 「전원낙흥십영」에서는 안빈낙도하는 면모도 보이지만 위정자로서의 단서도 보인다. 「전원낙흥십영」의 소표제는 다음과 같다.

제1경 고령청람高嶺晴嵐 : 고령의 맑은 안개

---

34 「간오서(看吾書)」, 「열성어제 권21」, 앞 책, 같은 쪽.
35 「한음(閑吟)」, 「열성어제 권21」, 앞 책, 521쪽.

제2경 가현조하加峴朝霞 : 가현의 아침노을

제3경 청창일영晴窓日映 : 맑은 창에 비추는 해

제4경 정헌월명靜軒月明 : 고요한 추녀의 밝은 달

제5경 전계청류前溪淸流 : 앞내의 맑은 물

제6경 북악층운北岳層雲 : 북악산의 층진 구름

제7경 송정사후松亭射帳 : 송정에서 활쏘기

제8경 초당관예草堂觀刈 : 초당에서 벼 베기 보기

제9경 계간철국階間掇菊 : 섬돌 사이 국화꽃 줍기

제10경 설리상매雪裏賞梅 : 눈 속 매화 감상

먼저 제1경 「고령청람」을 보면 다음과 같다.

모든 골짜기와 봉우리들 병풍처럼 둘러싼 곳,
삼한에 도를 전한 곳이 바로 고령이네.
게다가 마치 무릉도원 같아.
아침 해 처음 올라 산색을 드러내네.
萬壑千峰如擁屛　三韓傳道是高嶺
依俙髣髴武陵源　朝日初升山色暎[36]

이 시의 기승구에서는 요새같이 험준하고 견고한 지세를 명시하였고
전결구에서는 아침 햇빛에 비춘 산천이 무릉도원 같다고 칭송하였다. 아름
다운 산수를 보는 흥취를 읊은 셈이다. 이와 같은 정취는 "멀고 가까이 있는

36　「고령청람(高嶺晴嵐)」,「열성어제 권21」, 앞 책, 522쪽.

봉우리가 그림 같다(遠近峰巒渾似畵)"라는 제2경을 비롯하여 10경 전체에 깔려 있다. 세5경에서는 이런 경관 속에서 한가하게 노니는 모습을 읊기도 하였다.

두건 쓴 편한 차림으로 지팡이 짚고서,
천천히 물가 따라 걷는데 물도 맑구나.
맑은 샘에 발 담그니, 마음 이미 즐거워.
한가히 냇가에서 빨래하는 소리 듣고 있네.
葛巾野服策筇行　緩步溪邊水自清
濯足澄泉心已樂　閒聞石上浣紗聲[37]

　　이 시에서는 편안한 복장으로 길을 나서고, 더우면 탁족濯足을 하면서 아무 생각 없이 빨래하는 소리를 듣는 한가한 정취를 읊었다. 이런 면모는 제4경의 "조용한 집에서 일없이 노래하거나(幽軒無事詠歌廣)",[38] 제6경의 "여름날 낮잠 뒤에 흥취가 일거나(夏日睡餘起高興)",[39] 제7경의 "마을 사람들과 소나무 뜰에 모여 술을 나누거나(鄕人酌酒會松庭)",[40] 도연명의 한적한 삶에 비유한 제9경의 "가히 도연명의 율리 집에 비견할 만하니(可比淵明栗里舍)",[41] 눈 오는 날 매화 감상하러 제10경처럼 "지팡이 집고 천천히 뒷산에 간다(携杖緩行到後山)"[42] 등에서 잘 드러난다. 그러나 제8경을 보면 그러면서도 왕족으로서 백성

37 「전계청류(前溪清流)」, 「열성어제 권21」, 앞 책, 523쪽.
38 「정헌월명(靜軒月明)」, 「열성어제 권21」, 앞 책, 524쪽.
39 「북악층운(北岳層雲)」, 「열성어제 권21」, 앞 책, 같은 쪽.
40 「송정사후(松亭射帿)」, 「열성어제 권21」, 앞 책, 같은 쪽.
41 「계간철국(階間掇菊)」, 「열성어제 권21」, 앞 책, 같은 쪽.
42 「설리상매(雪裏賞梅)」, 「열성어제 권21」, 앞 책, 525쪽.

에 대한 관심을 잃지 않았음을 엿볼 수 있다.

> 초당에서 구름처럼 온 들 누런 모습 봤는데,
> 일 년 농사 이미 마당에 올라왔네.
> 멀리 격양가 소리 들리는 가운데,
> 곳곳에서 농부들 기쁜 기운 넘치네.
> 滿野黃雲倚草堂 一年稼穡已登場
> 遙聞擊壤歌聲裏 處處農人喜氣洋[43]

이 제8경의 기승구에서는 누렇게 벼가 익은 들판을 누런 구름에 비유하였으며, 수확의 상황까지 그렸다. 전결구에서는 풍작을 기뻐하는 백성들이 땅을 두드리며 즐거움을 표현할 뿐 아니라 기쁜 기색이 넘치기까지 하고 있다고 하였다. 이런 정황은 숙종이 지은 「상림십경」 제8경의 「관풍각에서의 벼베기」처럼 농사를 중시하는 위민의식이라 할 수 있다. 이 외에도 제7경 「송정사후」는 예를 중시하는 활쏘기를 대상으로 하고 있다는 점에서 「상림십경」의 「관덕정에서의 활쏘기」에 비견된다고 할 수 있다. 이 십영시는 소표제의 유사성과 대비성에 있어서 팔경시의 면모를 갖추고 있으며,[44] 전원의 바람, 안개, 해, 달, 시내, 구름 등 아름다운 자연환경과 무예와 농사 등에서 태평성대임을 확인하고 국화와 매화를 즐기던 인사人事의 흥취를 보여 준다. 평화로운

---

43 「초당관예(草堂觀刈)」, 「열성어제 권21」, 앞 책, 524쪽.
44 전원에서의 즐거움을 읊어서 팔경시와는 관계가 없는 듯이 보이나 소표제를 보면, 제1경과 제2경의 '高嶺'과 '加峴'은 지명이며, 제3경과 제4경의 '日映'과 '月明'은 해와 달을 대비하고 있으며, 제5경과 제6경의 '前溪'와 '北岳'은 앞쪽과 뒤쪽을, 제7경과 제8경의 '松亭射帿'와 '草堂觀刈'는 소나무 정자와 풀로 엮은 집을, 제9경과 제10경의 '階間掇菊'과 '雪裏賞梅'는 섬돌 사이에서 국화 줍기와 눈 속에서 매화 감상 등으로 이루어져 있어 2경씩 유사성과 대비성이 분명하다.

전원을 즐기면서도 왕자 시절부터 국정을 염려했던 영조의 의식이 잘 표현되어 있다.

세제가 된 뒤 대비께 문안드린 일을 지은 시에서는 다음과 같이 읊었다.

상서로운 기운 처마를 둘렀고,
아스라하고 아름다운 전각, 서쪽 동산에 높이 솟았네.
장락궁 문 반쯤 닫힌 곳.
동쪽에 버드나무요, 서쪽에 복숭아나무 있네.
瑞色祥雲簷角繞　縹緲彩殿西園高
長樂宮門半闢處　東邉楊柳西邉桃[45]

숙종의 『어제궁궐지』에 의하면 창덕궁에서 대비가 머물던 곳으로는 인정전 북쪽에 만수전萬壽殿이 있다.[46] 효종은 1665년(효종 6) 대비를 봉양하기 위해 만수전과 춘휘전春暉殿을 지었다. 만수전은 문자 그대로 '만년 장수'를 기원하는 의미에서 명명한 이름이다. 이 시는 영조를 세제世弟로 삼는 데 큰 역할을 한 인원왕후와 그 거처를 대상으로 한 것으로 여겨진다. 끝 구의 버드나무와 복숭아나무는 실제 심어져 있는 나무이기도 하지만 각각 봄과 장수를 상징하는 나무로서 왕후의 장수에 대한 기원을 담은 것이기도 하다.

영조는 세제가 된 뒤에 서재에서 보는 8가지 경관을 「서재팔영書齋八詠」 5언 절구로 읊었는데 여기서의 서재는 구용재九容齋로 여겨진다. 구용재는

---

45 「춘저시문침동조일작(春邸時聞寢東朝日作)」, 「열성어제 권18」, 서울대학교 규장각 편, 『열성어제』 3, 208쪽.
46 '만수전(萬壽殿)', 「창덕궁」, 윤한택·김기용·김윤제 공역, 『궁궐지』 1, 서울학연구소, 1994. 97쪽.

창경궁 건극당建極堂 동쪽에 있던 건물로 영조가 독서하던 곳이라 하였다.[47]
이 시에 보이는 고유 지명은 운정雲亭, 남한산성, 북악산 등인데 남한산성은
병자호란의 병란을 겪은 추모의 장소로 읊어졌다. 이 서재에는 뜰 앞에 포도
를 심었고, 계단에는 국화꽃이, 창 앞에는 매화가 있고 주변에 연못도 있었음
을 추정할 수 있다. 「서재팔영書齋八詠」의 소표제는 다음과 같다.

제1경 운정풍종雲亭風鍾 : 운정에서 종소리 듣기

제2경 취경만취聚景晚翠 : 경치 중의 소나무

제3경 하담월색荷潭月色 : 연꽃 핀 못의 달빛

제4경 남한모운南漢暮雲 : 남한산성의 저녁 구름

제5경 정전포도庭前葡萄 : 뜰 앞의 포도나무

제6경 계간황국階間黃菊 : 섬돌 사이의 누런 국화

제7경 매창청향梅窓淸香 : 매화 창에서 맑은 향기

제8경 북악제설北岳霽雪 : 북악산에 눈이 갬

이 중 제1경 「운정풍종」은 저무는 봄에 대한 아쉬움보다는 한가하게
늦봄을 만끽하는 여유를 느끼게 한다.

봄도 저무는 때 서재에서

방에 기대 있으니 마음 편안해.

화목한 기운 펼쳐진 곳에

때로 종소리 한가하게 울리네.

齋裏晚春日　倚軒心意安

---

47 「구용재소기(九容齋小記)」, 「열성어제 권 35」, 서울대학교 규장각 편, 『열성어제』 5, 260쪽.

和氣陳陳處　時有鍾聲閑[48]

　　영조는 이 서재에서 제8경의 "세상이 온통 백은 같은 눈이 덮인(依然堆白銀)" 경치를 보고,[49] 제5경의 "초당에서 일없이 지내는데(草堂無事日)",[50] 제6경의 "도연명과 같은 은사로서의 삶을 즐기며(依俙栗里人)",[51] 또한 제2, 4, 7경처럼 "사계절 푸른 소나무의 기상(長含四節靑)",[52] "연꽃에 있는 군자의 절개(知有君子節)",[53] "매화에서 느끼는 맑은 홍취(淸香自芬馥)"[54] 등을 향유한다. 다만 그런 중에서도 역사적 아픔을 노래하고 있는데 바로 제4경이다.

　　　　멀리 보이는 안개구름 속에
　　　　한강 남쪽을 가리키며 보다가,
　　　　갑자기 지난 역사가 떠올라
　　　　한탄스러운 눈물이 눈에 가득해지네.
　　　　遙望煙雲裏　漢南指顧中
　　　　忽憶向年事　興歎涕滿瞳[55]

　　기승구에서는 한강 남쪽을 보면서 특정하기 위해 손을 들어 가리키려 하는데 구름에 가려 잘 보이지 않는 상황을 그렸다. 전구에서는 안개구름에

48　「운정풍종(雲亭風鍾)」, 「열성어제 권18」, 서울대학교 규장각 편, 『열성어제』 3, 201쪽.
49　「북악제설(北岳霽雪)」, 「열성어제 권18」, 앞 책, 203쪽.
50　「정전포도(庭前葡萄)」, 「열성어제 권18」, 앞 책, 202쪽.
51　「계간황국(階間黃菊)」, 「열성어제 권18」, 앞 책, 같은 쪽.
52　「취경만취(聚景晚翠)」, 「열성어제 권18」, 앞 책, 201쪽.
53　「남한모운(南漢暮雲)」, 「열성어제 권18」, 앞 책, 202쪽.
54　「매창청양(梅窓淸香)」, 「열성어제 권18」, 앞 책, 203쪽.
55　「남한모운(南漢暮雲)」, 「열성어제 권18」, 앞 책, 202쪽.

쌓여 분별하기 어려운 상황에서 문득 옛날 일이 떠올랐다고 하였고 결구에서는 당시 일을 생각하니 눈물이 글썽해진다고 하였다. 영조가 한강 남쪽을 보며 눈물을 글썽일 정도의 한탄스러운 일은 남한산성에서의 병자호란으로 여겨진다. 경관에서의 흥취가 역사의식으로까지 확장된 셈이다. 이처럼 왕자·세제 시절 연잉군은 의례적인 시문 외에는 자신의 거처를 대상으로 탈속한 흥취를 주로 읊었으나 가끔은 위민의식과 역사의식을 표출하여 왕족으로서의 본분을 잊고 있지 않음을 보여 주기도 하였다.

3. 국정과 집필

영조는 재위 기간 동안 자신의 글을 조직적으로 관리하고 반포하여 자신의 지배력을 확대시켰다는 평가를 받는다.[56] 즉 영조어제는 통치를 위한 수단으로 쓰였다는 말이다. 한편 손자 정조는 영조가 집필에 대해 부정적이었다고 회고하고 있다.

> 왕께서는 시율을 그리 좋아하시는 편은 아니었으나 때로 혹 읊으신 것이 있어 편차하는 사람이 어제에다 같이 편차할 것을 청하자, 왕께서는 그렇게 해 보라고 하시면서도 그 권편卷篇이 만약 영고(寧考: 숙종 – 필자 주)어제보다 더 많으면 다시는 짓지 않겠다고 하셨다. 얼마 후 편차를 맡았던 신하들이 그동안 편차한 어제시를 올렸는데, 그 권편이 숙종어제와 같은 것을 보시고는 그 후로 다시 시를 짓지 않으셨고, 행문行文에 있어서도 마찬가지로 다시는 어제 책자에다 싣지 않고 그 후

---

56 권오영, 「영조문집보유 해제」, 국학진흥연구사업추진위원회 편, 『영조문집보유』, 8쪽.

에 편차한 글들은 명칭을 부록, 혹은 별편, 혹은 집경편집集慶編輯, 또 혹은 속편집續編輯으로 하였던 것이다.[57]

그러나 위의 글을 자세히 살펴보면 영조가 얼마나 글짓기를 좋아했는지 느낄 수 있다. 위의 글에서 선왕 숙종보다 많이 짓지 않겠다고 한 후 그 권편이 숙종과 같은 것을 보고 더 이상 짓지 않았다고 하는데, 정작 열성어제에 수록된 숙종어제와 영조어제를 비교하면 숙종어제는 9권에서 16권까지 8권으로 이루어졌다면 영조어제는 18권에서 37권까지 20권으로 이루어져 있으며, 작품 수도 숙종어제는 시 785수 문 285편이고 영조는 시 822수 문 664편이다. 군이 같은 분량을 따진다면 시의 경우 숙종은 9권에서 12권까지 4권, 영조는 18권에서 22권까지 4권으로 이루어졌다는 점에서 같다고 할 수 있으나 문을 포함한 전체 권편은 2배 이상의 차이가 난다.[58] 그러므로 영조어제가 숙종어제와 열성어제의 권편이 같다는 위의 언급은 시에 한정하여야 할 것이다.

이처럼 시문의 권편이 2배 이상 차이나는 점도 영조의 시문 애호를 확인하게 하지만 이후 '부록', '별편', '집경편집' 등으로 명명한 편찬본을 비롯하여 개별 작품을 장첩한 영조어제첩본을 83세까지 끊임없이 집필한 점에서도 영조의 집필 애호를 확신하게 한다. 국왕의 집필은 주제와 대상에 있어서 국왕의 개인적 입장에서 짓는 경우보다 국가적 입장을 반영하는 경우가 많으므로 신하들이 대작하는 경우가 많았다. 그러므로 직접 짓는 경우에는 '친제親製'라 명명하곤 하였는데 『영조실록』에서 가장 먼저 나타나는 영조의 '친제'는 1728년(영조 4) 무신란의 공을 세우고 죽은 오명항吳命恒의 치제를 위한 제문이다.[59] 그다음으로는 10세에 죽은 효장세자孝章世子에 대한 행록이 있다. 영

57 「영종대왕행록」, 『홍재전서』 17권, 한국고전종합DB, 한국고전번역원. 번역문 첨삭 인용.
58 안장리, 『장서각 소장 《열성어제》 연구』, 118쪽 및 144~145쪽.

조는 이를 승정원에 내리면서 자신이 다하지 못한 곳을 상세하게 하되 과대하게 하지 말라고 당부하고 있다.[60]

이후 영조는 1733년(영조 9) 명선공주明善公主와 명혜공주明惠公主의 묘, 해창위海昌尉, 명안공주묘明安公主墓 등에도 모두 친제 제문을 내리는 등 가족에 대한 남다른 애정을 드러내었다. 특히 이때 영창대군永昌大君의 제문은 신하들에게 짓게 하여 자신의 직계 가족과 차별을 두고 있다.[61] 그러나 1734년(영조 10)에는 이복형제 연령군延齡君의 제문을 친제하여 직계 여부보다 친소 여부를 중시했음을 보여 준다.[62] 1732년(영조 8)에는 『성학집요聖學輯要』에 대한 서문을 친제하여 이황에 대한 예우를 드러내었다.[63] 1734년(영조 10)에는 「정관정요후서貞觀政要後序」,[64] 1736년에는 『여사서女四書』의 서문을[65] 친제하였다.

통치 행위로서 글을 하사할 때 친제를 하기도 하였는데 무예에 입격한 자들에게 상을 내리면서 당부하는 글을 친제하기도 하고[66] 과거에 급제한 인물에게 상으로 절구 시를 친제하여 내리기도 하였다.[67] 갱진의 수단으로 연구聯句를 친제하기도 하였는데[68] 때로 친제한 글을 현판으로 걸게 하곤 하였다. 1740년 임진왜란 때 파견되었던 명나라 장수를 기리는 선무사宣武祠에 「감황은시感皇恩詩」 및 서문을 친제하여 걸게 하였고, 또 태학의 향관香官 벽 위에 학

---

59 『영조실록』, 영조 4년(1728) 10월 15일.
60 『영조실록』, 영조 4년(1728) 11월 26일.
61 『영조실록』, 영조 9년(1733) 9월 11일.
62 『영조실록』, 영조 10년(1734) 9월 15일.
63 『영조실록』, 영조 8년(1732) 1월 12일.
64 『영조실록』, 영조 10년(1734) 12월 25일.
65 『영조실록』, 영조 12년(1736) 8월 27일.
66 『영조실록』, 영조 10년(1734) 10월 15일.
67 『영조실록』, 영조 11년(1735) 윤4월 17일.
68 『영조실록』 영조 11년(1735) 6월 13일 기사에 시 1구를 짓고 연구를 짓게 하였으며 가주서 이형만의 시를 칭찬하여 털로 짠 말안장을 하사하였다고 하였다.

생을 면려하는 칠언 절구를 친제하여 걸게 하였다.[69] 한편 신하들이 대신 쓴 글에 친제 일부를 첨입하게도 하였는데, 7언 2구를 친제하여 성혼成渾, 이이李珥 등의 제문에 첨입하게 한 것이 그것이다.[70] 물론 친제라고 해서 그대로 실린 것은 아니다. 어제 대부분은 대개 신하들에 의해 첨삭되곤 하였는데 별도의 어제편차인御製編次人을 두어 이를 전담하게 한 것이 영조어제의 특징이다.

영조는 또한 자신의 글이 한자를 모르는 백성에게도 전달되기를 바랐다. 영조어제에는 다른 국왕의 어제에 비해 언해가 많은데 이 언해의 편찬에도 어제편차인이 깊이 관여하였던 듯하다. 영조는 언해가 쉽기는 하지만 대개 소홀히 하기 때문에 잘 아는 사람은 드물다는 생각을 했던 듯하다. 『동몽선습언해童蒙先習諺解』와 관련된 기록에서 영조는 언서諺書는 매우 속되고 천하나 초두初頭 9자는 구주九疇의 수와 흡사하여 성인이 만든 아름다운 뜻을 볼 수 있다고 하였으며 이에 대해 도제조 김재로金在魯는 큰 성인이 아니면 만들 수 없는 것이라고 동조하였다. 여기서의 큰 성인은 물론 세종世宗을 말한다.

또 영조가 삼남인三南人의 발음이 속된 음이 많고 자음에 있어서 청탁이 심하게 나뉘어 있다고 하니 김재로는 양서인兩西人이 자음을 상세히 잘 알고 있다고 답하였다. 이에 영조는 전에 이덕수李德壽는 비록 글자 해석에는 밝으나 이것에 대해서는 어두웠다 하니 김재로도 이덕수가 잘 몰라서 윤순尹淳의 교정을 참고하였다고 동조하였다. 영조가 자신이 춘궁에 있을 때 김시혁金始爀이 다른 사람에게 언해를 배워서 강의했다 하고 이종성李宗城도 어두웠다고 하였으며, 언문이 비록 매우 하찮지만, 그 사이에 지극한 이치가 있어 사람들이 많이 해독하지 못하였으니 또한 가소롭다고 하였다. 그러자 김재로도 언문은 사람들이 모두 소홀히 여겨 이에 이르렀으니 상신 이태좌李台佐가

---

69 『영조실록』, 영조 16년(1740) 8월 8일.
70 『영조실록』, 영조 16년(1740) 8월 30일.

한림으로 있으면서 집에 편지 쓸 때 하번을 불러 대신 쓰게 하였다고 하였다. 영조가 원경하元景夏는 잘 알았다 하였으나 부제조 이익정李益炡은 그도 또한 잘 몰랐다고 부정하였다.[71]

　여기서 언문을 잘 모른다고 거론된 이종성은 영의정에 오른 인물이며, 이태좌는 우의정과 판중추부사에 오른 인물이다. 원경하는 문과에 장원급제하고 판돈녕부사로 영의정에 추증된 인물이다. 당대 최고의 자리에 오른 인물로서 왕을 보필하는 측근이었으나 언문 역량은 인정받지 못했으니 당대에 언문 역량을 갖추는 일이 쉽지 않았음을 확인할 수 있다.

　영조가 국왕이 된 후에 직접 글을 짓고 또 언해로도 풀어 널리 알리려한 내용은 주로 자신의 정통성 강조, 국태민안, 신하와 백성에의 훈계, 인재 선발 중시, 숭명배청崇明排清 의식 표출 등이다. 즉, 조종의 성덕을 칭송함으로써 자신이 왕실의 적통임을 과시하고, 나라의 태평과 백성의 안정을 노래하여 국왕으로서의 자세를 갖추었음을 보이고자 한 것이다. 영조는 글을 통해 왕손과 신료 그리고 백성들에게 신하로서 지켜야 할 덕목과 규율을 강조하였으며, 국가임용고시인 과거시험에도 남다른 관심을 보였다. 한편 명나라에 대한 존숭과 청나라에 대한 정벌의지를 드러내어 명분과 절의를 중시하는 사상이 대외관계에도 적용되었음을 보여 주었다. 이를 차례로 살피면 다음과 같다.

1) 조종성덕과 삼종혈맥三宗血脈

　영조는 늘 조종성덕을 말하면서 자신의 역량이 보잘것없어 성덕聖德을

---

71 『승정원일기』, 영조 18년(1742) 7월 4~5일. 「어제동몽선습서문」에서 영조는 세종이 지은 한글의 위대함을 거론하고 언해를 쓰는 데 있어서 이해가 부족한 신하들을 거론하고 있다.

계승하지 못할 것이 두렵다고 겸손해하였다. 조종성덕의 시작은 조선을 건국한 대조에게서 시작하는데 영조는 태조의 능인 건원릉健元陵을 치제하는 글에서 조선 역대 임금이 나라를 지켜 온 성덕을 다음과 같이 칭송하였다.

> 위대하신 성조聖祖께서 처음 대업 펼치셨고, 천명 받아 건국하시니 상서로운 징험이 있었네. 위화도에서 의를 밝히시니 천추가 밝아졌고, 만세토록 곧은 정신 백대 자손까지 내리셨네. 성인과 신인의 계승으로 하여 조정과 재야가 편안하니, 오직 우리 백성들이 모두 끼친 혜택을 입었네. 영원히 잊지 못할 아아! 성덕聖德이여! 해동의 맑고 밝음이 사백 년을 이어졌네.
>
> 於皇聖祖 肇開鴻業, 受命定鼎 徵祥寶籙. 義炳化島 千秋曒日, 萬世垂烈 百代燕翼. 聖神繼承 朝野寧謐, 惟我元元 咸被遺澤. 永世不忘 於戲聖德, 海東淸明 歲垂四百.[72]

영조의 이 제문은 1761년(영조 37) 조선 건국 400주년에 즈음해서 건원릉에 대한 치제를 위해 지은 제문이다. 이 글에서 영조는 태조의 위화도회군을 의로운 행위로 칭송하고 또 이후의 선왕들에 대해 성인聖人과 신인神人이라 존숭하였으며, 이들이 끼친 덕을 성덕聖德으로 칭송하고 있다. 이러한 칭송의 저변에는 자신도 이에 일조하고 있다는 자긍심이 담겨 있다. 영조의 이런 주장은 일찍부터 보였는데 1748년(영조 28) 겨울에는 당대 양역의 폐해가 중국의 한나라, 당나라 이후에 없는 문제라 하고 '역대 선왕들이 백성을 사랑하고 아끼는 성덕이 없었다면 어찌 지금까지 유지될 수 있겠느냐(若非列朝愛恤之聖德 何到于今也)'라고 선왕의 성덕을 칭송하였으며 '나라는 백성에 의지하니 그 중요한 것이 백성보다 앞서는 것이 없다. 옛사람이 이르기를 백성은 나라의 근본이니 근본이 공고해야 나라가 편안하다. 백성이 편안하면 나라가 다스려지고 백성이 곤궁하면 나라가 어지러워진다(國依於民 其所重者 莫先於民 古人云 民惟邦本 本固邦寧 民安則國治 民困則國亂)'라고 하여 조선 건국 이후 역대 왕들이 펼친 성덕의 대상이 백성이었음을 강조하였다.[73] 영조는 또한 1758년(영조 34) 5월 30일 선농단에서의 기우제를 기록하면서 '백성들을 하늘이 자신에게 내려 주고 또 선왕들이 자신에게 부탁하였다고 하고, 예전에 백성을 사랑하는 성덕과 백성을 돌보는 은혜를 보았다(皇天畀民於予 列朝付民於予, 而昔年愛民之聖德 眷民之慈惠 卽予仰覩)'라고도 하였다.[74]

영조는 65세가 되던 1758년(영조 34) 새해를 맞아 선왕인 숙종의 성덕 聖德을 추모하며 다음과 같은 8조목의 금등지사金縢之辭를 적어 각오를 다지기도 하였다.[75]

시절이 조화롭고 매년 풍년되어 민생이 안정되고,

대대로 신하들이 서로 도와주어 태산반석처럼 되며,

현명하게 처하고 유능하게 쓰여 모든 신하들이 협동하며,

쓰임을 절약하고 백성을 사랑하여 집마다 사람마다 풍족하고,

곧은 말이 나날이 올라와 공평하고 곧게 처리되고,

사치풍조 나날이 사라져 소박한 흰옷과 관을 쓰고,

순후한 풍속이 나날이 새로워져 즐겁고 화평한 세상 되게 하고,

72 「건원릉친제문(健元陵親祭文)」, 『영종대왕어제』, 국학진흥연구사업추진위원회 편, 『영조문집보유』, 210쪽.

73 「양역실총서(良役實摠序)」, 「열성어제 권34」, 서울대학교 규장각 편, 『열성어제』 5, 199쪽.

74 「선농단대희친도일지(先農壇代犧親禱日識)」, 「영종대왕어제속편」 권1, 국학진흥연구사업추진위원회 편, 『영조문집보유』, 5쪽.

75 영조는 이 글의 말미에 자신의 이 글은 옛날 송나라 조변(趙抃)이 향을 사르고 하늘에 고한 일을 모방하여 하였다 하고 이는 나라, 신하, 백성을 위한 것이며 이를 사각(史閣)에 보존하여 이 글과 조선이 함께 보존되고 또 금등의 뜻을 비장(秘藏)하는 것을 모방하였다고 하였다.

들 내고 날뛰는 일 나날이 씻어져 진실이 복원되길.[76]

이 8가지 조목에서 우선적으로 든 것은 태평성대와 풍년이다. 그래야 민생이 안정된다고 하였는데 민생의 안정이 국가의 기틀임을 알고 있었던 셈이다. 나머지 7가지는 신하에 대한 당부이다. 먼저 대대로 관료를 하는 대신들의 상보相保를 강조했다. 그래야 나라가 태산반석처럼 안정된다고 하였다. 그리고 이들을 포함한 모든 신하들이 현명하게 처신하고 곧은 말만 진언하며, 사치하지 말고 절약하며, 부화뇌동하지 말고 순후한 풍속을 유지시켜 나가야 한다고 당부하고 있다.

이 시기에 이와 같은 금등지사를 읊게 된 이유는 무엇일까? 추측건대 전해인 1757년(영조 33)이 힘들었던 해였기 때문으로 여겨지는데 왕실 내에서는 영조의 아내와 어머니가 같은 해에 승하하였고 외적으로는 가뭄으로 인한 기근이 오래되었기 때문으로 여겨진다. 이해 2월 조강지처인 정성왕후貞聖王后가 승하하였고, 6월에는 인원왕후仁元王后가 승하하는 일이 발생하였다. 특히 인원왕후는 천출의 자식으로 이복형 경종景宗의 견제를 받던 시기 영조를 아들로 삼고, 효종孝宗, 현종顯宗, 숙종으로 이어지는 삼종혈맥을 내세워 세제世弟로 앉힘으로써 오늘의 영조가 있게 한 은인이었다. 영조는 「인원성후행록仁元聖后行錄」에서 '아 자성慈聖의 자애로우신 마음은 형인 경종과 저에게 차이가 없었습니다. 삼종의 혈맥을 생각하시고 형이 후사 없음을 걱정해서서 특명으로 세제를 세우시니 지난 사첩史牒에도 없는 것으로 이로 인하여 형께는 후계자가 있게 되었으며 저에게는 의지할 곳이 있게 되었습니다'[77]라고 하

---

76 "時和歲豐 民生安業, 世臣相保 泰山磐石. 任賢使能 百僚寅恊, 節用愛民 家給人足. 讜言日進 䜛公䜛直, 奢風日祛 布帛大帛. 醇厚日新 熙皥可卜, 浮囂日洗 真實乃復", 「서장금궤(書藏金匱)」, 「열성어제 권37」, 서울대학교 규장각 편, 『열성어제』 5, 403쪽.
77 「인원성후행록」, 「열성어제 권22」, 서울대학교 규장각 편, 『열성어제』 4, 서울대학교 규장각,

여 자신이 의지할 수 있는 삼종혈맥이 인원왕후에게서 비롯되었음을 강조하기도 하였다.

이해 조정에서는 기근을 해소하기 위한 어사를 보내 단양丹陽과 회인懷仁의 백성을 진휼하고[78] 또 이 지역과 함께 금성金城과 회양淮陽 등의 세금을 감면하기도 하였다.[79] 영조는 재위 38년에 모든 신하와 백성에게 내리는 교서에서 '삼종혈맥은 만세를 이어 갈 계통(三宗血脉 萬世統緖)'이라 하였다.[80] 한편 영조는 삼종혈맥의 정통으로 그 효시가 되는 효종과 자신의 닮은 점을 강조하기도 하였는데 삼종혈맥의 시작인 효종 역시 왕자로 궁궐 밖 잠저에서 생활하였기에 농사의 어려움을 알아 더욱 훌륭한 국왕이 될 수 있었다 하고 자신도 효종처럼 27세에 세자로 책봉되었다고 하였다.[81]

이처럼 영조는 삼종혈맥의 적통으로서 조종성덕을 계승하여 백성을 다스리는 덕을 자랑하곤 하였다. 재위 50년이 되는 1770년 12월 '양도위의 손자가 모두 재상이 되었고, 오도위의 손자가 등과했다네. 이는 어째서인가 성덕을 우러르네. 아 지금의 내가 그 모든 것을 보고 있다네(兩都尉 孫皆相 五都尉 孫登科 此何由 仰聖德 嗟今予 其皆見)'라고 읊은 것[82]은 이들이 바로 효종 사위의 후손들이기 때문이다. 효종의 사위로 첫째는 익평위益平尉 홍득기洪得箕, 둘째는 청평위靑平尉 심익현沈益顯, 셋째는 인평위寅平尉 정제현鄭齊賢, 넷째는 동평위東平尉 정재륜鄭載崙, 다섯째는 흥평위興平尉 원몽린元夢鱗, 여섯째는 금평위錦平尉 박필성朴弼成 등이다. 이들의 손자 중 재상이 된 인물은 동평위의 손자

2003, 26쪽.

78 『영조실록』, 영조 33년(1757) 4월 28일.

79 『영조실록』, 영조 33년(1757) 6월 3일.

80 「교중외대소신료기로군민한량인등서(敎中外大小臣僚耆老軍民閑良人等書)」, 『승정원일기』, 영조 38년(1762) 8월 1일.

81 「경고국조어첩홍개술회(敬攷國朝御牒興慨述懷)」, 『승정원일기』, 영조 35년(1759) 1월 18일.

82 「어제양위손배상오위손등과(御製兩尉孫拜相五尉孫登科)」(K4-3095).

인 정석오鄭錫五와 홍평위의 손자인 원경하이다. 영조는 이들이 과거에 급제하거나 재상에 임명된 것이 우연이 아니라고 하면서, 이들을 생각하니 오히려 추모와 회한이 더욱 깊어진다고 감격하였는데 이는 단순히 종친의 후예들이 두각을 드러내는 것에 대한 자랑이 아니라 바로 자신이 적통으로 삼게 된 효종의 후손들을 통해 자신의 정통성을 부각시킨 것이라 할 수 있다.

2) 국태민안

영조어제의 가장 큰 특징은 제문祭文이 매우 많다는 것인데 그중에서도 천지天地의 신에 대한 제문이 많다. 이 중 강우降雨를 기원하는 기우제문이 적지 않은데 이들은 모두 국가를 대표하여 국왕으로서의 위상을 보여 주는 글이기도 하다.

영조는 북교에서 처음으로 기우제를 거행하였으며,[83] 사직에 대한 제사와 선농단, 선잠단에서의 제사를 통해 국태민안을 기원하는 내용을 읊기도 하였다. 북교에서 지낸 제문으로는 「북교기우친제문北郊祈雨親祭文」,[84] 「북교기우친제문北郊祈雨親祭文」,[85] 「북교명관육차기우제문北郊命官六次祈雨祭文」,[86] 「북교견재신기우제문北郊遣宰臣祈雨祭文」,[87] 「남단북교보사제문南壇北郊報謝祭文」,[88] 「북교보사제문北郊報謝祭文」,[89] 「북교견종신기우제문北郊遣宗臣祈雨祭文」,[90] 「북교기

---

83 이욱은 북교에서의 친행 기우가 영조 1년(1725) 처음 있었으며 이때 기우는 영조가 신하들의 반대를 무릅써 이루어졌다고 하였다(『조선시대 재난과 국가의례』, 창비, 2009, 212~216쪽).

84 「열성어제 권23」, 서울대학교 규장각 편, 『열성어제』 4, 86쪽.

85 『영종대왕어제속편』 권1, 국학진흥연구사업추진위원회 편, 『영조문집보유』, 7쪽.

86 『영종대왕어제속편』 권6, 국학진흥연구사업추진위원회 편, 『영조문집보유』, 147쪽.

87 『영종대왕어제』 상, 국학진흥연구사업추진위원회 편, 『영조문집보유』, 200쪽.

88 『영종대왕어제』 상, 앞 책, 201쪽.

89 『영종대왕어제』 상, 앞 책, 225쪽.

우친제문北郊祈雨親祭文」,[91]「북교견중신기우제문北郊遣重臣祈雨祭文」,[92]「북교보사
제문北郊報謝祭文」,[93]「북교견중신기우제문北郊遣重臣祈雨祭文」,[94]「북교기우제문北
郊祈雨祭文」[95] 등이 있다. 이 중에 1732년(영조 8) 북교에서 지낸 제문에는 동서
남북과 중앙 등 5곳의 산천에 드린 제문이 남아 있는데 이를 차례로 살펴보면
다음과 같다.

거대한 바다 망망하게 우리 동쪽을 두르셨네.

으뜸을 본받고 어짊을 행하니 크도다. 지극한 공덕이여.

내 부족한 덕을 걱정하여 어리석음 깨우치셨네.

스스로 관후하다 말하면서 은혜가 백성에게 미치지 못했는데,

이제 이 혹독한 가뭄으로 불태우고 구워지고,

사나운 볕이 이미 가혹한데, 이어 또 바람까지 차갑네.

백성이 쟁기를 치우니 제 마음 근심스럽습니다.

백성에게 실로 무슨 허물이 있겠습니까? 잘못은 저에게 있을 뿐입니다.

공경히 희생과 폐백을 올리니 조금만 이 충심을 살펴서,

원컨대 단비를 내려 주시되 팔방을 균등하게 하시길 바랍니다.

巨海茫茫 環于我東, 體元行仁 大哉至公.

憫予否德 爲君師慄, 自日寬厚 惠不民蒙.

今玆亢旱 如灼如烘, 烈陽旣酷 繼又凄風.

---

90 『영종대왕어제』상, 앞 책, 227쪽.

91 『어제시문』하, 국학진흥연구사업추진위원회 편, 『영조문집보유』, 331쪽.

92 『영종대왕어제습유』권2, 국학진흥연구사업추진위원회 편, 『영조문집보유』, 429쪽.

93 『영종대왕어제습유』권2, 앞 책, 429쪽.

94 『영종대왕어제습유』권3, 국학진흥연구사업추진위원회 편, 『영조문집보유』, 452쪽.

95 『영종대왕어제습유』권4, 국학진흥연구사업추진위원회 편, 『영조문집보유』, 491쪽.

農夫輟耘 予心忡忡, 民實何辜 咎在予躬.

祗薦牲幣 少伸此衷, 願賜甘霈 八方均同.[96]

이 글은 동해신에게 올린 제문이다. 4자 20구이며, 4구씩 총 5개의 단락으로 이루어져 있다. 첫 단락에서는 동해신의 영역과 성격을 읊고 칭송하였다. 이는 신을 칭송하는 것이기도 하지만 제사를 드리는 신의 특성을 제시하여 제사의 대상을 명확히 하기 위해서이다. 둘째 단락에서는 자신을 자책하는 내용으로 이루어져 있다. 스스로 관대하여 백성을 잘 다스린다는 자만에 빠져 있는 자신에게 경고를 주기 위해 신이 가뭄을 내렸다고 자책하고 있다. 셋째 단락에서는 가뭄으로 발생한 객관적 상황을 읊었다. 쨍쨍한 햇볕에 말라 버린 땅에 차가운 바람까지 불어 더욱 황량해진 상황을 묘사하고 있다. 넷째 단락에서는 이제 농사 자체에 대한 희망을 잃어 농사를 포기한 백성의 태도를 묘사하였다. 그리고 이 가뭄은 농사에 대한 의욕을 꺾을 만큼 혹독한 것이었음을 알리면서 이러한 시련의 원인은 부덕한 자신에게 있음을 고백하였다. 다섯째 단락에서는 자신이 잘못을 뉘우치고 제사를 드린다 하고 조선 팔도에 단비를 고루 내려 줄 것을 기원하였다.

이를 정리하면 '대상 신 지목 → 자신의 잘못 고백 → 가뭄으로 인한 재난 상황 묘사 → 가뭄으로 인한 백성의 심리적 좌절 묘사 → 자신의 정성과 단비 기원' 등으로 구성되어 있다. 신을 부르고 자책한 뒤 백성의 외면적 피해와 내면적 좌절을 묘사하고 제사를 통해 잘못을 빌고 비를 기원하는 면모는 매우 정형화된 틀을 보여 준다. 한편으로 이 글은 영조가 백성을 대표해서 신을 부르는 위상에 있음을 보여 주는 글이기도 하다.

---

96 「동방동해(東方東海)」, 「열성어제 권23」, 서울대학교 규장각 편, 『열성어제』 4, 86쪽.

산악과 바다시여 남와南訛에 올립니다.

그 덕이 형통하시고 만물이 의지하는 바가 큽니다.

저의 부족하고 몽매함과 절차탁마하지 못함을 보시다시피,

덕이 부족하고 정성도 일천해 정치는 거칠고 백성은 아픕니다.

지금의 가뭄은 어찌 저 지경에 이르렀나.

스스로 제 허물을 돌아보니 종류를 헤아릴 수 없습니다.

제 곡식 있는 논이 마르고 제 밭의 벼가 말라,

삼농이 이미 결판나니 가을을 기대한들 무슨 성과가 있겠습니까?

희생을 대신해 기도 드리니 근심 때문이지 아부하는 게 아닙니다.

이 정성을 흠향하사 자주 비를 내려 주시길 바랍니다.

維嶽海瀆 奠于南訛, 厥德乃亨 物賴斯多.

眇予寡昧 工未切磋, 德涼誠淺 政荒民瘥.

于今之旱 致豈在他, 自顧予愆 未能數科.

涸我畚穀 枯予田禾, 三農已判 望西成何.

代犧躬禱 由悶非阿, 庶歆此誠 亟霈滂沱.[97]

이 글은 남쪽 산악, 바다, 내 등의 신에게 올린 제문이다. 앞의 제문과
마찬가지로 다섯 단락으로 이루어져 있다. 신을 청하고 → 자신의 잘못을 고
백하였으며 → 가뭄 역시 자신의 잘못임을 고백하고 → 가뭄이 돌이킬 수 없
을 정도로 진행되었음을 묘사하고 → 자신의 정성과 풍성한 비를 기원하였
다. '남와'는 염제炎帝에 속한 여름철 담당 불귀신이며, '삼농'은 평지농·산농·
택농澤農 등을 말한다. 동해신에게 한 고백에서는 자신의 자만감이 컸음을 고

97 「남방악해독(南方嶽海瀆)」, 「열성어제 권23」, 앞 책, 87쪽.

백했다면 이 제문에서는 백성의 고통이 통치자인 자신의 게으름과 정성 부족 때문이라고 고백하였다. 이렇게 정치적 어려움을 겪는 백성에게 자연재해까지 입히는 것이 너무 가혹함을 그렸는데 논과 밭, 그리고 산, 평지, 못가에 있는 모든 농지가 가뭄의 피해를 입었음을 나열하여 가뭄의 피해가 전 지역에 걸쳐 있음을 토로하였다. 마지막 단락에서는 자주 비를 내려 달라고 하여 한두 번의 비로 해갈될 수 없는 혹독한 가뭄에 고통받고 있음을 드러내었다.

산악이라 하는 것, 내라 하는 것 중앙에 자리해,
사방을 돌아보니 높고도 넘실거리고 있네.
보잘것없는 제 미천한 덕德, 정사는 방향 잡지 못했고,
시국 상황이 각각 다르다 하여 황극皇極을 세우지 못했습니다.
조정은 어지럽고 어린 백성은 어쩔 줄 몰라,
생각이 이에 미치니 심야深夜에 방황하게 되었습니다.
제가 잘할 수 없었으니 허물은 실로 제가 입어야 합니다.
무고한 백성들이 외롭고 걱정스럽게 다칠까 두려워합니다.
저 팔도를 바라보고 제 한 몸에 볕을 쬐고자 하오니,
이 정성과 간절함을 돌아보사 밭 가는 곳에 비를 퍼부어 주시길.
日嶽曰瀆 位乎中央, 環顧四表 巍巍洋洋.
菲予涼德 政未得方, 時象各是 莫建極皇.
朝廷潰潰 小民遑遑, 思之及此 深夜彷徨.
良予不能 咎實予當, 無辜元元 煢煢恫傷.
瞻彼八路 身欲曝陽, 顧此誠懇 霈霑耕場.[98]

98 「중앙악독(中央嶽瀆)」,「열성어제 권23」, 앞 책, 같은 쪽.

이 글은 중앙의 산악과 내의 신에게 올린 제문이다. 앞의 제문과 마찬가지로 다섯 단락으로 이루어져 있다. 첫 단락에서 신을 청하되 공덕을 칭송하기보다는 그 위엄 있는 모습을 그렸다. 두 번째 단락에서는 임금으로서 정사의 중심을 세우지 못한 자신의 잘못을 고백하였고, 세 번째 단락에서는 자신의 잘못으로 조정과 백성이 어지러워 더욱 방황했음을 고백하였다. 네 번째 단락에서는 자신의 잘못으로 백성이 고통받고 있음을 걱정하였고 다섯 번째 단락에서는 자신의 희생을 돌아보고 비를 내려 줄 것을 기원하였다. 여기서 자기 한 몸에 볕을 쬐는 행위는 폭력을 통한 자책의 방식인데 햇볕이라는 자연의 폭력 속에 노출시켜 자책을 표현하는 것이다. 이러한 방식은 고대부터 무당 같은 기우 기원 전문가가 수행하던 기우의례였는데 의례에서 이런 전문가가 배제되면서 국왕이 직접 이를 수행하게 된 것이다.[99]

실제 영조는 기우의례에서 이를 직접 실천하기도 하였는데 1734년 사직 기우제 때에는 원유관遠遊冠과 강사포絳紗袍를 갖추어 입고 가면서 일산日傘을 펴지 못하게 하였고, 승지와 옥당의 만류에도 덮개를 하지 못하게 하고 그대로 볕을 쬐었다.[100] 이런 의례 행위에 대해 이욱은 '지극한 정성으로 자연의 변화에 참여하는 인간, 특히 그 인간의 대표인 국왕의 신화가 만들어'진다고 하였다.[101] 이러한 기우제는 국왕의 위상 확립에 필요한 이벤트였던 셈이다.

아름답도다! 산악과 바다, 서방의 자리가
하늘에게는 이롭다 하고, 사람에게는 의롭다 합니다.
오호 세월의 공로여! 다만 가을일이 있을 뿐입니다.

99 이욱, 앞 책, 222쪽.
100 『영조실록』, 영조 10년(1734) 7월 29일.
101 이욱, 앞 책, 224쪽.

만약 지금 비가 오지 않으면 장차 무엇을 믿을 수 있겠습니까?

이는 실로 제 허물이니 디욱 절실히 두렵습니다.

신이시여! 제게 은혜를 베풀지 않더라도 이 백성의 곡식을 돌보시길

바랍니다.

이 혹독한 가뭄을 맞아 몸은 침에 찔리는 듯합니다.

생각이 백성에 미침에 눈물로 하늘에 호소합니다.

정성이 부족함을 헤아리지 못하고 몸소 폐백을 올리니

이 더위와 구워짐을 슬퍼하서서 단비를 빨리 내려 주시길!

猗歟嶽瀆 西方之位, 在天曰利 在人曰義.

嗚呼歲功 只在秋事, 若今不雨 其將奚恃.

此實予辜 尤切惴惴, 神不惠我 顧此民食.

遭此亢旱 若身針刺, 念及生民 籲天涕淚.

不揆誠淺 躬薦幣筥, 哀此惔灼 甘霖快賜.[102]

이 글은 서쪽의 산악과 바다의 신에게 올린 제문이다. 앞의 제문과 마찬가지로 다섯 단락으로 이루어져 있다. 이 글은 신을 청하고 → 추수에 대한 걱정을 피력하였으며 → 자신은 죄주더라도 백성은 돌보아 달라고 하였다. → 이어서 가뭄의 고통과 백성을 위한 호소를 토로하고 → 자신의 제사를 받고 단비를 내려 주기를 기원하였다. 서쪽은 가을을 의미한다. 그러기에 추수와 연계하여 비가 내리지 않으면 추수할 수 없음을 토로하였다.

저 밝으신 신이시여! 하늘에서 바르게 하여,

『서경』에 도움이라 하였네. 세월은 이에 이루어지니,

102 「서방악해독(西方嶽海瀆)」,「열성어제 권23」, 앞 책, 88쪽.

이제 한발 때문에 사방 뜰에 밭 갈기 멈췄습니다.

이 같음이 멈추지 않는다면 밭두둑은 장차 푸르러지지 않을 것입니다.

밝고 너무 뜨겁기에 차가운 바람 소리,

은하수를 바라보아도 실로 구름이 생기려 하지 않습니다.

세운 뜻이 굳지 못해 일마다 뜻이 바뀌니,

제 허물로 어찌 제가 아닌 공경대부를 수고롭게 하겠습니까?

직접 규장을 잡고 내 미천한 정성을 펼치오니,

거의 공감하시고 이르시어 빨리 서울 지역부터 시작하시길!

維彼明神 在乾爲貞, 書曰幽都 歲乃乎成.

今因旱魃 四野轍耕, 若此不已 疇將無靑.

杲杲烈炎 凄凄風聲, 瞻望雲漢 實欲無生.

立志不固 事多任情, 予咎予知 豈勞公卿.

躬執圭璋 伸予微誠, 庶幾感格 快始畿京.[103]

이 글은 북쪽의 산악과 내의 신에게 올린 제문이다. 앞의 제문과 마찬가지로 다섯 단락으로 이루어져 있다. 첫 단락에서는 북방을 관장하는 신을 부르고 둘째 단락에서는 한발旱魃로 밭 갈기를 포기한 나라 상황을 묘사하였다. 셋째 단락에서는 가뭄과 황량한 바람에 쌓인 정황과 비 올 기미 없는 날씨까지 묘사하였다. 넷째 단락에서는 이러한 허물의 원인이 의지가 굳지 못한 국왕 자신 때문이라고 고백하였다. 다섯째 단락에서는 규장을 잡고 제사를 지낸다고 하였는데 이 규장은 제사의식에 사용하는 옥으로 귀한 물품을 상징한다. 서울 지역부터 비를 내려 달라고 하였는데 이는 꼭 서울을 얘기하

---

103 김문식 외, 『왕실의 천지제사』, 돌베개, 2011, 59쪽.

기보다는 이미 앞에서 팔방과 팔도에서 자주 큰비를 내려 달라고 한 바 있으므로 여기서는 국가의 중심인 수도권을 언급한 것이다. 즉, 가뭄에 고통받는 전국에 골고루 충분한 비를 내려 달라는 뜻을 담고 있는 셈이다.

북교에서의 기우제는『국조오례의』와『대명집례』의 예에 따라 수행되었는데 영조 1년인 1725년 7월 24일에 처음으로 수행한 이후 재위 7년, 19년, 29년, 36년, 40년 등에도 기우제를 지냈다.

이러한 기원은 농사를 장려하는 선농단에서도 행하였는데 영조어제에 실린 선농단 제문으로는 「선농단기우친제문先農壇祈雨親祭文」,[104] 「선농단기우친제문先農壇祈雨親祭文」,[105] 「선농단견대신보사제문先農壇遣大臣報謝祭文」,[106] 「선농단견종백기우제문先農壇遣宗伯祈雨祭文」,[107] 「선농단보사제문先農壇報謝祭文」,[108] 「선농단기우제문先農壇祈雨祭文」[109] 등이 있다. 이 중에 1753년에 지은 「선농단기우친제문先農壇祈雨親祭文」에는 농사의 신인 신농씨에게 기원한 「제신농씨帝神農氏」와 곡식의 신인 후직씨에게 기원한 「후직씨后稷氏」가 있는데 이를 차례로 살펴보기로 한다.

빛나는 신농씨께서 백성에게 농사를 가르치시니,

이에 농업을 열어 백 대 동안 공로가 융성했습니다.

못나고 변변찮은 제가 깊은 못 얇은 얼음을 밟듯 정사를 펼쳤으나,

삼 개월간 혹독한 가뭄은 또한 더욱 가혹합니다.

---

104 「열성어제 권23」, 앞 책 128쪽.
105 『영종대왕어제속편』권1, 국학진흥연구사업추진위원회 편, 『영조문집보유』, 4쪽.
106 『영종대왕어제속편』권9, 국학진흥연구사업추진위원회 편, 『영조문집보유』, 153쪽.
107 『영종대왕어제』상, 국학진흥연구사업추진위원회 편, 『영조문집보유』, 225쪽.
108 『영종대왕어제』상, 앞 책, 226쪽.
109 『영종대왕어제습유』권4, 국학진흥연구사업추진위원회 편, 『영조문집보유』, 492쪽.

아 백성들이 무슨 잘못 있을까요. 이는 제 부덕 탓입니다.

어찌 비가 오지 않을까 했으나 끝내 비는 내리지 않았습니다.

신과 인간이 먼 사이가 아님은 반드시 그럴 만함이 있는 것입니다.

나이 들고 정성도 모자라나 어찌 흠향하지 않으시는지요.

저 또한 혐의하는 바가 있으니 어찌 감히 신을 속이겠습니까.

직접 밭을 갈고 제사를 주재하니 부끄러움이 새삼 더하는 듯합니다.

이제 비가 내리지 않으니 백성들이 쟁기를 거두려 합니다.

밭이랑이 벌거숭이가 되면 백성들의 식량은 어찌됩니까.

아아 부족한 저는 의지하는 것 백성뿐인데,

백성들이 넘어지려 하니 얼마나 이 몸이 걱정되는지요.

미천하나마 온 힘을 다하여 직접 술을 올리오니,

바라건대 공감하시고 흠향하셔서 빨리 두루 흡족한 비를 내려 주소서.

於赫帝神 教民以農, 乃開稼穡 百代隆功.

眇予不穀 臨深履薄, 三朔亢旱 亦孔之酷.

嗟民何辜 寔由涼德, 豈曰不雨 終靳需澤.

神人不遠 必有以然, 年衰誠淺 何以格焉.

予又有歉 豈敢欺神, 親耕攝祭 愧猶如新.

今不滂沱 民將輟耘, 田畝濯濯 人食奚云.

嗚呼寡躬 所依惟民, 民將蹶矣 何惜此身.

殫竭微忱 躬薦洞酌, 庶幾感格 快賜周洽.[110]

　　신농씨에게 올린 이 제문은 8단락으로 이루어져 있는데 첫 단락에서
제사의 대상을 지목하고 이후 단락에서는 계속 자책하는 언급으로 자신을 용
서하고 비를 내려 줄 것을 기원하고 있다. 이러한 제문은 매우 의례적이라 할
수 있으나 '나이 들고 정성이 모자라다(年衰誠淺)', '직접 밭 갈고 제사를 주재

한다(親耕攝祭)'라는 표현에서 영조의 실천성을 읽을 수 있다. 이 제문을 지은 시기는 영조가 60세가 되던 때이므로 자신의 나이가 몸이 쇠할 나이라 한 것이며, 또한 전날인 5월 12일에 선농단에서 친경을 한 바 있으므로 직접 밭을 갈았다고 언급한 것이다.[111]

빛나는 후직이시여, 처음으로 모든 곡식을 파종하게 하셨습니다.
아 만년이 되도록 공덕이 두루 넓으십니다.
또한 나라 사직에 배향되어 백 대를 융성하게 하셨습니다.
보잘것없는 제가 부족한 덕으로 한마음으로 공경을 드렸는데,
어찌 오로지 가물 뿐인지요? 삼 개월간 서서히,
밀과 보리는 이미 결딴났고 밭두둑은 거북등처럼 갈라졌습니다.
이제라도 비가 오지 않으면 어찌 가을 추수를 바라겠습니까?
몸소 교외 제단에서 제사하노니 미천한 정성이 심히 부끄럽습니다.
잠깐 비에 곧 그치니 끝내 충분한 비는 내리지 않았습니다.
이것이 무엇 때문입니까? 정말로 부덕함 때문입니까?
제 마음에 두려움이 있으니 지금 어찌 태만하겠습니까.
사직에 대해 교외에서 다년간 제사를 주재하였습니다.
또한 하물며 이번 봄에는 또한 행할 수가 없었습니다.
오히려 지금 혐의로운데 어떻게 뜻을 이룰 수 있겠습니까?
백성을 위해 초조하고 절박한 마음으로 직접 스스로 교외에 왔습니다.
제 이 맘을 헤아리셔서 한줄기 비를 밤이 되도록 내려 주소서.
於赫后稷 始播萬穀, 於萬斯年 功德普博.

110 「제신농씨(帝神農氏)」, 「열성어제 권23」, 앞 책, 128쪽.
111 『승정원일기』, 영조 29년(1753) 5월 12일.

亦配國社 百代以隆, 眇予涼德 一心致恭.

云胡一旱 居然三朔, 车麥已判 田畝龜坼.

及今不雨 奚望西成, 躬祀郊壇 深恧淺誠.

少雨旋止 猶靳霈澤, 此何由乎 良由否德.

予心有惕 今何謾焉, 於社於郊 攝祀多年.

又況今春 亦莫能行, 尙今歉然 何以遂情.

爲民焦迫 親自來郊, 諒我此心 一霈連宵.[112]

후직에게 올린 이 제문에서 영조는 삼 개월간 가물었으며 잠깐 비가
내렸지만, 곧 그쳤다고 하였는데 이러한 내용은 『승정원일기』에 자세히 보인
다. 1753년 5월 12일 영조는 "오늘 밤이나 내일 아침 비가 한 자 정도 내린다
면 내가 (기우제를) 마땅히 그칠 것이다. 옛사람들이 이르기를 비가 왔다고 기
뻐하지 말라 하였다. 3개월의 가뭄에 이제 이 5촌寸의 비는 거의 잔의 물과 같
은 정도이다. 어찌 직접 빌지 않을 수 있겠는가(今夜或明朝, 雨若報尺, 則予當止
之 而古人謂勿以得雨爲喜 今玆三朔之旱, 五寸之雨, 殆若勺水焉 何可不親禱乎)?"[113]라
고 하였다.

제문은 시기와 관계없이 제사가 필요한 시기에 의례적으로 짓는 글로
여겨지나 위의 표현에서 보다시피 영조는 기우제를 지내는 당시의 상황을 그
대로 반영하여 제문을 지었음을 확인할 수 있다. 영조는 이 제문에서 3개월
가뭄을 해갈할 수 있도록 밤새 비를 내려 줄 것을 기원하는 말로 끝을 맺고
있다.

선농단에서의 기우제는 1704년(숙종 30) 숙종에 의해 시작되었는데 기

112 「후직씨(后稷氏)」, 「열성어제 권23」, 앞 책, 129쪽.
113 『승정원일기』, 영조 29년(1753) 5월 12일.

우제와 함께 친경의례를 시행한 것은 영조 대로 확인된다.[114] 아울러 재위 43년인 1767년에는 친잠례까지 거행하는데 제문뿐 이니라 이런 의례의 실천에서 민생을 생각하는 군주로서의 영조를 확인할 수 있다.[115]

이러한 면모는 사직 기우제문에서도 마찬가지이다. 영조어제에는 사직단에서 지은 제문으로「사직기우친제문社稷祈雨親祭文」,[116]「사직기우친제문社稷祈雨親祭文」,[117]「사직견대신기우제문社稷遣大臣祈雨祭文」,[118]「사직보사제문社稷報謝祭文」,[119]「사직기우친제문社稷祈雨親祭文」,[120]「사직기우제문社稷祈雨祭文」[121] 등이 있다.

사직대제는『국조오례의』에 따르면 선행절차, 거가출궁擧駕出宮, 행례절차, 거가환궁擧駕還宮의 네 단계로 구성되는데 행례절차는 폐백을 바치는 전폐奠幣와 삼헌三獻을 드리는 진숙進熟으로 구분된다. 폐백은 국사國社, 후토后土, 국직國稷, 후직后稷의 순서로 초헌관이 드린다.『열성어제』에 실린「사직기우친제문」중 폐백을 올릴 때 쓰는 제문을 보면 다음과 같다.

아, 빛나는 신령이시여 한 나라의 국사國社이십니다.
만물을 도와 이루어 주시니 은택이 팔방에 미칩니다.
이 근방을 다스리는 이는 변변찮고 어질지 못한 저인데,

114 영조는 재위 15년인 1739년 1월 13일 대신들에게 친경의례에 대한 찬반의견을 들은 후『국조오례의』에 있는「친경의주」를 써서 올리게 한 뒤에 바로 친경의례를 단행하였다.『승정원일기』, 영조 29년(1753) 5월 13일.
115 김문식 외, 앞 책, 259~266쪽.
116 「열성어제 권23」, 서울대학교 규장각 편,『열성어제』4, 130쪽.
117 『영종대왕어제속편』권5, 국학진흥연구사업추진위원회 편,『영조문집보유』, 83쪽.
118 『영종대왕어제』상, 국학진흥연구사업추진위원회 편,『영조문집보유』, 200쪽.
119 『영종대왕어제』상, 앞 책, 201쪽.
120 『어제시문』하, 국학진흥연구사업추진위원회 편,『영조문집보유』, 330쪽.
121 『영종대왕어제습유』권3, 국학진흥연구사업추진위원회 편,『영조문집보유』, 453쪽.

근래 노쇠함으로 인해 규벽을 가까이 못한 지가

지금 십 년이 넘었으니 스스로 부끄러울 뿐입니다.

이미 정성과 공경이 모자라니 어찌 감응이 이르기를 바라겠습니까?

아, 오늘날의 가뭄이 어느덧 석 달째이니,

농민들은 김매기를 관두었고 논밭은 거북등처럼 갈라졌습니다.

어찌하여 그렇게 되었겠습니까 참으로 저의 부덕한 탓입니다.

정사를 잘 거행하지 못하니 은혜인들 제대로 미칠 수 있겠습니까?

세도는 날로 어지러워지고 인심은 날로 야박해집니다.

우리 백성들 울부짖으며 솥 안에 있는 듯 괴로워합니다.

저로 인해 가뭄이 초래되었으니 마음이 두렵고 떨리기만 합니다.

향기로운 제수를 특별히 올렸으나 신령의 감응은 갈수록 막연합니다.

저 사방 교외를 바라보니 타는 듯하고 삶는 듯합니다.

정성이 얕음은 헤아리지 않고 직접 술잔을 잡아 올립니다.

중한 바는 백성이니 어찌 우리를 구해 주지 않으십니까?

부디 밝게 살펴보시고 쾌히 큰비를 내려 주십시오.[122]

於赫靈神 冢土一國, 萬品資成 澤及八域.

近卅臨御 眇予不穀, 比因衰暮 未親奎璧.

今逾十年 秪自愧恧, 旣欠誠敬 何望致格.

嗚呼今旱 居然三朔, 農民輟耘 田畝龜坼.

其何以然 良由否德, 政不能擧 惠不能及.

世道日淆 人心日薄, 吾民嗷嗷 若在鼎鑊.

因予致旱 心焉懍惕, 芬苾徧薦 冥應逾邈.

122 「사단기우친제문(社壇祈雨親祭文)」, 『사직서의궤』 제4권, 한국고전종합DB, 한국고전번역원. 어제 번역 인용.

瞻彼四郊 如惔如灼, 不量誠淺 躬執洞酌.

所重元元 寧不我恤, 庶幾昭監 快賜需澤.[123]

이 기우제문은 국사에게 올린 기우제문으로 1753년(영조 29) 5월에 지은 글이다. 4구씩 9단락으로 이루어져 있다. 먼저 국가의 역량과 역할을 칭송하고 자신이 그동안 정성이 부족했음을 사죄하였으며, 현재 가뭄의 정도와 어려움을 고하고 이어서 가뭄으로 인해 인심과 세도도 타락하여 백성이 괴로워하기에 제수를 마련해 올린다고 하였다. 끝으로 자신이 자격은 없지만 직접 술잔을 올려 정성을 표하니 백성을 생각해서 큰비를 내려 달라고 기원하였다. 후토씨后土氏에게는 '일곱 번의 정성을 드렸다 하였고(命官徧禱 亦至于七)', 국직國稷에게는 '이달이 지나면 수확을 기다리기 어렵다(若過今月 何能有稔)'라고 하여 빠른 강우를 요청하였다. 후직씨后稷氏에게는 '선농단에서 제향이 감응을 받지 못하였다(農壇已籲 庶諒心曲, 緣予誠淺 莫能感格)'라며 아쉬워하였다.

이 외에 영조는 동대문 밖에 있던 우단雩壇에서 기우제를 지내기도 하였는데 이 역시 「우단기우친제문雩壇祈雨親祭文」이라는 제목으로 『열성어제』에 실려 있다.[124] 우단에서는 구망씨句芒氏 목정木正·축융씨祝融氏 화정火正·후토씨后土氏 토정土正·욕수씨蓐收氏 금정金正·현명씨玄冥氏 수정水正·후직씨后稷氏 등을 향사하였는데 구망씨는 초목을 관장하는 목신이며, 농사의 신이다. 축융씨는 중국 고대 삼황오제 때 불을 관장하던 관직명으로 불을 관리하는 신이다. 후토씨는 토지신으로 땅을 관리한다. 욕수씨는 소호씨를 보좌하는 신으로 서쪽을 관장하고 가을을 담당하는 신으로 일컬어진다. 『제왕세기帝王世

---

123 「사직기우친제문(社稷祈雨親祭文)」, 「열성어제 권23」, 앞 책, 130쪽.
124 「우단기우친제문(雩壇祈雨親祭文)」, 「열성어제 권23」, 앞 책, 134쪽.

紀』에서는 제곡帝嚳이 금목수화토 5행에 따라 관직을 주고 제후들을 다스리게 하였다는 내용이 있는데[125] 사방과 중앙까지 전 지역에 비가 내리기를 기원하는 의미를 담은 것이다. 아울러 후직씨는 직접적으로 인간에게 농사를 가르친 신이므로 특별히 언급한 것으로 보인다. 여기서도 후직씨에게 "지금이 지나면 수확할 수 없게 되기에 한밤중에도 잠들지 못하고 간절하고 두려울 뿐(若過乎今 其將無穫 中夜無寐 采切懍惕)"이라고 토로하였다.[126]

이러한 영조의 관심은 흉년으로 고생하는 백성을 묘사한 그림에까지 미쳤는데 영조는 그림을 통해 농사의 구체적인 면모를 파악하고 또 흉년으로 인한 백성들의 고통도 이해하였다. 중국에서 들여온 경직도耕織圖와 숙종 대 진휼사가 바친 '진민도(賑民圖: 백성을 진휼하는 그림)'를 자세히 관찰하고 묘사하였다.

먼저 진민도에 대하여서는 영조가 33세이던 1726년 삼남에 재해가 일어났을 때 숙종 대 진민도에 대해 언급하고 환곡과 신포를 탕감하게 하였는데[127] 아울러 구체적으로 진민도에 표현된 내용을 다음과 같이 기술하였다.

산에 올라 채취하는 사람은 주림을 견디지 못해 칡뿌리를 캐는 것이요, 서로 모여 끓여 먹는 죽은 또한 칡뿌리이다. 마을 입구와 길거리에 표주박을 들고 있는 사람은 대개 다니면서 구걸하는 것이요, 집에 지쳐서 누워 있는 사람은 시골 아낙네로 굶주려 누워 있는 모습이다. 혹은 밭을 갈기도 하고 혹은 호미를 던지고 쓰러져 있는 사람은 굶주린 채로 밭을 갈거나 주림이 심해서 쓰러져 있는 것이다. 문 앞에서 무섭

---

125 "帝嚳高辛氏…正是五行之官分職而治諸侯…", 『帝王世紀』卷2, 中國基本古籍庫DB, 愛如生.
126 「우단기우친제문(雩壇祈雨親祭文)」, 「열성어제 권23」, 앞 책, 137쪽.
127 『영조실록』, 영조 2년(1726) 2월 7일.

게 소리치는 사람은 사나운 관리로 세금을 독촉하는 것이요, 노인을 부축하고 이이를 안고 고개를 넘어가는 사람은 다른 지방으로 유랑하는 것이다. 또한 서로 거느리고 돌아오는 사람은 진휼한다는 소리를 듣고 차례로 돌아오는 것이다. 관리가 읽어 주는 것을 뭇 노인들이 다 우러르는 것은 지팡이에 의지해 윤음을 듣는 것이다. 바닷가에서 이마에 손을 올려 기뻐하는 사람은 쌀을 가져오는 것을 보는 것이다. 엎드려서 먹는 것은 보내 준 죽이고. 차례로 무릎 꿇고 받은 것은 무상으로 배급하는 것이다. 전패殿牌를 바라보고 나란히 절하는 것은 쌀을 받고 네 번 절하는 것이요, 동해를 보고 머리를 조아리는 것은 아침 해를 보고 임금의 만수무강을 기원하는 것이다.[128]

이 그림은 일종의 서사를 담고 있는데 흉년으로 고생하는 백성의 고난 → 가혹한 관리의 학대 → 마을을 떠나는 백성 → 진휼의 소식을 듣고 돌아오는 백성 → 진휼 정책을 발표하는 관리와 이를 듣는 백성 → 바닷가에서 진휼미를 기다리는 백성 → 진휼미를 무상으로 받고 죽을 만들어 먹는 백성 → 진휼에 대해 감사하는 백성 → 하늘에 임금의 만수무강을 비는 백성 등의 과정을 그려내고 있다. 이 그림은 백성의 굶주린 양상을 그린 기민도飢民圖라고도 하고 백성을 진휼하는 진민도라고도 하는데 내용에서 보다시피 굶주린 백성의 모습을 그려 백성의 참상을 알리기보다는 이들을 구휼하는 진휼사의 공적을 그렸다고 할 수 있다.

이 그림은 영조가 13세일 때 영동에 진휼사로 갔던 오명준吳命峻이 숙종에게 바친 그림이다.[129] 이에 대한 상으로 숙종은 호랑이 가죽을 하사하였

---

128 「제관동진민도(題關東賑民圖)」, 「열성어제 권35」, 서울대학교 규장각 편, 『열성어제』 5, 279쪽.
129 『숙종실록』, 숙종 32년(1706) 6월 17일.

으며[130] 아울러 칠언 절구 4수의 시를 지었다.

> 우리 백성 살린 진휼 일을 마치고,
> 돌아와 임금에게 그림을 바치니,
> 나라 근심 백성 사랑 옛사람과 같아.
> 산수화 대신 전각殿閣 벽에 걸었네.
> 活我東民賑事止 歸來闕下獻障子
> 憂國愛民同古人 揭圖殿壁代山水[131]

이 시는 그 첫 수이다. 산수화 대신에 백성을 진휼하는 그림을 궁실에 붙여 놓고 백성을 위해 늘 생각하겠다는 위정자의 자세를 가다듬고 있다. 영조도 「제관동진민도題關東賑民圖」에서 이 그림과 숙종의 시를 언급하면서 아버지의 뜻을 따라 백성을 구휼하겠다는 뜻을 다짐하고 있다.[132]

한편 영조는 북경에서 가져온 경직도에 대해서도 「제경직도」에서 46가지의 경직 내용을 구체적으로 언급하고 있다.[133] 밭 갈고 누에 치는 경직도는 23가지의 경작에 관한 그림과 23가지의 옷감 짜는 그림으로 이루어져 있는데 경작의 두 번째인 「경耕」에 대해 "작은 길에 지팡이에 의지하여 소가 밭을 갈도록 질책하는 그림(倚杖小逕 叱牛泥田者 耕之圖也)"이라 하였으며, 직조의 첫 번째인 「욕잠浴蠶」에 대해 "부녀자들이 웃으면서 두 손으로 물을 다루는 것이 고치를 씻는 것(婦女相笑 雙手弄水者 乃浴蠶之象也)"이라 하였다. 그리고 발문

---

130 『숙종실록』, 숙종 32년(1706) 6월 24일.
131 「제강원도감진어사오명준소진영동기민도 4수(題江原道監賑御史吳命峻所進嶺東飢民圖 四首)」, 「열성어제 권11」, 서울대학교 규장각 편, 『열성어제』 2, 359쪽.
132 「제관동진민도(題關東賑民圖)」, 「열성어제 권35」, 서울대학교 규장각 편, 『열성어제』 5, 279쪽.
133 「제경직도(題耕織圖)」 병찬(幷贊), 「열성어제 권35」, 앞 책, 284쪽.

에서 다음과 같이 언급하였다.

전체 46개 그림에는 농부의 힘듦과 직조하는 부녀자의 고통스러운 모습이 마치 눈앞에 있는 듯하다. 아, 식사할 때를 당하여 한 톨의 쌀이 농부의 힘듦 덕분인 줄 알고, 옷을 보고는 한 필의 천이 누에 치는 부녀의 고초에서 나옴을 알아야 한다. 이 마음을 미루어야 충분히 아껴 쓸 수 있으며, 이 뜻을 미루어야 마땅히 비용을 절감할 수 있다. 이 경직 46개 그림이 어찌 크게 이득이 없을 수 있겠는가? 그러므로 섭이중 聶夷中의 농사를 안타까이 여긴 시와 이것을 대조하여 다시 왼쪽에 몇 수의 찬讚을 붙이니, 찬에 이르기를 문득 한 그림을 얻으니 글과 그림이 있네 그림은 무엇이고 글은 무엇인가. 경이고 직이요, 아녀자요, 사내다. 일은 비록 너에게 있으나 경계함은 실로 나에게 있다. 사계절 동안 잘 모사하였으니 어디에서 나온 건가. 연경燕京에서 사온 것이라 좌우에 두고 조석으로 완상하여 물성物性을 다할 수 있으며 함께 기우제를 지내네.[134]

이러한 농사에 대한 영조의 관심은 농사의 현장을 찾아가고 농민들과 동고동락한다는 자세를 보여 주기도 하였다. 1747년(영조 23) 봄에 지은 「정묘오월십칠일관예동교시작丁卯五月十七日觀刈東郊時作」[135]에서는 7언 절구 3수에서 「봉심농단奉審農壇」, 「경단관예耕壇觀刈」, 「노주기서勞酒耆庶」 등 선농단에서 봉심하고, 밭 가는 제단에서 벼 베기를 보았으며, 막걸리로 기로신耆老臣과 서민이 함께한 일을 읊었다. 특히 동쪽 교외에서 벼 베기를 본 일과 막걸리로 기

---

134 「제경직도(題耕織圖)」 병찬(幷贊), 「열성어제 권35」, 같은 쪽.
135 「열성어제 권19」, 서울대학교 규장각 편, 『열성어제』 3, 370쪽.

로신과 서민과 즐긴 일에 대해서는 7언 44구의 「관예동교가觀刈東郊歌」와 「노주기민가勞酒耆民歌」를 짓기도 하였다. 「관예동교가」에서는 1747년 5월 17일 새벽에 홍인문興仁門, 보제원普濟院을 거쳐 동교로 간다 하면서 46세에 친경례親耕禮를 했고 이제 54세에 벼 베기를 본다고 하였다. 나라의 근본이 백성이고 백성의 일은 농사이기에 백성의 공을 생각하여 친림한다 하고 기로의 신하는 지팡이를 짚고 농민들은 농기구를 들고 나선다 하였다. 이렇게 벼 베기를 보는 예는 송나라 철종哲宗 때 있었다 하고 백대百代 동안 전할 일이라고 자긍하였다. 글의 서술 방식은 실제 일어났던 일을 구체적으로 제시하고 그 의의를 설명하는 방식이다.[136] 「노주기민가」에서도 기로신 20명은 어도御道의 동쪽에 서고 서민들은 5개로 무리 지어 어도의 서쪽에 선다고 하여 독자로 하여금 기로신과 서민들이 어떻게 국왕과 어우러져 술을 마시는지 구체적으로 알 수 있게 하였다.[137] 이 외에도 농사와 관련하여 비가 내림을 기뻐한 「회우喜雨」,[138] 「운한음雲漢吟」[139] 등이 있는데 이들 모두 백성의 안정을 통한 국가의 태평을 기원하거나 표현하고 있다.

3) 인재 선발

영조는 인재 선발의 방식으로 특히 과거시험에 대해 남다른 관심을 보였다. 조선 역대 국왕 중 가장 많은 126회의 과거시험을 실시하였는데 이는 52년이라는 재위 기간 때문으로 볼 수도 있지만, 연평균으로 계산해도 고종高

---

136 「관예동교가(觀刈東郊歌)」, 「열성어제 권19」, 앞 책, 371쪽.
137 「노주기민가(勞酒耆民歌)」, 「열성어제 권19」, 앞 책, 373쪽.
138 「열성어제 권19」, 앞 책, 375쪽.
139 「열성어제 권21」, 서울대학교 규장각 편, 『열성어제』 3, 512쪽.

宗 다음으로 많은 과거를 실시하고 있어[140] 인재 선발에 있어서 과거시험을 중시한 영조의 인식을 확인할 수 있다.

영조는 1747년(영조 23) 춘당대에서 치르게 한 관무재觀武才 즉, 무과시험을 5일간 보고 나서 자신이 본 장면과 생각한 내용을 10수의 시에 생생하게 펼쳐 놓았는데[141] 10수의 소표제를 차례로 풀이하면 먼저 고위 관직의 재상宰相이 북을 잡아 무과시험을 알린다 하였고[142] 시험은 제일 먼저 오군영五軍營에서 유엽전柳葉箭 날리고 삼장군三將軍은 말을 타고 활을 쏘았으며,[143] 쇠로 만든 화살촉의 강궁을 쏜다고 하였다.[144] 종친과 문신도 활쏘기를 하였고,[145] 말을 타고 활을 쏘거나 창을 쓰며,[146] 관우가 쓰던 청룡언월도에 말을 타는 재주도 뽐낸다고 하였다.[147] 임진왜란 때 구원병인 명나라 제독이 가르친 검술도 보았으며,[148] 당시 다투었던 일본의 검술교전 또한 있었다고 하였다.[149] 이들을 본 영조의 감회도 표현하였다. 가을비가 거의 1개월간 계속 내렸는데 다행히 시험을 치를 때는 비가 오지 않아 하늘이 도왔다고 생각한다는 뜻을 보였고[150] 시험이 치러지는 5일 내내 자신이 걱정하였음을 부연하였다.[151]

영조는 또한 대궐에서 보는 전시殿試의 시작과 끝에 대한 칠언 절구를

---

140 이남희, 『영조의 과거, 널리 인재를 구하다』, 한국학중앙연구원출판부, 2013, 95쪽.
141 「관무재일작 10수(觀武才日作 十首)」, 「열성어제 권19」, 서울대학교 규장각 편, 『열성어제』 3, 383쪽.
142 「재추집고(宰樞執鼓)」, 「열성어제 권19」, 앞 책, 같은 쪽.
143 「유엽편전(柳葉片箭)」, 「열성어제 권19」, 앞 책, 같은 쪽.
144 「육양강궁(六兩強弓)」, 「열성어제 권19」, 앞 책, 384쪽.
145 「종문후전(宗文帿箭)」, 「열성어제 권19」, 앞 책, 같은 쪽.
146 「기추기창(騎芻騎槍)」, 「열성어제 권19」, 앞 책, 같은 쪽.
147 「월도마재(月刀馬才)」, 「열성어제 권19」, 앞 책, 385쪽.
148 「제독검예(提督劍藝)」, 「열성어제 권19」, 앞 책, 같은 쪽.
149 「왜검교전(倭劍交戰)」, 「열성어제 권19」, 앞 책, 같은 쪽.
150 「시의삼군(示意三軍)」, 「열성어제 권19」, 앞 책, 386쪽.
151 「잉부여의(仍附餘意)」, 「열성어제 권19」, 앞 책, 같은 쪽.

남기기도 하였다.

새벽에 춘당대의 윗자리에 앉으니,

빽빽한 등불이 어원 중에 빛나네.

나란히 푸른 옷깃 인사를 마치니,

해가 이미 집춘당 동쪽을 비추네.

晨朝登坐春臺上　密密燈光御苑中

濟濟青衿禮拜畢　紅輪已照集春東[152]

문무과 이름 불러 좌우에 배열하니,

어원에 아흔아홉 어사화 마주했네.

등롱 켠 촉대는 동서로 늘어서 있고,

홍색과 녹색 장삼이 삼삼오오 열 지었네.

文武唱名左右列　御苑九十九枝對

燈籠臺燭帳東西　紅綠兩衫三五隊[153]

위 시들은 「정시일작 양수庭試日作 兩首」의 두 수로 제1수는 새벽에 시험을 시작하기 위해 자리에 오른다고 하였고 제2수는 시험이 끝난 뒤 춘당대春塘臺에서 과거급제자를 공고하는 내용을 읊었다. 앞의 시는 시험의 시작을, 뒤의 시는 시험의 끝을 읊은 셈이다. 제1수 제2구의 불빛이, 해 뜨기 전 어둠을 밝히는 불빛이라면 뒤의 시에서 제3구의 불빛은 늦은 저녁의 밤을 밝히는 불빛이다. 두 시에 제시된 어원御苑은 시험 장소인 춘당대이다. 영조가 직접

---

152 「신조등좌(晨朝登座)」, 「열성어제 권19」, 앞 책, 같은 쪽.
153 「춘대창방(春臺唱榜)」, 「열성어제 권19」, 앞 책, 387쪽.

새벽부터 밤늦게까지 과거시험을 주관하였음을 알 수 있다.

과기시험에 대한 영조의 관심은 만년에도 변하지 않았다. 재위 50년이 되는 1774년 8월 26일 영조는 과거시험이 가까이 오자 마음이 떨린다며 「어제동동御製憧憧」(K4-1762), 「어제동동근근御製憧憧勤勤」(K4-1763)이라는 율문을 지었다.

> 떨리는 이 마음 새벽부터 밤까지 한가지네.
> 어찌 감히 조금이라도 소홀하랴 하늘이 내려다보는데,
> 경사스러운 시험에 창방함은 기념일이 가깝기에,
> 뜻은 계술하려는 데 있으나 지나치게 즐겨 하는구나.
> 20명을 써서 경과慶科로 표현했으니,
> 아마 비록 그렇지만 어찌 꿈에라도 생각했으랴.
> 81세 마음 저절로 조심스러워,
> 절약에 힘써야 마땅하거늘 어찌 감히 행사를 크게 하랴.
> 憧憧此心 夙夜其一 何敢少弛 彼蒼臨照
> 慶科唱榜 期日在近 意雖繼述 深切太康
> 用二十人 以表慶科 其雖然矣 豈夢想料
> 八十一歲 心自懷然 其宜務節 何敢豊亨[154]

이때의 신하들은 영조의 81세 탄신 및 50년 재위를 축하하기 위해 진하하는 행사를 크게 할 것을 요청했으나 영조는 경과慶科를 통해 20명이나 뽑은 것만 해도 큰일이라 하고 있다. 인재 선발을 위한 과거시험을 중시했지만,

---

154 「어제동동(御製憧憧)」(K4-1762).

근검절약을 더 중요하게 여긴 영조의 국정기조가 잘 나타나 있다. 영조어제첩에 자주 등장하는 어휘로 '태강太康', '풍형豊亨' 등이 있는데 태강은 『시경詩經』 당풍唐風 실솔장蟋蟀章의 '너무 지나치게 즐겨 하지 말라(無已太康)'에서 나온 말로, 서로 부지런하고 검소한 당나라 풍속을 권장하던 시이며, 풍형은 『주역』에 '풍형예대豊亨豫大'에서 나온 말로 '풍豊'은 '성대한 모양', '예豫'는 '화락한 모양'을 뜻하며, '천하가 태평하여 백성들의 향락이 극도에 이름'을 의미한다. 위 율문에서의 '풍형'은 '행사를 성대하게 한다'라는 뜻으로 영조가 탄신 및 재위 기념행사를 성대하게 하려는 신하들의 요청을 비판하기 위해 언급한 셈이다. 영조는 「어제동동근근御製憧憧勤勤」(K4-1763)에서 신하들의 요청이 일리가 있지만, 만년에는 더욱 해이해서는 안 되며 백성을 부족함을 채워 주는 일이 더 중요하다고 하였다. 한편으로는 81세 탄신을 맞아 기념을 위한 모든 행사를 거절하면서도 이를 축하하는 과거시험만은 허용한 영조의 태도에서 영조가 인재 선발을 얼마나 중시하였는지 가늠할 수 있다.

4) 도성 방위

임진왜란 및 병자호란과 같은 외부의 침략에 조선은 늘 도성을 버리고 북으로 가거나 남한산성으로 옮기는 전략을 실행했으나, 결국에는 항복하거나 많은 피해를 보게 되었기에 새로운 방어전략으로 도성 사수론都城死守論이 대두되곤 하였다.[155] 영조는 이를 적극적으로 수용하여 정책에 반영하였다.

도성의 수비를 위해 주변 산성인 북한산성을 축성하거나 도성을 수축하자는 논의와 함께 삼군문 및 백성에 의해 도성을 수비해야 한다는 주장은

---

155 강성문, 「영조 대 도성 사수론에 관한 고찰」, 『청계사학』 13, 청계사학회, 1997.

숙종 대부터 제기되었다.[156] 영조는 무신란戊申亂이 일어났을 때 강력하게 도성 시수 의지를 천명하였으며, 난이 진압된 후, 도성 수비에 대한 입론을 발전시켜 1751년(영조 27) 「수성윤음守城綸音」을 공표하기에 이른다. 「수성윤음」의 내용은 다음과 같다.

> 수성절목守城節目을 아직까지 반포하지 않았으니, 도성의 사서士庶들이 어떤 부部가 어느 영營에 속하고 어떤 방坊이 모자某字의 안에 속한다는 것을 어떻게 알겠는가? 설령 징소徵召함이 있게 되면 혼륜混淪·착잡錯雜하여 사율師律을 위반해 범犯할 것이니, 이것은 백성을 위한다는 뜻이, 가르치지 않아 사율을 범하게 하는 결과를 낳게 되는 것이다. 그러므로 비국備局으로 하여금 그 절목節目을 첨가 윤색潤色하여 오부五部에 간포刊布하게 하여 사서로 하여금 사변이 없을 때는 소속된 영營과 지켜야 할 곳을 상세히 알게 하고, 혹시 사변이 있어서 징소徵召할 때는 부관部官을 따라 첩堞에 오르게 하라. 비록 그러나 첩에 올라갈 때는 성城을 지키는 도구가 시석矢石에 지나지 않으니 궁시弓矢와 조총鳥銃이 있는 자는 이것을 가지고 올라가겠지만, 이 두 가지가 없는 자들은 마땅히 돌(石)을 가지고 올라가야 할 것이다. 이것은 사서들이 그 임시의 편의便宜에 따라 해야 할 것이니 어찌 미리 지휘指揮할 수가 있겠는가? 그러나 아! 사서들이 능히 나의 뜻을 알 수가 있겠는가? 옛적에 촉한蜀漢의 소열황제(昭烈皇帝: 유비)는 한 조그마한 성城의 백성도 오히려 차마 버리지 못하였는데, 더구나 도성의 누십만累+萬의 사서들은 바로

---

156 "1704년 신완은 수도 방위를 위해 북한산성을 축성하고 더불어 백성과 함께 지키자고 주장했다. … 1710년 10월 부제학 조태로는 도성민들이 모두 도성을 지키기 바란다는 것을 언급하며…", 노영구, 『영조 대의 한양도성 수비 정비』, 한국학중앙연구원출판부, 2014, 65~70쪽.

옛날에 애휼愛恤하던 백성이니, 어찌 차마 버리고 홀로 갈 수가 있겠는가? 이로써 생각을 한다면 모든 백성과 더불어 마음을 같이한다고 할 수가 있다. 이번 이 하교下敎의 의도는 실상 백성을 위한 것이다. 지금 비록 원기元氣와 정신이 피곤하지만, 도성을 지키려는 뜻은 저 푸른 하늘에 질정할 수 있으니, 설혹 이런 일이 있다면 내가 먼저 기운을 내서 성 위의 담에 올라가 백성을 위로할 것이다. 만일 근거 없는 의논으로 인하여 그 지키는 바가 흔들린다면 이는 다만 우리 백성들을 속이는 행위일 뿐만 아니라, 이것은 내 마음을 속이는 것이니, 어찌 차마 이런 짓을 할 수가 있겠는가? 그 간행하여 반포한 것은 늘 신실함이 부신符信과 같으니 아! 우리 사서들은 과인의 뜻을 헤아려 달라.[157]

이 글에서 영조는 「수성절목」을 아직까지 반포하지 않았다고 했는데 원래 「수성절목」은 1746년(영조 22) 작성하게 하였다.[158] 그러나 이는 이듬해 2월 「수도절목首都節目」이라는 명칭으로 작성되며,[159] 1751년 간행 시에는 다시 「수성절목」이라는 명칭으로 변경된다. 여기에는 서울 도성을 수비하는 훈련도감訓鍊都監, 금위영禁衛營, 어영청御營廳 등 3군영의 운용방법과 도성 5부 백성의 역할에 대해 담겨 있는데 영조는 「수성윤음」에서 이와 같은 절목이 숙지되지 않으면 정작 변란이 있을 때 혼란스럽게 된다고 하면서 유사시 백성들은 무기가 있으면 무기를 지니고 무기가 없으면 돌이라도 들고 전장에 임할 것을 요청하고 있다. 아울러 자신도 남아서 백성과 함께할 것이라 다짐하고 있다. 아울러 「수성윤음」을 간행하는 이유는 자신의 도성 사수 의지를 천명하기

---

157 「수성윤음」, 『영조실록』, 영조 27년(1751) 9월 11일. 조선왕조실록DB 번역 인용, http://sillok. history.go.kr.

158 『영조실록』, 영조 22년(1746) 12월 6일.

159 노영구, 앞 책, 91쪽.

위해서라는 말로 끝을 맺고 있다. 장서각에 소장된 『어제수성윤음御製守城綸音』(K2-1860)에는 「수성윤음」, 「수성절목」과 함께 「도성삼군문분계지도都城三軍門分界之圖」와 「도성삼군문분계총록都城三軍門分界總錄」 등이 수록되어 있는데 지도에는 삼군문이 방어를 담당할 구역이 표시되어 있으며, 총록에는 도성 수비를 수행할 도민이 거주하고 있는 부部, 방坊, 계契의 명칭이 수록되어 있다.

도성 수비를 작정한 영조는 도성의 문을 단순히 출입의 수단이 아니라 도성을 지키는 관문으로 인식하여 도성 수비에 있어 이들의 중요성에 대해 차례로 읊었다. 북한산성과 도성을 연결하는 탕춘대성蕩春臺城에 붙어 있는 홍지문弘智門에 대해서는 도성인 한성漢城 북쪽을 지키는 문이라는 뜻의 한북문漢北門으로 명명하기도 하였다.160 동대문인 흥인문興仁門에 대해서도 "저기 성 동쪽에 앉아 있는 문 바라보니, 높은 누각 솟아 푸르른 구름 접했네. 지난 날 수레 돌려 올라와 볼 때 전장에 앞서 삼군을 조련했지(瞻彼城東一座門 高樓突兀接青雲逞歲回鑾登覽日 沙場先向鍊三軍)"라고 도성 수비에 적합한 문임을 강조하였다.161 이러한 인식은 남대문을 읊은 시에서도 보인다.

지난해 무신년 이 문에 올라
남쪽 정벌가서 승전한 삼군을 위로했지.
순식간에 시간은 19년이 흘러
멀리 보이는 숭례문에 구름이 자욱하네.
向歲戊申登此門 南征受捷慰三軍
倏忽光陰已十九 遥看崇禮濛濛雲162

---

160 「한북문(漢北門)」, 「열성어제 권18」, 서울대학교 규장각 편, 『열성어제』 3, 277쪽.
161 「흥인문(興仁門)」, 「열성어제 권18」, 앞 책, 같은 쪽.
162 「숭례문(崇禮門)」, 「열성어제 권18」, 앞 책, 278쪽.

이 시 기승구에서 영조는 이인좌李麟佐의 난인 무신란 때 오명항吳命恒이 이인좌의 목을 숭례문에 걸었던 일을 읊었으며, 전결구에서는 무신란이 일어난 지 19년이 지난 1747년(영조 23)이 되었음을 언급하였다. 또한 숭례문이 구름이 낄 정도로 높이 솟아 있음을 드러내어 이 문이 도성 수비의 관문임을 강조하였다. 서대문인 돈의문敦義門을 읊은 시에서는 1744년 봄에 삼군을 시험한 일을 읊었고[163] 북소문인 창의문彰義門에서는 기우제를 지내면서 백성과 군인을 위해서였음을 토로하였다.[164] 영조는 81세인 1773년에도 세손인 정조에게 권면한 「어제서시충자御製書眎冲子」(K4-2569)에서 「수성절목」에 대해 이야기하면서 도성 수비를 위해서는 백성의 인심을 얻는 것이 무엇보다 중요하다고 강조하였다.

영조의 도성 수비 중시 이유는 명나라 원군의 부재와도 관련이 있다. 즉, 이제 명나라가 망한 상황이기에 더 이상 도성을 떠나 몸을 맡길 수 있거나 왕실을 구하러 올 원군이 없는 상황임을 인식하였기 때문이라 할 수 있다. 도성을 지킬 수 없을 정도로 군사력이 허약한 상황에서 국왕이 도성을 떠난다는 것은 몸을 의탁할 외국으로 갈 수 있거나 외국의 원조를 받을 때까지 버티면 될 때 가능한 것인데 명나라가 멸망한 상황에서 이는 불가능한 기대라고 생각한 것이다. 그러므로 영조가 「수성윤음」에서 '차마 백성을 버리고 갈 수 없다'라고 한 말은 이제 더 이상 믿을 곳은 우리 백성밖에 없음을 깨달은 토로라 할 수 있다. 한편으로 이러한 깨달음은 이전에 원군을 보내 준 명나라 신종神宗, 원군을 보내지는 않았지만 보내려는 의논을 했던 의종毅宗 등의 의리를 재평가하여 대보단에 제향한 원인이 되기도 하였다.[165]

163 「돈의문(敦義門)」, 「열성어제 권18」, 앞 책, 같은 쪽.

164 「창의문(彰義門)」, 「열성어제 권18」, 앞 책, 같은 쪽.

165 이러한 인식은 영조어제첩본의 「어제선무사억황은(御製宣武祠憶皇恩)」(K4-2607); 「어제송충효(御製誦忠孝)」(K4-2784); 「어제송풍천(御製誦風泉)」(K4-2785~91); 「어제송풍천억황은(御製誦

5) 대외인식

영조의 대외인식 특히 청나라에 대한 인식을 모아 놓은 어제는 영조의 『열성어제별편』이다. 이 별편은 영조의 『열성어제』에서 청나라와 외교 마찰이 생길 만한 글을 뽑아 별도로 편찬한 것이기 때문이다. 이처럼 『열성어제』 제작 시 외교 마찰이 생길 만한 글을 뽑아 '별편'을 만드는 일은 숙종어제를 열성어제로 편찬할 때부터 시작되었다.[166] 청나라에 대한 적대의식은 청나라에 의해 멸망한 명나라에 대한 존숭의식과 함께 표출되었는데 영조는 숙종이 세운 대보단을 새로 설계하고, 명나라 태조와 신종, 의종을 아울러 향사하게 하였으며,[167] 세 황제의 기일제사를 규례로 삼았다.

영조 『열성어제별편』의 대보단 관련 글은 개인적 감회를 읊은 경우와 기신일 등 의미 있는 날을 기린 경우로 구분된다.

> 세 황제를 함께 제사하고 이어 기술하노니,
> 옛날을 추모함에 감회가 절실하구나.
> 상서로운 구름은 뭉게뭉게 천자를 알현하듯 둘러싸고,
> 상서로운 기운은 조화롭게 북두칠성을 향하였네.
> 오척 높은 대보단에 어좌御座를 설치하고,
> 삼간三間 깨끗한 실내에 신주를 받들었네.
> 중국이 멸망했다고 말하지 말라,

風泉憶皇恩」(K4-2792~3); 「어제숭정전중삼향경봉각전신례(御製崇政殿中三香敬奉閣前伸禮)」
(K4-2863) 등에서 확인된다.

166 안장리, 「'열성어제별편'에 나타난 대명의리론의 전개」, 『열상고전연구』 42집, 열상고전연구회, 2014, 589쪽.

167 『영조실록』, 영조 25년(1749) 3월 23일.

가만히 보면 우리나라에 일월이 비추고 있으니.

並祀三皇乃繼述　追惟昔日感懷切

祥雲馥馥環朝宗　瑞氣融融繞拱北

五尺高壇設御座　三間淨室奉神榻

莫云中國沈淪焉　佇看靑丘照日月[168]

이 시는 세 황제의 기신일 제사를 마치고 추모와 감흥이 일어난 뜻을 보여 준다는 제목의 칠언 율시이다. 수련에서는 세 황제를 함께 제사한다고 하였는데 세 황제는 명나라 태조, 신종, 의종을 말한다. 함련에서 '조종朝宗'은 제후가 천자를 알현하는 것이며, '공북拱北'은 북두칠성을 향해 공수하는 모습으로 대보단에 천자의 위상이 갖추어졌음을 나타내고 있다. 경련에서는 구체적으로 대보단의 모습을 형용하였다. 미련에서는 중국은 멸망하지 않았고 조선에 해와 달이 비춘다고 하여 중국의 정통을 조선이 잇고 있음을 주장하였다. 영조는 조선이 대보단을 통해 중국의 정통을 잇고 있다는 인식을 지니고 있었던 셈이다.

> 우리 황제의 높은 덕을 어찌 갚을까?
> 멀리 중국을 보니 이 마음 배가 되네.
> 회갑을 맞은 해에 기신일을 만나니,
> 뜰에서 공경히 절하며 이 마음 배가 되네.
> 아아! 황하는 어느 때나 맑아질까?
> 몸이 이미 늙었으니 이 마음 배가 되네.

---

168 「서시추모홍감지의(書示追慕興感之意)」, 「열성어제별편 권3」, 서울대학교 규장각 편, 『열성어제』 5, 535쪽.

북쪽 뜰 작은 제단이 우주를 밝히니,

예를 마치고 봉심奉審하는 이 마음 배가 되네.

吾皇盛德何以報　遙望中州倍此心

甲年乃奉忌辰日　祗拜庭中倍此心

吁嗟黃河何時淸　身已老矣倍此心

北苑尺壇宇宙明　禮畢奉審倍此心[169]

　　이 칠언시는 내외 10구로 이루어져 있는 「술회述懷」의 앞부분이다. 영조가 61세 되던 1754년 명나라 태조의 기신일인 5월 10일을 맞아 명나라 태조의 은혜를 읊고 있다. 제1구에서는 중국 황제에 대해 재조지은再造之恩의 보답을 하지 못하고 있는 처지를 안타까워했다. 제2구에서는 중국 황제의 기신일을 맞아 그 안타까움이 배가 된다고 하였다. 제3구에서는 명나라의 수복을 황하가 맑아짐에 비유하여 이는 기약이 없는데 자신은 세월만 보내고 있음을 한탄하였다. 제4구에서는 그러나 기신제를 지내면서 이 대보단이 결국 세상을 밝혀 줄 것이라는 믿음을 읊고 있다. 영조의 대보단 제사는 멸망한 나라의 인물과 정신에 대한 추모만 있는 것이 아니라 존주대의尊周大義의 정신이 밝혀질 것이라는 신념을 다지는 장이며 그 역할을 조선이 대신할 것이라는 의지를 표출하는 행사이기도 하였음을 확인할 수 있다.[170] 1749년(영조 25) 명나라 태조와 의종을 신종과 함께 제향한 영조는 기신일을 추모하는 글을 많이 남겼을 뿐 아니라 황제 탄신, 정월 초하루, 제야, 대보단 대제일 등의 회포를 남

---

169 「술회(述懷)」, 「열성어제별편 권3」, 앞 책, 544쪽.

170 영조가 명나라 태조를 대보단에 제향하게 한 일은 1749년 3월 『영조실록』에 기록되었듯이 국호를 내려 준 공로도 있지만 향화가 끊어진 중국을 계승한다는 의미도 있다. 이에 대해서는 이욱(2007, 143~150쪽) 참조.

기기도 하였다.[171]

영조는 남한산성에서 철수한 날을 기념하여 대보단에 망배례를 행하고 병자호란 삼학사에 대한 치제와 강화도에서 순절한 김상용金尙容을 불천위하게 할 것을 명하기도 하였는데[172] 『영조어제별편』에 실린 김상용의 치제문은 다음과 같이 끝을 맺고 있다.

세월이 비록 오래지만 충성스러운 혼백이 어찌 소멸하겠는가? 특별히 명하여 부조扶助하게 하고 예조의 관리에게 술을 올리게 하니….[173]

이처럼 김상용뿐만 아니라 오달제吳達濟, 윤집尹集, 홍익한洪翼漢 등에

---

171 기신일을 읊은 작품으로는 「고황기신망배일흥회이기(高皇忌辰望拜日興懷而記)」(「열성어제별편 권3」, 『열성어제』 5, 572쪽), 「신황휘일망배후기회(神皇諱日望拜後紀懷)」(「열성어제별편 권3」, 앞 책, 575쪽), 「병자삼월십구일의황기신일유체이지(丙子三月十九日毅皇忌辰日流涕以識)」(「열성어제별편 권3」, 앞 책, 566쪽), 「중조기신복행금일흥회부시(中朝忌辰復行今日興懷賦詩)」(「열성어제별편 권3」, 앞 책, 539쪽) 등이 있으며, 이 외에도 「의황만수성절망배례후기회(毅皇萬壽聖節望拜禮後紀懷)」(「열성어제별편 권3」, 앞 책, 576쪽), 「원조봉실망배례후기회(元朝奉室望拜禮後紀懷)」(「열성어제별편 권3」, 앞 책, 579쪽), 「황단대제섭행일감회(皇壇大祭攝行日感懷)」(「열성어제별편 권3」, 앞 책, 580쪽) 등이 있다. 대보단에 대한 글들이 『열성어제별편』에만 실린 것은 아니다. 『열성어제』에 실린 「친제황단(親祭皇壇)」(「열성어제 권19」, 서울대학교 규장각 편, 『열성어제』 3, 228쪽)에서는 오랫동안 대보단에 제향을 하지 못했다가 몸소 하게 되니 추모의 마음이 배가 된다 하고 시를 한 편 지은 뒤 은대 및 옥당의 신하들에게 갱진하게 하였다고 하였으며 갱진자의 명단으로 홍문관제학(弘文館提學) 송인명(宋寅明), 좌승지 조명신(趙命臣) 우승지 이성룡(李聖龍) 좌부승지 이종성(李宗城) 우부승지 박사정(朴師正) 교리 김약노(金若魯) 부수찬 유건기(俞健基) 병조좌랑 김징경(金徵慶) 겸춘추 김계백(金啓白)·이석록(李錫祿)·권덕재(權德載) 가주서 민통수(閔通洙)·김상노(金尙魯)·이장하(李長夏) 등이 참여하였다고 하였다.

172 영조는 황단의 망배례를 인정전 월대에서 행했으며, 이날이 남한산성에서 내려온 정축년의 날이었기 때문이라고 하였다. 영조는 이날 병자호란 삼학사에 대한 치제와 강화도에서 순절한 김상용을 불천위하게 할 것을 명하였다고 하였다. 『영조실록』, 영조 33년(1757) 1월 29일.

173 「고상문충공김상용치제문(故相文忠公金尙容致祭文)」, 「열성어제별편 권3」, 서울대학교 규장각 편, 『열성어제』 5, 547쪽.

대한 치제문에서도 영조가 이들에 대해서도 불천위를 명하였음을 확인할 수 있다.[174]

> 아아, 작은 나라가 황제의 은혜를 입어 한 터럭 한 올도 황제의 은혜
> 아님이 없네. 두 공이 동쪽으로 지원정벌 온 것도 황제의 은혜요, 다시
> 구원되어 지금에 이른 것도 아아! 황제의 은혜로세.
> 吁嗟小邦 偏被皇恩, 一毛一髮 莫非皇恩. 兩公東征 是亦皇恩, 再造到今
> 猗歟皇恩.[175]

이 글은 선무사宣武祠에 대한 치제문의 앞부분으로 선무사는 임진왜란 때 지원 온 명나라 장수 양호楊縞와 형개邢玠를 모신 사당이다. 이 글에서 보이는 '두 공'이 바로 양호와 형개이다. 이런 4언체에 매 구마다 '황은皇恩'을 반복하는 양식은 영조가 즐겨 썼던 문체의 하나로 반복을 통한 강조의 의미가 담겨 있다.

한편 이 외에 영조가 자주 거론한 숭명배청의 장소는 관우를 모신 '관왕묘', 명나라 궁궐의 '대명문大明門', 명나라 병부상서 석성石星을 기리는 '무열사武烈祠' 등이 있다.[176] 이 외에도 숭명배청의 상징물로 선조대왕의 그림, 명나라에서 하사한 그릇, 명나라 도장이 찍힌 명 태조의 서찰, 숭정제가 내린 달력

---

174 「오윤양학사치제문(吳尹兩學士致祭文)」(「열성어제별편 권3」, 앞 책, 548쪽); 「홍학사치제문(洪學士致祭文)」(「열성어제별편 권3」, 앞 책, 549쪽). 오달제와 윤집은 1637년 4월 심양에서 함께 처형되었으며, 홍익한도 비슷한 시기에 처형되었으나 일자가 다르기에 나누어 치제문을 쓴 것으로 여겨지나 미상이다.

175 「선무사치제문(宣武祠親祭文)」, 「열성어제별편 권3」, 앞 책, 549쪽.

176 「남문수첩일망선무사흥감이작(南門受捷日望宣武祠興感而作)」; 「선무무열사치제문(宣武武烈祠致祭文)」; 「선무사친제문(宣武祠親祭文)」; 「남관왕묘치제문(南關王廟致祭文)」; 「대명문란함기(大明門欄檻記)」 병찬(並贊)(「열성어제별편 권3」, 앞 책, 533~556쪽].

등도 보인다.[177] 영조는 명나라에서 내린 푸른 그림이 있는 항아리와 무지개빛을 내는 유리등琉璃燈을 보면서 다음과 같은 명銘을 짓기도 하였다.

저기 중국 땅을 보면서 길게 부르며 오열하네.
창오산에는 저녁연기요, 황하 물은 오히려 탁한데,
도리어 지금 온전한 건 우리 황제의 손때 묻은 것
瞻彼中州　長號嗚咽
蒼梧暮煙　河水猶濁
猶今完全　吾皇手澤[178]

이 글은 명문의 앞부분이다. 창오산은 순임금이 순수巡狩하다가 죽은 장소로 이곳에 '저녁연기가 있다'라는 것은 여진족에 점령된 중국의 상황을 비유한 것이다. '황하가 탁하다'라는 것 역시 마찬가지 비유이다. 이처럼 중국은 여진족 오랑캐에 점령되어 더럽혀졌는데 황제의 손길이 닿았던 옛 그릇인 유리등과 항아리는 온전한 것을 보고 이를 기념하게 되었다는 내용이다.

영조 재위 시 청나라는 옹정雍正·건륭乾隆의 융성기이기에 명나라 회복은 불가능한 일이라 해도 과언이 아니었다. 그러므로 영조의 대외인식은 실질적이기보다는 관념적인 성격이 강했던 것으로 보인다. 매우 실질을 중시하는 영조가 왜 이런 대외인식을 견지했는지는 영조의 시문학만으로는 파악하기 어려운 점이 있다. 그럼에도 영조의 시문학에 나타난 대외인식은 매우

177 「목묘어화소지(穆廟御畵小識)」; 「봉람황묘숭정황제은사황력흥개이기(奉覽皇廟崇禎皇帝恩賜皇曆興愾以記)」; 「성조어찰소지(聖祖御札小識)」; 「남실록고래음체이지(覽實錄考來飮涕而識)」, 「황조고기명(皇朝古器銘)」 병소서(竝小序); 「어필찬(御筆贊)」 병소서(竝小書)[이상 「열성어제별편 권3」, 앞 책, 558~594쪽].
178 「황조고기명(皇朝古器銘)」, 「열성어제별편 권3」, 앞 책, 592쪽.

관념적이었던 것으로 평가된다.

6) 군신 간의 교유

국왕이 글을 통해 신하와 교유하는 방법으로는 군신 간의 시문수창詩
文酬唱과 신하에게 어제를 내려 주는 방법 등이 있는데 이런 행위는 국사國事
에 대한 정서 공유와 신하에 대한 치하·격려의 의미가 있었다.

(1) 국사國事에 대한 정서 공유

국가의 중요한 일 특히 경사스러운 일이 있을 때는 이를 기념하여 군
신이 시문을 짓고 이를 시축으로 만드는 것이 일반적이었다.[179] 국가의 경사
로는 '국왕의 즉위 및 재위 몇 주년, 왕과 왕비의 보령寶齡 몇 세 및 탄일, 국왕
의 쾌유, 후원後園 등지에 거둥, 종묘·사직에 제사, 왕세자와 왕세손의 책봉
및 대리청정, 기로연耆老宴의 개최 및 궤장의 하사, 대과大科 및 빈흥시賓興試 등
의 실시, 종계변무宗系辨誣의 성공, 성균관 등에의 은배銀杯 하사, 궁중의 꽃놀
이와 활쏘기의 실시, 서적의 편찬 등'[180]을 들 수 있다. 『봉모당봉안어서총목』
에는 52편의 갱진첩이 소개되어 있으며,[181] 규장각의 왕실 자료 해설집에서는

---

179 이렇게 수창한 시문을 모은 자료를 갱진축(賡進軸), 연운축(聯韻軸)이라 한다(서울대학교 규장
　　　각 편,『규장각 소장 왕실 자료 해제·해설집』, 2005, 114쪽).

180 『규장각 소장 왕실 자료 해제·해설집』, 같은 쪽.

181 『봉모당봉안어서총목』제3책 '영종대왕어제갱진(英宗大王御製賡進)'에 실려 있는 목록을 보면,
　　　"「구장연구첩(鳩杖聯句帖)」,「광명전갱진첩(光明殿賡進帖)」,「호당갱운팔첩(湖堂賡韻八帖)」,
　　　「춘당대준천당상이하시사사선도연구시(春塘臺濬川堂上以下試射賜膳圖聯句詩)」,「지경편(志
　　　慶編)」,「기상패인갱재록(耆相佩印賡載錄)」,「영은경희록(迎恩慶喜錄)」,「덕유당갱진첩(德游堂
　　　賡進帖)」,「조손갱운첩(祖孫賡韻帖)」,「양성헌주강일동연(養性軒晝講日同聯)」,「친정일갱운(親
　　　政日賡韻)」,「내연습의일갱운(內宴習儀日賡韻)」,「갱운유조엄무(賡韻柔兆閹茂)」,「경현당군신
　　　갱운(景賢堂君臣賡韻)」,「경현당을유탄일어제갱운(景賢堂乙酉誕日御製賡韻)」,「광명전갱진첩

규장각에 소장된 19종의 자료를 소개하고 있다.[182]

장서각 소장 영조어제 갱진첩에는 「수작갱운록受爵賡韻錄」(K4-120; K4-121), 「양성헌화강갱화시첩養性軒畵講賡和詩帖」(K4-154), 「어제갱진병御製賡進幷」(K4-160), 「어제몽중작갱진御製夢中作賡進」(K4-190), 「어제조손갱운첩御製祖孫賡韻帖」(K4-221; K4-4354; K4-4355; K4-4356), 「어제기의금진갱진병御製豈意今辰賡進幷」(K4-238), 「어제금년친정갱진병御製今年親政賡進幷」(K4-240), 「어제금진점갱진병御製今辰點賡進幷」(K4-241), 「어제금야보춘갱진병御製今夜報春賡進幷」(K4-242), 「어제금일이삼자갱진병御製今日以三字賡進幷」(K4-249), 「어제기구동회갱御製耆耈同會賡」(K4-250), 「어제전중갱운御製殿中賡韻」(K4-268; K4-4293), 「어제전중소강갱진

(光明殿賡進帖)」, 「농단갱진첩(農壇賡進帖)」, 「어제감황은시(御製感皇恩詩)」, 「구장명(鳩杖銘)」, 「어제편전명갱(御製便殿命賡)」, 「구궐주강갱운첩(舊闕晝講賡韻帖)」, 「어제제내국갱운첩(御製題內局賡韻帖)」, 「어제경현당군신갱운록(御製景賢堂君臣賡韻錄)」, 「어제억명갱진(御製抑銘賡進)」, 「어제응제배율시권(御製應製排律試券)」, 「양도팔도민은시첩(兩都八道民隱詩帖)」, 「탕평과갱운록(蕩平科賡韻錄)」, 「기구대사례일연구(耆耈大射禮日聯句)」, 「기축하친정갱운첩(己丑夏親政賡韻帖)」, 「희우응제시첩(喜雨應製詩帖)」, 「몽중작제신연구첩(夢中作諸臣聯句帖)」, 「어제갱운유조엄무(御製賡韻柔兆閹茂)」, 「융무당갱운(隆武堂韻)」, 「군여상갱운첩(君與相賡韻帖)」, 「유조엄무국초현당주강갱운(柔兆閹茂菊初賢堂晝講賡韻)」, 「어제융무당갱운첩(御製隆武堂賡韻帖)」, 「장명갱진첩(杖銘賡進帖)」, 「지희시창수첩(志喜詩唱酬帖)」, 「양성헌주강일동연(養性軒晝講日同聯)」, 「광명전갱진첩(光明殿賡進帖)」, 「하향응제(夏享應製)」, 「구저정중갱운록(舊邸庭中賡韻錄)」, 「광명전갱운첩(光明殿賡韻帖)」, 「기구회갱진첩(耆耈會賡進帖)」, 「집경당명갱(集慶堂命賡)」, 「어제서암송록소지제신제진송(御製瑞巖頌錄小識諸臣製進頌)」, 「조손갱운첩(祖孫賡韻帖)」, 「농단갱진첩(農壇賡進帖)」, 「무제갱진첩(無題賡進帖)」″ 등 49편이 실려 있다. 이 중에 「무제갱진첩(無題賡進帖)」은 396책이라고 부기되어 있어 제목을 붙이지 않은 갱진첩이 매우 많았던 것으로 추정된다.

182 「장명갱진편(杖銘賡進編)」; 「어제억잠제신갱진책(御製抑箴諸臣賡進册)」; 「영은경희록(迎恩慶喜錄)」; 「수작갱운록(受爵賡韻錄)」; 「경인갱운첩(庚寅賡韻帖)」; 「속광국지경록(續光國志慶錄)」; 「기과갱재록(耆科賡載錄)」; 「추모수계록(追慕垂戒錄)」; 「어제탕평과갱운록(御製蕩平科賡韻錄)」; 「기구연회록(耆耈宴會錄)」; 「남전친향시(南殿親享詩)」; 「임문선유시(臨門宣諭詩)」; 「경운궁갱재록(慶運宮賡載錄)」; 「갱재록(賡載錄)」 1; 「갱재록(賡載錄)」 2; 「갑오갱운첩(甲午賡韻帖)」; 「집경당송(集慶堂頌)」; 「갱운첩(賡韻帖)」; 「갱진첩(賡進帖)」[이상 서울대학교 규장각 편, 『규장각 소장 왕실자료 해제·해설집』 3, 119쪽].

병御製殿中所講賡進并」(K4-270), 「어제팔순심역모갱진병御製八旬心亦耗賡進并」(K4-278), 「영조어제형제능과과진병英祖御製兄弟登科賡進并」(K4-282), 「어제희우초정갱진병御製喜雨初晴賡進并」(K4-283), 「어제호당갱운첩御製湖堂賡韻帖」(K4-5336) 등이 확인된다. 갱진에 참여한 인원을 보면 영의정, 좌의정 등을 비롯하여 대소신료가 모두 갱진에 참여한 경우부터 몇몇 종친만 참여한 경우까지 다양한데 승정원, 홍문관, 예문관 등 문한으로 유명한 관부의 참여빈도가 높은 편이다. 특별히 영조가 이런 부서에 갱진을 명령하기도 하는데 자신의 명에 대한 직접적인 반응을 보기 위해서였던 것으로 여겨진다.

　　장서각 소장 영조어제 갱진첩에는 여러 편이 엮인 경우도 보이는데 「어제기의금진갱진병御製豈意今辰賡進并」(K4-238)은 4종이 엮여 있다. 갱진한 신료의 직책을 볼 때, 첫 번째, 세 번째, 네 번째 어제와 갱진시는 1773년(영조 49)에 지은 것이며 두 번째 어제와 갱진시는 1770년(영조 46)에 지어진 것이다. 첫 번째 어제시는 "어찌 뜻했으랴. 이번 해에 공인을 볼 줄을, 두 해를 미루어 생각하니 내 마음이 새롭다(豈意今辰見貢人 追惟兩歲予心新)"로, 공인貢人이 도착한 것을 기뻐하는 내용이다. 내의원 도제조 신회申晦 등 14인이 7언 2구로 갱진하였다. 운자韻字는 '인人', '신新'이다. 갱진시의 내용은 바다 건너에서 공인이 공물을 가지고 무사히 궁궐에 도착함은 임금의 은덕임을 칭송하는 것이다. 두 번째 어제시는 "문무 급제자가 좌우에 늘어서니, 붉은 옷 푸른 장포 동서 뜰에 있네. 승정원과 양방에서의 일 개월 동안, 예전을 생각하니 내 마음 배가 되네(文武擧人左右列 紅衣袍綠東西庭, 政院兩房一朔內 昔年追憶予心倍)"로, 문무과 합격자가 배출된 일에 대한 기쁨을 노래하였다. 7언 4구 어제시에 대해 왕세손을 비롯하여 병조판서 이경호李景祜 등 17인이 7언 2구로 갱진하였다. 왕세손의 갱진시는 임금이 시를 반포해 주신 은혜와 급제자들이 계수나무 가지를 꽂고 어전에서 춤을 추는 즐거움을 노래하였다. 운자는 '정庭'이다. 세 번째 어제시는 "저경궁에서의 예가 이뤄진 지 이제 2년 되니, 오대

五代를 생각하매 내 회포가 새롭네(儲慶禮成今兩歲 追惟五代予懷新)"로, 저경궁儲慶宮에 배향한 뒤 감회를 노래한 것이다. 병조판서 구윤옥具允鈺 등 16인이 갱진하였으며, 운자는 '세歲', '신新'이다. 갱진시의 내용에서 팔순이라는 표현이 있어, 지어진 시기를 영조의 나이가 80세에 근접한 시기이거나 80세인 때로 추정할 수 있다. 영조어제에서는 78~79세 때에도 팔순이라는 말을 쓰기도 하였다. 저경궁은 인조의 부친인 원종元宗의 생모 인빈仁嬪 김씨의 신위를 모신 곳이다. 네 번째 어제시는 "편작이 금단을 받드니 임금이 백억 년을 사시겠네(扁鵲奉金丹 使君幾億百)"로, 내의원에서 조제한 약에 대한 기대의 심정을 노래한 것이다. 내의원 도제조 원인손元仁孫 등 4인이 갱진하였다. 운자는 '단丹', '백百'이다.

「어제기구동회갱御製耆耈同會賡」(K4-250)은 2종의 갱진으로 이루어져 있다. 첫 번째 어제시는 "기로들이 함께 모이니, 아름다움이 천만년 전해지리. 어찌 감히 연회 의례하리, 추모를 먼저 하네. 오늘 밤 내 마음이여, 어떻게 수억 년을 지킬까(耆耈同會兮 傳美萬千. 何敢宴儀兮 追慕乎先. 予心今夕兮 何守億年)?"로, 기로회耆老會를 베푼 감회와 선조를 추모하는 심정을 읊은 사詞 형식이다. 왕세손의 갱진시에서는 기로회에서 모시고 강講을 행한 일을 말하고, 성덕聖德이 영원할 것을 기원하였다. 영의정 한익모 이하 신료 14인의 갱진시에서는 임금의 만수무강과 나라의 경사를 축원하였으며, 임금의 효성이 지극함을 칭송하였다. '천千', '선先', '년年'을 운자로 하였다. 이전의 갑년甲年이 돌아왔다는 표현이 있어, 갑년에 이루어진 갱진으로 추정할 수 있다. 영조는 51세이던 1744년(영조 20)에 기사耆社에 들어갔다. 또한 왕세손이 책봉된 뒤의 갑년으로는 1764년(영조 40)과 1774년(영조 50)이 있어, 이 갱진이 이루어진 시기는 이 가운데 하나로 추정된다. 이 중 갱진한 신료의 관직으로 볼 때 1774년에 저술된 것으로 여겨진다.

두 번째 어제시는 "갑오년 생각하니 천만 가지 회포가, 다시 을년을 추억하니 우러러 사모하는 마음 새롭네(追惟甲午懷千萬 復憶乙年仰慕新)"로 갑오년의 일이란 1714년(숙종 40)에 병환 중이던 숙종을 위해 궁에 들이와 8개월간 시탕侍湯한 일을 말한다. 을년이란, 단정하기는 어려우나 을사년乙巳年이던 1725년(영조 1)에 생모인 숙빈의 사당이 만들어진 일을 말하는 것으로 보인다. 병조판서 홍명한洪名漢 등 14인이 갱진하였는데, 영조의 간절한 효성과 추모의 심정을 칭송하며 만수무강을 기원하였다. 갱진시 가운데 '오기五紀'라는 표현과 '갑甲의 해에 돌아왔다'는 표현을 볼 때 창작 시기는 영조가 81세이던 1774년(영조 50)으로 추정된다.

「어제조손갱운첩御製祖孫賡韻帖」(K4-221)은 영조가 쓴 5언 14구의 어제, 7언 2구의 어제와 이에 대해 신료가 갱진한 21편의 시, 영조의 6언시 2구와 왕세손의 갱진 및 신료들의 갱진시 24편으로 크게 세 부분으로 구분된다.

첫 번째 영조어제는 5언 14구의 형식으로, 그 내용에서는 "23세가 된 왕세손에게 선대의 뜻을 계술繼述하고 양지養志에 힘쓰기를 당부했으며, 올해 맞이한 경사에 참으로 기쁜 마음이 든다"라고 하였다. 이해는 1774년으로 영조 재위 50주년이 되며, 숙종에게 헌수獻壽한 지 60주년이 되어 백관들이 모두 축하하였다. 그런데 이 첩에서는 영조어제에 대한 왕세손의 갱진이 빠져 있고, 영조의 어제시 내용 중 1구가 중복되어 기록되었다.

두 번째 어제는 7언 2구로 "제기를 보니 옛 쓰임이 떠오르는데, 나의 뜻은 오히려 태강을 경계하는 것이다"라는 내용이다. 이에 신료들은 '용用'과 '강康'을 차운하여 모두 7언시로 올렸다. 이 갱진시는 김상복金相福, 김상철金尙喆, 원인손元仁孫, 구선행具善行, 서명응徐命膺, 구윤옥具允鈺, 서명선徐命善, 채홍리蔡弘履, 홍국영洪國榮 등 영의정에서부터 6조판서, 훈련원·사헌부·사간원·승정원·홍문관·예문관 관원들 21명이 총망라되어 있다. 이 시문의 저술 시기는 갱진시를 지은 인물들의 관직을 볼 때 1772년(영조 49)으로 추정된다.

세 번째 어제는 "관료들이 청하여 공신들이 함께 들어왔다"라는 내용으로 6언 2구의 형식이다. 왕세손 갱진 또한 6언 2구로 '청淸'과 '정庭'을 운자로 쓰고 있다. 신료들의 갱진시는 홍봉한洪鳳漢, 김상복, 김양택金陽澤, 한익모韓翼謩, 김상철, 신회申晦, 이은李溵, 김시영金始煐, 조돈趙暾, 조재득趙載得, 김동정金鐘正 등 영의정에서부터 봉조하, 한성부 우윤 등 24명이 올린 것이다. 이 시문의 저술 시기는 갱진시를 지은 인물들의 관직을 볼 때 1772년(영조 49)으로 추정된다.

『열성어제』 및 문집에도 갱진시가 실려 있는데 갱진첩과 달리 대개 영조의 어제만 수록되어 있고, 창화자는 명단만 제시되어 있다. 「상원명소종신회원군윤등선온어영화당사일시사지화진上元命召宗臣檜原君倫等宣醞於映花堂賜一詩使之和進」은 1727년(영조 3) 정월 대보름에 종실 회원군 윤倫 등에게 영화당에서 선온을 내리고 또 시를 써 준 뒤 갱진하게 한 7언 절구이다.[183] 「친제황단親祭皇壇」은 1734년(영조 10) 3월 황단에서 제사를 지내고 승정원, 홍문관 등의 관원에게 화운하게 한 7언 절구이다.[184] 「야대사시영제신갱진夜對賜詩令諸臣賡進」은 1738년경 야대夜對를 하고 신하들에게 갱진하게 한 5언 절구이다.[185] 「태묘친행기우일노중봉희우太廟親行祈雨日路中逢喜雨」는 1739년 태묘에 가서 기우제를 지내고 돌아오는 길에 단비를 만난 것을 기념하여 지은 7언 절구이다. 궐내에 입직하던 신하들이 갱진하였다고 한다.[186] 「선무사 2수宣武祠 二首」는 명나라 황제의 은혜에 감사하는 「감황은感皇恩」과 선무사에 절하는 「배묘우拜廟宇」 2수로 이루어져 있으며, 1740년(영조 16) 3월에 지은 7언 절구이다.[187] 「제

---

183 「상원명소종신회원균윤등선온어영화당사일시사지화진(上元命召宗臣檜原君倫等宣醞於映花堂賜一詩使之和進)」, 「열성어제 권18」, 서울대학교 규장각 편, 『열성어제』 3, 220쪽.

184 「친제황단(親祭皇壇)」, 「열성어제 권18」, 앞 책, 226쪽.

185 「야대사시영제신갱진(夜對賜詩令諸臣賡進)」, 「열성어제 권18」, 앞 책, 238쪽.

186 「태묘친행기우일노중봉희우(太廟親行祈雨日路中逢喜雨)」, 「열성어제 권18」, 앞 책, 252쪽.

187 「선무사 2수(宣武祠 二首)」, 「열성어제 권18」, 앞 책, 254쪽.

태학향관청題太學享官廳」은 같은 해 8월 9일, 260년 전 성종이 직접 성균관에서 석전제를 지내고 과거시험을 치른 일을 본받아 시행한 후에 이를 기념하여 쓴 7언 절구이다.[188] 「영희전작헌시재전작永禧殿酌獻時齋殿作」은 1741년(영조 17) 봄, 영희전永禧殿에서 헌작할 때 지은 7언 절구이다.[189] 「인경필강麟経畢講」에서 '인경麟經'은 오경五經의 하나인 『춘추春秋』의 별명으로 경연에서 춘추 강의를 마친 뒤 지은 7언 절구이다. 승정원과 홍문관 등 갱진자의 명단이 첨부되어 있다. 「사단재전작社壇齋殿作」은 1742년(영조 18) 8월 사직단에서 제향하고 지은 시이다.[190] 「희우喜雨」는 가뭄에 단비를 만난 기쁨을 노래하였으며, 이에 갱진한 입직 신하들의 명단이 첨부되어 있다.[191] 「관풍각여원량관종도시작觀豐閣與元良觀種稻時作」은 1746년(영조 22) 농지가 마련된 창덕궁 관풍각觀豐閣에서 세자와 함께 씨 뿌리는 모습을 보고 시를 쓰고 홍문관, 승정원 신하들에게 갱진하게 한 내용이다.[192] 「시의示意」는 신하들의 헌하獻賀에 대해 7언 절구, 5언 절구 두 수를 짓고 승정원, 홍문관, 병조, 춘방 등의 신하들에게 갱진하게 한 내용이며,[193] 「궁봉상호전여회동동음성이시은대옥서춘방한주기성당랑기수갱진躬奉上號箋餘懷憧憧吟成二詩銀臺玉署春坊翰注騎省堂郎其須賡進」은 1747년(영조 23) 인원왕후의 주갑周甲을 맞아 '강성康聖'의 존호를 올리고 전문箋文을 바친 일을 기념하여 2수의 시를 지었으며, 이에 참여한 신하들이 갱진한 내용이다.[194] 한편

188 「제태학향관청(題太學享官廳)」, 「열성어제 권18」, 앞 책, 255쪽.
189 「영희전작헌시재전작(永禧殿酌獻時齋殿作)」, 「열성어제 권18」, 앞 책, 262쪽.
190 「사단재전작(社壇齋殿作)」, 「열성어제 권18」, 앞 책, 264쪽.
191 「희우(喜雨)」, 「열성어제 권18」, 앞 책, 268쪽.
192 「관풍각여원량관종도시작(觀豐閣與元良觀種稻時作)」, 「열성어제 권18」, 앞 책, 288쪽.
193 「시의(示意)」, 「열성어제 권18」, 앞 책, 320쪽.
194 「궁봉상호전여회동동음성이시은대옥서춘방한주기성당랑기수갱진(躬奉上號箋餘懷憧憧吟成二詩銀臺玉署春坊翰注騎省堂郎其須賡進)」, 「열성어제 권19」, 서울대학교 규장각 편, 『열성어제』 3, 365쪽.

영조는 시를 쓴 뒤에 신하들이 갱진하면 거기에 추가로 차운하기도 하였는데 「주필走筆」[195]을 짓고 승정원, 홍문관 등의 관원이 갱진한 뒤에 「인여의제신갱진후작용전운因餘意諸臣賡進後作用前韻」[196]이라 하여 1수를 추가하고 있다. 「무진중하오일친향진전일작戊辰仲夏五日親享真殿日作」은 1748년(영조 24) 2월에 숙종의 어진을 영희전에 봉안하고 5월 5일에 이 진전에서 직접 제향을 올린 일을 기념하여 7언 절구를 지었으며 입시한 승정원, 춘추관, 영의정, 좌의정 등을 비롯하여 봉심할 때 입시한 의빈부 시위 2품 이상 등에게 갱진하게 하였다.[197] 「필강온공소찬사이시감의畢講溫公所撰史以示感意」는 1749년(영조 25) 경연에서 사마온공司馬溫公의 『자치통감資治通鑑』을 마친 후 자신의 감회를 보이기 위해 7언 절구를 지었으며 입시한 신하들에게 다음 날 갱진하도록 하였다 한다.[198] 「청재중야추유고사직중반귤반중유시清齋中夜追惟故事直中頒橘盤中有詩」는 1750년 (영조 26) 봄에 문종이 집현전 학사에게 귤을 내려 준 일을 본받아 5언 절구를 짓고 승정원에 귤을 내려 주니 신하들이 갱진하였으며, 다음 날 또 문종의 시문에 차운한 5언 절구 「금준고사사귤은대봉람어시추모미절잉경차기운今遵故事賜橘銀臺奉覽御詩追慕彌切仍敬次其韻」을 짓고 야대에 입시한 신하들에게 갱진하게 하였다.[199] 「춘자시春字詩」는 같은 해 문신들에게 춘당대에서 시험 보일 때 지은 7언 절구로 영부사領府事 김재로金在魯 등에게 갱진하게 하였으며,[200] 「흥감음성興感吟成」은 같은 해 대보단의 향사를 마친 후 감회를 읊은 7언 절구로 제

195 「열성어제권20」, 서울대학교 규장각 편, 『열성어제』 3, 401쪽.
196 「인여의제신갱진후작용전운(因餘意諸臣賡進後作用前韻)」, 「열성어제 권20」, 앞 책, 같은 쪽.
197 「무진중하오일친향진전일작(戊辰仲夏五日親享真殿日作)」, 「열성어제 권20」, 앞 책, 430쪽.
198 「필강온공소찬사이시감의(畢講溫公所撰史以示感意)」, 「열성어제 권20」, 앞 책, 447쪽.
199 「청재중야추유고사직중반귤반중유시(清齋中夜追惟故事直中頒橘盤中有詩)」, 「열성어제 권20」, 앞 책, 462쪽; 「금준고사사귤은대봉람어시추모미절잉경차기운(今遵故事賜橘銀臺奉覽御詩追慕彌切仍敬次其韻)」, 「열성어제 권20」, 앞 책, 463쪽.
200 「춘자시(春字詩)」, 「열성어제 권20」, 앞 책, 464쪽.

학提學 등에게 갱진하게 하였다.[201] 「지중추이양현인견시즉석음성잉명갱운知中樞李揚顯引見詩卽席吟成仍命賡韻」은 같은 해 9월 온양온천에 다녀오는 길에 90세가 된 이양현李揚顯을 인견하고 이를 기념하여 7언 절구를 짓고 신하들에게 갱진하게 하였다는 내용이며,[202] 「술회述懷」는 같은 해 겨울에 지은 두 수의 7언 절구에 대해 신하들이 갱진한 내용이다.[203] 「독자성편기회讀自省編紀懷」는 1754년(영조 30) 경연에서 「자성편」을 읽고 이에 대한 감회를 읊은 7언 절구로 좌부승지 등의 갱진이 있다.[204]

(2) 신하에 대한 치하 및 격려

영조가 신하에게 시를 내린 경우는 국가적 공을 세운 공신, 대대로 벼슬을 한 세신과 원로 그리고 종친 등에게 내린 경우도 있지만 새로 급제한 신진을 축하하는 시를 내리기도 하였다. 또 기타 이런저런 이유로 시를 내려 주기도 하였는데 이를 차례로 살펴보기로 한다.

① 공신과 세신, 종친 등에게 내린 경우

먼저 국가적 공을 세운 공신에게 내린 시로 영조는 무신란을 평정한 신하들을 공신으로 임명하는 한편 역대 공신들과의 회맹을 통해 이들과의 돈독한 관계를 일련의 시로 읊었다.[205]

---

201 「흥감음성(興感吟成)」, 「열성어제 권20」, 앞 책, 465쪽.
202 「지중추이양현인견시즉석음성잉명갱운(知中樞李揚顯引見詩卽席吟成仍命賡韻)」, 「열성어제 권20」, 앞 책, 483쪽.
203 「술회(述懷)」, 「열성어제 권20」, 앞 책, 485쪽.
204 「독자성편기회(讀自省編紀懷)」, 「열성어제 권21」, 『열성어제』 3, 556쪽.
205 「반축제훈시양영(頒軸諸勳時兩詠)」, 「열성어제 권18」, 『열성어제』 3, 222쪽.

왕좌에 올라앉았으니 날씨는 청명해.

일제히 관현이 울리고 봉황 피리도 부는데,

피를 나누는 예를 행하고 나니 공신축도 만들어졌네.

여러 신하들은 모름지기 이날의 영광을 기억하시길.

登臨黼座日清明　齊奏管絃吹鳳笙

歃血禮成須軸畢　諸公須記此辰榮[206]

인정전에서 훈신들을 대하여 맞이하고,

은근히 한자리에서 충성을 맹세하네.

바람과 구름, 물고기와 물이 만난 듯 담소하니,

온화한 기운 펼쳐짐은 융성한 기운을 만나서네.

引對勳臣法殿裏　懇懇一席開丹衷

風雲魚水相談笑　和氣氤氳際遇隆[207]

영조는 1728년(영조 4) 무신란을 평정하고 7월 18일에 회맹제會盟祭를 실시한다. 장소는 경복궁 신무문神武門 밖의 재전齋殿이다.[208] 창덕궁으로 환궁하여 정전인 인정전仁政殿에서 공신축을 나눠 주고, 또 편전인 선정전宣政殿에서 공신들과 함께 지내게 되는데 위 시는 이때 지어 내려 준 것으로 추정된다. 왜냐하면 이 시가 『열성어제』의 회맹제 시 이후에 실려 있기 때문이다.[209]

무신란의 공신은 분무공신奮武功臣으로 1등은 병조판서 오명항 1인이며, 2등은 박찬신朴纘新, 박문수朴文秀, 이삼李森, 조문명趙文命, 박필건朴弼健, 김

206　「기일인정반축(其一仁政頒軸)」,「열성어제 권18」, 앞 책, 같은 쪽.

207　「기이선정사대(其二宣政賜對)」,「열성어제 권18」, 앞 책, 같은 쪽.

208　『영조실록』, 영조 4년(1728) 7월 17일~18일.

209　이 시의 앞 시제는 「회맹동가일이영(會盟動駕日二詠)」(「열성어제 권18」, 앞 책, 222쪽)이다.

중만金重萬, 이만빈李萬彬 등 7인이다. 3등 역시 7인으로 조현명趙顯命, 이익필
李益弼, 김협金協, 이보혁李普赫, 권희학權喜學, 박동형朴東亨 등이다.[210] 영조가 위
의 시를 통해 이들 공신들과 바람을 탄 구름, 물을 만난 물고기처럼 서로 돈
독한 군신관계임을 확인하고 있음을 엿볼 수 있다. 이후 영조는 창덕궁 영화
당에서 공신을 만나 「영화당인견친공신사시映花堂引見親功臣賜詩」를 짓기도 하
였다.[211]

　　　세신과의 유대를 드러낸 경우로 「지중추김환숙사일인견서사知中樞金鍰
肅謝日引見書賜」는 김환이 지중추부사에 제수된 것에 대해 사은하기 위해 만났
을 때 내려 준 7언 절구이다.[212] 김환 부자가 150여 년간 살면서 6명의 임금을
섬겼음을 치하하는 내용이다.[213] 「충헌공김구선시일사좌의정김재로忠憲公金構
宣諡日賜左議政金在魯」는 좌의정 김재로의 아버지 김구에게 시호를 내릴 때 부자
가 재상을 지낸 것을 기념하여 김재로에게 내린 시이다.[214] 이때 음악도 내렸
는데 김재로가 이는 법도가 아니라며 거절하였다고 한다.[215] 「봉조하민진원숙
사인견일사시奉朝賀閔鎭遠肅謝引見日賜詩」는 숙종비 인현왕후의 오빠인 민진원
이 봉조하에 임명된 것에 대해 사은하기 위해 만났을 때 내려 준 7언 절구이
다.[216] 시골로 내려가지 말고 서울에 머물면서 보필할 것을 당부하는 내용이
다.[217] 이렇게 사퇴를 만류한 시로 「사총재체궁청賜冢宰替躬請」도 있는데 이조

210　『영조실록』, 영조 4년(1728) 4월 29일.
211　「영화당인견친공신사시(映花堂引見親功臣賜詩)」, 『열성어제 권18』, 앞 책, 239쪽.
212　「지중추김환숙사일인견서사(知中樞金鍰肅謝日引見書賜)」, 『열성어제 권18』, 앞 책, 229쪽.
213　『승정원일기』, 영조 14년(1738) 8월 1일.
214　「충헌공김구선시일사좌의정김재로(忠憲公金構宣諡日賜左議政金在魯)」, 『열성어제 권18』, 앞
　　　책, 241쪽
215　『영조실록』, 영조 16년(1740) 9월 20일.
216　「봉조하민진원숙사인견일사시(奉朝賀閔鎭遠肅謝引見日賜詩)」, 『열성어제 권18』, 앞 책, 238쪽.
217　『영조실록』, 영조 9년(1733) 2월 6일.

판서에게 자신의 요청을 시로 대신한 셈이다. 여기서 영조의 '요청'은 이조판서 박필주朴弼周의 사퇴 의사를 거두라는 것이다. 두 수 중 첫째 시는 다음과 같다.

> 경의 마음은 저 푸른 하늘을 기반으로 하는데,
> 어째서 우의정의 말을 지나치게 혐의롭게 여기는가.
> 이제 내가 글을 엮어 의리를 드러내니,
> 군신이 함께 기필코 아주 상세히 이야기하세.
> 卿心可質彼蒼蒼　何以過嫌右揆章
> 今我綴文揭義理　君臣必也講消詳[218]

이조판서 박필주가 영조어제간본인 『대훈大訓』을 고친다는 것에 대해 우의정 조현명趙顯命이 문제 삼자 박필주가 벼슬을 그만둔다 하니 영조가 이를 제지하기 위해 내린 어제시이다.[219] 기승구에서는 우의정 조현명이 뭐라 해도 영조 자신은 박필주의 언급이 하늘에 물어도 부끄러울 것이 없음을 안다고 하였다. 전구에서는 자신의 이 어제시가 그런 자신의 마음을 드러내는 것이라 하면서 결구에서 앞으로 서로 이런 일을 끝까지 의논하여 오해를 풀자는 말로 끝을 맺었다. 그리고 지돈녕부사 조상경趙尙絅에게 내린 「사지돈녕부사조상경賜知敦寧府事趙尙絅」은 조상경이 유작柳綽의 참소로 물러갔다가 아들 조엄趙曮에게서 영조가 자신은 참소한 말을 믿지 않는데도 조상경이 내려간 것이 섭섭하다 하면서 다른 신하들은 안 만나지만 그가 입시하면 보겠다는

218　「사총재체궁청(賜冢宰替躬請)」, 「열성어제 권19」, 앞 책, 300쪽.
219　이 내용에 대해서는 「좌찬성시문경여호박선생행장(左贊成諡文敬黎湖朴先生行狀)」(『매산집(梅山集)』, 『한국문집총간』, 한국고전종합DB, 한국고전번역원, 296쪽 및 484쪽)에 시와 함께 잘 설명되어 있다.

말을 전해 듣고 입시하자 영조가 이런 사실을 이 7언 절구에 담아 내려 준 것으로 이에 조상경은 감격하였다고 한다.[220] 이 시의 전결구에 '당파의 협잡하는 뜻을 통찰하고도, 이제야 풀도록 타이르니 늦었다 할 만하네(洞察黨人挾雜意 于今諭釋可云遲)'라고 하여 자신이 진작에 뜻을 알리지 않았음을 사과하고 있다. 이 외에 중국에 사신으로 가는 판중추부사 김재로, 우의정 심수현 등에게 임무완수를 기원하는 「사주청사판중추부사김재로시賜奏請使判中樞府事金在魯詩」,[221] 「사진주사우의정심수현시賜陳奏使右議政沈壽賢詩」[222] 등을 내려 주기도 하였다.

종친에게 내린 경우로는 종신宗臣 63인을 불러 펼친 잔치에서 92세인 회원군檜原君 이윤李倫에게 내린 시가 있다.[223] 이 시 승구에서 '선조宣祖의 왕손王孫은 경만이 있다(宣廟王孫只有卿)'라고 하여 친족으로서의 유대감을 표현하였다.[224] 효종의 부마인 금평위 박필성(1652~1747)에게는 특히 많은 시를 내렸는데 1738년(영조 14)에 90세를 축하하는 장수연에 장악원의 풍악과 함께 7언 절구 「사금평위박필성시賜錦平尉朴弼成詩」를 내리고,[225] 1741년에는 93세인 박필성에게 5언 절구 2수 즉, 「금평위박필성사궤장연일사시 2수錦平尉朴弼成賜几杖宴日賜詩 二首」와 궤장을 내렸다.[226] 두 수 중에 첫 번째 시는 아래와 같다.

이제 와 예전을 생각하니,

220 『영조실록』, 영조 18년(1742) 3월 28일.
221 「열성어제 권18」, 앞 책, 253쪽.
222 「열성어제 권18」, 앞 책, 같은 쪽.
223 『영조실록』, 영조 3년(1727) 1월 15일.
224 「사회원군윤(賜檜原君倫)」, 「열성어제 권18」, 앞 책, 200쪽.
225 「사금평위박필성시(賜錦平尉朴弼成詩)」, 「열성어제 권18」, 앞 책, 229쪽; 『영조실록』, 영조 14년(1738) 2월 30일.
226 『영조실록』, 영조 17년(1741) 7월 23일.

배가 되는 내 마음.

어제시로 내 행차를 대신하니,

밤 깊도록 배불리 드시길.

于今惟昔日 其倍卽余心

御詩代予幸 宜飽到宵深[227]

이 시 기승구에서는 박필성과의 예전 일을 생각하며 마음이 배가 된다고 하였는데, 배가 되는 것은 박필성에 대한 친분 또는 친근감일 것이다. 그렇기에 비록 잔치에는 참여하지 못하지만, 시로 행차를 대신한다고 하였다. 이 궤장연에서 박필성은 영조의 이 어제시를 읊고 영조에 대한 감사의 말을 하면서 잔치의 위상을 격상시켰을 것이다. 이 외에 박필성에게 준 시로 역시 잔치에 음악 대신 내려 주었다는 5언 절구 「서사금평위박필성書賜錦平尉朴弼成」도 있다.[228] 7언 절구인 「진연후인견시서사기구도위進宴後引見時書賜耆耈都尉」는 기로과에 입사한 부마에게 내린 시라는 점에서 역시 박필성에게 내린 시로 여겨지나 미상이다.[229]

② 과거급제를 축하하는 시

영조어제에서 과거급제를 축하하는 시로는 오원吳瑗, 김성탁金聖鐸 그리고 홍익삼洪益三 등에게 내린 시가 있는데 오원과 김성탁은 차운시까지 있어 함께 살펴볼 만하다.

227 「금평위박필성사궤장연일사시 2수(錦平尉朴弼成賜几杖宴日賜詩 二首)」, 「열성어제 권18」, 앞
     책, 266쪽.
228 「서사금평위박필성(書賜錦平尉朴弼成)」, 「열성어제 권18」, 앞 책, 271쪽.
229 「진연후인견시서사기구도위(進宴後引見時書賜耆耈都尉)」, 「열성어제 권18」, 앞 책, 같은 쪽.

춘당대에서 과거시험을 볼 때,

셋 중의 우두머리로 이름 냈네.

오늘 정녕코 말하나니,

부지런함을 반드시 지키기를.

春塘試士時　名在三人首

今日丁寧言　孜孜必也守[230]

위의 시는 무신란을 기념하여 1728년(영조 4) 5월 29일에 춘당대에서 실시한 별시에서 장원으로 급제한 오원吳瑗에게 영조가 내린 7언 절구이다. 이때 세 사람을 뽑았는데 그중에 오원이 장원을 했으므로 그 사실을 적고 앞으로 잘할 것을 당부한 것이다. 오원은 공조참판과 대제학 등을 지낸 인물로 1729년(영조 5) 정언으로 있으면서 영조의 탕평책을 반대하다가 삭직된 인물인데, 이 시에 차운한 오원의 시가 『월곡집月谷集』에 다음과 같이 전한다.

온통 따듯한 말씀으로 장려하시니,

자리에 나아가 절하고 머리 조아렸습니다.

큰 은혜를 어떻게 보답할 수 있을까요?

이 몸 다해 충의忠義를 지키겠습니다.

獎勵皆溫音　筵前拜稽首

洪恩何以酬　忠義沒身守[231]

230　「사신은오원(賜新恩吳瑗)」, 「열성어제 권18」, 앞 책, 223쪽.
231　「희정당사대일복차어제운(熙政堂賜對日伏次御製韻)」, 『월곡집(月谷集)』, 『한국문집총간』 218권, 336쪽, 한국고전종합DB, 한국고전번역원.

이 시의 제목에서 오원은 희정당에서 시를 하사받고 이에 엎드려 차운한다고 하였다. 기구의 온음溫音은 영조가 내린 시를 말한다. 전결구에서 이를 큰 은혜로 여기고 충의를 다할 것을 다짐하고 있는데 이처럼 국왕이 내려주는 시는 신하의 충성을 북돋는 수단이 되었음을 알 수 있다. 이런 경우는 영남 선비 김성탁金聖鐸의 경우에도 적용되는데 영조가 1734년(영조 10) 경연 후에 영남의 인물에 대해 문의하니 성이홍成爾鴻, 정주원鄭冑源과 함께 김성탁이 명망이 있음을 상주하였다.[232] 이에 김성탁을 사축서별제司畜署別提에 임명하였으며, 불러들여서 치국의 방책을 아뢰게 하였다. 이에 김성탁은 형벌을 간략하게 하고 부세賦稅를 감하며 기강을 세우는 것이 중요하다는 세 가지 진언을 하여 임금의 인정을 받았다.[233] 이듬해 김성탁은 영남지방 경학經學의 대표로 천거되었는데 같은 달 김성탁은 증광시 문과에 급제하였고 영조는 바로 6품 관직을 주고 경연에서 시강할 수 있게 하였다.[234] 아울러 급제자를 공고하는 창방일에는 오원이 장원했을 때처럼 어제시를 내려 축하하였다.

어제는 영남 지방의 공거인貢擧人이러니,
오늘은 머리 위에 계수나무 꽃이 새롭도다.
어찌 다만 그대에게 있어 어버이만을 기쁘게 하랴?
나의 금마문金馬門에 학사學士의 신하가 되었노라.
昨日嶺南貢擧人　令辰頭上桂花新
豈但於爾爲親喜　爲予金門學士臣[235]

232 『영조실록』, 영조 10년(1734) 9월 18일.
233 『영조실록』, 영조 10년(1734) 11월 5일.
234 『영조실록』, 영조 11년(1735) 윤4월 13일.
235 『영조실록』, 영조 11년(1735) 윤4월 17일. 이 시가 『실록』에는 있으나 영조의 문집에 실리지 않은 이유는 김성탁이 죄를 지어 유배지에서 죽었기 때문으로 여겨진다.

공거인은 과거를 보는 사람이고 계수나무 꽃은 급제한 사람이 의관에 꽂는 어사화이다. 제3구는 귀향해 유가하여 부모를 기쁘게 한다는 내용이며, 금마문은 한나라 미앙궁에 있던 동銅으로 만든 말이 있던 문으로 벼슬한 사람이 나아가 임금의 명을 기다리던 장소이므로 '벼슬길에 들었음'을 뜻하는 말이다. 김성탁이 벼슬한 신하가 되었다는 것을 알고 있음을 천명함으로써 임금의 신뢰를 표현하였으니 대단한 은혜인 셈이다. 이에 응제한 김성탁의 시는 다음과 같다.

스스로 먼 지방의 비천한 사람이러니,
오늘의 새로운 성은聖恩 감당하기 어렵습니다.
고향에 영근榮覲하도록 허락하신 은총 남다르니,
일만 번 죽더라도 갚을 길 없어 소신 부끄러울 뿐입니다.
自是遐方賤末人 不堪今日聖恩新
許歸榮寵尤殊絶 萬殞難酬愧小臣[236]

김성탁은 자신의 고을 영남을 '먼 지방'으로 자신을 '비천한 사람'으로 겸손하게 표현하고 과거급제와 어제시 하사에 대해 감당할 수 없는 임금의 은혜라 표현하며 특히 고향에 다녀올 수 있게 한 데에 대해 남다른 은총으로 감사해하였다. 결구에서는 자신이 일만 번 죽어서라도 갚아야 하는 임금의 은혜라고 감격하였다.[237] 한편 홍익삼에게 내린 「사신은홍익삼賜新恩洪益三」은 7언 절구로 1733년(영조 9) 소과에 합격한 후 8년 후인 지금 대과에 급제하

---

236 『영조실록』, 영조 11년(1735) 윤4월 17일.
237 안장리, 「시권을 통해 본 유교적 인간상 고찰 ―제산 김성탁의 시권을 중심으로」, 『포은학연구』 16, 2015.

였음을 언급하면서 앞으로 벼슬길에서 편당을 짓지 말 것을 당부하는 내용이다.[238] 홍익삼은 이후 졸기卒記에서 부족한 점이 있는 관리였지만 기개가 있고 일 처리에 구차하지 않았다는 평가를 받았다.[239]

③ 기타

영조어제 중 임무와 관련되어 신하와의 교류를 보이는 시로는 '경연에서 자신을 깨우친 신하', '선왕의 초상을 그리는 일과 관련된 신하', '벼슬을 받아 부임하는 신하' 등 공을 세운 신하에게 내린 시를 들 수 있다.

「이충정주의필강후사부제학이종성李忠定奏議畢講後賜副提學李宗城」은 부제학 이종성이 경연 때 『육서陸書』에서 이강李綱의 주의문奏議文을 읽게 하여 자신을 깨우치게 한 점을 치하하여 내린 시이다.[240] 「양도감선온익일서사좌상조현명兩都監宣醞翌日書賜左相趙顯命」과 「우술개회잉사공판이기진又述慨懷仍賜工判李箕鎭」[241]은 영조가 숙종의 어진을 모사하게 하고 이를 주관한 도감에 술을 내리고 좌의정 조현명과 공조판서 이기진에게는 시를 내린 것이다. 시를 내리는 이유에 대한 영조의 언급은 다음과 같다.

아래의 구절은 중신重臣에 대해 깊은 뜻을 함축하고 있는 것으로 곧 정문일침頂門一針인 것이다. 당심黨心을 씻어 버려야 한다는 '당黨' 자는 중신들이 반드시 듣기 싫어할 것이기 때문에 '구舊' 자로 고쳤다. 어제 처

---

238 「사신은홍익삼(賜新恩洪益三)」, 「열성어제 권18」, 앞 책, 262쪽.

239 『영조실록』, 영조 32년(1756) 8월 26일.

240 「이충정주의필강후사부제학이종성(李忠定奏議畢講後賜副提學李宗城)」, 「열성어제 권18」, 앞 책, 247쪽.

241 「양도감선온익일서사좌상조현명(兩都監宣醞翌日書賜左相趙顯命)」; 「우술개회잉사공판이기진 (又述慨懷仍賜工判李箕鎭)」[이상 「열성어제 권20」, 서울대학교 규장각 편, 『열성어제』 3, 422쪽].

음에는 시임·원임 대신大臣과 2품 이상들을 모두 모이게 하여 함께 즐기리고 했었다. 그러나 다시 생각해 보니 장대張大하게 해서는 안 되겠기에 단지 도감의 여러 신하들과 대신만을 불러서 향응한 것이다. 천리와 인정이 그 가운데 함께 행해져서 한 전내에서 같이 즐겼으니, 곧 옛사람이 이른바 '백성과 함께 즐긴다'는 뜻이다. 여러 신하들이 한 당堂에서 주선한 것은 매우 성대한 거조였다.[242]

위에서 언급한 구절은 이기진에게 내린 시에 대한 것으로 전문은 아래와 같다.

> 큰 의례가 순조롭게 이루어지니
> 한마음으로 옛날을 추억하노라.
> 원하는 것은 내려 주는 술이요,
> 깊이 축하하는 것은 옛 마음의 씻김이라.
> 大禮順乎成　一心惟憶昔
> 願得法醞酒　心祝舊心滌[243]

기구에서 순조롭게 이루어졌다고 언급한 것은 이때 숙종의 어진을 그리고 또 어진을 모시는 영희전永禧殿을 수리하기 위해 어용모사도감御容模寫都監과 진전중수도감眞殿重修都監을 설치하여 작업을 수행하였는데, 이 일이 잘 끝난 것을 말한다. 승구에서는 선왕 숙종을 생각하는 마음을 읊었으며, 전구에서 '법온法醞'은 '국왕이 내려 주는 술'로 위 두 도감의 구성원들이 이를 바랐

---

242 『영조실록』, 영조 24년(1748) 2월 26일. 조선왕조실록DB 번역 인용.
243 「우술개회잉사공판이기진(又述慨懷仍賜工判李箕鎭)」, 「열성어제 권20」, 앞 책, 같은 쪽.

다는 말이다. 물론 이들이 술을 바라는 것은 술을 받을 수 있을 정도로 일이 잘되기를 바라는 마음이었다는 뜻이기도 하다. 영조가 위의 인용문에서 언급한 내용은 결구의 '구舊' 대신에 '당黨'을 쓰고 싶었다는 것으로 이 일을 수행하는 데 있어서 당파에 구애되지 않고 일을 완수한 것에 대한 축하의 마음이며, 앞으로도 이렇게 당파를 떠나 일할 것을 바라는 마음을 시로 표현하려 한 셈이다. 위 인용문이 없으면 파악하기 어려웠을 것이다. 영조는 이 어진 모사에 대한 치하로 승지에게 「모사영정시작摹寫影幀時作」 6수를 내렸으며,[244] 조관빈趙觀彬에게 가사歌詞를 내리기도 하였다.[245]

「사지례현감성이홍賜知禮縣監成爾鴻」[246]은 성이홍이 지례현감으로 나갈 때 주자가 군에 부임하여 선정을 베푼 일을 본받을 것을 주문한 시이다.[247] 「면사안동향교연건난삼재래유생面賜安東鄉校軟巾襴衫賁来儒生」은 옛 제도를 간직하여 유지할 수 있게 한 안동향교에 내린 7언 절구이다.[248]

「사용호대장구성임賜龍虎大將具聖任」은 구성임具聖任이 인조 때 반정공신인 고조부 구굉具宏이 하사받았던 어포御袍를 영조에게 바쳤을 때 영조가 내려준 시이다.[249] 기승구에 "손을 씻고 봉한 것을 푸니 눈물이 먼저 얼굴을 가리네(盥手開緘焉 涕流先被面)"라고 하여 선조인 인조에 대한 감격의 마음을 나타내고 있다.

---

244 「모사영정시작(摹寫影幀時作)」, 「열성어제 권20」, 앞 책, 420쪽; 『영조실록』, 영조 24년(1748) 2월 22일.

245 「사행사직조관빈(賜行司直趙觀彬)」, 「열성어제 권21」, 서울대학교 규장각 편, 『열성어제』 3, 578쪽.

246 「열성어제 권18」, 서울대학교 규장각 편, 『열성어제』 3, 266쪽.

247 『영조실록』, 영조 17년(1741) 7월 16일.

248 「면사안동향교연건난삼재래유생(面賜安東鄉校軟巾襴衫賁来儒生)」, 「열성어제 권20」, 서울대학교 규장각 편, 『열성어제』 3, 398쪽.

249 「사용호대장구성임(賜龍虎大将具聖任)」, 「열성어제 권20」, 앞 책, 422쪽.

4. 궁궐과 주변 경물

조선시대 국왕으로서 자신의 생활 공간인 궁궐에 대한 글을 본격적으로 남기기 시작한 인물은 영조의 아버지 숙종이다. 숙종은 『동국여지승람』 이후 궁궐에 대한 기록이 없음을 안타까워하고 거주공간으로서 궁궐을 조망한 『어제궁궐지』를 편찬하였다. 숙종의 『어제궁궐지』에 수록된 궁궐 관련 숙종 어제는 문 12편과 시 25편이다. 창경궁에 대한 3편의 시, 창덕궁에 대한 3편의 문과 2편의 시, 저승전儲承殿에 대한 1편의 문, 후원에 대한 5편의 문과 10편의 시가 있으며, 경덕궁에 대한 3편의 문과 10편의 시가 있다. 특히 후원에 관한 10편의 시는 「상림십경上林十景」으로 이는 『동국여지승람』의 「제영」 조를 기반으로 한 것이다.[250] 숙종은 『궁궐지』 편찬 이후에도 궁궐 관련 시를 계속 지었으므로 숙종어제에는 더 많은 궁궐 관련 시가 수록되어 있으며, 이는 후대에 증보된 『궁궐지』에 추가되었다. 증보된 『궁궐지』에는 숙종뿐 아니라 영조, 정조, 순조, 익종 등 후대 국왕의 궁궐 관련 시문이 많이 수록되어 있는데 이는 숙종의 노력의 결실이라 해도 과언이 아니다.

영조는 어려서는 창경궁, 성인이 된 후에는 창의궁, 즉위 후에는 창덕궁 그리고 만년에는 경희궁에서 주로 생활하였다. 만년에 특히 많은 글을 지은 곳은 경희궁 집경당이다. 영조는 이 당명을 문집 제목으로 삼기도 하였다. 이 시기 영조는 집무실과 침실이 있었음에도 불구하고 집경당에서 두 가지 일을 함께 수행하였다.

영조의 궁궐 관련 어제가 어느 정도인지 가늠하기는 쉽지 않다. 그러나 영조 만년 작품을 정리한 『영조어제첩목록』에는 궁궐 관련 작품 목록을 별

---

250 안장리, 「조선 숙종 《어제궁궐지》 탐색」, 『장서각』 29, 한국학중앙연구원 장서각, 2013, 336~337쪽.

도로 정리하고 있어 참고할 만하다.

표-6 『영조어제첩목록』 중 궁궐 관련 목록

部名	名稱	册數	號數
宮部	御製昌德宮	6	3302~3307
	御製慶熙宮	4	3308~3311
	御製景福宮	1	3312
	御製昌慶宮	1	3313
	御製仁慶宮	1	3314
	御製儲慶宮	1	3315
	御製彰義宮	1	3316
	御製壽昌宮	1	3317
殿部	御製會祥殿	9	3318~3326
	御製泰寧殿	7	3327~3333
	御製萬寧殿	4	3334~3337
	御製長樂殿	3	3338~3340
	御製崇政殿	2	3341~3342
	御製光明殿	1	3343
	御製西祥殿	1	3344
	御製慶熙光明殿	1	3345
堂部	御製集慶堂	15	3346~3360
	御製從容堂	11	3361~3371
	御製興政堂	5	3372~3376
	御製永慕堂	3	3377~3379
	御製慶善堂	3	3380~3382
	御製靜臥堂	3	3383~3385
	御製德游堂	3	3386~3387
	御製三樂堂	2	3388~3389
	御製寶慶堂	2	3390

堂部	御製爲善堂	1	3391
	御製六吾堂	1	3392
	御製殿堂	1	3393
門部	御製迎恩門	2	3394~3395
	御製(雜題)門字類	8	3396~3403
府部	御製摠府	3	3404~3406
齋部	御製咸一齋	3	3407~3409
	御製日閑齋	1	3410
亭部	御製春和亭	1	3411
	御製鳳凰亭	1	3412
軒部	御製風月軒	1	3413
	御製主一軒	1	3414
窩部	御製憶昔窩	2	3415~3416
	御製容膝窩	1	3417
臺部	御製春臺	1	3418
	御製鍊戎臺	1	3419
闕部	御製詠三闕	1	3420
一廳部	御製觀光廳	1	3421
廟部	御製肇慶廟	1	3422
館部	御製藝文館	1	3423

위 목록을 볼 때 영조는 궐闕, 궁宮, 묘廟, 관館, 당堂, 부府, 재齋, 정亭, 헌軒, 와窩 등의 건물뿐 아니라 문門과 대臺 등의 구조물에 대해서도 어제를 지었음을 알 수 있다. 위 목록을 보면 종용당從容堂, 정와당靜臥堂 등은 집경당의 이칭이므로 집경당이 29편으로 가장 많고, 회상전會祥殿, 태녕전太寧殿 등이 뒤를 잇고 있다. 그런데 이 목록에서 「어제덕유당」(K4-1723)은 한 편이지만, 『영조어제 해제 목록』을 검토해 보면 어제첩에 '덕유당'이 들어간 것은 「어제덕유御製德游」(K4-1722),[251] 「어제덕유당견기로인억석여회만배御製德游堂見耆老人憶昔與懷

萬倍」(K4-1724),²⁵² 「어제덕유당문목성이순御製德游堂聞鶩聲而純」(K4-1725),²⁵³ 「어제덕유당서암기御製德游堂瑞巖記」(K4-1726),²⁵⁴ 「어제덕유당수맥일고전야축유년御製德游堂受麥日顧田野祝有年」(K4-1727),²⁵⁵ 「어제덕유당술여회御製德游堂述予懷」(K4-1728),²⁵⁶ 「어제덕유당억석御製德游堂憶昔」(K4-1729),²⁵⁷ 「어제덕유당전수사은일음성御製德游堂前受謝恩日吟成」(K4-1730),²⁵⁸ 「어제덕유당재실술회御製德游堂齋室述懷」(K4-1731),²⁵⁹ 「어제덕유당좌경御製德游堂坐景」(K4-1732),²⁶⁰ 「어제덕유당주강시문답御製德游堂晝講時問答」(K4-1733),²⁶¹ 「어제덕유당지영후서시충자御製德游堂祗迎後書示冲子」(K4-1734; K4-1735),²⁶² 「어제덕유당친수소맥일기御製德游堂親受小麥日記」(K4-1736),²⁶³ 「어제덕유당친전일추모御製德游堂親傳日追慕」(K4-1737),²⁶⁴ 「어제

---

251 이 첩은 영조가 숙종이 행차했던 덕유당에 대한 추억과 회포를 적은 글이다.
252 이 첩은 영조가 77세 7월 그믐에 연추문(延秋門)에서의 기로회를 꿈꾸고 승정원에 명하여 경운궁(慶運宮)에서 60세 이상 된 이들을 덕유당(德游堂)으로 들이게 하여 재물을 차등 있게 하사하고 그 이유를 언급한 글이다.
253 이 첩은 영조가 77세에 덕유당(德游堂)에서 오리 소리를 듣고 쓴 글이다. 경물은 성쇠에 따라 소리의 크고 작음이 있는데 붕당은 늘 시끄럽다고 한탄한 내용이다.
254 이 첩은 영조가 76세에 덕유당(德游堂)과 서암(瑞巖)과 관련된 사실들을 회고하여 기록한 글이다.
255 이 첩은 영조가 78세에 쓴 율문이다. 덕유당에서 친히 경작한 보리를 수확하고 풍년을 기원한 내용이다. 형인 경종을 생각하며 감회에 젖기도 하였다.
256 이 첩은 영조가 80세에 덕유당에서의 감회를 쓴 글이다. 영조는 이 글을 울면서 썼으며, 명나라 연호를 썼지만, 지금은 오랑캐의 시대이니 명나라 황손을 보더라도 슬픔을 견딜 수 없을 것이라고 하여 숭명배청 인식을 드러내었다.
257 이 첩은 영조가 76세 때 덕유당에서 있던 일을 기술하고 있다.
258 이 첩은 영조가 80세 되던 해 덕유당에서 자신이 그렇게 오래도록 정치를 행할 수 있는 이유를 문답식으로 기록한 글이다.
259 이 첩은 1767년 덕유당 재실에서의 제사에 대해 기록한 글이다. 제사에서의 준비물과 경건한 마음가짐을 읊었다. 형식은 내외 4언 28구이다.
260 이 첩은 영조가 76세에 덕유당의 경관을 보며 소일하는 양상을 서술하였다.
261 이 첩은 영조가 80세에 자신이 가례를 행했던 곳으로서의 덕유당에 대해 문답식으로 지은 글이다.
262 이 첩은 영조가 만년에 덕유당에서 지어 손자인 정조에게 보여 준 글이다.
263 이 첩은 영조가 76세에 덕유당에서 밀을 받고 지은 글이다.
264 이 첩은 영조가 가족에 대한 추모의 정을 표현한 글이다.

덕유당회만배御製德游堂懷萬倍」(K4-1738),[265] 「어제덕유서시충자御製德游書示冲子」
(K4 1739)[266] 등 많은 작품이 있다. 특히 「어제덕유당좌경」은 덕유당의 동서남
북으로 현광문玄光門, 명의문明義門, 함장문含章門, 현무문玄武門 등을 들고, 8개
의 대표적 경관으로는 "서암에 낀 오색구름(瑞岩五雲)", "모정에 깃든 봉황(茅
亭鳳凰)", "당 앞의 맑은 물(堂前水淸)", "멀리 보이는 8개의 소나무(遙瞻八松)",
"내려다보이는 회상전(俯視會祥)", "동쪽으로 바라보이는 해(東瞻金烏)", "서쪽
마루에 걸린 달(西嶺玉兎)", "숭정전에서 노래 듣기(崇政聞唱)" 등이 있다고 하
였다. 덕유당을 대상으로 한 대표적인 궁궐 관련 어제인 셈이다.

　　이로 볼 때 『영조어제첩목록』이 궁궐 관련 어제 중 극히 일부만 반영하
고 있음을 알 수 있다. 그러나 위에서 보듯이 궁궐 관련 영조어제가 너무 많
으므로 이 글에서는 특히 영조가 독자적인 명명을 한 거주공간을 중심으로
논의하도록 하겠다. 독자적인 명명을 한 만큼 영조에게 의미 있는 공간으로
여겨지기 때문이다.[267]

1) 탄생당誕生堂

　　영조는 1773년(영조 49) '탄생당 팔십서誕生堂 八十書'라는 편액을 써서 보
경당에 걸게 하였다.[268] 보경당을 탄생당으로 명명한 것이다. 본래 보경당은
창덕궁 선정전宣政殿 북쪽에 있는 별실로 세조 대부터 집무실로 활용되어 경

265　이 첩은 영조가 79세에 덕유당에서 한나라 고조가 고향 사람들을 대우했던 일을 들어 장동(壯
　　洞)의 연로자를 불러 대접한 일을 기록한 글이다.
266　이 첩은 영조가 80세에 덕유당에서 세손 정조에 대한 훈계의 의미로 노인과 조상에 대한 공경
　　을 가르친 내용이다.
267　필자는 「영조 궁궐인식의 특징」(『정신문화연구』 29, 한국학중앙연구원, 2006)에서 이에 대해 다
　　룬 바 있는데 본서에서는 이를 인용하되 필요한 경우 첨삭하였다.
268　『영조실록』, 영조 49년(1773) 10월 11일.

연經筵, 신하 접견, 시사 논의, 연회 등 다양한 용도로 사용한 건물이다.[269] 그러나 『궁궐지』에는 이 보경당을 영조의 출생지로만 소개하고 있다.[270] 왕의 집무 공간이 왜 후궁의 출산 공간으로 바뀌었는지 자세한 사정은 알 수 없다.

그러나 보경당은 엄밀히 말하면 영조의 탄생 장소는 아니다. 『호산청일기護産廳日記』에 의하면 영조의 호산청은 보경당 옆의 태화당泰和堂에 배설되었다. 영조의 생모 숙빈 최씨가 보경당에서 거처하다가 태화당에서 출산하고 다시 보경당에서 영조를 돌본 것으로 여겨진다. 보경당은 국왕의 편전인 선정전 바로 뒤에 있는 건물로 왕비가 거처하는 대조전보다 편전에 가깝다. 숙빈 최씨가 거처하기 전에는 경종이 거처했던 곳이라 하니 희빈 장씨가 머물렀던 후궁의 거처였던 셈이다.[271] 후일 영조가 세제世弟가 된 뒤에 이곳에 거처하기도 하였다.

아아! 창덕궁 대조전 서쪽에 보경당이 있으니 바로 내가 태어난 곳이다. 아아! 예전에 내 선친 재위 20년(1694) 9월 13일 인시寅時에 선비先妣께서 나를 이 당에서 출산하셨다. 내 나이 19세에 사저로 나갔다가 그 후에 입궐할 때 선비를 따라 이 당에 머물렀다. 갑진년(1724)은 바로 내가 31세였다. 9월 1일 즉위 후 5개월간 이 당에서 여막생활을 하였다. 이제 71세 9월 13일에 이 당에서 신하를 맞으니 하나는 나를 낳고 키우신 은혜를 우러르게 되어서고 다른 하나는 『구경九經』에서 말하는 군신의 의리를 본받기 위해서이다. 더욱이 충자(沖子: 세손인 정조를 이른다)가 곁에 있어 군신이 한 당에 모두 모였다. 이 또한 절대 꿈

269 『세조실록』, 세조 13년(1467) 9월 28일 및 세조 14년(1468) 8월 21일.
270 제2판 『궁궐지』(서울시사편찬위원회, 2000), 33쪽.
271 『숙종실록』, 숙종 16년(1690) 5월 20일.

에서도 생각지 못한 일이다. 아! 저 여러 신하 중에서 어버이가 있는지는 모두 기뻐하는 즐거움이 있으나, 아아! 불초한 나는 아득히 능원을 바라보며 「육아蓼莪」편을 암송할 뿐이다. 이는 어떤 사람인가? 이는 어떤 사람인가? 눈물을 삼키면서 감회를 기록하고 홍무정운자洪武正韻字로 본떠서 당의 오른쪽에 새겨 걸었다. 그 본뜬 뜻을 묻는다면 모름지기 그해의 간지가 연월일이 같은 것을 보리라. 회포가 남아 울음을 삼키며 기록한 뒤 입직 유신儒臣을 불러 내가 먼저 「육아」편을 읽고 또한 돌아가며 읽게 하였다.[272]

이 글을 볼 때 숙빈 최씨는 영조가 잠저로 나간 뒤에도 계속 보경당에 머물렀음을 알 수 있다. 갑진년은 영조가 즉위한 해이면서 동시에 경종이 승하한 해이기도 하다. 그러므로 이곳에서의 여막살이는 경종을 위한 거주였던 셈이다. 영조는 세제가 된 뒤에 이곳 보경당에 머물렀다고 하므로 즉위하기 전까지는 계속 보경당에서 거처했던 것으로 여겨진다. 이러한 경험은 66세인 1759년 3월의 글에서도 언급하고 있다.[273]

그러므로 영조가 보경당에 '탄생당'이라는 편액을 붙인 것은 '자기가 태어난 곳'이라는 의미보다는 생모인 숙빈 최씨가 '영조 자신을 낳은 곳'이라는 의미로 명명한 것이요 또한 '생모가 생전에 거처하던 곳'이라는 점에서 보경당을 어머니의 자취가 남은 장소로 추억했다고 볼 수 있다. 보경당은 영조 생모의 생활 공간이요, 또 영조를 낳음으로써 생모가 존귀하게 된 공간이기도 하다. 보경당은 영조 모자에게 궁궐의 여러 건물 중에서 가장 의미 있는

---

272 「어제보경당기회(御製寶慶堂紀懷)」(K4-2414).
273 「기묘삼월초구일기회어보경당(己卯三月初九日紀懷於寶慶堂)」, 『영종대왕어제속편』 권3, 국학진흥연구사업추진위원회 편, 『영조문집보유』, 55쪽.

건물인 셈이다.

> 보경당은 내가 태어난 곳.
> 지금의 어디인가? 바로 창덕궁이네.
> 옛날을 생각하니 회포 어찌 감출까?
> 81세에 어찌 다시 만날 줄이야.
> 감흥이 이에 이르니 마음이 아프네.
> 어찌 억누를까, 아득함을 탄식하네.
> 강개함의 끝에서 내 회포를 쓰나니,
> 아침 해가 밝아서야 여덟 구를 이루네.
> 갑오년 탄생한 달 13일.
> 寶慶堂 誕彌處 今何在 卽昌德
> 憶昔年 懷何抑 八十一 何重逢
> 興惟此 心膽隕 其何抑 歎冥然
> 慷慨亘 記予懷 朝日明 成八句
> 甲午年誕彌月十三. [274]

이 글은 1774년(영조 50) 81세 생일에 지은 「어제보경당御製寶慶堂」(K4-2413)이다. 탄생당으로 편액을 건 지 1년 후의 글인데 81세 생일을 맞음이 뜻밖이라 하고 아침이 되어서야 글을 완성하였다고 하였다. 그러나 내용은 별다른 게 없다. 지난날을 생각하니 주체할 수 없는 회포와 강개함으로 마음이 상해 탄식할 뿐이라는 내용이다. 관지의 월 표시를 탄미월誕彌月이라 하였는

---

274 「어제보경당(御製寶慶堂)」(K4-2413).

데 이런 식의 관지 표현이 영조어제첩에는 자주 나타난다.

2) 억석와憶昔窩

억석와는 억석랑憶昔廊이라고도 하는데 영조는 이에 대해 다음과 같이 언급하였다.

아! 융복전隆福殿에 서랑西廊이 있으니 회상전會祥殿의 남쪽이고 집경당集慶堂의 동쪽이네. 이제 망팔(望八: 팔십을 바라보는 나이)에 이르러 감흥이 두 배가 되네. 어째서 감흥이 이는가? 예전 생각 때문이네. 아! 7년간 시탕侍湯이 홀연 어제 같으니 이곳에서는 중관(中官: 내시)이 밤낮으로 대기하여 시중을 들었고, 안에서는 교서敎書를 밖에서는 품서稟書를 받들고 아뢰는 곳이었네. 내가 젊은 시절 시좌侍坐하면서 중관과 함께 이곳에 있었네. 깊은 겨울 긴 밤 갖옷을 두르고 화로를 쬐었네. 아! 시탕이 불초해서 경자년(1720) 이후 매번 아득했는데 이제 이미 72세라니. 아! 낭廊은 비록 있으나 옛일을 어찌 볼까? 곁에 문이 있으니 그 이름은 '춘광문春光門'이네. 이는 내외를 정하여 설치하도록 명한 것이네. 아! 이는 바로 자로子路가 부모를 생각하며 한탄한 것과 같네. 낭의 이름을 명명하고 직접 써서 걸게 하니 그 이름은 무엇인가. 바로 억석랑이네. 아! 억석 두 글자는 무한한 추모의 뜻을 담고 있네. 그 대체를 대략 기록하여 충자冲子에게 보이네.[275]

---

275 「어제억석랑소지(御製憶昔廊小識)」(K4-3272).

융복전은 경희궁에 있던 국왕의 침전이다. 경희궁에는 정전인 숭정전의 오른쪽으로 침전인 회상전과 융복전이 나란히 있었다. 원래 궁궐의 침전은 왕의 정침正寢과 소침小寢 그리고 왕비의 침전으로 나뉘며, 왕과 왕비가 함께 지낸 장소는 시어소時御所라고도 했는데 대개 왕비의 침전을 일컬었다. 경복궁이 정궁으로서 정침(강녕전康寧殿), 소침(탄생전誕生殿, 경성전慶成殿), 왕비의 침전(교태전交泰殿) 등을 모두 갖춘 반면, 이궁離宮인 창경궁이나 경희궁에는 정침(환경전歡慶殿, 융복전隆福殿)과 왕비의 침전(경춘전景春殿과 통명전通明殿, 회상전會祥殿)만 있었던 것으로 여겨진다.[276]

억석와는 본래 내시가 거처하면서 왕의 교서를 전하고 또 왕에게 전해지는 글을 받는 곳이라고 하였다. 평소에 이런 일은 승정원에서 하겠으나 일과 이후에 국왕이 침전에 머물 때는 내시가 이곳에 머물면서 임무를 수행했던 셈이다. 왕의 침전과 가장 가까운 대기 장소라 할 수 있다. 보통 이런 장소는 사알방司謁房이라고 한다.[277] 연잉군이었던 영조는 1713년(숙종 39)에서 1720년(숙종 46)까지 7년간 왕이 병석에 누웠을 때마다 긴긴 겨울밤을 이곳에서 지새웠던 셈이다.

이 글에서는 '억석랑'이라고 했으나 『승정원일기』에는 1770년(영조 46) '억석와'라고 써서 걸게 하였다고 하였으며[278] 실록에서도 '억석와'로 지칭하고 있다. 그런데 이 억석와는 경희궁뿐 아니라 창덕궁에도 있었다. 영조는 경

---

276 김영모·최기수, 「조선시대 궁궐공간의 개념적 구성에 관한 연구」, 『한국조경학회지』 제25권 4호, 1998, 146~148쪽. 이 논문에서는 또한 창덕궁에는 왕의 정침으로서 양의전(兩儀殿), 소침으로서 여일전(麗日殿)과 정월전(淨月殿) 등이 있었으나 세조 이후 모두 사라졌으며, 왕비의 침전인 대조전(大造殿)만 남아 있다고 하였다.

277 "아아! 경희궁 연화문 안에 동쪽에 사알방이 있으니 이는 바로 내가 칠 년간 시탕하던 때에 머물던 곳이다", 「기회(記懷)」, 『어제속집경당편집』, 국학진흥연구사업추진회 편, 『영조·장조문집』, 159쪽.

278 『승정원일기』, 영조 46년(1770) 4월 14일.

희궁과 창덕궁의 사알방에 모두 '억석와'라고 써서 걸게 하였다고 한다.[279]

영조어제첩에는 이를 제목으로 삼은 작품으로 19편이 보이는데 「어제억석랑소지御製憶昔廊小識」(K4-3272)[280]는 1770년에 썼으며, 1771년에 2편[「어제억석와약석년御製憶昔窩若昔年」(K4-3396),[281] 「어제억석와억석御製憶昔窩憶」(K4-3398)[282]], 1772년에 6편[「어제억석와억고御製憶昔窩憶古」(K4-3397),[283] 「어제억석御製憶昔」(K4-3189),[284] 「어제억석와문답御製憶昔窩問答」(K4-3393),[285] 「어제억석와억석御製憶昔窩憶昔」(K4-3399),[286] 「어제억석와자탄御製憶昔窩自歎」(K4-3401),[287] 「어제억석와흥회御製憶昔窩興懷」(K4-3402)[288]], 1773년에 6편[「어제억석御製憶昔」(K4-3201),[289] 「어제억석御製憶昔」(K4-3204),[290] 「어제억석와御製憶昔窩」(K4-3389),[291] 「어제억석와御製憶昔窩」(K4-3390),[292] 「어제억석와억석御製憶昔窩憶昔」(K4-3400),[293] 「어제억석음御製憶昔吟」

---

279 「어제억석와약석년(御製憶昔窩若昔年)」(K4-3396).

280 이 첩은 1765년(영조 41)에 영조가 억석랑에 대한 대강의 유래를 적은 글이다.

281 이 첩은 영조 47년(1771) 3월 25일(병인) 억석와에서 재숙(齋宿)하면서 옛날의 감회를 적은 글이다.

282 이 첩은 영조 47년(1771) 10월 26일(계사) 억석와에서 느낀 감회를 적은 글이다.

283 이 첩은 억석와에 직숙(直宿)했던 일과 만년이 된 지금의 심정을 영조 48년(1772) 3월 25일(경신)에 적은 글이다. 형식은 자문자답식이다.

284 이 첩은 영조 48년(1772) 하지 하루 전날인 5월 21일, 22일경에 지어진 글이다.

285 이 첩은 영조 48년(1772) 4월 9일(갑술) 존호(尊號)를 가상(加上)하려는 신하들에게 진찬(進饌)을 거부하며 쓴 글이다.

286 이 첩은 청명일이 하루 지난 영조 48년(1772) 3월 4일(정유)에 쓴 글이다.

287 이 첩은 영조 48년(1772) 12월 22일(임오) 연화문(延和門) 밖에 나아가 향을 지영(祗迎)하는 예를 행하고 이어서 억석와에서 재숙하며 쓴 글이다.

288 이 첩은 영조 48년(1772) 7월 17일(경술) 지난 경자년 6월 6일을 전후하여 느끼는 감회를 억석와에서 쓴 글이다.

289 이 첩은 영조 49년(1773) 6월 2일(경인) 부왕 숙종의 기신제(忌辰祭)를 맞이하여 추모하는 심정을 20구로 적은 글이다.

290 이 첩은 영조 49년(1773) 5월 18일(병자)에 영녕전(永寧殿)을 수보(修補)하고 그 감회를 쓴 글이다.

291 이 첩은 영조 49년(1773) 12월 30일 한 해가 저물어 가는 세모를 맞아 느끼는 감회를 적은 글이다.

292 이 첩은 영조가 억석와에서 부왕 숙종을 추모하는 마음을 드러낸 글이다.

(K4-3406)[294], 1774년에 3편[「어제억석와御製憶昔窩」(K4-3391),[295] 「어제억석와문답御製憶昔窩問答」(K4-3394; K4-3395),[296] 「어제억석회천만御製憶昔懷千萬」(K4-3457)[297]] 그리고 연대 미상의 1편[「어제억석와기회御製憶昔窩記懷」(K4-3392)[298]]이 있다.

영조는 '억석'이라는 말을 많이 썼다. 이렇게 건물명에 붙였을 뿐 아니라 관지에도 '憶昔年 憶昔月 憶昔日' 등을 붙일 정도였다.[299] '억석'은 사전적으로는 '예전 일에 대한 추억'으로 풀이할 수 있지만, 영조의 어제에서는 대개 '선왕[숙종]에 대한 추모'의 뜻으로 쓰고 있다. 이와 같은 면모는 "억석년"을 쓸 때 '석' 앞에 한 자를 띄는 표기 방식에서도 확인할 수 있다.

「어제억석와문답御製憶昔窩問答」(K4-3394)은 100구로 이루어진 시로 매 구마다 '予且問(내가 또 물어보네)', '此窩答(이 방이 답하기를)'을 번갈아 반복하는 문답 형식으로 구성되어 있는데, 억석와에 대해 다음과 같이 읊고 있다.

이제 와서 물어보네.	"예전을 기억할 수 있는가?"
이 방이 답하기를,	"지난날과 같군요."
내가 또 물어보네.	"그때가 무슨 해인가?"
이 방이 답하기를,	"바로 금년과 같은 간지지요."

293 이 첩은 영조 49년(1773) 8월 24일에 쓴 글이다. 팔순이 된 영조는 이날 억석와에 재숙하며 숙종을 추모하는 마음을 그렸다.

294 이 첩은 영조 49년(1773) 11월 29일(갑신) 영조가 억석와에서 쓴 글이다.

295 이 첩은 영조 50년(1774) 4월 초순 3일 전에 억석와에 관련된 옛일을 추억하며 그 감회를 적은 글이다.

296 이 첩은 영조 50년(1774) 초순 3일 전에 60여 년 전 갑오년을 다시 맞이하여 옛일을 추억하며 느낀 감회를 억석와에서 100구로 쓴 글이다.

297 이 첩은 영조 50년(1774) 4월 9일에 억석와에서 어린 시절 친향(親享)할 때를 돌아보며 소감을 적은 글이다.

298 이 첩은 억석와에 있으면서 이 건물과 관련된 옛일을 회상하며 그 감회를 적은 글이다.

299 「어제해자일(御製亥子日)」(K4-5323).

내가 또 물어보네.　　　　"내 나이를 아시는가?"

이 방이 답하기를,　　　　"스물한 살이었지요."

내가 또 물어보네.　　　　"금년은 몇 살인가?"

이 방이 답하기를,　　　　"여든한 살이지요."

今來問 能憶昔　　　　此窩答 若昨日

予且問 其何年　　　　此窩答 卽此歲

予且問 知予年　　　　此窩答 二十一

予且問 今年何　　　　此窩答 八十一

　　이 시에서 억석와가 말한 21세는 1714년(숙종 40) 갑오년으로 이때 영
조는 8개월간 이 억석와에서 머물면서 시탕한 일로 숙종에게서 글, 말, 어진御
眞을 받았다고 회상하고 있다.[300] 이로 볼 때 영조에게 추억의 장소는 선왕을
시탕하던 사알방이며, 그곳에서 시탕하던 선왕이 있던 장소가 융복전이기에
아울러 추모의 장소가 되었음을 알 수 있다. 또한 이 추모의 글들을 볼 때 영
조는 선왕을 모시고 능행을 다니거나 배움에 대한 점검을 받을 때도 함께했
지만 무엇보다 편찮았을 때의 선왕에 대한 기억이 남달랐기에 사알방을 억석
와로 명명한 것으로 여겨진다.

3) 구저舊邸

　　'구저舊邸'는 '옛날 저택'이라는 뜻의 보통 명사이다. 그런데 『조선왕조
실록』에서 "舊邸"를 검색하면 90건이 검색되는데 이 중에 태조, 세종, 세조 및

300　「어제금팔순성명연(御製今八旬誠冥然)」(K4-1488).

영조조에 '옛 저택'이란 뜻으로 쓰인 용례가 11건이며 79건은 1744년(영조 20) 이후 영조의 잠저 창의궁을 가리키는 용어로 사용하고 있다. 즉 영조에게 있어서 '구저'는 영조의 잠저를 지칭하는 용어로 정립된 셈이다.[301]

영조에게 '구저'는 두 가지 기억이 있는 곳이다. 하나는 젊은 시절을 보낸 추억의 장소이고 하나는 아들과 손자의 묘가 있는 추모의 장소이다. 전자에 대해서는 「구저행舊邸行」으로 노래하였다.

> 정묘년(1747) 3월 전례하고 돌아와,
> 들어와 옛집 보니 봄빛이 완연해.
> 붉은빛 노란빛 나를 반겨 웃으니,
> 이 마음 반응하여 저절로 그려지네.
> 양성헌養性軒에서 어필을 가지고 놀았고,
> 일한재日閒齋에서 훈계하는 시를 받들었지.
> 아! 저 경종께서 즉위하시던 27세 때,
> 변함없던 함일재咸一齋 지금부터 언제인가?
> 난간에 기대 옛 생각 하니 이 회포 새롭고,
> 멀리 경희궁을 바라보며 선왕의 글 암송하네.
> 서묘西廟에 몸소 당하니 내 생각 배가 되고,
> 슬피 머리 돌리니 해는 저물고 있네.
> 당송정唐松亭 아래 마음이 한탄스러우니,
> 안개 같은 가는 비에 바람은 산들대네.

---

301 영조는 이 외에 경복궁을 '구궐(舊闕)', 억석와를 '구와(舊窩)' 등으로 사용하기도 하였다. 「어제구궐구저모만회(御製舊闕舊邸慕萬懷)」(K4-1191); 「어제재작숙구저금일숙구와(御製再昨宿舊邸今日宿舊窩)」(K4-4272).

예전 구저舊邸에서 지내던 시절,

지금에서 미루어 생각하니 어제저녁 같네.

경치는 완연히 예전 같은데,

언제나 그만한 즐거움을 되살릴까?

함께한 펼쳐 보던 서재에는 옛 책들 있고,

팔영八詠은 지금 오히려 처마에 걸렸는데.

기러기 오고 제비 가던 28년 세월,

수레는 장차 20번이나 당도했네.

붓을 적셔서 12운의 시를 짓고,

감흥 일어 임진년(1712) 봄을 바라보네.

丁卯三月展禮回　入瞻故第春色濃

紅黃灼灼迎我笑　此心觸物自憧憧

養性軒中玩御筆　日閒齋裏拜訓詩

嗟彼重光三九歲　恒惟咸一今幾時

倚檻憶昔此懷新　遙望慶德誦宸章

西廟躬臨倍我思　惆悵回首日夕陽

唐松亭下心吝嗟　濛濛細雨風習習

奧昔在邸起居年　到今追思如昨夕

景色宛然舊時樣　何日其復程歡樂

同覽齋裏古圖書　八詠今猶題簷角

鴈逞燕来卄八載　駕臨幾将二十巡

濡筆賦詩十二韻　興懷遙想壬辰春[302]

302 「구저행(舊邸行)」, 「열성어제 권19」, 서울대학교 규장각 편, 『열성어제』 3, 387쪽.

정묘년은 1747년(영조 23)으로 영조가 54세일 때이다. 이해에는 3월 9일에 황단皇壇에 망위례望位禮를 하였는데 제1구는 이 일을 언급하는 것 같다. 제3구까지는 당시 봄이 온 상황을 그렸고, 제4구에서는 그로 인해 과거를 회상하게 된다고 하였다. '양성헌'은 숙종이 내려 준 호를 창의궁 한 건물의 헌명으로 삼은 것이다. '일한재'는 '하루가 청한淸閑이면, 그 하루는 신선(一日淸閑一日仙)'이라는 글에서 따온 것이며,[303] '중광重光'은 부자가 이어서 왕위를 잇는 일로 숙종에 이어 경종이 재위를 잇게 된 일을 일컫는다. 경종이 즉위한 이때 영조는 27세로 창의궁 함일재에 있었다. 이어서 경덕궁을 바라보며 임금의 글을 읽는다고 하였는데 함일재에 걸려 있던 숙종의 시를 읊은 것으로 여겨진다. 서묘는 숙빈 최씨의 묘를 말하는 듯하나 미상이다. 당송정의 당송唐宋은 이 창의궁의 유명한 백송白松을 말하는 것 같다. '팔영'은 「양성헌팔영」을 지은 일을 말하는 듯하며, 이 팔영을 당시 처마 밑에 걸어 두었던 듯하다. 28년은 영조가 세제가 되어 창의궁에서 궁궐로 들어간 1721년부터 1747년 현재까지를 언급한 듯하다. 임진년은 영조가 처음으로 창의궁에 들어간 해이다.

한편 구저에 대한 기문에서 영조는 이 궁을 효장세자와 의소세손의 묘가 함께 있는 장소로 기록하고 있는데[304] 영조어제첩에는 이를 제목으로 하는 보다 많은 작품이 있다. '창의궁'을 제목으로 삼은 작품은 「어제창의궁御製彰義宮」(K4-4689) 한 작품밖에 없으나 '구저'를 제목으로 삼은 작품은 1767년에 「우차망팔첨배구저기회吁嗟望八瞻拜舊邸記懷」(K4-5658)[305] 1편, 1770년에 「어제구저문전광유제종御製舊邸門前廣諭諸宗」(K4-1201)[306] 1편, 1771년에 「어제구궐구저모

---

303 「어제유육오(御製惟六吾)」(K4-3769~95), 한국학중앙연구원 장서각 편, 『영조어제 해제』7, 321쪽.
304 「구저기지(舊邸記識)」, 「열성어제 권36」, 서울대학교 규장각 편, 『열성어제』5, 335쪽.
305 이 첩은 영조가 74세에 홍회가 일어남을 슬퍼하고 구저를 쳐다보며 그 회포를 기록한 글이다.
306 이 첩은 영조가 영조 46년(1770) 7월 19일에, 구저의 문 앞에서 여러 종신들에게 진연을 청하지 말라고 하유하는 글이다.

만회御製舊闕舊邸慕萬懷」(K4-1191),[307]「어제구저기회御製舊邸記懷」(K4-1199),[308]「어제구저흥회御製舊邸興懷」(K4-1207),[309]「어제금어모년구저신침御製今於暮年舊邸伸枕」(K4-1374)[310] 등 4편, 1772년에 「어제구저갑년임견회만御製舊邸甲年臨見懷萬」(K4-1198),[311]「어제구저여회만신御製舊邸予懷萬信」(K4-1203),[312]「어제구저옹주인옹문답御製舊邸翁主人翁問答」(K4-1204),[313]「어제구저자상문답御製舊邸自相問答」(K4-1205),[314]「어제구저창방기회御製舊邸唱榜記懷」(K4-1206),[315]「어제재작숙구저금일숙구와御製再昨宿舊邸今日宿舊窩」(K4-4272)[316] 등 6편, 1773년에 「어제구저기회御製舊邸記懷」(K4-1200),[317]「어제구저서시충자御製舊邸書示冲子」(K4-1202),[318]「어제억구

307 이 첩은 영조 47년(1771) 정월 5일에, 구궐(경복궁)과 구저(창의궁)에서 있었던 경연과 강학의 근본에 대한 소회를 적은 글이다.
308 이 첩은 영조 47년(1771) 2월 4일에, 인륜이 썩고 아첨과 침묵으로 가득하여 제대로 갖추지 못한 세도를 비판한 글이다.
309 이 첩은 영조 47년(1771) 5월 25일에, 구저(창의궁)에서의 옛날을 회상하면서 회포를 펴는 글이다.
310 이 첩은 영조 47년(1771) 5월 15일에, 죽은 친족을 그리워하는 소회를 기록한 글이다.
311 이 첩은 영조 48년(1772) 정월 1일에, 구저로 가서 노쇠하여 구차해진 회포를 서술한 글이다.
312 이 첩은 영조 48년(1772) 2월 22일에, 구저에서 옛날을 추억하고 당시의 종신(宗臣)을 보고자 하는 회포를 기록한 글이다.
313 이 첩은 영조 48년(1772) 4월 22일에, 구저(창의궁)에서 백성을 위하여 기우(祈雨)하고 육상궁과 효장세자를 추모하는 마음을 구저옹과 주인옹의 문답 형식으로 기술한 글이다.
314 이 첩은 영조 48년(1772) 5월 11일에, 상신의 건공탕 복용 요청에 상심하여 구저(창의궁)를 찾아가 옛날을 추억하면서 단비의 기원을 덧붙여 자신의 심경을 함일재에서 적은 글이다.
315 이 첩은 영조 48년(1772) 2월 12일에, 구저(창의궁)에서 문무과를 설시하여 창방한 기억을 기록한 글이다.
316 이 첩은 영조 48년(1772) 단비가 내리자 복선(復膳)을 청하는 신하들에게 자신의 소회를 밝히고 이를 거부하는 글이다.
317 이 첩은 영조 49년(1773) 7월 5일에, 구저(창의궁)에서 섭사(攝事)와 기우(祈雨) 그리고 과거에 대한 추억과 회포, 건공탕의 복용을 강요하는 세상에 대해 구차하고 민망한 자신의 노년의 삶을 읊은 4자 32구의 글이다.
318 이 첩은 영조 49년(1773) 8월 21일에, 구저(창의궁)에서 과거에 7년 동안 시탕하고 강화도에 봉안한 일 등을 추억하면서 이를 통해 충자에게 충효를 가르치고자 쓴 글이다.

저御製憶舊邸」(K4-3147),[319] 「어제억구저御製憶舊邸」(K4-3148),[320] 「어제억구저御製憶舊邸」(K4-3149),[321] 「어제억구저御製憶舊邸」(K4-3150)[322] 등 6편, 1774년에 「어제견구저회천만御製見舊邸懷千萬」(K4-1021),[323] 「어제안구저御製眼舊邸」(K4-1932),[324] 「어제억구저御製憶舊邸」(K4-3151),[325] 「어제억구저심일배御製憶舊邸心一倍」(K4-3154)[326] 등 4편, 1775년에 「어제금어구저여회천만御製今於舊邸予懷千萬」(K4-1373),[327] 「어제억구저御製憶舊邸」(K4-3152),[328] 「어제억구저御製憶舊邸」(K4-3153)[329] 등 3편 그리고 연도 미상의 「어제양숙구저御製兩宿舊邸」(K4-3091),[330] 「어제오호구저금하일御製嗚呼舊邸今何日」(K4-3754; K4-3755)[331] 2편 등 27편이 있다. 영조는 즉위 이후에도 자주 구저에 들렀는데 이는 젊었을 때의 생활 공간에 대한 애정 때

---

319 이 첩은 영조 49년(1773) 영조가 창의궁(彰義宮)에서 지내던 때를 생각하면서 느끼는 감회를 표현한 4언 16구이다.
320 이 첩은 영조 49년(1773) 영조가 창의궁과 관련된 여러 추억들을 회상하면서 느낀 감회를 표현한 4언 32구이다.
321 이 첩은 영조 49년(1773) 영조가 경희궁에 나아가 있으면서 창의궁을 그리면서 과거의 일들에 대한 감회를 3언 22구로 쓴 글이다.
322 이 첩은 영조 49년(1773) 영조가 창의궁에 다녀온 뒤, 자신이 어렸을 때와 현재를 비교하는 마음을 3언 20구로 적은 글이다.
323 이 첩은 영조가 1774년 4월에 창의궁 옛 거처에서 거처명을 명명하며 옛일을 추억한 글이다.
324 이 첩은 영조가 창의궁 구저를 그리면서 강개함을 3언 20구로 읊은 글이다.
325 이 첩은 영조 50년(1774) 영조가 창의궁에 다녀온 뒤, 옛날 갑오년(1714)의 일을 회상하면서 느낀 감회를 3언 20구로 적은 글이다.
326 이 첩은 영조 50년(1774) 영조가 창의궁에서의 회한을 4언 10구로 읊은 글이다.
327 이 첩은 영조 49년(1773) 8월 21일에, 시봉하고 시위한 날의 회갑을 맞아 효제를 다시금 생각하면서 짝할 이 없는 막막하고 고고한 마음을 읊은 4자 20구의 글이다.
328 이 첩은 영조 51년(1775) 영조가 창의궁을 회상하고, 그날 새로운 관료를 임명한 것에 대한 느낌을 3언 20구로 적은 글이다.
329 이 첩은 영조 51년(1775) 영조가 처음 창의궁에 들어가던 때부터 왕위 승계의 명을 받고 다시 궁궐로 돌아올 때까지의 일들을 소상하게 기억하면서 그와 함께 여러 건물들에 대한 내용을 3언 100구로 쓴 글이다.
330 영조가 창의궁(彰義宮)에서 이틀 동안 자고서 느낀 감회를 표현한 글이다.
331 이 첩은 영조가 지은 어제 7언 1구에 신하들이 갱진한 시를 모은 갱진첩이다.

문이기도 하지만 실제적으로는 어머니를 비롯한 가족의 추억이 깃들어 있고 자손들의 묘가 있는 장소였기 때문이다. 아들인 효장孝章과 맏며느리인 효순현빈孝純賢嬪, 그리고 손자인 3살짜리 의소세손懿昭世孫의 묘가 모두 이곳에 조성되어 있어 이곳에 들를 때마다 이들에 대한 추모의 정을 토로하였는데, 이런 마음이 위와 같은 글로 표출되었던 셈이다.

또한 구저는 영조의 만년에 마음의 안식처이기도 하였다. 영조는 건공탕建功湯 복용을 재촉하는 신하를 피해 구저를 찾기도 하고[332] 자신은 변함이 없는데 세상은 아첨과 침묵으로 가득한 것이 괴롭다며 구저를 찾아와 회포를 풀기도 했다.[333] 구저를 찾을 구실을 마련하기 위해 경복궁에서 과거를 보되 합격자를 알리는 창방唱榜을 구저에서 하게 하기도 했다.[334] 잠저로 나간 지 60년이 되는 해 이를 기념하여 글을 써서 현판을 걸기도 하고, 이런 정황을 「어제구저자상문답御製舊邸自相問答」으로 남기기도 하였는데 이 내용을 보면 영조가 구저에서 행한 일이 무엇인지 확인할 수 있다.

이 글에서 영조는 성년이 되어 잠저로 간 날인 2월 12일에 구저에 가려 했으나 건강을 자신할 수 없어 1월 15일 묘시卯時에 갔으며, 구저에 이르러서는 먼저 효장세자 사당에 예를 행하고 이어서 의소묘에 예를 행하였고, 남쪽 계단에 걸터앉아 연구聯句를 불러 갱운하게 한 뒤 첩을 만들게 하였다고 하였다. 그리고 특별히 미본계米本契를 내렸는데, 60세 이상 90세까지 19인에게 각각 쌀 3두씩을 주었다고 하였다. 본래 구저에서 유숙하려 했으나 여의치 않아 집경당에 돌아와 누워 있으니 다시 구저가 생각나서 '구저회갑舊邸回甲' 네 자를 써서 새긴 현판을 자신이 구저에 가면 유숙하는 곳의 남쪽 처마에 걸어 놓

332 「어제구저자상문답(御製舊邸自相問答)」(K4-1205).
333 「어제구저기회(御製舊邸記懷)」(K4-1199).
334 「어제구저창방기회(御製舊邸唱榜記懷)」(K4-1206).

게 하였다고 하였다.[335] 이 글에서 구저는 영조에게 머물고 싶으나 마음대로 머물 수 없는 공간이며, 편한 궁궐에 있으면서도 늘 생각나는 추억과 추모의 공간임을 엿볼 수 있다.

4) 추모당追慕堂

『궁궐지』에서는 경선당慶善堂이 집희당緝熙堂 남쪽에 있다며 영조의 술회시를 소개하고 있다. 그리고 '추모당追慕堂'이라는 영조의 어필이 있다고 기록하고 있는데 이로 볼 때 영조가 이 당을 부모를 추모하는 당으로 여겼음을 확인할 수 있다.[336]

경선당은 경희궁에 있던 별실로 숙종 초에 왕이 잠시 소송을 판결하는 집무 장소로 썼으며[337] 한때 세자빈 심씨의 혼궁魂宮으로 쓰기도 하였다. 그러나 이후 어린 영조의 거처로 사용하였는데 영조는 이를 부모 시봉 장소로 창덕궁의 보경당과 같은 장소라고 표현하고 있다.[338] 영조조에도 세자가 머무는 동궁으로 사용하였다. 영조는 경선당을 추억하면서 다음과 같이 기록하고 있다.

아아! 이달에 내 마음은 온갖 생각이 나네. 15일에 시호를 올려드린 뒤 양정재養正齋를 보며 추모하였으며, 그믐에 장락전長樂殿을 바라보았

---

335 「어제구저갑년임견회만(御製舊邸甲年臨見懷萬)」(K4-1198).

336 제2판『궁궐지』 2, 151쪽.『승정원일기』 영조 49년(1773) 10월 11일에는 추모당 현판을 써서 집희당 앞 당에 걸고 또 보경당에도 걸게 하였다고 하는데 경선당이 집희당 앞쪽에 있다.

337 『숙종실록』, 숙종 1년(1675) 7월 1일.

338 "問寢處 昌德大造殿 慶熙隆福殿, 問安處 昌德寶慶堂 慶熙慶善堂",「어제억석회천만(御製憶昔懷千萬)」(K4-3454).

고, 다시 광명전을 보았으며 돌아올 때에 경선당을 들렀는데 이 뜻이
어디 있겠느냐? 지난 임진년(1712) 2월 12일 잠저로 나가기 전 19년간
부모님을 모시던 곳이라네.[339]

이 글은 영조가 79세인 1772년(영조 48) 9월 15일에 지은 것으로 추정
된다.[340] 양정재는 인원왕후가 태어난 사가私家이며, 장락전은 인원왕후가 대
비로 있으면서 머물던 곳이다. 그러므로 왕자 시절 인원왕후를 시봉하던 장
소로서 경선당을 읊고 있는 셈이다.

영조는 경선당을 소재로 시를 몇 편 남겼는데 그중에 81세에 지은 「어
제경선당御製慶善堂」(K4-1067)을 보면 다음과 같다.[341]

광명전 남쪽 경선당,
옛날 생각하면 온갖 회포가,
부모 모실 때가 전생 같아.
노년에 어찌 회포를 누르리.
예전 은혜 입음이 어제 같아.
밥 먹을 때도 모두 보셨지.
내가 잘 때도 꼭 보았는데,
19세 사저로 간 뒤,

---

339 「어제경선당서문전기회(御製慶善堂西門前記懷)」(K4-1069).
340 이 글의 내용에서 영조는 을묘년(1735)에 홍명문을 보았다고 하였고 이런 기억이 38년이 되었
    다고 하였다. 또한 『승정원일기』 영조 48년(1772) 9월 15일 조에 영조가 육상궁에 시호를 올렸
    다고 하였다.
341 이 외에 80세에 지은 「어제경선당(御製慶善堂)」(K4-1066)과 지은 연대를 알 수 없는 「어제경선
    당(御製慶善堂)」(K4-1068) 등이 있다.

집희당에 올라 또 나를 생각하니,

계사년 강화도에서 뵈었고.

이 당에서 기다렸고,

문후드릴 때도 꼭 여길 왔지.

아! 경선당은 보경당 같고,

아! 집희당은 의춘헌 같네.

전에 경선당에서는 예전에

생신 때마다 문안을 드렸는데,

…

아! 오늘 간지를 보니,

경자일이니 온갖 생각나네.

무술년에는 영모당에서,

경자년에는 융복전에서,

심장 쓸개 모두 손상되었네.

그래도 모두 정성을 드리네.

무술년 3월에,

경자년에 또 5월,

고령을 따라 용현을 따라,

일청헌에서 자정전에서,

마음 어찌 누르리 온갖 회포.

강개함을 어찌리 억만 추모를.

慶善堂 光明南 憶昔年 懷千億

昔時奉 若前生 況暮年 曷勝懷

古承歡 況若昨 予於食 皆臨視

予於宿 必也見 十九年 就邸後

陞緝熙 亦憶子 癸巳年 詣江都
臨此堂 以待焉 問候入 必來此
嗟慶善 若寶慶 嗟緝熙 若宜春
昔慶善 於昔年 每生辰 朝問安
     …
嗟今日 見干支 卽庚子 懷千萬
戊戌年 永慕堂 庚子年 隆福殿
心與膽 其皆損 其雖然 皆伸忱
戊戌年 於三朔 庚子年 亦五朔
高嶺隨 龍峴隨 壹淸軒 資政殿
心何抑 懷千萬 曷勝慨 慕億百

이 글에서 영조는 어린 시절을 모두 경선당에서 보냈고 선왕과 선비는 영조의 자라는 모습을 보며 기뻐하였다고 하였다. 그러나 영조가 사저로 나간 뒤에는 생신 때나 의식이 있을 때나 와서 뵐 수 있었으며, 무술년(1718) 3월에는 선비 숙빈 최씨가, 경자년(1720) 5월에는 선왕 숙종이 차례로 세상을 떠나고 말았다고 슬퍼하면서 부모의 장지葬地와 빈청을 추억하며 추모하고 있다. 영모당은 대개 창덕궁 경복전 서쪽에 있는 당으로 영조가 1755년(영조 31)에 모후 인원왕후를 위해 명명한 이름으로 알려져 있는데[342] 창의궁 숙빈 최씨의 거처를 영모당이라고도 하였다.[343]

---

342 서울시립대학교부설서울학연구소 편, 『궁궐지』1, 서울시립대학교부설서울학연구소, 1994, 100쪽.

343 「어제자엄억(御製自掩抑)」(K4-4122)에서 '영모당 무술년 생각 이곳은 어디 함일재 서쪽(永慕堂 憶戊戌 是何處 咸一西)'이라 하였다. 「어제전례일술회시충자(御製展禮日述懷示冲子)」(K4-4290)에서도 "嗚呼! 予年二十五戊戌三月初九日 彰義宮永慕堂 辭先妣 冥然食息, 于今八十有一

이 글에서는 특히 어릴 때 자신이 밥 먹는 모습과 잠자는 모습을 보고
도 기뻐하는 부모의 모습을 통해 자식을 사랑하는 부모의 마음을 형상화하였
고 아울러 그런 부모를 잃은 자식의 애통한 마음을 잘 드러내었다. 숙종은 경
선당에 자주 와서 어린 왕자의 재롱이나 커 가는 모습을 보곤 했으며, 영조는
이렇게 늘 자신에게 시선을 주었던 부모를 잊지 못한 듯하다. 경선당은 창덕
궁의 건극당과 함께 영조가 19세까지 거처했던 경희궁의 대표적인 거처였던
셈이다. 영조는 또 경선당에 대해 「경선당술회慶善堂述懷」를 남겼다.[344]

이상의 내용을 볼 때 영조는 어려서 경선당에 거처하면서 선왕인 숙종
과 인원왕후 그리고 숙빈 최씨 모두를 모신 셈이므로 이 당에서의 추모 대상
도 역시 이 부모들이며, 특히 인원왕후와 숙빈 최씨가 추모의 대상이 되었던
셈이다.

5) 정와당靜臥堂 · 종용당從容堂

정와당과 종용당은 영조가 집경당에 붙인 별명이다. 집경당은 원래 예
연당藥淵堂이었는데 경사스러운 일이 많이 일어났다고 하여 숙종이 1699년
(숙종 25)에 고친 이름이다.[345] 즉 1661년(현종 2) 숙종이 태어나서 3일 뒤에 이
당으로 거처를 옮겼으며, 1671년(현종 12) 혼인을 했을 때도 이 당에 왔으며,
1699년(숙종 25)에는 세자가 이 당에서 천연두를 회복했었다고 하여 '경사스
러운 일이 모였다'라는 뜻으로 개명한 것이다.

영조는 73세인 1766년(영조 42)부터 83세에 승하할 때까지 집경당에

年 俯仰斯世 此何人哉?'라고 하였다.

344 「경선당술회(慶善堂述懷)」, 「열성어제 권18」, 서울대학교 규장각 편, 『열성어제』 3, 244쪽.

345 윤한택 · 김기용 · 김윤제 공역, 『궁궐지』 2, 96쪽.

거처하였다.[346] 71세부터 77세까지의 글을 모아 『어제집경당편집御製集慶堂編輯』이라는 문집을 엮기도 하였으며, 이후 83세까지 지은 5천여 건의 영조이제 첩본 역시 이곳에서 창작했다고 해도 과언이 아니다. 만년의 영조에게 이 당은 사적인 생활 공간이면서 집무 공간이기도 하였기 때문이다.

영조는 집경당에서 전강殿講을 시험하기도 하였고,[347] 도목정사都目政事를 실시하기도 하였다.[348] 또한 주강晝講을 하기도 하였다.[349]

집경당이여! 집경당이여!
9월부터네! 9월부터네!
이 당에서 오래, 이 당에서 오래,
이제 오 개월이네. 이제 오 개월이네.
당에 몸이 편하고, 당에 몸이 편하고,
마음 또한 편하네. 마음 또한 편하네.
지금 이 당에서, 지금 이 당에서,
내게 얻어진 건, 내게 얻어진 것은,
낮에 이미 편하니, 낮에 이미 편하니,
밤에 또한 편하네. 밤에 또한 편하네.
여든두 살에, 여든두 살에,
내가 자득했네. 내가 자득했네.
集慶堂 集慶堂 自九月 自九月

---

346 정조는 「경희궁지(慶熙宮志)」(「춘저록」, 『홍재전서』 권4, 한국고전종합DB)에서 영조가 병술년
    (1766)부터 평상시에 이곳에서 거처하였다고 하였다.
347 『영조실록』, 영조 43년(1767) 1월 22일.
348 『영조실록』, 영조 43년(1767) 6월 30일.
349 『영조실록』, 영조 47년(1771) 9월 2일.

長此堂 長此堂 今五朔 今五朔

堂已便 堂已便 心亦安 心亦安

今此堂 今此堂 於予得 於予得

晝已便 晝已便 夜亦安 夜亦安

八十二 八十二 予自得 予自得[350]

이 시는 권말의 관지에 의하면 1775년(영조 51) 1월 28일 영조가 82세에 쓴 글로 집경당에서의 생활이 아침저녁으로 편안하였음을 알 수 있다. 영조는 이 당에 가만히 누워 있거나(靜臥), 조용히 지냈기에(從容: '조용'의 원말) 이 당을 '정와당靜臥堂', '종용당從容堂'이라고 명명하였는데, 이를 제명으로 삼기도 하였다. 예를 들어 「어제정와당御製靜臥堂」(K4-4315),[351] 「어제정와당御製靜臥堂」(K4-4316),[352] 「어제정와당자민주야장御製靜臥堂自悶晝夜長」(K4-4318),[353] 「어제종용당심동동御製從容堂心憧憧」(K4-4383)[354] 등이 있으며 특히 「어제종용당御製從容堂」이란 제명의 작품은 11편이나 있다.[355]

350 「어제집경당기(御製集慶堂記)」(K4-4605)의 표제는 '어제집경당(御製集慶堂)'으로 되어 있다. 그리고 내용도 기문이 아니므로 표제에 맞게 「어제집경당(御製集慶堂)」으로 수정해야 한다.

351 이 첩은 81세에 당 가운데 앉아 창 앞을 바라보며 희비의 심정을 3언 12구로 읊은 글이다.

352 이 첩은 영조가 82세에 집경당에서 여러 가지 답답한 심정을 3언 30구로 읊은 글이다.

353 이 첩은 영조가 세상 사람들에게 자신의 나이를 아는지 묻고, 10세 무렵부터 여든 살까지 겪은 일을 간단하게 기술한 3언 20구의 글이다.

354 이 첩은 영조가 집경당에서 젊은 시절을 돌아보며 가슴 졸이던 심정을 3언 20구로 적은 글이다.

355 영조어제첩 「어제종용당(御製從容堂)」은 K4-4372에서 K4-4382까지 11편이 있다. 「어제종용당(御製從容堂)」(K4-4372)은 1773년에 집경당에서 소감을 적은 글이며, 「어제종용당(御製從容堂)」(K4-4373)은 1774년 12월에 지은 글, 「어제종용당(御製從容堂)」(K4-4374)은 1774년 11월에 지은 글, 「어제종용당(御製從容堂)」(K4-4375)은 1775년 윤달에 지은 글, 「어제종용당(御製從容堂)」(K4-4376)은 1775년에 젊은 시절을 회상하며 소감을 적은 글, 「어제종용당(御製從容堂)」(K4-4377)은 1775년 5월 젊은 시절을 회상하며 소감을 적은 글, 「어제종용당(御製從容堂)」(K4-4378)은 1775년 1월 18일에 집경당에서 젊은 시절을 회상하며 소감을 적은 글, 「어제종용당(御

영조는 종용당의 명명 이유에 대해 다음과 같이 언급하였다.

종용당은 바로 이 당이니,

그 무슨 뜻으로 이렇게 이름 붙였나.

지난 구월에 탄생한 달 초하루에,

이곳에서 조섭와서 오늘까지 이르렀네.

아! 삼월까지 오랫동안 이곳에 있었으니,

지금 이렇게 이름 붙임이 어찌 우연이리.

낮에는 종일 몸을 의지했었고,

밤에도 인경 소리 물었었던 곳.

아! 오늘은 나라가 경사스럽다 하지만,

이 당에 있으면서 또 시간을 보내네.

비록 그렇더라도 오히려 예전을 추억하리.

추모의 마음 깊고 천만 가지 회포 생기네.

회상전은 그 동쪽에 있고,

덕유당 또한 서쪽에 있으며,

일영문은 바로 남쪽에 있고,

봉황정은 또한 그 북쪽에 있네.

아! 이 당에서 내게 얻어진 일은,

밤과 낮에 내가 절로 편하다는 점.

간지를 쓰니 갑술일이요,

製從容堂)」(K4-4379)은 1775년에 지은 글, 「어제종용당(御製從容堂)」(K4-4380)은 1775년 5월 집경당에서 젊은 시절을 회상하며 소감을 적은 글, 「어제종용당(御製從容堂)」(K4-4381)은 영조가 집경당에서 일상을 돌아보며 소감을 적은 글, 「어제종용당(御製從容堂)」(K4-4382)은 영조가 집경당에서 젊은 시절 『대학』을 읽던 일을 회상하며 소감을 적은 글이다.

특별히 이름을 붙이니 종용당이라.

從容堂 卽此堂　其何意 命此名

前九月 誕一日　調攝此 至今日

嗟三朔 長在此　今命名 豈偶然

其於晝 日貼身　亦於夜 問更鼓

嗟今日 曰邦慶　居此堂 亦有時

其雖然 猶憶昔　追慕深 懷千萬

會祥殿 在其東　德游堂 亦在西

日永門 卽在南　鳳凰亭 其亦北

嗟此堂 於予得　晝與夜 予自便

書干支 甲戌日　特命名 從容堂[356]

　　권말의 관지를 보면 '갑오년지월갑술일甲午年至月甲戌日'로 되어 있으므로 이 시를 지은 시기는 영조가 81세인 1774년 11월 25일로, 이날은 영조의 빠진 이가 새로 난 날이기도 하다.[357] 영조는 이날 자신이 거처하는 집경당의 명칭을 '종용당'이라고 명명했다고 하는데 이 시를 볼 때 본래 영조가 집경당에 머물게 된 것은 조섭을 위한 것이었으며, 그 의도대로 이곳에서 마음의 안정을 얻었음을 엿볼 수 있다. '종용'은 그렇게 얻은 마음의 상태이며 동시에 당의 모습이기도 하다.

356 「어제종용당(御製從容堂)」(K4-4374).
357 『영조실록』, 영조 50년(1774) 11월 25일.

6) 기타 건물

영조는 별도의 이름을 붙이지는 않았지만, 경희궁, 규정각揆政閣 등에 대한 글을 남기기도 하였는데 「어제어차궐억계해잉계충자御製御此闕憶癸亥仍戒冲子」(K4-3130)는 1773년(영조 49) 영조가 경희궁에 관련된 일을 추억하면서 왕세손에게 교훈을 주기 위해 쓴 글이다. 글 말미에 명문銘文이 추가되어 있다. 관지에는 '予卽怍四十九年癸巳八月初九日'이라 하여 재위 49년, 즉 1773년 8월 9일에 쓴 것임을 밝혔고, '강개하여 너에게 권면하니 마땅히 더욱 힘쓰거라 마땅히 더욱 힘쓰거라(慷慨勉爾 其宜益勉 其宜益勉)'라고 하여 강개한 마음으로 더욱 힘써야 함을 강조하고 있다.

경희궁은 원래 인조仁祖의 잠저로서 영조 이전에는 경덕궁으로 불리던 곳이었다. 이 글에는 영조의 기억 속에 있는 경희궁의 모습이 그려져 있다. 정시합正始閤, 통양문通陽門 안에 있던 큰 나무, 팔송정八松亭, 서암瑞巖 등 경희궁에 있던 경물의 유래와 변화한 모습을 상세히 묘사하였다.[358] 선조宣祖는 몽진으로부터 경운궁慶運宮으로 돌아온 후에도 창덕궁과 창경궁이 있었기 때문에 이 궁궐은 중관(中官: 내시)들의 거처로 사용했다. 광해군光海君 때에 이 궁궐이 다시 만들어져서 도성에 삼궐三闕이 갖추어졌다. 영조는 이런 경과 과정을 모두 설명하면서, 자신의 재위 이후에는 새로운 건물을 하나도 만들지 않았음을 강조했다. 이는 사치를 금지하고 왕세손에게 경계를 주고자 하는 의

---

358 "통양문 안에 큰 나무가 있는데 전하기를 예전에 말을 매던 나무였다. 그러므로 내가 근년에 돌로 대를 쌓았다. 문도 또한 오래되고 작아서 금년에 보수하게 하였는데 호조판서가 비교적 크게 만들어 이후 수레도 들어왔다. 융무당 앞 현광문 안에 소나무 대가 있는데 예전에는 8개였으므로 팔송정이라 했으나 지금은 다만 3개만 있다. 덕유당 서북쪽에 바위가 있는데 예전에 왕암(王巖)이라 일컬었다. 그러므로 광해군이 대궐을 여기에 세운 것은 대개 이 때문이다. 예전에 이 앞에 석대를 두었는데 돌 위에 큰 글자 2자를 새겼으니 서암이다", 「어제어차궐억계해잉계충자(御製御此闕憶癸亥仍戒冲子)」(K4-3130).

도였다. 따라서 이런 자신의 마음을 담은 명문을 지어서 왕세손에게 경계로
삼을 수 있게 하였다. 그러므로 이 글에서는 경희궁의 유래와 건물, 변천한
모습을 살필 수 있을 뿐만 아니라 영조가 왕세손을 교육시키고자 하는 마음
도 읽을 수 있다.

> 경덕궁 정당 동쪽에 있는 회랑,
> 석음각의 북쪽, 숭양문 옆.
> 이곳에 가장 기이한 곳이 있는 것은,
> 궁궐에 달 밝은데 시간 알릴 때.
> 慶德正堂東有廊　惜陰閣名之北傍崇陽[門名]
> 若知此裏最奇處　金殿月明報漏詳[359]

이 7언 절구에서 읊은 규정각은 경희궁에 있는 건물로 천체의 운행을
관측하는 선기옥형璇璣玉衡을 두었던 곳이다. 기구의 경덕궁은 경희궁의 옛
이름이며, '정당'은 바로 홍정당을 말한다.[360] 영조는 1732년 규정각 기문을 쓰
기도 하였는데 내용을 보면 선기옥형이 창덕궁에만 있는 것을 안타까워하였
기에 경희궁 홍정당 북쪽과 숭양문 북쪽 오래된 행랑 3칸에 문과 창을 설치하
여 선기옥형을 두게 하고 '규정揆政'이라고 명명했다고 하였다.[361]

　　경희궁의 세자 거처 공간인 낙선당樂善堂과 손지각遜志閣에 대해서도
어제를 지었는데 낙선당 시는 2수, 3수를 이어서 지어 5수를 지었다. 이 시
에서 '집에서 할 일은 오직 선을 즐기는 것(居家若問為何事 所樂于心惟善焉)'이

359 「규정각시(揆政閣詩)」, 「열성어제 권18」, 앞 책, 225쪽.
360 『궁궐지』 2(윤한택 · 김기용 · 김윤제 공역, 109쪽)에서 규정각이 홍정당의 동쪽에 있다고 하였다.
361 「규정각기(揆政閣記)」, 『궁궐지』 2(윤한택 · 김기용 · 김윤제 공역, 110쪽) 번역 발췌 인용.

라 하고, 옛날에 유비가 태자에게 권면한 것도 선행을 하라는 것이었다고 하였다.[362] 아울러 낙선당의 모습에 대해 수삼 간으로 이루어졌으며 사방 벽에는 잠언이 될 책을 두었고, 책상에는 당나라 한림학사였던 육지陸贄의 문집이 있으며 창 앞에는 거문고가 놓여 있다고 하였다.[363] 심지어 잠시 기대어 졸 때 공자의 꿈을 꾸었다고[364] 하여 성군이 될 세자에 대한 기대를 나타내었다. 이 낙선당은 저승전 동쪽에 있었으며, 손지각은 시민당에 있던 건물이다. 영조는 「손지각시 2수遜志閣詩 二首」에서 서쪽으로 인왕산이 보이고(「西望仁王」) 달빛 아래 연꽃을 감상하는(「荷香月色」) 운치를 7언 절구로 그리기도 하였다.[365]

7) 주변 경물

영조는 주변 경물에 대해 읊은 「어제서설御製瑞雪」(K4-2547)에서 창의궁 일한재에 있을 때 하늘에서 솔개가 쟁반처럼 원을 그리는 것을 보았다고도 하고 있다. 어린 시절의 특별한 기억이었던 셈인데 「영조어제첩목록」에는 이처럼 영조가 궁궐 주변에서 보았을 동물과 식물에 대한 목록이 있어 참고할 만하다.

〈표-7〉에서는 꾀꼬리, 닭, 노루, 매미, 파리, 개구리, 오리, 까치, 개 등의 동물과 귤, 백일홍, 앵두나무, 대나무 등의 식물이 소개되어 있는데 특히 닭, 매미, 꾀꼬리 등에 대해 많이 언급했음을 알 수 있다.

---

362 「낙선당시 2수(樂善堂詩 二首)」, 「열성어제 권18」, 앞 책, 241쪽.
363 「낙선당삼소시(樂善堂三小詩)」, 「열성어제 권18」, 앞 책, 242쪽.
364 「낙선당삼소시(樂善堂三小詩)」, 「열성어제 권18」, 앞 책, 같은 쪽.
365 「손지각시 2수(遜志閣詩 二首)」, 「열성어제 권18」, 앞 책, 243쪽.

표-7 『영조어제첩목록』의 금수부와 과목부

部名	名稱	冊數	號數
禽獸部	御製(雜題)鷺字類	16	4004~4019
	御製(雜題)鷄字類	21	4002~4040
	御製(雜題)獐字類	2	4041~4042
	御製(雜題)蟬字類	18	4043~4060
	御製(雜題)蠅字類	9	4061~4069
	御製(雜題)蛙字類	5	4070~4074
禽獸部	御製德游堂聞鶯聲	1	4075
	御製聞鳥聲	1	4076
	御製朝聞鵲聲	1	4077
	御製集慶堂聞鳩	1	4078
	御製集慶堂聞犬吠	1	4079
果木部	御製(雜題)橘字類	4	4380~4383
	御製果字類	2	4384~4385
	御製百日紅	2	4386~4387
	御製櫻桃樹	1	4388
	御製興陽竹	1	4389

　　영조에게 닭은 아침에 때를 알리는 존재로 이해된다. 닭이 울어도 새벽에 일어나 문후할 곳이 없는 아쉬움을 읊기도 하고[366] 제때에 울지 않는 닭을 비판하기도 하는데 특히 만년에 불면의 밤을 보내면서 닭을 많이 읊었다.[367] 영조는 새벽닭 소리를 늘 좋아하였는데 '닭 울음에 기뻐한다'는 내용을 제목으로 삼은 경우가 「어제희계성御製喜鷄聲」(K4-5607; K4-5608; K4-5609), 「어

366 「어제효문계성흥회(御製曉聞鷄聲興懷)」(K4-5532).
367 「어제탄계창(御製嘆鷄唱)」(K4-4985).

제계성희御製鷄聲喜」(K4-1092), 「어제문계성여심희御製聞鷄聲予心喜」(K4-2167), 「어제금계창갈승흔御製金鷄唱曷勝欣」(K4-1329) 등 7편이나 있으며, 다음과 같은 글을 쓰기도 하였다.

금계 소리 사랑하네. 진실로 이 밤에,
오늘 밤에는 그대로 잘 수 있으리.
새벽에 깨는 건 금계의 홰치는 소리에,
그 소리 들으니 정말로 사랑스러워.
그 또한 기이하네. 최근에
시골 닭 얻으니 정말 특별히 써서
당나라 닭 소리 들으니 강개했는데,
지난날에는 더뎠는데 지금은 빠르네.
하물며 오늘은 울음소리 촉급하니,
지난날은 미미했으나 오늘 소리 활달해.
늘그막에 어찌 이보다 더 도움이 되랴.
마음 절로 기뻐 그대로 기술하네.
愛金鷄 誠此夜 於今夜 能仍睡
曉來醒 金鷄唱 聞其聲 心可愛
其亦奇 於近日 得鄕鷄 誠特庸
唐鷄聞 其慨然 昔則遲 今則速
況今日 唱而促 昔則微 今唱勝
於暮年 曷勝助 心自喜 仍製述[368]

---

368 「어제애금계(御製愛金鷄)」(K4-3057).

이 「어제애금계御製愛金鷄」(K4-3057)는 영조가 캄캄한 밤을 보내고 광명의 새벽을 알려 주는 금계金鷄 소리를 반가워하는 심사를 적은 글이다. 내외 3언 12구로 되어 있다. 관지에 "乙未年二月辛卯日"이라고 되어 있어 1775년 (을미, 영조 51) 2월 13일(신묘)에 지은 것임을 알 수 있다. '신기한 닭 울음'이라 한 「어제기계성御製奇鷄聲」(K4-1510)에서도 영조는 닭 소리는 항상 때가 되면 들리고, 소리를 들으면 마치 먼동이 트이는 것처럼 느껴진다고 했다. 이런 닭을 영조는 꾀꼬리인 '황조黃鳥'에 비유하면서 닭 울음의 정묘함이 마치 성인聖人의 훈계 같다고 칭송하며 사람보다 더 낫다고도 하였다. 심지어 닭 소리를 들으면 마음이 밝게 열리는 것 같다고도 하였다.

그 밖에 꾀꼬리에 대해서는 여름 녹음에 들리는 소리가 사랑스럽다며 비단옷을 입은 '금의랑錦衣郎'에 비유하였으며,[369] 노루에 대해서는 경희궁 경현당에서 기른다면서 중국의 성군인 문왕의 사슴에 비유하였다.[370] 매미 소리는 어렸을 때 건극당에서 중년에는 창의궁에서 모년에는 광명전에서 여름마다 늘 들었다고 하였으며, 자신의 마음을 알아주는 존재로 묘사하였다.[371] 이 외에 만년에 얼굴로만 몰려드는 파리 떼에 대한 걱정을 표현하기도 하였지만[372] 모깃소리에 대해서는 남다른 표현을 하기도 하였다. 즉, 모기 같은 벌레를 사람들은 두려워하지만, 영조 자신은 심상하게 여길 뿐 아니라 심지어는 손가락을 들어서 모기가 피를 빨게 하였다고 하였다. 그 이유에 대해 만일 모기를 치게 되면 피가 손가락에 묻어 손가락을 더럽히게 되며, 비록 미물微物이라고 하더라도 생명을 가지고 있어 먹을 것을 찾아왔는데 손바닥으로 쳐 죽이는 것은 인자한 행동이 아니라고 해명하고 있다. 그러면서 여름이 거의 끝

---

369 「어제애앵성(御製愛鶯聲)」(K4-3058).
370 「어제공헌장(御製供獻獐)」(K4-1151).
371 「어제광명전문명선(御製光明殿聞鳴蟬)」(K4-118).
372 「어제집경당민창승(御製集慶堂悶蒼蠅)」(K4-4607).

나 가는 즈음 자신의 시력으로는 백 마리의 모기가 오더라도 알 수 없으며 그 소리 역시 듣기 어려운데 오늘 아침, 이 글을 쓸 적에 홀연히 모깃소리를 들은 것이 기이하다고 하였다.[373] 이 글은 1773년(영조 49) 80세에 쓴 글로 '모기'의 '방문'마저 친근하게 느낄 정도로 영조가 적막한 처지에 있다고 생각한 점과 '모기'로 인한 괴로움을 느끼지 못할 정도로 노쇠해진 노년 영조의 상황을 엿볼 수 있게 한다. 귤을 읊은 글에서 영조는 귤은 제주의 대표적인 공물이라고 하면서 귤을 기다리는 자신의 모습이 구차해 보이는 것을 의식해서 사실은 과거시험장에 내리려고 기다리는 건데 공물을 바치는 사람은 이런 사실을 아는지 모르겠다고 하였다.[374] 이 글에서 영조가 작은 공물 하나에도 대외적으로 자신이 어떻게 보일지에 대해 고민하였으며, 자신의 행동이 개인적 이득이 아니라 공적인 목적에서 수행되고 있음을 나타내고자 했던 점을 확인할 수 있다.

5. 가족애

조선은 군주제 국가였고 왕자로 살던 영조에게 국왕의 존재는 가장 큰 영향력을 끼치는 존재였다. 그러므로 아버지 숙종과 이복형 경종은 가족이면서 군림하는 존재였다고 해도 과언이 아니다. 그러므로 영조를 이해하기 위해서는 먼저 이들의 인간적 특징을 파악할 필요가 있는데 왕실과 관련하여 이들의 처신을 살펴보면, 숙종은 정비인 인현왕후仁顯王后를 내쳤다가 들였으며, 천인인 희빈 장씨禧嬪張氏를 왕비로 삼았다가 다시 강등시키고 사약을 내

---

373 「어제자성옹상문답(御製自醒翁相問答)」(K4-4073).
374 「어제차여회성천만(御製嗟予懷誠千萬)」(K4-4662).

린 인물이다. 연잉군의 어머니는 숙빈까지만 올리고 인현왕후 사후 인원왕후를 들였으며, 장희빈 이후 더 이상 후궁을 정비로 삼지 않을 것임을 명문화하였다. 이러한 면모에서 숙종은 무소불위의 힘을 지닌 권력자로서 왕실 내에서도 가족 간의 관계를 따지지 않고 거침없이 독단적으로 일을 처리하는 인물이었음을 확인할 수 있다. 게다가 어머니의 죽음을 빌미로 폭군이 된 연산군의 선례처럼 될 것을 걱정하여 이이명李頤命을 독대하기도 한 인물이다. 즉 경종의 횡포를 예방하기 위해 영조를 후계자로 직접 낙점한 것이다.

영조에게 형인 경종을 이야기하려면 그 어머니 장희빈을 언급하지 않을 수 없다. 장희빈은 중인 아버지, 여종 어머니 사이에서 태어난 천인이다. 남인의 추천을 받아 입궁하여 1688년(숙종 14) 경종을 출산하였고 1689년(숙종 15) 경종이 원자가 되면서 희빈에 올랐다. 같은 해에 인현왕후를 폐출하게 하고 왕비에 오른다. 1694년(숙종 20) 갑술환국으로 서인이 정권을 잡으면서 인현왕후가 복권되고 중전이 되었던 장씨는 희빈으로 강등되었으며, 1701년(숙종 27) 인현왕후가 승하하였을 때 사사된 인물이다. 이 장희빈의 소생인 경종은 영조에게 이복형으로 어머니가 아버지에 의해 죽임을 당한 존재. 그리고 왕권과 관련하여 소론의 지원을 받으며 대립하는 존재였다.

영조의 대내외적 환경은 이처럼 독단적인 아버지 숙종과 정파적으로 대립하는 이복형 경종이 이끌던 상황이었으므로 매우 살얼음판 같은 하루하루를 견뎌야 하는 입장이었을 것으로 여겨진다. 이 외에 영조의 가족을 보면 생모 숙빈 최씨(1670~1718) 그리고 모후인 인원왕후(1687~1757)가 있고, 부인은 정비 2명과 후궁 4명을 두었으며, 자식은 후궁 소생의 2남 12녀를 두었다. 정비는 원비인 정성왕후(1692~1757)와 66세에 혼인한 계비 정순왕후(1745~1805)가 있으며, 후궁은 정빈 이씨(靖嬪李氏, 694~1721), 영빈 이씨(暎嬪李氏, 1696~1764), 귀인 조씨(貴人趙氏, 1707~1780), 숙의 문씨(淑儀文氏, ?~1776) 등이다. 정빈 이씨는 효장세자(1719~1728)와 첫째 딸 화억옹주和憶翁主, 둘째 딸 화순옹주(和順翁主, 1720~1758) 등 세 명의 자녀를, 영빈 이씨는 사도세자 (1735~1762), 셋째 딸 화평옹주(和平翁主, 1727~1748), 요절한 넷째~여섯째 딸 및 일곱째 딸 화협옹주(和協翁主, 1731~1752), 아홉째 딸 화완옹주(和緩翁主, 1737~1808) 등 7명의 자녀를, 귀인 조씨는 요절한 여덟째 딸과 열째 딸 화유옹주(和柔翁主, 1741~1777) 등 두 명의 자녀를, 숙의 문씨는 열한 번째 딸 화령옹주(和寧翁主, 1753~1821), 열두 번째 딸인 화길옹주(和吉翁主, 1754~1772) 등 두 명의 자녀를 각각 출산하였다. 이 외에 손자로는 사도세자의 두 아들 의소세손(懿昭世孫, 1750~1752)과 정조正祖 이성(李祘, 1752~1800) 등이 있다.

본서에서는 이 중에 생모와 모후, 첫 번째 후궁인 정빈 이씨, 첫째 딸 화억옹주와 첫째 아들 효장세자 그리고 사도세자와 의소세손 등에 대해 다루고자 한다. 왕족이라는 특수한 신분과 83세라는 남다른 수명을 누린 영조의 어제에는 이들 가족에 대한 그리움과 추모의 마음이 잘 드러나 있기 때문이다.

1) 생모 숙빈 최씨

영조의 어머니 숙빈 최씨는 1670년(현종 11) 해주 최씨의 미천한 집안에서 태어나 일찍 고아가 되었으며, 7세에 무수리로 입궁하게 된다.[375] 서인이 몰락한 기사환국己巳換局 이후 후궁이 되었는데 1693년(숙종 19) 숙원淑媛에 봉작되었다. 이후 단종 복위를 경축하던 1699년(숙종 25) 내명부 최고작위인 숙빈淑嬪에 이르러 이제까지 숙빈 최씨로 불리운다. 그리고 숙빈이 된 지 20년만인 1718년(숙종 44) 3월 9일에 향년 49세로 사망하였다. 영조는 1725년(영조 1) 국왕에 즉위하자마자 돌아가신 생모를 위하여 사당祠堂을 지었으며, 그로부

---

375 이영춘, 『영조의 어머니 숙빈 최씨』, 한국학중앙연구원출판부, 2013, 66쪽.

터 30년 후인 1753년(영조 29)에는 묘호廟號를 고쳐 '육상궁毓祥宮'으로, 묘소는 '소령원昭寧園'으로 각각 격상시켰고, 시호를 '화경和敬'이라고 추상追上하였다. 천한 신분이기에 죽어서도 대접을 받지 못했던 어머니의 위상을 최고로 격상시킨 것이다.

영조의 「잠저기潛邸記」(K4-4244)를 보면 영조는 잠저에 나간 뒤에도 매일 새벽같이 입궐하였으며, 이듬해인 1713년(숙종 39)부터는 숙종의 병수발로 궁궐에서 지냈던 적이 많았다고 한다. 한편, 1718년(숙종 44) 생모가 창의궁에서 돌아가셨을 때는 자신 역시 사저에서 일생을 마칠 생각을 하였다고 하였다. 숙빈 최씨는 병이 나면 궁궐에 있지 못하고 사저로 물러나야 하는 처지였고 그렇기에 1714년 병으로 창의궁에 물러나 거기에서 생을 마치게 되는데 영조 역시 마찬가지 처지였기 때문이다.[376] 이러한 입장은 1721년(경종 1) 왕세제로 책봉되면서 완전히 달라지게 되었지만, 이는 매우 예외적인 경우라 할 수 있다.

영조는 여종의 공역을 없앤 일을 일생의 업적으로 여겼는데[377] 이는 미천한 출신의 어머니 때문이었을 것으로 추정된다. 영조는 1763년(영조 39) 「어제효제편御製孝弟編」을, 1765년(영조 41) 「어제백행원御製百行源」 등 훈서를 간행하여 부모에 대한 효를 강조한 인물이다. 그러나 영조는 인원왕후의 아들로 입계되어 즉위하였으므로 국왕이 되어서는 미천한 신분인 사친(私親: 숙빈 최씨)에게 자식의 입장으로 제사를 드릴 수 없었다. 사친에게 올리는 친제는 『국조오례의』의 규정에 없었기 때문이다. 이를 극복하기 위해 영조는 즉위 이후 숙빈 최씨의 추숭 사업에 매진하였는데 추숭 과정을 시기별로 정리하면

---

376 대비, 왕비, 국왕, 왕세자, 왕세자빈 등 국왕의 직계 왕족 외에 후궁이나 궁녀 등은 병이 나면 궁궐에서 나가야 했다(이영춘, 앞 책, 89쪽).

377 영조는 자신의 재위 중에 대표적인 일로 6가지 사업을 들었는데 여공의 공역을 없앤 일이 그중에 하나이다. 「어제문업(御製問業)」(K4-2225).

〈표-8〉과 같다.

표-8 숙빈 최씨 추승과정

구분	1725년	1744년	1753년	1756년
묘호(廟號)	숙빈묘(淑嬪廟)	육상묘(毓祥廟)	육상궁(毓祥宮)	
묘호(墓號)		소령묘(昭寧墓)	소령원(昭寧園)	
시호(諡號)			화경(和敬)	휘덕(徽德) 안순(安順, 1772)

영조는 먼저 관청에서 관리하는 묘를 경복궁 뒤에 세우고 숙빈묘라고
하였으며, 이를 다시 기른다는 뜻의 '육毓' 자를 넣은 육상묘로 바꾼다. 아울러
이름이 없던 최씨의 무덤에 '편안함을 비춘다'라는 뜻의 '소령昭寧'이라는 명칭
을 부여한다. 이러한 추숭은 숙빈 최씨가 후궁이 된 지 60년이 되는 1753년에
최고조에 이르렀다. 영조는 이해에 시호가 없던 어머니에게 처음으로 시호를
올리고, 세자빈에게나 내리던 궁宮과 원園을 썼다. 여기서 흥미로운 점은 돌
아가신 어머니에 대한 호칭이다. 본래 국왕에 오른 뒤 사가의 친부모에 대해
쓰던 용어는 '사친私親'인데 이는 공식적인 어머니라기보다는 '사적인 어머니'
라는 의미를 지닌다. 즉, 국왕의 공식적인 어머니이기보다는 개인 이금李昑의
어머니라는 뜻이다. 국왕이 되고 나니 공식적인 자리에서 어머니를 어머니라
부르지 못한 격이다. 영조의 공식적인 어머니는 숙종의 정비인 인원왕후였기
때문이다. 1753년 영조는 생모에게 시호를 올리면서 호칭도 '돌아가신 어머
니'로 명명하게 하는데 일반적으로는 '선비先妣'라는 용어를 썼으나 이는 왕실
뿐 아니라 사가에서도 쓰는 용어였다. 이에 영조는 '국왕의 돌아가신 어머니'
라는 의미를 지니는 용어를 찾게 되었고 '선자친先慈親'으로 고쳤다가 다시 '왕
자친王慈親'으로 고쳐 생모가 국왕의 어머니임을 명확히 하였다.[378] 그러나 2년
뒤 '휘덕徽德'이라는 시호를 올릴 때 '선비先妣'로 호칭을 수정하게 되는데 이에

대해 영조는 "'선자친' 3자가 고금의 전례에 없는 것으로 축문을 읽을 때 늘 겸 연쩍었다"라고 언급하고 있다.[379]

이런 언급에서도 보다시피 영조의 생모 추숭은 억지스러운 면이 많아 신하들의 반대에 부딪히곤 하였는데 처음 생모에게 시호를 올릴 때에는 대제 학 조관빈趙觀彬이 죽책문 작성을 거부하여 유배되기도 하였다.[380] 묘지의 호 칭도 국왕이나 정비에게만 적용되는 '능陵'으로 격상시키고 싶어 하였는데 이 는 소령원을 능으로 일컬어야 한다는 상소문을 사고史庫에 보관하게 한 행위 에서 엿볼 수 있다.[381]

아아! 소자가 어리고 선빈先嬪께서 살아계실 때는 잠시 떨어지는 일도 오히려 차마 하지 못했는데 지금은 계절별 제사도 또한 몸소 올리지 못했습니다. 소자의 섭섭한 심정이야 비록 돌아볼 겨를이 없더라도 하늘에 계시는 선빈의 혼령께서는 틀림없이 아득한 저세상에서 섭섭 해하실 것입니다. 이런 생각이 들 때마다 늘 한밤중에도 울음을 삼키 게 됩니다. 아아! 소자는 무술년 이후부터 세상에 대한 관심이 모두 사 라져 항상 아버지의 건강이 회복된 뒤에는 묘를 지켜서 평소에 다하지 못한 정성을 다하리라 생각했습니다.[382]

이 글은 표지에 '숙빈 최씨의 궤연 및 정빈 이씨 사당에 올린 제문의 초

378 『영조실록』, 영조 29년(1753) 10월 22일 및 11월 6일.
379 『영조실록』, 영조 31년(1755) 12월 4일.
380 영조는 시호를 올리는 죽책문 작성을 거부한 조관빈을 유배시키고 이천보에게 짓게 하였다. 『영조실록』, 영조 29년(1753) 7월 29일.
381 『영조실록』, 영조 49년(1773) 3월 11일.
382 「숙빈최씨궤연급정빈이씨사우치제문(淑嬪崔氏几筵及靖嬪李氏祠宇致祭文)」(K4-0437), 한국학 중앙연구원 장서각 편, 『숙빈최씨자료집』 5, 한국학중앙연구원, 2010, 18~25쪽.

본'이라 하였으나 내용의 대부분은 숙빈 최씨에 대한 내용이며 정빈 이씨 관련 내용은 부기하는 정도이다. 이 제문은 현재 초고만 전해지고 있는데 첨삭 내용이 그대로 나타나 있다. 원래 '하루(一日)도 떨어지는 일'로 썼던 부분을 '잠시(片時)도 떨어지는 일'로 고치고 있어 모자가 얼마나 서로 의지하고 지냈는지 엿볼 수 있게 한다. 이는 영조가 어머니가 돌아가신 뒤 세상에 대한 관심을 모두 버리고 그저 어머니의 묘를 지키며 살려고 하였다는 언급에서도 확인할 수 있다.

> 지난날 임금을 뫼신 것이 26년이었습니다.
> 의젓하시면서 조심스러우시니 옛사람에 짝할 덕이셨습니다.
> 인현왕후로부터 알아주심을 받았고 인원왕후로부터 아낌을 받으셨습니다.
> 여러 빈궁 중에 으뜸이니 가장 많은 은혜를 받으셨습니다.
> 자식이 셋이었으나 오직 소자 한 사람만 남았습니다.
> 25년 동안 길러 주시고 무술년 봄에 떠나셨습니다.
> 낳아 주시고 길러 주신 수고가 『시경』에 실려 있거니와
> 비통하게 세 번 통곡함은 지난날 생각나기 때문입니다.
> 효성을 바치고자 하지만 어머님이 기다리지 못하심이
> 나무가 바람에 고요할 수 없는 것과 같습니다.
> 비록 제 심정을 억누르려 하나 이 마음 더없이 무겁습니다.
> 지난날 곁에서 모시던 일이 아득히 꿈만 같습니다.
> 매번 사당에 절할 때마다 목이 메이고 눈물이 쏟아집니다.
> 길러 주신 은혜에 단 하나 보답해 드린 것 없이
> 그저 북쪽 기슭에 궤연만 모셨을 뿐입니다.[383]

이 글은 영조가 1744년(영조 20) 숙빈묘의 묘당廟堂의 호칭을 '육상'으로, 또 묘역墓域의 호칭을 '소령묘'로 격상시킨 뒤에 올린 「육상묘고유제문초毓祥廟 告由祭文草」이다. 숙빈 최씨가 숙종의 은총을 입은 1693년(숙종 19)부터 1718년 (숙종 44)까지 늘 조심스럽게 살았다고 하였고, 숙종의 계비인 인현왕후와 인 원왕후에게 인정을 받았던 사실을 칭송하고 영조 자신이 25세일 때 돌아가셨 기에『시경』「육아」편, 풍수지탄을 읊으며 그저 궤연만 모실 수밖에 없던 점 을 한탄하였다. 그러나 뒤의 구에서는 호칭 격상을 들어 감격을 드러내었다. 영조가 육상궁과 소령원에 올린 고유제문은 「어제궁원제문편록御製宮園祭文編 錄」(K4-423)에 1753년부터 1763년까지, 10년간 친히 쓴 30편이 수록되어 있으 며, 한국학중앙연구원에서 편한『영조·장조문집』에 33편,『영조문집보유』에 13편이 각각 수록되어 있다. 이는 총 76편으로 1726년(영조 2)부터 1776년 (영조 52)까지 50년간 작성하였다고 할 때 1년에 1.5편씩은 지은 셈이다.

아아! 70세가 다 된 나이에 복服을 입은 채로 차마 이달을 맞고 또 이날
을 맞아 나를 낳고 키운 이 당에 머물게 되었구나. 아아! 이해(기묘년)
에 돌아가신 생모는 이 당에 계셨고 나는 건극당建極堂에 있었는데 임
진년(1712 —창의동 사저로 나감) 이후 대궐에 들를 때 이 당에 들렀고,
갑진년(1724 —경종 승하) 초막 생활할 때도 또 이 당에 있었으며 무진
년(1748) 봄에 선정전宣政殿에 영정도감影幀都監을 설치할 때 열흘간 이
당에서 머물렀지. 그리고 그 후 생모의 기일에는 이 당에 머물 때가 있
었지. 아아! 이날은 몸소 제사를 지내야 마땅할 것이나 2월 초하루에
이미 전배展拜를 거행했고, 오는 27일에 또한 원소(園所: 후궁묘)에 전
배할 것이니 이번에는 생모에 대한 정을 누르고 다만 몸소 전향례傳香

---

383 「육상묘고유제문초(毓祥廟告由祭文草)」, 한국학중앙연구원 장서각 편,『숙빈최씨자료집』 5, 26쪽.

禮를 할 뿐이네. 오늘 밤 비록 이곳에서 머문들 진실로 효도가 부족하어 감응을 보지 못할 걸세. 아아! 효도인가? 아닌가? 아아! 무술년 삼월(1718.3 -숙빈 최씨 서거)에 마음이 이미 굳었고 정축년(1757) 삼월(1757.3 -인원왕후仁元王后 대상大祥)에 세상에 대한 욕심이 없어졌네.[384]

이 글은 영조가 1759년(영조 35) 숙빈 최씨의 기일에 자신이 태어난 창덕궁 보경당에 대한 감회를 기록한 회고문이다. 영조 자신이 보경당에 머물던 기억을 자세히 서술하면서 특히 생모인 숙빈 최씨와의 기억을 많이 다루고 있으며, 어머니에게 효를 제대로 하지 못한 것에 대한 회한을 토로하고 있다. 또 영조가 71세에 지은 「어제보경당기회御製寶慶堂紀懷」(K4-2414)에서도 자신이 보경당에서 태어나 19세에 사저로 갈 때까지 머물렀으며, 사저로 간 뒤에 궁에 예궐할 일이 있으면 어머니와 머물렀다는 사실을 반추하고 있다.

갑술년 추억하니 내 생각은 억만 가지.
생모를 추억하니 은미한 맘 억만 가지.
날 낳으심을 추억하니 부족 정성 억만 가지.
날 기르심을 추억하니 잠 못 들고 억만 생각.
첫 책봉 추억하니 은혜 칭송 억만 가지.
뜰 앞 감사 추억하니 어제 같음 억만 가지.
追憶甲戌 予懷萬億　追憶坤明 微忱萬億
追憶生我 淺誠萬億　追憶鞠我 寤寐萬億
追憶初封 頌恩萬億　追憶謝庭 若昨萬億[385]

---

384 「기묘삼월초구일기회어보경당(己卯三月初九日紀懷於寶慶堂)」, 『영종대왕어제속편』 권3, 앞책, 55쪽.

이 글은 영조가 1771년(영조 47) 9월 13일에 과거의 일들을 추억하며 쓴 글로 내외 4언 100구로 이루어져 있다. 영조가 보경당에서 추억하는 대상은 주로 효제孝悌와 관련된 것으로 생모 숙빈 최씨, 선친 숙종, 선형 경종, 형수 선의왕후, 모후 인원왕후 등이다. 신사년(1701, 숙종 27)은 숙종의 계비 인현왕후의 상喪이 있었던 해이고, 무술년은 숙빈 최씨의 상이 있었던 해이며, 경자년은 선친인 숙종이 승하한 해이다. 갑진년은 경종이 승하한 해이고, 경술년은 경종의 계비 선의왕후 어씨가 승하한 해이며, 정축년은 숙종의 계비 인원왕후가 승하한 해이다. 여섯 번의 상을 치르는 동안 영조의 나이는 어느새 80세가 되어 경희궁의 집경당에서 조용히 조섭하고 있지만, 그 당시를 추모하노라면 가슴이 내려앉는 듯하다고 하였다. 서두는 생모인 숙빈 최씨가 갑술년(1694)에 자신을 낳아 길러 준 일로부터 시작했다. '추억追憶'과 '만억萬億'을 한 구의 앞과 뒤에 배열하여 추모의 곡진함을 강조하였다.

정묘년 초겨울 장차 전향하려 할 때,
옛 함 속에서 옛 옷을 찾았네.
이 옷은 유래가 이미 오래되었으니,
이제 34년 지난 겨울이었네.
오래전 갑오년(1714) 어느 시기,
잠저에서 헌관으로 행차할 때.
지레 옛 사위에게 듣건데,
한밤중 지어서 이를 입었다고.
오늘 이 옛 옷을 얻으니 얼마나 다행인가?
어릴 때 젊은 모습으로 입었지.

---

385 「어제만억송백구(御製萬億頌百句)」(K4-1829).

20, 50 이제 몇 년인가?

넓고 좁음이 오히려 완연히 옛날 같네.

옛날에 이 옷 입고 궁궐에서 배알했는데,

지금은 다만 대비를 뵈올 뿐.

아아 사람의 옷은 오히려 예전 같은데,

추억하건대 갑오년은 전생 같구나.

일찍이 고서에서 중유[자로]의 한탄을 읽었거니,

이제 내 뜻과 한가지로다.

예전을 추억하고 사모하는 마음 일으키는 뜻을,

옛 옷과 함께 후세에 전하고 싶네.

丁卯孟冬將傳香　古衣尋得古函中

此衣其來盖已久　于今三十四年冬

粤昔甲午是月日　在邸獻官求差時

聞于知禮舊都尉　半夜裁成着此而

何幸今日得古衣　幼時之着蒼顔着

二十五十今幾年　廣狹其猶宛若昔

昔年此衣拜龍樓　今日只拜慈聖前

吁嗟人衣猶昔日　追惟甲午若先天

曽見古書仲由嘆　于今予意一船然

玆將憶昔興慕意　同與古衣後世傳[386]

　이 시는 1747년(영조 23) 영조가 54세 때 지은 시이다. 1~2구에서는 옷

---

386 「고의(古衣)」, 「열성어제 권20」, 서울대학교 규장각 편, 『열성어제』 3, 405쪽.

을 찾은 시기와 장소를 말하였고, 3~4구에서는 옷을 지은 시기와 이유를 언급
하였다. 1714년 20세 때 헌관으로 갑자기 차출되어 어머니 숙빈 최씨가 한밤
중까지 잠도 못 자고 만든 옷이라고 하였다. 5~6구에서는 옷을 보고 몸에 대
어 보면서 20대에 비해 50대인 지금 몸이 얼마나 나았는지 비교하고 예전의
모습을 회상하는 양상이 핍진하게 묘사되었다. 7~8구에서는 예전에 부모를
배알했는데 이제는 대비 인원왕후만 남았다고 하고 그때의 옷은 여전한데 자
신에게 그 옷을 입던 시절은 전생 같다고 하여 그 거리감과 부모에 대한 애틋
함을 읊었다. 마지막으로 9~10구에서는 부모에게 효를 다했던 자로子路의 탄
식처럼 부모에게 효를 하려 해도 살아계시지 않아 이룰 수 없다 하고 이런 뜻
을 후세에 전하고 싶다고 하였다. 이렇게 더 이상 생모를 모실 수 없는 상황
에서 영조가 할 수 있던 최선인 생모 숙빈 최씨의 추숭을 위한 노력 역시 추모
와 효의 일환이었던 셈이다.

2) 모후 인원왕후

인원왕후가 영조의 어머니가 된 것은 조선시대 왕실의 적통제도 때문
이다. 영조의 친어머니는 숙빈 최씨였으나 국왕의 후계자인 왕세제로 지목되
기 위해서는 후궁이 아닌 왕비를 어머니로 삼아야 했다. 인원왕후가 어머니
가 됨으로써 영조는 왕세제가 될 수 있었고 엄혹한 권력의 암투 속에서 목숨
을 부지할 수 있었다고 해도 과언이 아니다. 그렇기에 영조는 늘 인원왕후에
대한 고마움을 표시하였다.

영조는 인원왕후 사후 직접 지은 행록에서 인원왕후가 행한 일 중 이
전에 없던 일로 '절용', '편당 반대', '장수', '왕세제 임명' 등 네 가지를 들었다.
절용과 탕평은 영조의 의지며, 장수는 영조의 특징이다. 영조는 이러한 의지
와 특징이 역사적으로 왕실 인물에게 없었음을 강조한 셈이다. 그리고 끝으

로 자신이 왕세제가 되도록 밀어준 일을 들었는데 이것이 영조에게 가장 요긴한 행위였다고 해도 과언이 아니다. 행록 몇 부분을 살펴보면 다음과 같다.[387]

아! 소자가 머리를 땋을 때부터 우리 자성을 받들었는데, 자성께서는 80을 바라보도록 사시고 소자의 나이 또한 70을 바라보게 되었습니다. 이는 진실로 지난 사첩史牒에서도 보기 드문 일이므로, 마음속으로 가만히 경사스러워하며 다행으로 여겼는데, 근래에 기운이 더욱 쇠모해져 갈수록 두려워하는 마음이 간절했었습니다.[388]

아! 당론黨論은 바로 나라를 망하게 하는 근본이므로 이 폐단을 매우 염려하셨는데, 말씀이 간혹 이 문제에 미치면 반드시 척속戚屬은 서로 경계하여 편당偏黨이 없도록 해야 한다고 매우 강개하셨으니, 국구國舅의 집안에만 훈계한 것이 아니고 이는 또한 성자聖慈의 교화가 미치는 바였습니다. 그러다가 소감昭鑑이 이미 이루어진 뒤에 이르러서는 자성께서 기뻐하여 하교하시기를, '이것으로 인하여 만약 편당偏黨이 없어진다면 나라를 위해 다행스러운 일이다' 하셨습니다. 아, 지난날의 역사를 상고하여 보면 비록 현명한 임금이라 하더라도 오히려 편당 없애는 것을 어렵게 여겼었습니다. 후비后妃에 이르러서는 송宋나라 선인황후宣人皇后가 있었지만, 이런 일이 있었음을 듣지 못하였으니, 아! 성대하십니다.[389]

387 「인원성후행록(仁元聖后行錄)」, 「열성어제 권22」, 서울대학교 규장각 편, 『열성어제』 4, 26~37쪽.
388 「인원성후행록(仁元聖后行錄)」, 「열성어제 권22」, 앞 책, 32쪽.
389 「인원성후행록(仁元聖后行錄)」, 「열성어제 권22」, 앞 책, 30쪽.

이번의 대비전大妃殿에서 글로 남기신 것으로 살펴보면 우러러 그 사실을 알 수 있습니다. 무릇 제전(祭奠)에 대해서도 모두 그릇 수를 정해 놓으면서 예전에 있었던 것을 지금에 줄인 것이 많았습니다. 그리고 내탕內帑의 은자銀子와 어고御庫의 필단疋緞은 도감都監에 내려 주도록 유명遺命을 남기셨고, 능전陵殿에 쓰는 은기銀器도 경자년에 진용進用했던 것을 쓰도록 명하셨으며, 오늘날 염습斂襲에 필요한 여러 가지 기구와 빈전殯殿에 드는 물건은 유장帷帳 등속과 대여大轝의 장식이라 하더라도 모두 대비전에서 갖추어 두셨으니, 옛날을 사모하는 인자한 마음과 경비를 염려하는 아름다운 덕은 바로 옛날 사첩史牒에서도 듣지 못했으며, 옛날에 하늘을 공경하고 백성을 불쌍히 여겨 돌보신 융성한 뜻은 지금까지 추모하고 있습니다.[390]

첫째 글에서는 인원왕후가 자신과 같이 장수했음을 들었다. 영조는 자신이 머리를 땋았을 때부터 인원왕후를 모셨다고 하였다. 인원왕후는 인현왕후가 죽은 뒤 1702년(숙종 28)에 왕비에 책봉되므로 영조가 9세 때부터 모신 셈이다. 인원왕후가 승하한 1757년(영조 33)에 1687년생인 인원왕후는 71세이며, 영조는 64세이다. 대개 71세는 80세를 바라보는 나이로 '망팔望八'이라 하므로 각각 70세와 80세를 바라보는 나이로 일컬은 것이다. 햇수로는 55년간 동고동락했다고 해도 과언이 아닌데 이런 점이 역사에 없는 일이라고 하였다.

둘째 글에서는 인원왕후가 자신의 제일 국정철학인 탕평에 동조한 점을 들고 있다. 인원왕후가 친척들의 편당을 경계했을 뿐 아니라 자신의 집안에도 훈계하였고 대비로서 모든 아랫사람에게 교화되게 한 풍도가 대단하다

---

390 「인원성후행록(仁元聖后行錄)」, 「열성어제 권22」, 앞 책, 29쪽.

하였다. 또한 구체적으로 '소감昭鑑'을 들었는데 이는 1755년(영조 31) 영조가 발표한 『천의소감闡義昭鑑』으로 제목의 뜻은 '의리를 밝혀 분명한 본보기로 삼는다'라는 것이다. 이 책에서 영조는 왕세제 책봉 이후 신임사화와 정미환국 그리고 나주벽서사건 등 남인과 소론, 소론과 노론 간의 갈등으로 빚어진 일련의 사건을 기술한 뒤 세제 책봉에 반대한 사람도 역률로 다스리고, 대리청정을 반대한 자의 관직을 추탈하여 세제 책봉의 정당성을 천명한 내용을 담고 있다. 선인황후宣仁皇后는 송나라 영종英宗의 왕후로 어린 황제 대신 집정했을 때 왕안석王安石의 신법을 모두 폐지하고 사마광司馬光을 중용한 바 있다. 영조는 이를 들어 반대세력을 엄정하게 처벌한 자신의 정당성을 강조하였다.

셋째 글은 제향에서 그릇의 가짓수를 줄여 절용하게 한 점인데 인원왕후가 당신의 장례와 관련하여 모든 것을 간소하게 준비하였음을 칭송하였다. 현금화할 수 있는 내탕고의 은자와 옷감은 인원왕후 본인의 장례비로 쓸 수 있게 하였고 장례에 필요한 물품은 경자년(1720) 즉 숙종의 장례 때 쓰던 것을 쓰도록 하였으며 기타 장막과 관을 모시는 가마의 장식 등은 미리 생전에 마련하여 장례를 치러야 하는 영조에게 장례의식에 대한 걱정을 덜게 하였다고 하였다. 현재의 사치스러운 장례풍속을 따르지 않고 옛날처럼 소박하게 준비하게 하고 또 영조의 걱정을 덜기 위해 직접 준비해 둔 일 역시 역사에 없던 일이라고 하였다.

> 아! 자성의 자애로운 마음은 황형皇兄에게나 소자에게 조금도 차이가
> 없으셨는데, 삼종三宗의 혈맥血脈을 염려하시고 황형에게 후사後嗣가
> 없음을 민망하게 여겨, 특별히 건저建儲하도록 명하신 것은 지나간 사
> 첩에서도 듣지 못한 바였으며, 이 일로 인하여 황형에게는 후사가 있
> 게 되고 소자는 의지할 데가 있게 되었던 것입니다.[391]

이 글에서 황형은 경종을 말한다. 장자상속 사회에서 장자인 경종과 차자인 영조를 동등하게 대한다는 것은 적절한 처사라 하기 어렵다. 여기서 인원왕후가 둘을 차이 없이 대했다는 말은 영조 역시도 왕권을 계승할 자격이 있는 후계자로 대했다는 말이다. 이것이 가능한 이유는 이들이 모두 효종·현종·숙종으로 이어지는 삼종의 혈통을 잇고 있기 때문이라고 하였다. 그렇기에 대개 형제간의 계승은 역사에 없는 일이나, 인원왕후가 자신이 경종의 뒤를 이어 세제가 될 수 있게 하였다고 칭송하면서 이는 경종에게는 후계가 있게 되고 자신에게도 도움이 된 좋은 일인 듯이 주장하였다. 『천의소감』으로 왕세제의 정당성을 천명한 영조가 자신의 왕세제 즉위를 자신은 물론 경종에게도 좋은 일로 강조한 셈이다. 1721년(경종 1) 영조의 대리청정을 주장했던 노론 4대신을 탄핵하여 귀양을 보낸 신축옥사와 이듬해 일어난 임인옥사 때, 영조는 왕세제로서 위기에 몰려 자신은 사위辭位도 불사하겠다고 호소하였다. 이럴 때마다 인원왕후는 노론 측 입장에서 왕세제를 감싸 주었다. 또 그때그때 언문으로 된 교서인 '언교諺敎'를 몇 차례 내려 소론 측의 반발을 누그러뜨렸다. 이런 도움이 누적되어 결국 1724년(경종 4) 경종이 승하하고 영조가 무사히 등극하게 되는 정국政局을 이끌었다고 할 수 있다.

영조는 물론 인원왕후의 행위가 훌륭한 일임을 강조하기 위해 장수, 탕평, 절용, 왕세제 임명 등이 역사에 없던 일이라고 하였는데 역사에 없던 일은 어떤 면에서는 자연스럽지 않은 일로 볼 수 있다. 그러나 이런 부자연스러움이 무수리로 일컬어지는 천한 신분의 어머니를 두고 장자도 아닌 차자로 태어난 영조가 국왕이 될 수 있게 하였다고 해도 과언이 아니다.

영조는 병환 중이던 인원왕후를 위해 건물을 마련하고 '영모당'이라 명

391 「인원성후행록(仁元聖后行錄)」, 「열성어제 권22」, 앞 책, 33쪽.

명하였는데 영조어제첩본에는 이 제명의 작품이 많이 보인다. 이는 건물명이면서 동시에 인원왕후를 지칭하는 명칭으로 쓰이기도 하였다.

영조어제첩에는 「어제영모御製永慕」라는 제목의 작품이 3편(K4-3690~2), 「어제영모당御製永慕堂」이 3편(K4-3693~5) 있는데 이 중에 한 편을 보면 다음과 같다.

> 영모당 경복전 서쪽,
> 정축년을 어찌 이루 다 생각할 수 있으랴!
> 26일에 마음은 무너지려 하고,
> 감흥이 이러해 스스로 억누를 뿐.
> 어제 같은 일이 30여 년간이니,
> 26일을 어찌 견딜 수 있으랴!
> 다만 향을 전하는 일이 또한 효라 할 수 있는가?
> 임오년 추억하니 내가 여덟이라.
> 얼마나 아득한가, 지금은 팔십이니.
> 비록 한밤중이나 오열하게 되는구나.
> 예전에 입은 은혜 폐부에 간직했으니,
> 산릉을 따르는 것 또한 아들의 길.
> 두 제주에 어찌 이 슬픔 펼치나.
> 예전의 자애로운 가르침 조금밖에 보답할 수 없네.
> 어제가 지나 또 이에 이르니,
> 어찌 충이라 할 수 있고, 또 효라 할 수 있나.
> 충효에 있어 내 스스로 비판하고,
> 오륜으로 보니 스스로 부끄럽네.
> 나는 어떤 사람이고, 지금은 어떤 세상인가?

강개함이 지극해 20구를 이루네.

永慕堂 景福西　丁丑春 曷勝懷

卄六日 心欲隕　興惟此 自掩抑

若昨日 卅餘年　卄六日 何能抑

只傳香 亦曰孝　憶壬午 予年八

何冥然 今八旬　雖中夜 猶鳴咽

昔受恩 藏肝肺　隨山陵 亦子道

兩題主 何伸忱　昔慈敎 少能報

經昨日 且有此　豈曰忠 亦曰孝

於忠孝 予自判　見五倫 自覥然

予何人 今何世　慷慨亘 卄句成[392]

영조는 인원왕후 만년에 병의 조섭을 위해 영모당을 마련해 주었는데 1, 2구에서는 영모당의 위치와 인원왕후가 사망한 시기를 언급하였다. 3, 4구에서는 사망한 날짜와 이로 인한 자신의 괴로운 심경을 읊었으며, 5, 6구에서는 그로부터 30여 년간 이 기일을 어찌 지낼 것인가에 대해 토로하고 있다. 인원왕후의 졸년이 1757년이고 영조의 졸년이 1776년이라 할 때 30여 년이라는 표현은 과장된 표현으로 보이는데 그만큼 인원왕후의 부재가 크게 느껴진다는 뜻으로 보인다. 7, 8구에서는 향을 올리는 일은 이미 돌아가신 후의 일이라 진정한 효행이라 하기 어렵다고 안타까워했으며, 자신이 인원왕후를 처음 만난 시기가 8세였던 1702년이라고 하였다. 한국식 나이로는 1694년생인 영조에게 1702년은 9세에 해당하는데 이는 오류로 여겨지나 왜 이렇게 썼는지 미

---

392 「어제영모당(御製永慕堂)」(K4-3693).

상이다. 9, 10구에서는 80대인 지금도 한밤중에 오열할 정도라고 하여 그리워하는 마음이 지극함을 나타내었다. 11, 12구에서는 그래서 은혜를 생각해 산릉을 찾는다 하였으며, 13, 14구에서는 두 제주라 했는데 현재 인원왕후가 묻힌 숙종의 명릉에는 인현왕후도 함께 있어 삼릉인 셈인데 둘만 지칭한 것은 숙종과 인원왕후만을 언급한 것으로 여겨지나 미상이다. 이렇게 산릉을 찾는 것이 그나마 어려서의 은혜에 보답하는 것이라 하였으며, 충효와 오륜에 있어서 부끄러운 마음을 토로하다 보니 이 글이 이루어졌다고 끝을 맺었다.

3) 장남 효장세자

효장세자는 영조의 맏아들이자 요절한 아들이다. 효장세자는 영조의 잠저 시절인 1719년(숙종 45) 2월 15일 정빈 이씨와의 사이에서 태어났으며, 영조가 세제로 책봉되고 왕위에 오르는 과정에서 영조를 따라 군에 봉해지고 세자에 책봉되었다. 그러나 영조가 이인좌의 난을 평정한 1728년, 10세의 어린 나이로 요절하게 된다. 영조는 「어제어필효장세자연보御製御筆孝章世子年譜」(K2-4715)를 비롯하여, 제문·비문·묘지 등을 지어 애통함을 표시하였고, 이후에도 세자를 추모하는 글을 많이 지었는데 묘지문의 다음 문장에서 영조의 절절한 마음을 읽을 수 있다.

> 대저 죽음에 미쳐 내가 얼굴을 마주하고 불러서 나를 알아볼 수 있느냐 하니 힘없는 소리로 응답하며 눈의 눈물이 뺨에 적시니 조심스러운 효심이 애타는 마음에도 없어지지 않았기 때문이다. 아아! 애통하도다.[393]

---

393 「효장세자묘지(孝章世子墓誌)」, 「열성어제 권22」, 서울대학교 규장각 편, 『열성어제』 4, 37쪽.

곧 죽게 된 아들을 붙잡고 자신을 알아보는지 묻는 태도에서 어린 자식의 죽음을 눈앞에 둔 아버지 영조의 애끓는 심정을 읽을 수 있다. 이 묘지문에 묘사된 효장세자의 모습은 왕자로서의 자질이 충분하고 어버이에 대한 효심이 각별하여 국왕에게 꼭 필요한 자질을 갖춘 세자의 모습이었다. 어린 나이임에도 자신을 모시는 내관에 대해 위엄을 갖출 줄 알며, 효에 대한 확실한 개념을 갖춘 어른스러운 모습이었기 때문이다.

왕이 아들의 연보를 짓는 일도 특이하고, 10살에 죽은 자식에게 무슨 연보까지 있을까 하는 생각이 드는데 영조는 이 연보 뒤에 붙인 글에서 본래 왕가에 연보가 없지만, 효장세자는 세자로 임명되어 종사와 국민의 안위가 달렸던 인물이므로 그의 죽음을 애통해하는 것은 사적인 마음 때문이 아니라 나라를 대신해서라고 부연하였다. 영조가 제왕감으로 기대했던 효장세자의 연보 내용을 정리하면 다음과 같다.

> 세자의 이름은 재綧, 자는 성경聖經, 어렸을 때 이름은 만복萬福, 시호는 효장孝章이다.
> 기해년(숙종 45) 2월 15일 신시, 순화방 창의동궁 사저에서 정빈 이씨 소생으로 탄생하였다.
> 경자년(숙종 46) 2세, 여전히 순화방에 거주하였다.
> 신축년(경종 1) 3세, 가을에 내가 먼저 세제世弟가 되어 입궐하고 10월에 비로소 입궐하여 창덕궁 보경당에 있다가 다시 재덕당在德堂에 머물렀다. 이때 정빈 이씨는 소훈昭訓이 되었으며, 상을 당하였다.
> 임인년(경종 2) 4세, 창경궁 취요헌翠耀軒에 머물렀다.
> 계묘년(경종 3) 5세, 함안각咸安閣에 머물렀다.
> 갑진년(경종 4) 6세, 내가 즉위한 뒤 경의군敬義君에 봉해졌으며, 종친부 유사당상有司堂上을 맡았고 건극당에 머물렀다. 정빈 이씨는 소훈에서

소원昭媛으로 봉해졌다.

을사년(영조 1) 7세, 2월 25일 세자에 임명되어 3월 20일 인정전에서 책봉을 받았고 이튿날 시민당에서 하례를 받았다. 정빈 이씨는 소원에서 정빈靖嬪으로 증직되었다. 3월 26일 비로소 빈객과 상견하고 창경궁 장경각 경연에 참여하였다. 5월에 천연두를 겪었고 10월 인정전에서 봉전封典을 받았다.

병오년(영조 2) 8세, 8월에 '충효'라고 큰 글자를 써서 올렸기에 상을 주었다. 10월에 『효경』 공부를 마쳤는데 능통하였다. 11월 6일 정빈사우靖嬪祠宇에 거둥할 때 함께 했으며, 같은 달 『소학』 공부를 시작하였다.

정미년(영조 3) 9세, 1월 1일 춘첩자를 써 올렸으며, 2월 15일 시민당에서 생일을 치렀고, 3월 19일 입학하였다. 윤3월 『소학』 초권을 떼었으며, 8월 『효경』, 『동몽선습』을 익히고 같은 달 27일에 빈청에서 자字를 정하고 9월 시민당에서 조태억趙泰億의 주례로 관례를 하였다. 이튿날 백관의 축하를 받았으며, 29일에는 어의동본궁於義洞本宮에서 가례를 하였다. 10월에 시민당에서 조강朝講을 하였다.

무신년(영조 4) 10세, 시민당에서 신년하례를 받았고 1월 13일 태묘 거둥에 함께 하여 묘현례廟見禮를 행하였고 2월에는 또 시민당에서 생일을 치렀다. 4월에 내[영조]가 왕자일 때 독서했던 구용재九容齋에서 정제두鄭齊斗를 인견하였고 22일에 사제의 예를 행하였다. 10월 20일 병이 깊어 약원藥院에서 지켰으며, 11월에 묘사廟社에서 장수를 빌었으나 16일에 창경궁 진수당進修堂에서 죽었다. 18일에 시민당에서 성빈成殯하고 이튿날 성복成服을 행하였다.

세자의 수명은 10년, 세자 재위 4년이다. 12월 2일에 효장이란 시호를 내렸고 이듬해 1월 26일에 파주 조리동의 순릉 왼쪽에 장례하였다. 행록과 연보는 모두 내가 지었고 지문誌文을 직접 썼다. 더욱 애통한 것

은 세자의 기일이 정빈 이씨의 기일과 같기 때문이다. 무신년 늦겨울에 직접 짓고 쓴다.[394]

영조는 종사와 국민의 안위와 연관된 세자의 연보라 했으나 이 연보에서 그런 권위를 찾기는 어려운 듯하다. 오히려 자식에 대한 세심한 마음과 다감한 정서가 엿보인다. 연보에 어머니 정빈 이씨의 추중 과정도 기록하고 또 어머니의 기일과 세자의 기일이 같다고 하여 자식의 영화를 보지 못한 어머니와 어린 나이에 요절한 비운의 모자에 대한 안타까움을 토로하였으며, 효장세자가 거처하던 순화방, 보경당, 재덕당, 취요헌, 함안각, 건극당 등을 일일이 기억하여 효장세자가 커 가는 모습을 늘 따뜻한 눈으로 지켜보던 영조의 시선을 느낄 수 있게 한다. 심지어 성복 시에 자신과 조모인 대왕대비 그리고 백모인 왕대비가 무슨 옷을 입었는지조차 기록하고 있어 이들의 슬픔까지 대변하는 듯하다.

아울러 영조는 효장세자가 언제 무슨 병을 앓았는지, 생일은 어떻게 치렀는지 기술할 뿐 아니라 『효경』을 배우고 『소학』과 『동몽선습』을 언제 배우고 얼마나 잘 익혔는지 언급하여 교육에 대한 영조의 관심이 얼마나 깊었는지 알 수 있게 한다.

영조가 자신의 잠저 시 일한재에 있던 서책과 서화를 물려준 일에서도 세자에 대한 기대를 읽을 수 있다.[395] 사후 일 년이 지난 1729년(영조 5) 소상일에 7언 절구 10수를 짓기도 하였다.

계절은 동짓달 되어 한겨울에 속하니,

---

394 「어제어필효장세자연보(御製御筆孝章世子年譜)」(K2-4715).
395 이는 『일한재소재책치부(日閑齋所在冊置簿)』(K2-4971)로 전한다.

무정한 세월은 어찌 이리 빠른가!

작년의 오늘을 차마 말할 수 있으리.

나라 다스릴 용모는 한 꿈이 되었네.

節屆一陽屬仲冬　無情歲月何忽忽

昨年今日忍乎語　建極九容一夢中[396]

이 시의 말미에는 효장세자 소상 전날인 11월 15일 창경궁 요화당에서 머물면서 5수의 시를 지었다고 기록하고 있다.[397] 이 시는 그중 제2수이다. 1, 2구에서는 세월의 빠름을 한탄하였고 제3구에서는 효장세자가 죽은 해를 차마 말할 수 없다고 하였으며 제4구에서는 왕의 자질을 가진 자식이기에 그 죽음이 더욱 안타까웠음을 그렸다. 이 시는 첩으로 된 '원본', 초기에 편찬한 '문집', '열성어제' 등 3곳에 실려 있는데, 이들의 글자 출입에 대해서는 제5장에서 별도로 다루었다.[398]

4) 차남 사도세자

사도세자는 영조가 효장세자를 가슴에 묻은 지 7년 지난 1735년(영조 11) 1월 21일 집복헌集福軒에서 탄생하였다. 이듬해 정월 초하루 인정전에서 하례를 받을 때 좌의정 김재로金在魯, 우의정 송인명宋寅明, 판부사判府事 서명균徐命均, 영돈녕領敦寧 어유귀魚有龜 등이 세자로 세울 것을 청하였고 3월에 책

---

396 「감회(感懷)」 건(乾)[K4-417].

397 "此詩五首, 己酉至月十五日, 齋宿瑤華堂時作. 此日, 孝章世子小祥齋日也", 「감회(感懷)」 건(乾) [K4-417].

398 제5장 3. 「감회 10수(感懷 十首)」 참조.

례를 하기로 하였는데[399] 영조는 그 기쁨을 다음과 같은 시로 표현하였다.

신년 규율 이미 새로워 아름다운 기운이 융합됨은
새해 아침 하례 받는 인정전 뜰에서네.
오늘이 어째서 가장 기쁜 날인고 하니,
온 나라가 흔쾌히 책봉하기로 정해서네.
歲律已新佳氣融 元朝受賀殿庭中
欲知今日最何喜 邦國忻然定册封[400]

이 시는 이때 지은 칠언 절구 「지희시志喜詩」 세 수 중 제1수이다. 42세에 새로운 자식을 얻은 영조가 한시라도 빨리 자식을 세자로 세우고 싶어 한다는 급한 마음을 안 신하들의 요청 덕에 생후 1년도 되지 않은 원자元子를 세자로 세울 수 있게 된 기쁨을 표현하고 있다. 특히 온 나라가 세자 책봉을 기뻐하는 점을 강조하였는데 제2수 3, 4구에서는 '배무한 백관의 하례가 있은 뒤 같은 자리에서 세자로 세우자고 모두 청하였네(拜舞百官獻賀後 建儲咸請一庭中)'라 하였고 제3수 4구에서는 '세자의 자리를 세우는 것을 기뻐하는 마음은 자신과 백성이 한가지(元良定位歡心同)'라고 하였다.[401] '배무拜舞'는 '무릎을 꿇어 머리를 숙인 뒤 춤추며 물러나는' 군신 간의 예절로 공경과 기쁨의 의미를 표현한 행위이다.[402]

세자의 책봉은 같은 해 3월 15일 창덕궁 양정합養正閤에서 이루어졌는데 이에 대해 칠언 절구 「양정합지희시養正閤志喜詩」를 지었다.

399 『영조실록』, 영조 12년(1736) 1월 1일.
400 「지희시(志喜詩)」, 「열성어제 권18」, 서울대학교 규장각 편, 『열성어제』 3, 227쪽.
401 「지희시(志喜詩)」, 「열성어제 권18」, 앞 책, 같은 쪽.
402 '拜舞', baidu百科, https://baike.baidu.com 참조.

거룩하고 밝은 하늘 이치 우리 동방을 도와

기쁘고 즐거운 나라 경사에 온 세상이 한가지네.

오늘이 내게 가장 기쁜 날인 이유는

의젓함이 어른 같아 잘 크고 있기 때문일세.

穆穆昭昭佑我東　歡忻邦慶八方同

欲知今日最余喜　儼若成人養正中[403]

이 시는 1월 1일에 지은 「지희시」와 유사한데 특히 제3구의 경우 '何하'
자를 '余여' 자로 바꾸었을 뿐 내용이 같다. 제1구의 '穆穆목목'은 대개 '문왕목목
文王穆穆'이라고 하여 유교 국가의 전범이 되는 문왕의 제왕다운 면모를 표현
할 때 쓰는 어휘이고 '昭昭소소'는 '천도소소天道昭昭'라 하여 '하늘의 법도' 즉 하
늘의 이치가 세상을 비추는 모양이다. 원자를 세자로 세운 일은 이런 기운이
우리 조선을 도왔기 때문이라는 말이다. 제2구에서는 그렇기에 온 나라가 이
일을 기뻐한다고 하였고, 제3, 4구에서는 자신도 기쁜데 특히 자신이 기쁜 이
유는 세자가 된 원자의 모습이 마치 어른처럼 의젓한 것이, 제대로 키워지고
있는 것으로 보이기 때문이라고 하였다. 1월 21일에 태어나 3월 15일까지 이
제 1년 2개월도 안 된 2살짜리 아이를 어른처럼 의젓하다고 했을 뿐 아니라
바르게 키워지고 있다고 하였는데 이는 책봉 장소인 '양정합'의 '기를 양', '바
를 정'을 활용한 표현이기도 하지만 원자가 세자로 세우기에는 너무 어린 것
이 아니냐는 주변의 비판을 잠재우려는 의도가 표출된 것이기도 하다. 영조
는 이때 지은 「양정합명養正閣銘」에서 세자 책봉을 양정합에서 한 것은 편의를
따라서가 아니라 건물 이름의 뜻이 깊기 때문이라고 하였다.[404]

403　「양정합지희시(養正閣志喜詩)」, 「열성어제 권18」, 앞 책, 228쪽.

404　「양정합명병소서(養正閣銘幷小序)」, 「열성어제 권37」, 서울대학교 규장각 편, 『열성어제』 5,

그러나 영조의 기쁨이던 사도세자는 임오화변이 일어나던 1762년(영조 38) 윤5월 13일 폐서인이 되어 뒤주에 갇혔으며 8일 후인 21일 죽게 된다. 이 비극의 날에 영조는 차마 자신의 침전에서 지내지 않고 강서원講書院에서 지냈던 것으로 여겨진다.

아! 지금은 윤달 여름 10일에 3일이 더한 날이네. 강서원에 유숙한 지 3일째네. 어째서 유숙하고 있는가? 내가 어찌 말할 수 있겠는가? 내가 어찌 말할 수 있겠는가? 이 원은 옛날 승정원이었네. 300년이 지나 의소세손懿昭世孫 책봉 후 여기에 강서원을 설치하고 육선루六仙樓 건물에 장경藏經의 경 자經字와 장서藏書의 서 자書字를 취하여 이 합閣을 명명하였지. 그대로 강서원 세 글자를 써서 걸게 하였네. 이 세 글자는 모두 판서 신회申晦가 쓴 것이네. 그 뒤 또 의소궁懿昭宮이 되었다가 3년이 지나서 또 휘령전徽寧殿이 되었고, 세손으로 봉해진 뒤 다시 강서원이 되었네. 매번 가마가 지날 때 반드시 돌아보았으니 대개 옛날을 추억하는 뜻이 있어서였네. 어찌 이 문으로 들어와 이 방에 머물 것을 생각했으랴? 아아! 정성왕후와 의소세손의 3년 제사 때에 술을 올린 일이 어제 일 같구나. 아아! 오늘 묵는 것을 의소세손은 아는가? 모르는가? 아아! 오늘 묵는 것을 의소세손은 아는가? 모르는가? 또 집에 걸린 것을 바라보니 현재 세손이 회강할 때의 일이구나! 아! 오늘은 모든 일이 아득하구나! 세손을 과실 없이 인도하도록 4백 년 종사를 다만 이 사람에게 의탁했는데, 강개함을 견딜 수 없네. 기술하고자 해도 미칠 수가 없구나. 이제 조용히 조섭하여 내 감회를 대략 기록하니 강서원 관원 윤면헌尹勉憲으로 하여금 써서 원의 북쪽 방 한 처마에 걸게 하라.

435쪽.

아아! 강서원 관원들이 내 이 뜻을 본받아 마땅히 앞에서 귀감으로 삼고 뒤에서 너욱 힘쓰며 이끌기를 힘쓴다면 그 효과가 있게 한다면 거의 종국宗國이 될 것이다. 거의 종국이 될 것이다. 그 소속 관원들 또한 어찌 영광스럽지 않겠는가? 모름지기 권면하여 지금의 가르침을 바꾸지 말라. 임오년 윤5월 짓는다.[405]

　　『승정원일기』를 보면 영조는 사도세자가 뒤주에 갇히는 윤5월 13일에서 17일까지 창경궁에서 머문 것으로 되어 있다. 강서원에 유숙한 지 3일째라고 하니 이 글을 쓴 시기는 윤5월 15일인 셈이다. 머문 이유는 차마 말할 수 없다고 하였는데 이는 사도세자의 변고 때문이라 할 수 있다.

　　이 글에서 옛날에 이곳이 승정원이었다고 하는데 여기서의 '이곳'은 제2 행랑으로 사관史館이 있었던 곳이기도 하다.[406] 의소세손을 세손으로 책봉한 1751년(영조 27) 강서원을 이곳에 설치하고 옆에 있던 육선루는 경서각이라는 이름의 서고로 사용하였으며, 1752년(영조 28) 의소세손이 죽은 뒤 의소궁으로 사용하였고, 1757년(영조 33) 정성왕후가 승하했을 때는 혼전인 휘령전으로 썼으며, 정조가 세손으로 봉해진 뒤 1759년(영조 35)에 강서원으로 바꾸었다. 영조는 이 강서원에 걸린 정조와의 회강첩을 보고 또 현재 정조를 가르치고 있는 윤면헌에게 이 글을 써서 걸게 하는데 이 행위에서 사도세자

405　「제강서원(題講書院)」,『영종대왕어제』, 국학진흥연구사업추진위원회 편,『영조문집보유』, 223쪽.
406　명정전 남쪽, 문정전 동쪽에 있던 재실은 3개의 행랑으로 되어 있었는데 제1 행랑은 방 2칸에 대청 6칸으로 재전으로 쓰였고, 제2 행랑은 방 1칸에 대청 3칸으로 동궁재실로 쓰였으며, 제3 행랑은 부들자리 1칸, 방 1칸, 대청이 3칸으로 왕자가 거처하던 곳으로 대게 재전, 재실, 거려청 등으로 일컫는다. 영조가 임금일 때는 제1 행랑에서 세제일 때는 제2 행랑에서 그리고 왕자일 때는 제3 행랑에서 각각 왕실의 흥례를 겪은 셈이다. 영조는 숙종이 승하하였을 때 제3 행랑에서 거처하고, 세재가 된 뒤에는 제2 행랑에 거처하였으며, 경종이 승하하여 왕위를 이은 뒤에는 제1 행랑에서 거처하였다.

에 대한 영조의 기대가 정조에게 옮겨 가고 있음을 보여 준다. '종국宗國'은 대대로 이어 온 나라로 영조는 조선을 '삼백년종국三百年宗國'[407]이라 한 바 있다.

이 글에서 영조가 사도세자의 죽음을 인정하고 정조의 교육을 책임지고 있는 강서원에 머물면서 세손을 통해 4백 년 종사宗社를 이어갈 생각을 굳히고 있음을 엿볼 수 있다. 영조는 임오화변 관련된 글을 모두 없애라 하여 직접적인 관련 글들이 남아 있지 않은 상황에서 이런 글들은 당시 영조의 내면을 엿볼 수 있는 귀중한 자료인 셈이다.

5) 정빈 이씨, 화억옹주, 의소세손

이 세 사람을 함께 다루는 이유는 이들에 대한 제문이 남달리 애절하기 때문이다. 이들의 제문이 남달리 애절한 이유는 이 세 사람이 영조에게는 각별한 존재임에도 일찍 죽었기 때문으로 여겨진다. 정빈 이씨는 공식적으로 맺어진 정비가 아니라 자신이 좋아서 선택했던 첫 번째 후궁이고, 화억옹주는 태어나자마자 죽은 첫 번째 딸이었으며, 의소세손 역시 첫 번째 손자였다.

본래 왕에게 있어 제문이나 지문誌文은 문장력이 있는 관료들이 대신 지어 주는 의례적인 글이었으나 숙종 이후 국왕이 직접 제문을 짓는 사례가 늘어났으며, 이러한 제문에는 대상 인물에 대한 기억과 국왕의 내면 정서가 핍진하게 드러나게 된다고 하는데[408] 영조의 경우는 이 세 인물에 대한 제문과 지문이 이에 해당하는 듯하다.

---

407 「계원량(戒元良)」, 「열성어제 권27」, 서울대학교 규장각 편, 『열성어제』 4, 421쪽.
408 이은영, 「조선 후기 어제 제문의 규범성과 서정성」, 『한국한문학연구』 30집, 한국한문학회, 2002.

(1) 정빈 이씨

정빈 이씨는 원래 동궁전의 나인으로 영조가 연잉군이었을 때 첩이 되었다. 26세 때인 1719년(숙종 45) 효장세자를 낳았으며, 영조가 세제로 즉위한 1721년(경종 1) 소훈昭訓에 올랐다. 그러나 그해 28세의 나이로 사망하였다. 영조는 국왕이 된 1724년, 정빈 이씨를 소원昭媛으로 추증하고 효장세자가 왕세자에 책봉될 때 내명부 최고 품계인 정빈靖嬪으로 추증하였다.

영조는 정빈 이씨가 사망했을 때 이를 안타까워하는 제문을 1721년 11월과 12월에 걸쳐 두 번이나 지었는데 심지어 한글본을 만들기도 하였다.

> 내게 잘못이 있으면 문득 반드시 살펴 간언하니, 내가 일찍이 후회하며 그 잘못을 고친 것이 어찌 사랑하는 정을 끌어들여 그런 것이겠습니까? 진실로 그 선한 마음에 감복하여 그런 것입니다. 명분은 비록 남자와 여자였지만 그 뜻은 곧 벗이었으니 내 마음을 아는 이는 그대였고 그대의 마음을 아는 이는 나였습니다.[409]

> 멍하니 채 정신을 차리지도 못하여 임종에 영결하지 못하고 염습도 미처 보지 못했으니 이 한은 굳게 맺혀 죽더라도 눈을 감기 어려울 것입니다. 서쪽으로 옛집을 바라보니 눈물이 쏟아집니다. 돌아와 주상 전하를 알현하여 내 안부를 아뢰니 만약 오늘의 큰 한을 아신다면 대략 심회를 이해하실 것입니다.[410]

---

409 "余有過焉, 輒必窺諫, 余嘗悔悟而改之者, 是豈引愛而然哉, 誠服善心而然也. 名雖男女, 意則朋友, 知余心者爾也, 知爾心者余也"(「소훈이씨제문(昭訓李氏祭文)」, 왕세제[영조] 찬, 1721년, 필사본[정자체], 1장, 27.9×152.8cm, 2786), 한국학중앙연구원 장서각 편, 『옛사람들의 사랑과 치정』, 장서각, 2017, 138~139쪽.

410 "恫悅未醒, 臨終未訣, 襲斂未視, 此恨耿結, 死難瞑目. 西望故第, 涕淚如瀉, 歸見大宮, 白余平否, 若

지난날을 생각하니 내 마음이 어떠하겠습니까? 접하는 경물마다 속만 상하니 내 마음이 어떠하겠습니까? 이 생이 이처럼 끝났으니, 그 떠남이 원통하기만 합니다. 이승과 저승으로 영원히 막히니 소식도 통하기 어렵습니다. 울음소리 삼키며 크게 슬퍼하니 흐르는 샘물 같은 눈물을 억제할 수 있겠습니까? 슬픔을 머금고 글을 지으니 목이 메어 차마 완성할 수 없고 촛불 아래 붓을 적시지만 글자도 제대로 쓰지 못하겠습니다.[411]

아아! 이 세상에서는 끝내 다시 보기 어려우니 훗날 저승에서 이 심정 펼치겠습니다. 오호라! 애통하도다! 생각은 끝이 없지만, 글재주가 졸렬하여 다하지 못하고 한 장의 애도하는 글로 내 마음의 곡절을 하소연합니다. 석 잔 술로 떠나는 영령을 영원히 이별하노니 내 심정 느끼신다면 강림하여 흠향하소서. 아아! 슬프도다.[412]

위 인용문에서 앞의 세 대목은 11월 제문이며 뒤 한 대목은 20일 뒤에 지은 12월 제문이다. 앞의 첫 번째 글에서 영조는 정빈 이씨가 자신에게 있어 첩이라기보다는 늘 바른길을 가르치는 익우益友였다고 고백하고 있다. 영조와 정빈 이씨는 모두 갑술생으로 같은 나이였기에 남다른 연대감이 있었던 것으로 여겨진다. 그뿐 아니라 영조는 정빈 이씨와 자신이 서로의 마음을 헤아릴 수 있는 '지기'였음을 토로하고 있다.

知大恨之今日, 則略攄心懷. 替告大宮, 而此誠夢昧不得如心, 是亦余終天之恨也"(앞 책, 같은 쪽).

411 "像想平昔, 余心伊何. 觸物傷感, 我懷如何. 已乎此生, 慟矣其往. 幽明永隔, 音信難通. 聲吞一哀, 淚制流泉. 含悲製文, 咽不忍成, 燭下濡筆, 字未能精"(앞 책, 같은 쪽).

412 "嗚呼. 今世之上, 竟難復見, 他日泉下, 以叙此情. 嗚呼痛哉. 意雖無窮, 文拙未盡, 一張哀文, 訴今心曲. 三酌淸醞, 永別歸靈, 其感余情. 庶幾來格. 嗚呼哀哉"(앞 책, 140~141쪽).

두 번째 글에서 영조는 정빈 이씨의 사망에 대한 당시의 심정과 행동을 도로하고 있다. 정신을 차리지 못해 임종도, 염습도 보지 못하고 그저 예전에 함께 지낸 창의궁 사저만 바라보고 슬퍼한다고 하였다. 그리고 임금에게 자신의 슬픔을 아뢴다고 하였는데 이 임금은 아버지 숙종이 아니라 이복형인 경종이다. 1721년(경종 1) 영조는 왕세제 책봉과 관련하여 계속 사퇴한다는 상소를 올려야 했고 자신을 반대하는 세력이 만만치 않아 간신히 인원왕후의 비호 아래 왕세제가 된 상황이었다. 이처럼 경종의 우호세력은 계속 영조를 견제하는 상황에서 경종과의 관계가 이런 슬픔을 함께할 만한 관계는 아니었을 것이다. 그럼에도 불구하고 임금에게 자신의 슬픔을 아뢴다는 표현에서 슬픔을 토로할 곳조차 없는 영조의 절박한 상황과 심정을 드러낸 것이라 할 수 있다.

세 번째 글에서는 이 제문이 얼마나 어렵게 이뤄졌는지 토로하고 있다. 슬픔으로 목이 메어 완성할 수도 쓸 수도 없는 지경이었다고 하였다. 보는 경물마다 속이 상하고, 고생만 하다 죽은 정빈을 생각하면 원통하고, 서로 영원히 이별하게 되었다는 슬픔조차 마음대로 펼치지 못하는 상황에서 간신히 글을 써서 올린다고 하였다.

영조에게 정빈 이씨는 본인의 태생과 당대 상황으로 인해 힘들고 어려운 왕실 생활에서 유일하게 맘 편히 믿고 의지하던 인물이었던 셈인데 왕세제라는 애매한 입지에 있을 때 떠나 버렸기에 더욱 안타까웠을 것으로 여겨진다.

네 번째 글에서 영조는 정빈 이씨와 저승에서 만날 것을 기약하고 있다. 그리고 자신의 심정을 제대로 그릴 수 없는 글재주에 대한 자탄을 표현하고 있다. 11월의 제문에서는 자신의 상황 때문에 글을 제대로 쓰지 못한다고 했는데 이제는 어느 정도 진정되어 자기 글솜씨를 탓하는 입장으로 바뀌었음을 알 수 있다. 이 12월 제문에서는 정빈 이씨와 함께 지낸 잠저뿐 아니라 정빈 이씨가 묻힌 고양동을 본다고 하여 이제 장례절차를 모두 마친 상황에서 정빈 이씨의 죽음을 심정적으로 받아들이는 영조의 체념한 모습이 잘 나타나 있다.

(2) 화억옹주

영조의 첫째 딸 화억옹주는 정빈 이씨의 소생으로 아명은 향염香艶이다. 1717년(숙종 43) 4월 22일 창의궁에서 태어났다. 당시 24세였던 영조로서는 늦게 얻은 첫 자식이었던 셈이다. 그러나 다음 해 4월 8일, 돌이 채 오기도 전에 죽고 말았다. 당시 영조는 3월 9일 어머니 숙빈 최씨의 상을 당하여 경황이 없었기에 요절한 딸은 바로 다음 날 양주 불광리에 임시로 매장하였으며, 어머니의 장례가 끝난 뒤에야 양주 고령동 숙빈 최씨의 무덤 아래로 다시 이장할 수 있었다. 이 과정에 대해 영조는 「유녀향염광지幼女香艶壙誌」(K2-4716)를 직접 짓고 써서 보관하였다가 1773년(영조 49) 10월 7일 향염을 화억옹주和憶翁主로 추증하고 무덤의 비를 직접 써서 세움으로써 그동안 억눌러 두었던 애정을 표현하였다. 일찍 죽은 5명의 옹주 중 유독 향염에 대해서만 옹주로 추증하고 비문을 직접 써서 새긴 일에서 첫째 옹주에 대한 영조의 애틋한 정이 남달랐음을 짐작할 수 있다.[413]

아! 이는 내 어린 딸 향염의 묘이다. 이 딸은 정유 4월 22일 장의동 집에서 태어났다. 성질이 영민하고 이목이 맑고 빼어나 내가 늦게 이 딸을 얻어 기쁨이 매우 대단하였다. 뜻밖에 무술년 4월 8일 병들어 죽으니 겨우 한 살이었다. 아아! 애석하도다. 통절함을 어찌 감당하랴! 다음 날 양주 불광리 이마산성에 간좌곤향에 묻으니 외조부 산소의 남쪽

---

413 박용만, 「영조의 가족과 생애」, 『영조대왕』 도록, 2011.

왼편 망주석 옆이다. 같은 해 8월 아무 날에 같은 주 고령동 옹장리 유
좌 묘향으로 옮기니 숙빈 최씨 묘 아래 모향이다. 먹으로 친히 자기瓷
器에 써서 앞에 묻어 그 장소를 표시하였다. 아아! 뒷사람들이 내 글을
보고 느낌이 있어 내 마음을 생각하고 불쌍히 여긴다면 어찌 공덕에
보답하는 이치가 없겠는가? 무술년 8월 아무 날 아버지 연잉군은 눈물
을 뿌리며 쓴다.[414]

영조는 이 글에서 딸의 이름과 태어난 시기, 장소를 언급하고 딸이 모
습과 성품을 아울러 제시하였다. 또한 이 딸이 남다른 이유가 늦게 얻은 첫딸
이기 때문이라고 하였다. 이렇게 늦게 얻은 딸을 잃었기에 더욱 빨리 잃은 것
같은 상실감이 컸겠는데 영조는 이를 '통절하감痛切何堪'이라고 하였다. 급하
게 매장했다가 다시 정식 이장을 하였다고 하나 1년도 안 된 아이에게 제대로
된 장례의식을 행하지는 않았을 것이다. 그저 마침 돌아가신 어머니의 묘 아
래 매장하는 정도에 그쳤을 것으로 여겨진다. 자기瓷器로 묻어서 장소를 표시
했다고 하여 비도 세우지 못한 상황을 알 수 있게 한다. 어머니에 이어 딸마
저 잃은 이 글을 읽고 이런 사정을 아는 사람은 자신을 불쌍히 여길 것이라고
하였으며 관지에 '눈물을 뿌리며 이 글을 쓴다'라고 하였다.
　　자신의 가장 의지처가 되는 어머니와 첫 피붙이인 딸을 1개월 사이에
한꺼번에 잃은 영조의 불행은 이 글이 없더라도 공감할 수 있는데 이 글이 더
욱 절절히 공감하게 한다. 그런데 이 글 뒤에 다음 같은 부기가 있어 더욱 안
타깝게 한다.

---

414 「유녀향염광지(幼女香艶壙誌)」(K2-4716), 한국학중앙연구원 장서각 편, 『영조자손자료집』 5, 한
　　국학중앙연구원출판부, 2013, 92~93쪽 번역 참조.

묻은 날이 이미 오래이므로 옮겨 묻을 수가 없었다. 광 앞에 기물을 묻기도 좋지 않으므로 앞서 아미산성에 묻은 그대로 두었다. 이는 모두 차마 쉽사리 옮겨 가벼이 움직이지 않는다는 뜻이지만 아픔을 또한 어찌 견디리오. 옮겨 묻지 않은 데다 또한 기물도 묻지 않았으니 이 글은 긴요하지 않지만, 이 뜻은 뒷사람이 알도록 하지 않을 수 없다. 그래서 왼편에 기록한다.[415]

이 부기를 보면 결국에는 이장이 어려웠음을 알 수 있고 그 이유는 오래되었기 때문이라고 하였는데 4월에 묻고 8월에 이장하려 하는데 오래되었다고 하는 것은 그만큼 아이가 어려 유골이 변변히 남아 있지 않았기 때문이 아닌가 여겨진다. 또한 급하게 묻느라고 묘소의 조성 등에도 시신 보존에 대한 적절한 조치를 하기 어려웠던 점을 짐작할 수 있다. 결국 말로만 이장을 한 셈이니 25세의 어린 아버지 연잉군의 아픔은 더욱 컸을 것이다.

(3) 의소세손

의소세손은 1750년(영조 26) 8월 27일 영조가 57세에 얻은 손자로 사도세자의 첫아들이기도 하다. 이듬해 5월 13일 명정전明政殿에서 세손으로 책봉하였으나 3세인 1752년(영조 28) 3월 4일 통명전通明殿에서 요절하였다. 이에 4월 12일 시호를 '의소懿昭'로 정하고, 5월 12일 양주 안현鞍峴에 장사지냈다. 영조가 직접 묘지문을 지었다.[416]

우리 세손의 아명은 창흥昌興이니 이는 백일에 붙인 이름이다. 내가 즉

---

415 「유녀향염광지(幼女香艷壙誌)」(K2-4716), 앞 책, 같은 쪽.
416 「의소세손묘지(懿昭世孫墓誌)」, 「열성어제 권22」, 서울대학교 규장각 편, 『열성어제』 4, 50쪽.

위한 지 26년인 경오년 8월 27일 축시에 창경궁 경춘전에서 탄생하였
다. … 이듬해 신미년 5월 13일에 세손으로 봉했는데, 오장복五章服을
입혀 품에 안고 숭문당에서 예식을 거행하였다. 날 때부터 몸이 굵고
컸으며 의젓하기가 어른 같았다. … 임신년 3월 초4일 묘시에 통명전
에서 훙서하니 나이 겨우 세 살이다. 여기까지 쓰자니 나도 모르게 붓
을 던지고 통곡하게 되는구나.

두 살 되던 동짓달 섣달부터 능히 글자를 알았다. 옛사람도 여섯 살에
야 비로소 방위의 이름을 가르쳤는데 겨우 한 돌에 이미 사방을 가리
키면 그곳을 대답하였고, 아는 글자의 수를 시자가 기록해 보니 예순
하고도 아홉 자였다. 또 이李 자를 가리키고 스스로를 가리켰는데 이는
우리 성을 말하려는 의도였다. … 병이 한번 나자 달포를 끌었는데 마
침내 고치지 못할 지경에 이르렀으니 별빛 같은 눈망울과 또랑또랑한
음성을 어디에서 다시 보고 들을 것인가? 아! 슬프도다. 아! 슬프도다.

앞의 글은 의소세손의 일생에 대한 기술이다. 아명, 출생과 사망 날짜,
시간까지 명시했으며, 세손으로 봉해진 일을 언급했는데 책봉 당시 아이에게
는 불편했을 오장복五章服을 입었음에도 어른처럼 의젓했다고 기억하였다. 이
어서 작은 글자로 이 글을 쓰고 있는 상황을 기록하였다. 이런 점은 일반 묘
지문에서는 볼 수 없는 방식으로 글의 투식이나 미문보다 자신의 감정 자체
를 충실히 기술하는 영조의 작문 태도를 보여 준다.
　　뒤의 글에서 영조는 의소세손이 영민했음을 구체적으로 제시하고 있
다. 옛날의 유명한 사람도 6세에나 알 수 있는 글자를 2세에 이미 69자나 알
았으며, 심지어 자신의 성도 알고 있었다고 하여 의소세손이 똑똑할 뿐 아니
라 가문 의식도 있었음을 자랑하였다. 중략한 내용에서는 의소세손이 할아버

지 영조를 좋아했고 또 성품이 질박했음을 칭송하였다. 그런 세손이 병으로 죽음에 생전의 눈망울과 음성이 그립다고 하였다.

이 묘지문은 어제어필로 직접 지었는데 이 글로 볼 때는 의소세손이 살았으면 정조보다 더 훌륭한 군왕이 되었을 것 같은 느낌이 들게 한다. 또 한편으로는 세 살도 되지 않는 아이의 이상적인 면모로 남다른 학식, 질박한 성품, 자신과 왕실 가문에 대한 남다른 애정 등을 구비하고 있음을 거론하고 있어 이는 실제 세손의 모습이기도 하겠지만 영조가 바라는 왕손의 면모를 보여 주는 글이라 할 수 있다. 이렇게 이상적인 왕손이었기에 의소세손을 잃은 영조의 슬픔은 더 대단했던 듯하다. 의소세손이 출생했을 때 하례를 받은 영조는 다음과 같은 칠언 절구를 지었다.

우리 동방을 돌아보사 나라에 경사가 있으니,
옛날을 생각하니 감회가 앞서는구나.
세상에 늘 있는 우연이라고 말하지 말라.
『탁지정례』를 이제 행하게 된 것이니.
眷我東方邦有慶　追惟昔日感懷先
莫曰世間凡事偶　度支定例今行焉[417]

이 시에서 영조는 옛날을 생각하니 감회가 앞선다고 했는데 이는 자손이 귀해서 전전긍긍했던 시기를 생각했던 것 같다. 사도세자가 16세의 어린 나이에 세손을 안겨 주니 영조의 감회는 남달랐을 것이다. 그러나 제3구에서 이는 그저 우연이 아니라고 하였으며, 제4구에서는 바로 『탁지정례度支定例』와

417 「원손탄생수하일작(元孫誕生受賀日作)」,「열성어제 권20」, 서울대학교 규장각 편, 『열성어제』 3, 473쪽.

같은 책을 만들었기 때문이라고 하였다. 『탁지정례』는 영조가 박문수의 건의로 만든 규정집으로 이 책은 궁중의 낭비를 없애기 위해 대전, 중궁전, 세자궁 등의 진상 물품 등을 규정한 책이다. 이렇게 절약하여 국가와 백성을 위해 일한 노력이 있었기에 이런 나라를 이어서 지켜 줄 자손을 보내 주었다는 영조의 자부심이 담겨 있다.

이후에도 의소세손에 대한 영조의 사랑은 남달랐다. 자신이 세자에게 준 병풍이 원손의 방에 있는 것을 보고 시를 짓기도 하였으며,[418] 이듬해인 1751년(영조 27) 5월 13일 원손을 왕세손에 책봉한 뒤 대비전에서 하사받은 일을 노래하기도 하였다.

> 특명으로 원손이 세손이 되니,
> 대비전에서 행운으로 수정 허리띠를 받았네.
> 지금 내가 이날 감회가 깊은 것은,
> 인조께서 예전에 내려 준 허리띠기에.
> 特命元孫爲世孫　東朝幸得水晶帶
> 今予此日興懷深　聖祖昔年所御帶[419]

이 시에는 "이 허리띠는 옛날 재상 김육이 청나라에 사신 갔을 때 얻어 온 것으로 우리 인조께서 세손을 봉할 때 준 것이다. 이제 103년이 지나 원손이 세손에 봉해질 때 대비께 받으니 드문 일이라 이를 만하다. 한편으로 다행스럽고 한편으로 감격스러워 시의 아래에 기록한다(此帶 故相金堉赴燕時所得来 而我聖祖封世孫時所御者 今百有三年 元孫命封世孫日 受賜扵慈聖 可謂稀有 一幸一感

---

418 「제고병(題古屛)」, 「열성어제 권20」, 앞 책, 493쪽.
419 「명봉세손일작(命封世孫日作)」, 「열성어제 권20」, 앞 책, 495쪽.

識于詩下)"라는 글이 부기되어 있다. 이 외에도 세손 책봉과 관련하여 60세에 세손의 책봉을 보는 것이 뜻밖의 일이라고도 하였다.[420]

그러나 의소세손은 3살 되던 1752년에 숨을 거뒀으며, 영조는 시책문을 읽게 한 뒤 "세 살짜리가 무엇을 알겠는가?" 하며 눈물지었다고 한다.[421] 국가의례대로 시호를 내리지만 어린 손자를 생각하는 할아버지 영조의 마음이 잘 나타나는 대목이다. 발인하게 되는 날에도 영조는 땅에 묻히는 세손을 보겠다고 하였으며,[422] 의소묘에 대해 다음과 같은 시를 읊었다.

> 퇴광에 이르러 위로하고자 하나 다시 어찌할까?
> 그러나 오히려 이 마음 어찌 차마 풀어질까?
> 오호 제관이여 반드시 정성스럽게 하시게.
> 아아 지키는 이여 부지런히 나무를 심어 주게.
> 臨壙以慰 復何憾焉　然猶此心 豈忍弛焉
> 嗚呼祭官 必也誠焉　吁嗟守朗 勤植木焉[423]

이 글은 어린 손자를 차마 떠나보내지 못하는 할아버지의 심정이 잘 나타나 있다. 손자의 묘를 손질하고 또 상례를 행하는 관리들에게도 고인에 대한 관심을 당부하는 3, 4구의 어조에서 영조의 애틋한 심정이 잘 나타난다.

아 올해가 어떤 해인가? 곧 네 할애비가 회갑이 되는 해이다. 곧 네 할

---

420 「지희(識喜)」, 「열성어제 권20」, 앞 책, 496쪽.
421 『영조실록』, 영조 28년(1764) 4월 12일.
422 『영조실록』, 영조 28년(1764) 5월 11일.
423 「의소묘향대청서계(懿昭墓香大廳書揭)」, 「열성어제 권21」, 서울대학교 규장각 편, 『열성어제』 3, 503쪽.

애비가 회갑이 되는 해이다. 어찌 생각했으리오. 이해에 내 손자의 상
례를 거행하리라는 것을. 아 상식은 지난 담월禫月 이전에 그쳤고 이제
는 삭망제와 차례가 있을 뿐이다. 오호 삼 년의 상식이 비록 8개월보
다 많으나 세상에서 밥을 받고 돌아가는 것을 모두 합해도 33개월에
불과하니 어쩌면 한결같이 바쁜가. 어쩌면 한결같이 바쁜가. 생각이
이에 미치자 눈물이 흰 수염을 적신다.[424]

이 글은 의소세손의 대상일에 지은 제문이다. 회갑을 앞에 두고 손자
의 대상을 맞는 비통함을 읊고 있다. 세손에게는 본래 8개월간 상식을 하게
되어 있으나 내용으로 볼 때 영조는 3년간 상식을 하게 한 듯하다. 3년을 33개
월이라고 한 이유는 미상이나 60세를 산 영조에게 3년은 길지 않은 시간이었
으며, 세손의 죽음에 대한 슬픔이 3년으로 잊힐 수 없을 정도임을 토로한 것
으로 보인다.

6. 노왕老王

1) 강개慷慨 회포

영조는 83세까지 장수한 왕이어서이기도 하지만 노년에 많은 글을 지
었다. 또한 당시에 지은 글들은 노왕으로서의 감성을 드러낸 글이 많다. 노년
임에도 불구하고 다작을 했다 할 수 있는데 이는 영조에게 노년 극복의 한 가

---

424 「의소궁대상일차례제문(懿昭宮大祥日茶禮祭文)」, 「열성어제 권23」, 서울대학교 규장각 편, 『열
성어제』 4, 146쪽.

지 방법이었다고도 한다.[425] 영조 만년의 작품을 정리한 『영조어제첩목록』에 서 노년의 감정을 표현한 글로는 다음과 같은 작품을 들 수 있다.

표-9 『영조어제첩목록』 중 영조의 노년 및 감회 관련 목록

部名	名稱	册數	號數
懷字部	御製懷千萬 등	899	1~899
吟字部	御製慷慨吟 등	230	900~1129
嘆字部	御製自歎 등	215	1130~1344
慷慨部	御製慷慨 등	357	1804~2160
寞然部	御製寞然 등	88	2356~2443
心字部	御製予心類 등	123	2587~2709
喜字部	御製心喜 등	38	2710~2747
翁字部	御製苟且翁 등	105	2748~2852
悶字部	御製悶時軆 등	70	2853~2922
太康部	御製太康 등	66	2923~2988
憶字部	御製憶干支 등	59	2989~3047
哂笑部	御製(長題下端)哂字類 등	66	3048~3113
憶昔部	御製憶昔 등	188	3114~3301
八旬部	御製八旬 등	81	3424~3504
從容部	御製自從容 등	22	3657~3678
苟且部	御製(長題短題)誠苟且 등	33	3679~3711
風泉部	御製風泉 능	29	4224~4252
蓼莪部	御製誦蓼莪 등	18	4253~4270
興惟部	御製興惟	5	4946~4950

425 "영조어제가 70대 후반부터 82세까지의 기간에 집중적으로 많이 지어졌다는 사실은 영조가 노년기의 폐해를 극복한 한 방식이라고 볼 수 있다", 노혜경, 「영조어제첩에 나타난 영조노년의 정신세계와 대응」, 『장서각』 16, 한국학중앙연구원 장서각, 2006, 22쪽.

殿最部	御製殿最	3	5073~5075
講字部	御製(雜題下端)講字	3	5076~5078
示字部	御製(雜題下端)示字	3	5079~5081
顁字部	御製(長短題)顁字	3	5082~5084
游字部	御製(雜題下端)游字	3	5085~5087
各帖部	御製光海朝建此闕 등	101	5088~5188

〈표-9〉에서 명칭에 따른 책 수를 보면 '회포(懷)', '읊조림(吟)', '강개함(慷慨)', '탄식(自歎)', '옛 추억(憶昔)', '마음(心)', '노인(翁)' 등이 100책 이상이며, '아득함(寞然)', '늙은 나이(八旬)', '시세에 대한 걱정(悶時體)', '사치스러운 행사(太康)', '추억(憶)', '비웃음(哂笑)' 등이 50책 이상이고 기타 '조용한 집경당(從容)', '명나라에 대한 의리를 나타내는『시경』편명 풍천風泉', '부모에 대한 효를 나타내는『시경』편명 육아蓼莪' 등의 순으로 어휘들이 쓰이고 있으며 이 어휘들이 복합적으로 반복되고 있다.

'회포(懷)'는 꼬리를 물고 일어나고 또 여러 방향으로 갈라지기도 하는데 영조는 이를 '천만 가지 회포(懷千萬)'로 명명하였다. 이 회포의 내용은 살면서 겪은 모든 일들이라 해도 과언이 아니다.

예년 대해 품은 회포, 천만 가지 회포.
얼마나 아득한 세월인가 지금에 이르렀네.
10세를 생각하니 전생 같고,
20세는 진실로 한창일 때였지.
30세는 추모 마음 간절하고,
40세는 대비마마 받들었지.
50세는 또한 앞과 같았네.
60세는 사모함을 어찌 억누르리.

70세는 영모당을 바라보았고,

80세는 진실로 생각지 못했네.

25세에 이미 어미 잃어 애자哀子되고,

27세에 아아 아비 잃어 고자孤子되었네.

융복전 바라보니 문안할 것 같고,

경선당 지나니 곁에서 받들 듯해.

懷昔年 懷千萬 何冥年 到今日

懷十歲 若前生 二十年 誠盛歲

三十年 追慕切 四十歲 奉東朝

五十歲 亦上同 六十年 慕何抑

七十年 瞻永慕 八十歲 誠料表

二十五 旣已哀 二十七 嗟且孤

瞻隆福 若問寢 過慶善 憶侍奉[426]

이 글은 100구로 이뤄진 「어제회천만御製懷千萬」의 앞부분이다. 이 글에서 말하는 천만 가지 회포의 내용은 자신의 과거와 자신과 함께했던 인물들, 또 그들과의 추억이 담긴 장소 등이다. 이렇게 시간과 공간을 회상하고 그리워하며 추모하는 것이 영조 노년 어제의 대부분이라 해도 과언이 아니다. 회상의 방식은 대개 탄식과 같은 안타까움이 주조를 이루고 있다.

'읊조림(吟)'은 만회음萬懷吟, 명연음冥然吟, 강개음慷慨吟, 억석음憶昔吟 등 모든 읊조림을 말한다. '회포'가 마음에 담은 모든 내용이라면 '읊조림'은 이를 토로하는 대표적 방식이기에 영조는 만년에 짓는 어제에 유독 '회懷'와 '음吟'

426 「어제회천만(御製懷千萬)」(K4-5431).

을 많이 쓰게 되었던 듯하다.

'강개함(慷慨)'은 '의기가 북받치이 원통하고 슬픔, 또는 그 마음'이라는 뜻을 지닌다. 영조는 어제에서 '강개한 마음' 그 자체를 지칭하기도 하고 또는 '강개'라는 단어 뒤에 강개한 대상을 지목함으로써, 특정 대상에 대한 북받치는 마음을 드러내기도 하였다.[427] '탄식(歎)'은 영조가 노년을 한탄하였다는 것이요, '옛 추억(憶昔)'은 옛날을 추억한다는 것인데 숙종을 시탕하던 장소를 '억석와憶昔窩'로 명명했듯 특히 숙종에 대한 추억을 많이 그렸다. 「어제억석탄御製憶昔歎」(K4-3437)은 1774년(영조 50) 10월 29일에 지은 글인데 8개월간 직숙한 뒤 숙종에게서 어필유서御筆諭書와 도상圖像, 말 등을 하사받은 일을 추억하는 내용이다. '마음(心)'이라고 표현하는 뜻에는 남들이 모르는 마음이라는 의미로 불만스러운 세태에 대한 답답한 마음이 담겨 있으며, '노인(翁)'은 늙은이로서 앞으로의 시간이 얼마 남지 않은 자신에 대한 연민이 담겨 있다.

노년의 영조는 자신이 '아득함(冥然)'을 느끼는 '늙은 나이(八旬)'라서 '시세에 대한 걱정(悶時體)'을 할 뿐 개선하지 못해 안타까운데 신하들은 늙음을 기념하는 '사치스러운 행사(太康)'나 요구하고 있다고 한탄하였다. 이런 현재를 극복하는 방법은 과거의 젊었을 때를 '추억(憶)'하고 현 세태를 '비웃음(哂笑)'으로 비판하는 방법밖에 없다. 영조는 만년에 거처를 '조용한 집경당(從容)'으로 옮겨 승하할 때까지 거처하였으며, '명나라에 대한 의리 풍천風泉', '부모에 대한 효(蓼莪)' 등을 강조하였다. '풍천'은 『시경』「회풍」의 '비풍'편과 「조풍」의 '하천'편을 합친 용어로 존주의리의 대명사로 쓰였다. 영조 대 존주의리는 숭명배청 사상이었으며 그 연원은 북벌을 주장한 송시열과 송준길 등으로

427　서경희(2006)는 영조 노년의 시어를 연구하되 특히 '강개'라는 시어에 주목하였다. 『영조실록』
　　　영조 51년(1775) 11월 1일 조에 "추모하는 마음은 팔순이 되어 더욱 간절하고 강개한 마음은 등
　　　극한 지 50여 년 만에 전에 없이 깊어진다(追慕益切於八旬, 慷慨罕深於五紀)"라는 글을 들어 영
　　　조가 80세 이후의 감정이 전보다 더욱 깊어졌다고 보았다.

거슬러 올라가는데, 이를 '풍천'이라는 용어로 고정시키는 데는 영조의 역할이 컸다고 평가되고 있다.[428]

'육아'는 『시경』 「소아」에 있는 편명으로 부모의 봉양을 뜻대로 하지 못한 것을 슬퍼하여 지은 내용이다. 「어제육부육아御製六復蓼莪」(K4-3785)의 앞부분을 보면 "아아 아득함이 어찌 이에 이르렀는가 정축년(인원왕후 졸년)을 추억하니 심장이 떨어지는 듯 이번 달이 몇 월이며 오늘이 며칠인가 예전을 바라보니 이미 아득하다. 아아 앞으로를 바라니 또 이날을 만나리라 아득한 중에 더욱 아득하니 처음에 승지가 복명하기 이전에 「육아」편은 비록 100번 읽었지만, 다시 명이 있기를 기약하네"[429]라고 하여 모후의 기일을 맞은 효도의 마음을 읊었다. 이 외에도 영조는 『시경』 편명 중에 '척호陟岵, 상체常棣, 실솔蟋蟀' 등도 언급하였다.

2) 편작扁鵲과 건공탕建功湯

노년의 영조는 자신이 먹는 인삼탕을 '건공탕'으로 내의원을 '편작'으로 표현하기도 하였는데 『영조어제첩목록』에는 관련 책 수가 213책이나 된다.[430] 영조가 65세 되던 1758년(영조 34) 12월 영조는 이중탕(理中湯: 인삼탕)을 먹고 차도가 있자 이를 '이중건공탕'으로 명하게 하였다.[431] 또한 호당의 정범조丁範祖에게 5언 100구의 「건공가建功歌」를 짓도록 하였다.[432]

---

428 조융희, 「영조어제와 '풍천', 그리고 '풍천'의 전고화 양상」, 『장서각』 20, 한국학중앙연구원 장서각, 2008, 125쪽.

429 「어제육부육아(御製六復蓼莪)」(K4-3785).

430 영조어제첩의 건공탕 관련 내용과 형식에 대해서는 김종서(2006)를 많이 참조하였다.

431 『영조실록』, 영조 34년(1758) 12월 21일.

432 『영조실록』, 영조 49년(1773) 5월 16일.

엎드려 바라옵건대 우리 거룩한 임금께서는

건공탕을 거두지 마시옵소서.

큰 하늘은 덕 있는 이 돌보는지라

온전히 해동국을 부탁하였네.

건공탕 첫 사발을 올리니

상제가 밝게 임하시네.

대통은 삼종을 계승하시어

명성으로 조상·종묘 제사 받드네.

건공탕 둘째 사발 올리옵나니

열조께서 밝게 내려오시네.

팔방에서 모여 들어 생성이 되니

몸에다가 걸치고 배를 채우네.

건공탕 셋째 사발 올리옵나니

만백성이 목을 빼고 축원합니다.

상하가 공경하고 바라는 바니

세 사발도 그 또한 부족하리라.

백 년을 날로 치면 삼만이 되고

천 년을 날로 치면 삼억이 되니

매일 매일 세 사발 올리게 되면

사발마다 해옥(임금의 수명)에 보태지리라.

伏願我聖王　建功毋撤作

皇穹眷有德　全付海東國

建功進一椀　上帝臨於赫

大統承三宗　明誠奉禋禬

建功進二椀　烈祖爲昭格

八方圍生成　絲身而穀腹

建功進三椀　萬姓延頸祝

上下所顚望　三椀亦不足

百年日三萬　千歲日三億

每日進三椀　椀椀添海屋[433]

　　이 시에서 정범조는 먼저 건공탕 복용을 멈추지 말라고 하며 영조가
건공탕 첫 사발을 마시니 옥황상제의 보살핌으로 조상과 종묘제사를 받들 수
있을 정도의 건강이 회복되었다고 하였고, 둘째 사발을 마시니 조상의 보살
핌으로 옷을 입고 밥을 먹는 일상생활을 하는 데 문제가 없게 되었다고 하였
다. 셋째 사발을 마시니 만백성이 바라는 영조의 건강이 완쾌되었다고 하였
다. 게다가 이를 매일 세 사발씩 먹으면 수명이 연장될 것이라고까지 하였다.
건공탕이 오직 영조의 건강을 위한 보약임을 보여 준다.

　　이 글에서도 이미 세 사발씩 복용하라고 했거니와 실제 영조는 1762년
부터 매일 세 사발씩 먹었으며 이름도 '건공탕'이라고 하였다.[434] 그러나 너무
자주 먹게 되고 또 나이가 들자 이후 건공탕의 효능을 비난하는 글을 쓰기도
하였다.

　　건공탕을 개탄하네! 팔십이 넘었는데

　　건공탕을 개탄하네! 어이하여 근심하는가?

　　건공탕을 개탄하네! 진실로 구차스럽고

　　건공탕을 개탄하네! 또 캄캄하구나.

433　정범조, 『해좌집(海左集)』卷五, 시(詩), 「건공가응제(建功歌應製)」 부분.김종서(2006) 번역 참조.
434　『영조실록』, 영조 38년(1762) 1월 20일.

건공탕을 개탄하네! 연달아 두 첩을 마시고도

건공탕을 개탄하네! 어찌 신묘한 공효라 하랴?

건공탕을 개탄하네! 오직 나를 괴롭히니

건공탕을 개탄하네! 네가 어찌 영험한가?

慨建功 八十餘　慨建功 一何悶

慨建功 誠苟且　慨建功 亦冥然

慨建功 連二貼　慨建功 何神功

慨建功 惟困予　慨建功 爾何靈[435]

이 3언체 글은 영조가 82세에 지었다. 건공탕을 개탄한다는 말을 서두에 반복하여 건공탕에 대한 불만을 표현하였다. 연달아 두 첩을 마셔도 나아지지 않는 처지를 건공탕의 무능으로 치부하고 있다. 내의원에 대해서도 본래는 중국의 명의인 편작에 비유하여 칭송의 뜻을 나타내었지만 「어제가소御製可笑」(K4-0452)에서는 편작이 무엇을 알겠냐고 비웃기도 하였다. 즉 "가소롭구나 편작이여 그들이 무슨 탕제湯劑를 아느냐 지금 내국內局 의원은 한갓 건공탕建功湯만 알 뿐이네(可笑扁鵲 其知何湯　於今內局 徒知建功)"라고 시작한 이 글에서는 내의원은 그냥 즉 황제黃帝, 신농神農, 기백岐伯, 편작扁鵲, 단계丹溪 등을 배웠을 뿐이고 약재를 쓸 때도 부자附子를 넣는 것은 영조 자신이 알려 준 일이라고 하여 의술 역량도 없는 존재로 비웃고 있다.

오랜 노년을 보낸 영조는 일찍부터 인삼탕의 효능을 입어 '건공탕'이라 명명하고 이를 비롯한 약재를 처방하여 자신의 건강을 유지시켜 주는 내의원을 '편작'이라 일컬으며 그 공을 노래하는 글도 많이 지었지만 결국 노환으로

435　「어제개건공(御製慨建功)」(K4-896).

인한 고통과 하루 세 번 이상 탕제를 먹는 괴로움에 이들을 비난하는 글도 많이 지었음을 알 수 있다. 오랜 노년 생활의 어려움이 엿보이는 대목이다.

7. 3대 국정 사업

영조는 「어제문업御製問業」에서 재위 50년의 자평自評 치적을 담았는데 본서에서는 이 중에 대표적인 3대 사업에 대해 다루고자 한다. 영조는 만년에 자신의 일생을 자주 회고했고 회고의 내용 중에는 정치적 업적에 대한 논의가 적지 않았다. 그중에 대표적인 것이 바로 「어제문업」에서 제시한 6대 사업이라 할 수 있는데 이를 소개하면 다음과 같다.

내 나이 팔순인데
했던 사업 내게 묻자
마음에서 부끄러워
그 무어라 답하리오?
첫째로는 당색 타파 힘썼으나
'탕평' 두 글자 부끄럽네(탕평蕩平).
둘째로는 군포 감해 한 필 받기
덕택이 승려까지 미쳤다네(균역均役).
셋째로는 청계천을 준설하여
만년토록 덕을 입혔네(준천濬川).
넷째로는 옛 정치 뜻 회복하여
여종 공역 없앴다네(복고復古).
다섯째로는 서얼들의 청직 등용

유자광柳子光 이후 처음이네(서중敍衆).

여섯째로는 예선 정치·법 개정해

『속대전續大典』을 편찬했네(작정昨政).

八旬事業 若問於予 心窃覥然 其何以答

一則蕩平 自惡二字 二則均役 效流緇徒

三則濬川 可垂萬歲 四則復古 婢類皆閑

五則叙衆 子光後初 六則昨政 卽大典法[436]

　　영조는 평소에 '탕평', '균역', '준천' 등을 자신의 대표적 업적으로 거론
한 바 있지만 '복고', '서중', '작정'을 추가하여 평생 치적을 제시한 글은 이 자
료가 유일하다.

　　탕평책은 영조가 가장 중요하게 여긴 사업이다. 영조는 우여곡절 끝에
왕위에 등극한 이후로도 이인좌의 난이 발생하는 등 계속해서 왕권의 위협을
받았으며, 사도세자를 뒤주 속에서 죽게 하는 등 아버지로서의 면모에도 상
처를 입게 되었다. 이러한 사건이 당쟁의 폐단임을 알았던 영조는 역대 왕 중
에 가장 많은 경연을 행하여 경연의 군주가 될 정도로 학문에 집중함으로써
성인으로서 위상을 보여 왕실의 우위를 보이려 한 한편 붕당을 타파하기 위
한 탕평책을 시행하였으며, 성균관 앞에 "공평하고 편파적이지 않아야 군자
의 공적인 뜻이고 편파적이고 공평치 않은 것은 소인의 사사로운 뜻이다(周而
不比乃君子之公心 比而不周寔小人之私意)"라는 탕평비를 세우기도 하였다. 둘째
로 균역법을 실시하여 민생의 고통을 덜고자 하였다. 1750년(영조 26) 종래 어
른 장정 단위로 2필씩 징수하던 군포軍布가 여러 폐단을 일으키고, 농민 경제

---

436 「어제문업(御製問業)」(K4-2225).

를 크게 위협하는 지경에 이르자 2필의 군포를 1필로 감하기로 하는 한편, 균역청을 설치, 군포를 줄인 것에 따른 부족한 재원을 보충하는 대책을 마련하였다. 셋째로 영조는 1760년(영조 36) 준천사濬川司를 설치하였으며, 장정 21만 5천 명을 동원하여 청계천 준설을 대대적으로 함으로써 영원토록 홍수범람을 막도록 하였다. 넷째, 영조는 1774년(영조 50) 공물·부역·조세의 법에 남자에게는 역役이 있지만, 여자에게는 역이 없는데 노비에게만은 남녀에게 모두 역을 매기는 일을 부당하게 여겨 여자 노비의 공역은 공·사노비를 막론하고 폐지하도록 하였다. 다섯째, 서얼이 청요직淸要職에 오르는 것을 금한 것은 서얼 출신이었던 유자광柳子光 때문이었는데 영조는 1772년(영조 48) 서얼을 청요직에도 등용한다는 윤음綸音을 내리는 한편, 서얼도 아버지와 형을 아버지와 형이라 부를 수 있게 하고 이를 어기는 자는 역률로 다스린다는 강경한 태도를 보였다. 여섯째, 1746년(영조 22)에 『경국대전』 시행 이후에 공포된 법령 중에서 시행할 법령만을 추려서 『속대전』을 편찬하였다.[437] 이와 같이 여러 가지 업적을 언급한 어제로는 「어제송숙야잠욱면충자겸시평생여의御製誦夙夜箴勖勉冲子兼示平生予意」(K4-2767)가 있다. 이 글은 영조어제간본으로 1776년(영조 52) 영조가 83세에 세손을 면려시키기 위해 간행한 책이다. 맹자孟子가 이른 "닭 울음소리에 일어나길 부지런히 행한 자는 순임금의 무리이다. 닭 울음소리에 일어나 이와 더불어 상반된 자는 도척의 무리이다"라는 말을 법으로 삼고 늘 경계하였다고 하고 평생의 자신의 뜻은 세신에 대하여서는 '탕평蕩平' 하나이며, 백성에 대해서는 하나는 양역良役을 균등히 하는 것이고 하나는 차입借入을 신칙하는 것이라고 하였다. 이 글의 봉교교정제신奉敎校正諸臣으로 홍봉한洪鳳漢, 김상복金相福, 김양택金陽澤, 한익모韓翼謨, 김상철金尙喆, 신회申晦, 이

---

437 안장리, 「영조어제: 영조의 마음에 담긴 이야기를 듣는다」, 『장서각: 장서각에서 옛기록을 만나다』, 한국학중앙연구원출판부, 2011, 86~87쪽.

은李瀷, 이사관李思觀, 채제공蔡濟公, 서유린徐有隣, 정창순鄭昌順의 이름을 뒷부분에 기록하고 있다. 「어제유지경성문한御製有志竟成聞漢」(K4-3769~98)은 3언체 50구로 이뤄진 작품으로 영조는 동한 광무제의 '유지자사경성有志者事竟成(뜻이 있는 자는 일을 이룬다)'을 언급하면서 자신의 재위 '50년 사업이 탕평, 균역, 준천이며 여기에 노비법 개정도 덧붙여야 한다(五十年 三事業 一蕩平 二均役 三濬川 今加此)'고 하였다. 「어제주야평御製晝夜平」(K4-4420)은 1773년(영조 49) 8월에 쓴 3언체 14구 형식으로 낮과 밤이 균평하듯 만민이 공평해야 하며 이는 탕평, 균역, 준천 등에 적용된다고 하였다. 「어제주인옹御製主人翁」(K4-4453)에서는 자신의 51년 사업으로 탕평과 균역을 언급하면서 이에 대한 불만을 토로하였다. 「어제추모억백御製追慕億百」(K4-4863)은 영조가 80세인 1773년 8월에 지은 산문으로 자신이 즉위한 뒤 몇십 년간 사업이 탕평, 균역, 준천임을 밝히고 균역과 준천은 대체로 만족하지만, 탕평은 더 힘써야 한다고 하여 제대로 이루어지지 않았다는 불만을 나타내었다. 이처럼 영조는 「어제문업」의 6가지 사업에서 특히 탕평, 준천, 균역 등 세 가지 사업을 주로 내세웠는데 정조가 영조의 대표적 업적으로 거론한 것도 이 세 가지이다.

1) 탕평蕩平

숙종 중반 이후 정권을 두고 벌어지던 노론·소론 사이의 정쟁은 숙종 후반기에 이르러 후계자 문제로 옮겨졌다. 소론은 경종을, 노론은 영조를 지지하였다. 세자인 경종의 생모 희빈 장씨를 인현왕후를 음해한 죄인으로 공격해 사사시킨 노론은 연잉군을 왕세제로 책봉하게 하고 나아가 대리청정까지 추진하였다. 이는 소론의 저지로 무산되었으나 영조가 즉위한 뒤 소론과 남인의 불만이 깊어졌다. 이를 무마하기 위해 소론 일부를 동참시켰으나 무신란의 발발로 당쟁의 골은 깊어지고 군주의 위상이 실추되어 군주권 행사가 어려울 정도였다. 이에 영조는 탕평론을 국시로 삼아 이를 타개하고자 하였다.

영조의 탕평책과 관련한 대표 어제는 『어제대훈御製大訓』(K2-1843)이다.[438] 이 책은 1741년(영조 17)인 신유년에 간행되어 '신유대훈'이라고도 일컬어진다. 이는 '대훈大訓'과 '태묘太廟에 고告한 글', '신료와 백성에게 반포한 글' 등을 묶어 간행한 책이다. 탕평을 실천하려는 영조의 의도를 태묘에 고하고, 대소 신료와 일반 백성에게 널리 반포하는 것을 목적으로 하였다. 고묘문은 4언으로 되어 있으며 총 192자이다. 반교문은 「어제교대소신료중외민서서御製教大小臣僚中外民庶書」라는 제목 다음에 "왕약왈오호王若曰嗚呼"를 서두로 하여 4언 256자로 이루어져 있다. 내용은 「어제대훈」과 거의 같되 축약되었으며, 문장의 서술 양식이 조금 다르다.

영조는 「어제대훈」을 승지 조영국趙榮國에게 작성하라 명하였으며,[439] 또한 실록에서 "대훈을 짓고 무안誣案을 불살라 버린 일로써 태묘에 고하고 이어서 숭정전에 나아가 교서教書를 반포하였는데, 고묘문告廟文과 반교문頒教文은 모두 임금이 직접 지은 것이다"[440]라고 한 것으로 보아, 「어제고묘문」과 「어제반교문」은 영조가 직접 지은 것임을 알 수 있다. 대훈의 내용은 영조의 승계가 정통이고 역란을 일으킨 자의 행위는 부당하므로, 국안鞫案을 없애고 당습을 종식시키겠다는 것이다. 대훈의 서두에서는 300년 왕통이 전해지는 조선에 숙종이 승하한 후 삼종三宗의 혈맥은 황형과 자신만 존재하기 때문에 자신이 왕위를 계승하는 것은 당연하다는 사실을 밝히고 있다. 영조는 1721년(경

---

438 책 구성은 「어제대훈(御製大訓)」·「어제고묘문(御製告廟文)」·「어제반교문(御製頒教文)」이며, 선장(線裝) 1책(18장)의 목판본이다. 「어제대훈」 말에 '重光作噩(辛酉, 1741) 季秋下澣日'이라고 적혀 있는 것으로 보아, 작성 연대는 신유년(1741) 9월 24일이다. 지질은 장지(壯紙)이다『영조실록』에 대훈은 1742년(영조 17) 9월 24일에 지었고, 고묘문과 반교문은 10월 1일에 지었으며, 책은 10월 29일에 간행되었다고 한다.

439 『영조실록』, 영조 17년(1742) 9월 24일.

440 『영조실록』, 영조 17년(1742) 10월 1일.

종 1)에 왕세제로 책봉되어 대리청정의 임무를 맡았으나 곧 취소되었다. 김일경金一鏡은 영조를 비호하는 노론 4대신을 탄핵하였으며, 1722년(경종 2)에는 목호룡睦虎龍이 경종을 해치려는 세력이 있다고 고변하여 옥사를 일으켰다.

영조는 김일경과 목호룡이 당시 왕세제인 자신을 무함하고 종사宗社를 위태롭게 한 것이 무신란의 효시라고 하였다. 그래서 이 글에서 "공자는 붓으로 난신을 처단했는데 과인은 임금의 위엄을 갖추고도 난신을 토벌하지 못하여 원통하다"는 심정을 표출하고 있다. 영조는 당시에 자신이 왕세제로 책봉된 것은 숙종의 계비인 인원왕후의 하교와 경종의 분부에 의한 것이므로, 지극히 공평하고 후세에 질정하여도 정대하다는 것을 거듭 강조하고 있다. 그리고 자신을 위협한 김용택金龍澤·이천기李天紀·이희지李喜之·심상길沈尙吉·정인중鄭麟重 등을 역적으로서 단안斷案하였다. 자신이 등극하는 해에 단호한 조치를 취하지 못하여 무신란이 일어난 것에 대해 통탄해하면서 대훈을 통해 자신의 의사를 분명하게 한다고 하였다. 그리고 이를 간행해서 널리 반포하여 영구히 전하여 없어지지 않도록 하라고 명하였다. 영조는 당습黨習을 빚어내는 자가 있을 경우는 법으로 처단하여 나라를 공고히 할 것을 강조하고, 여러 당파의 분쟁을 종식시키는 의미에서 임인년(1722)의 국안을 없애게 한 것이다.

이 글에는 탕평을 실천하려는 영조의 고심과 의지가 잘 나타나 있다. 실록 기사에 의하면, 이해 8월에 유생들이 서원철폐에 항의하고 성균관 유생들이 동맹휴학한 일이 일어났는데 서원철폐는 대훈을 반포하기 전에 탕평정책을 단행하려는 영조의 결심을 드러낸 조치였다. 9월에는 홍정당興政堂에 나아가 삼정승三政丞을 불러 이 문제에 대한 자신의 견해를 말하고 그 단안을 도출하였다.[441] 이듬해 3월에 영조가 반수교泮水橋에 탕평비를 세운 것도 탕평정책을 실현하려는 결심의 연장선상으로 볼 수 있다. 후일 김치인金致仁이 『대훈』의 내용 가운데 일부를 고치기를 청하자, "내가 어찌 머리를 굽혀 명을 들

겠는가? 『대훈』을 가지고 말하는 자는 모두 역적이다"라고 하며, 세 정승을
파면하고 입시한 여러 신하를 해임하라고 명한 일도 영조의 단호함을 드러
낸다.[442]

이 『대훈』에 대해 영조는 모든 의혹을 해소한 큰 의론으로 삼았으나 보
다 철저한 조치를 요구하는 논란이 계속되었고 영조는 1755년(영조 31) 3월
나주괘서사건을 계기로 『어제첨간대훈御製添簡大訓』(K2-1847)을 간행하게 하였
다. 이는 『어제대훈』에 「어제교중외대소신료기로군민한량인서御製敎中外大小
臣僚耆老軍民閑良人書」를 추가해 간행한 것이다. 이는 『어제대훈』에 부족했던 소
론 관련 부분에 대한 논의의 종지부를 찍은 것으로 평가되는데 이를 통해 확
보된 정치의리政治義理는 이후 『천의소감闡義昭鑑』의 간행을 통해 다시 천명되
었다.[443]

일찍이 영조는 1727년(영조 3) 「지일윤음至日綸音」[444]에서 "탕평이 된 이
후 화해의 기운이 생기고 화해의 기운이 생겨야 조정이 안정되고 조정이 안
정되어야 백성의 생활이 편안해질 수 있고 백성이 편안해진 뒤에야 나라가
나라처럼 될 수 있다(蕩平然後和氣可召 和氣召然後 朝象可靖 朝象靖然後 生民可安
生民安然後 國爲國矣)"라고 하고 탕평이 바로 국시國是라고 하였다. 이로써 영
조의 탕평 주장은 연원이 상당히 오래되었음을 알 수 있다.

1764년 영조는 『어제엄제방유곤록御製嚴堤防裕昆錄』(K4-3540)을 간행하
는데 이 간본에서 영조는 중국과 조선의 당쟁黨爭에 관한 역사를 돌아보며 권
신權臣과 환관들이 도학道學이라 지칭하며 나라를 망치는 것은 홍수나 금수禽

---

441 『영조실록』, 영조 17년(1741) 9월 24일.
442 『영조실록』, 영조 42년(1766) 12월 5일.
443 이근호, 「영조대 중반 어제훈서의 간행양상과 의의 ―《어제대훈》과 《어제상훈》을 중심으로」,
     『장서각』 26, 한국학중앙연구원 장서각, 2011, 84쪽.
444 「열성어제 권28」, 서울대학교 규장각 편, 『열성어제』 4, 17쪽.

獸보다 심하므로 제방을 삼엄하게 하여 이를 막고, 후손에게 물려주기 위해 지었다고 하였다. 1772년에는 정석삼鄭錫三에게 탕평에 공이 있다고 영의정으로 추증하는 제문을 써 주기도 하였다.[445] 「어제주시부제문답御製注試賦題問答」(K4-4409)에서는 '탕탕평평인蕩蕩平平人', 즉 탕평을 대표하는 사람이 당대의 이상적 인간인 '군자君子'라고 하기도 하였다. 영조는 탕평과 배치된다고 생각하는 역사적 사안에 대해서도 언급하였는데 「어제자탄오십년탕평심御製自歎五十年蕩平心」(K4-4189)에서는 소위 고결함(淸)을 내세워 당파를 만든 일을 도와준 영의정을 질책하였으며, 자신이 태아검(太阿劍: 통치권을 상징하는 옛날의 유명한 보검)을 가지고 있으니, 십상시十常侍와 같은 행동을 해선 안 된다고 하였다. 이는 당시 공조참판으로 있던 김귀주金龜柱가 김종수金鍾秀 등과 '청명류淸名流'라는 정치적 모임을 결성하였는데 이들을 유배시킨 뒤 이들을 징계하지 않고 오히려 도움을 준 영의정 김치인金致仁을 질책한 일을 거론한 것이다. 「어제탕평주인옹문부효세인御製蕩平主人翁問浮囂世人」(K4-5055)에서는 영조가 자신을 탕평주인옹蕩平主人翁이라 하고 청명류를 '부효세인(浮囂世人: 들뜨고 경박한 세상 사람)'으로 지칭하고 이들은 범의 먹이로 주어도 아까울 것이 없다고 하여 탕평에 반대하는 세력에 대한 강한 불만을 드러내었다. 「어제자성옹강개음御製自醒翁慷慨吟」(K4-4058)에서는 더욱 강하게 탕평 반대자들을 비판했는데 탕평을 따르지 않는 신하들과 같이 식사를 하는 것도 부끄럽다며 이는 전생서와 사축서에서 기르는 동물에 의관을 씌우는 것과 차이가 없으며, 지금 세록世祿의 신하들은 스스로 금수의 지경에 빠져 있다고 비판하였다. 심지어 무신년의 잔당殘黨이라고 질책하였는데 탕평을 따르지 않으면 짐승이며 역적이라고 몰아세운 셈이다.

---

445 「증영의정정석삼견우승지치제문(贈領議政鄭錫三遣右承旨致祭文)」, 『영종대왕어제습유』 권3, 국학진흥연구사업추진위원회 편, 『영조문집보유』, 459쪽.

1775년(영조 51)에 영조는 탕평이 제대로 이루어지지 않았음을 「어제백개御製百慨」(K4-2394) 즉 '백개의 개탄慨歎'이라 노래하였으며, 「어제심소정여하신御製心少定予何信」(K4-2995)에서는 제대로 탕평이 이루어지기를 바란다고 하였다. 한편, 세손에게 보라고 쓴 「어제모년서시충자御製暮年書眂冲子」(K4-2025)에서도 탕평을 실현하지 못했음을 토로하여 세손에게 탕평의 완수를 바라기도 하였다. 1776년(영조 52)에 지은 「어제팔순향구옹정와강개서시효손御製八旬向九翁靜臥慷慨書示孝孫」(K4-5147)에서는 그래도 자신의 필생의 사업은 탕평이라고 대리청정을 맡은 세손 정조에게 토로함으로써 탕평이 자신의 필생사업이었음을 밝혔다.

2) 균역均役

1750년(영조 26)에 시행된 균역법은 약 100여 년 이상 지속되어 온 양역변통 논의를 종식시키는 것으로, 양민들이 양역으로 부담하던 군포 2필을 1필로 감면하고, 동시에 그 부족분 충당을 위한 급대給代 재원으로 기존 수취 대상에서 제외되었던 어염선세를 포함시키고, 양반들에게 결전結錢을 부과하며, 불법적으로 누락되었던 은여결隱餘結 및 선무군관포選武軍官布의 신설 등을 통해서 보완하려는 것이었다. 균역법은 이후 여러 가지 논란이 있었음에도 불구하고 영조는 늘 자신의 대표적 사업으로 거론하였다.

균역과 관련하여 영조는 세 번 문 앞에 가고 세 번 전 앞에 가서 이루어졌다고 하였다(其於均役 三臨門 三臨殿 然後乃成).[446] 전 앞에 갔을 때 쓴 글로는 「임전윤음臨殿綸音」과 「임전순문균역윤음臨殿詢問均役綸音」이 있다. 『영조실

---

[446] 「편집청문답(編輯廳問答)」, 『어제속집경당편집』 권3, 국학진흥연구사업추진위원회 편, 『영조·장조문집』, 176쪽.

록』을 보면 1750년(영조 26) 7월 31일 정섭 중임에도 재차 궐문에 나아가 군필을 감할 것을 허교하고 있다.[447] 이렇게 문門에 나아가 하교를 하고 전殿에 나가서는 윤음을 반포하여 자신의 의지를 관철시켰음을 알 수 있다. 이 외에 「균역청윤음均役廳綸音」도 있는데 이 글은 1752년(영조 28)에 간행된 『균역청사목均役廳事目』 서두에 실려 있다. 이 글에서 영조는 균역법을 실현하지 않는 것은 위를 저버리고 백성을 속이는 것이므로 차마 그래서는 안 된다고 강조하였으며, 신하와 후대 왕이 이를 잘 계승해야 한다고 하였다. 감포減布에 대한 대체 방법으로 은결隱結과 어염을 들었으며, 감포를 되돌리게 되면 '나라는 나라가 아니고 군왕은 군왕이 아니며 신하는 신하가 아니고 백성은 백성이 아니다(其將爲國不國 君不君 臣不臣 民不民)'라고 까지 강조하였다. 그리고 이번의 이 법은 신하가 아니라 군왕이 만든 것이며, 추모하는 중에 승지에게 불러 준 윤음으로 상훈常訓의 의미가 있다고 하였다.[448]

영조는 때로 균역과 준천을 함께 거론하곤 하였는데 1770년(영조 46)에 지은 「어제송석한광무위기신자호사시충자御製誦昔漢光武謂其臣者呼寫示冲子」(K4-2766)에서는 사대부가 여염집을 빼앗는 폐단, 남을 대신 공역에 보내는 폐단, 금품이나 연줄로 예문관 검열을 뽑던 폐단, 양역의 폐단, 준천과 가체 등의 폐단을 제거했음을 세손에게 알려 주는 내용이다. 양역은 백 년의 고질화된 폐단으로 이를 없애기 위해 세 번 문에 임하고 세 번 전에 임하였다고 하였으며, 균역에 대해서는 균역청에, 준천에 대해서는 신료들에게 물어보라고 하였다. 이는 누구나 자신의 공을 알고 있다는 영조의 자긍이 담긴 말이다. 1773년(영조 49)에 지은 「어제균역준천즉여사업御製均役濬川卽予事業」(K4-1275)에서 '세 번 전에 오르고 세 번 문에 임하여 한 필을 줄이는 균역을 이루었네(三登殿 三臨

447 『영조실록』, 영조 26년(1750) 7월 31일.

448 「균역청윤음(均役廳綸音)」, 「열성어제 권30」, 서울대학교 규장각 편, 『열성어제』 4, 25쪽.

門 減一疋 均役成)'라고 하여 균역법의 성취를 자랑하였고 준천도 어려웠으나 '특별히 임하여 쌀과 나무를 내렸고 우연하지 않게 모군을 하게 되어(特臨視 賜米木 豈偶然 爲募軍)' 준천을 이루었다고 하였다. 준천에 대한 구체적인 면모에 대해서는 다음 항에서 살피도록 한다.

3) 준천濬川

영조가 거론한 준천이란 1760년(영조 36) 서울 도심을 관통하는 하수천인 개천(開川: 준천한 뒤 청계천으로 바꾸어 부름)에 대해 대대적으로 준설을 하고 둑을 새로 축조한 일을 말한다. 영조는 1760년(영조 36) 2월 18일에서 4월 15일까지 두 달 동안 20만 명을 동원하여 준천을 수행하였으며, 그 과정에서 직접 공사를 참관하고 관련자를 격려, 포상하였다. 그리고 이런 사실을 정리한 『준천사실』을 편찬하게 하였으며, 준천사濬川司를 설치하여 개천 관리를 지속하게 하였다.

영조는 『준천사실』 앞에 「준천사실서문濬川事實序文」을 실었다.[449] 이 글에서 영조는 자신이 즉위한 지 30년간 백성을 위해 한 일이 하나도 없다고 하면서, 준천은 백성의 곤란함을 해소해 준 일이라 하고, 준천의 과정에 대해 자신은 준천 장소에 가서 간절한 마음을 드러냈고, 신하들은 정성을 다했으며, 백성들은 힘을 다해 60일 만에 일을 마쳤다고 서술하였다. 아울러 그 의의에 대해 중국 문왕이 영대를 지은 일에 비유하였다. 「임준천소윤음臨濬川所綸音」은 영조가 준천 장소에 가서 발표한 윤음으로 준천을 재위 30년에 백성을 위한

---

449 「준천사실서문(濬川事實序文)」, 『영종대왕어제속편』 권8, 국학진흥연구사업추진위원회 편, 『영조문집보유』, 18쪽.

대표적인 일로 꼽았다.[450] 이 큰일에 제주도민까지 동원되었음을 특기하고 제
주도민 6명에게 특별히 후한 양식을 줄 것을 지시하였으며, 도청과 낭청에는
궁전패弓箭牌를 하사하는 등 공역에 동원된 이들에 대한 후한 처우를 당부하
였다.

　　준천의 성공을 축하하는 자리도 많이 가졌는데 「경진사월십육일친림
춘당대시윤음庚辰四月十六日親臨春塘臺時綸音」,[451] 「준천당랑시사일연구濬川堂郎試
射日聯句」,[452] 「면사준천제당이시가상잉명물사面賜濬川諸堂以示嘉尙仍命勿謝」[453] 등
이 모두 이에 해당된다. 이 중 「준천당랑시사일연구」에서는 "이제 준천을 이
루니 신하와 백성이 힘쓴 결과이다. 모름지기 이런 정성을 모두 군과 나라에
베풀기를(于今濬成 臣民效力 須將此誠 一施軍國)"이라는 연구聯句를 쓰고 입시한
대신, 시관과 준천사 시위, 춘추관 등에게 갱진하게 하였다.[454] 또 「면사준천
제당이시가상잉명물사」에서는 "준천의 공사를 마치니 경들이 정성을 다했구
나, 내 들으니 후한 광무제가 뜻이 있으면 일을 이룬다고 했다 한다(濬川功訖
卿等竭誠 予聞光武 有志竟成)"고 하였다.

450　「임준천소윤음(臨濬川所綸音)」, 『영종대왕어제속편』 권8, 앞 책, 6쪽.
451　『영종대왕어제속편』 권8, 앞 책, 17쪽.
452　『영종대왕어제속편』 권8, 앞 책, 16쪽.
453　『영종대왕어제속편』 권8, 앞 책, 17쪽.
454　이에 참여한 인물은 우의정(右議政) 민백상(閔百祥), 영돈녕(領敦寧) 김한구(金漢耇), 판돈녕(判
　　敦寧) 이창의(李昌誼), 행판윤(行判尹) 홍계희(洪啓禧), 행호조판서(行戶曹判書) 홍봉한(洪鳳
　　漢), 예조판서(禮曹判書) 정휘량(鄭翬良), 병조판서(兵曹判書) 이창수(李昌壽), 예조참판(禮曹參
　　判) 김상복(金相福), 행부사직(行副司直) 구선행(具善行), 행부사직(行副司直) 정여직(鄭汝稷),
　　훈련도정(訓鍊都正) 구선복(具善復), 병조참판(兵曹參判) 김선행(金善行), 부총관(副摠管) 채제
　　공(蔡濟恭), 행도승지(行都承旨) 구윤옥(具尢鈺), 우승지(右承旨) 정상순(鄭尙淳), 좌부승지(左
　　副承旨) 홍인한(洪麟漢), 좌부승지(右副承旨) 홍양한(洪良漢), 동부승지(同副承旨) 이상관(李
　　思觀), 병조참판(兵曹參知) 홍락성(洪樂性), 응교(應敎) 임준(任㻐), 이조좌랑(吏曹佐郎) 윤득맹
　　(尹得孟), 병조좌랑(兵曹佐郎) 이석구(李碩九), 이동태(李東泰), 주서(注書) 임희효(任希孝), 가
　　주서(假注書) 강지환(姜趾煥), 검열(檢閱) 정언섬(鄭彦暹), 윤사국(尹師國) 등이다(앞 책, 16쪽).

이후 영조는 늘 준천 사업을 성공한 일로 거론하였는데, 「어제균역준천즉여사업御製均役濬川卽予事業」(K4-1275)에서는 준천 사업으로 물의 범람을 막고 물이 순조롭게 흐르게 되었다고 하였고, 「면후勉後」에서는 준천으로 이룬 성과가 그대로 유지될 수 있도록 힘써 줄 것을 당부하였다.[455] 이후 국가사업과 관련된 글을 지을 때 성공한 국가사업으로 준천 사업을 예시하곤 하였는데, 관풍각에서 농사를 독려하는 「관풍각관경후신칙팔도양도윤음觀豊閣觀耕後申飭八道兩都綸音」[456]에서 준천 사업이 성공할 거라고는 생각 못 했으나 신하들과 백성들이 힘을 다하니 이루어졌다며 농사 역시 힘쓸 것을 당부하였고, 「어제금명수공御製今明酬功」(K4-1346)에서는 석축공사를 준천 사업처럼 세 번 임했더니 종결할 수 있었다고 하였다. 1773년 8월 광통교에 거둥한 영조는 준천공사에 공이 있는 신하들에게 포상하고 「어제준천명병소서御製濬川銘幷小序」(K4-4501)를 지었는데 내용은 준천의 성과를 찬미하고 세손과 신하들에게 이를 명심하라고 당부하는 내용이다. 아울러 이 글에서는 준천뿐 아니라 탕평과 균역에 대해서도 언급하고 있는데 이처럼 영조에게 탕평, 균역, 준천 등 3대 사업은 늘 자신의 대표적인 필생의 사업이었기 때문이다.

8. 소결

본 장에서는 영조어제의 내용 중 네 가지 면모를 중점적으로 살펴보았다. 첫째, 영조가 자신의 일생을 회고한 글과 실록의 행록을 통해 영조의 일생을 고찰하였다. 영조는 어린 시절 의례에 참여했을 때의 복식을 기억할 정

---

455 「면후(勉後)」, 『영종대왕어제속편』 권8, 앞 책, 17~18쪽.
456 『영종대왕어제속편』 권8, 앞 책, 10쪽.

도로 기억력이 좋았으며, 세자와 함께 유일한 왕자로서 일찍부터 국가의례에 참여하였음을 알 수 있었다. 성년이 되어 사지로 나간 뒤에도 종친의 우두머리로서 사신을 접대하고, 국왕을 시위하고, 국가의례의 중요 역할을 하였으며 스스로도 이를 자부하였다. 그러나 즉위 후에는 경종비와 인원왕후의 죽음, 효장세자의 죽음, 생모의 묘와 선조의 능에 배알한 일 등 가족적인 일을 주로 기술하고 있으며, 특히 새로 맞은 정순왕후와의 기념일과 행사 등을 중점적으로 기술하고 있다. 반면 행록에서는 법을 세우고 제도를 개혁한 면모나 충신을 현양하고 자연 재난에 백성을 진휼하고 더 나아가 탕평, 균역, 준천 등 본인이 가장 자랑스러워하는 국정운영자로서의 치적을 내세우고 있다.

둘째, 즉위 이전 집필 양상을 고찰하였다. 연잉군·세제 시절 영조는 잠저와 숙빈 최씨의 묘에서 지내며 자신을 육오거사六吾居士라 칭하며 경치시를 주로 쓰는 등 탈속한 세계를 추구하였다. 셋째, 즉위 이후의 집필 양상은 국정운영, 거주공간, 가족애 등으로 나누어 살펴보았다. 국정운영에 있어서 영조는 먼저 자신이 삼종혈맥을 잇는 정통 후계임을 주장하고 조종성덕을 칭송하였다. 농업국인 조선의 면모에 맞게 국태민안을 위해 산천과 사직에 기우제문을 많이 지었으며, 농사와 잠업에 대해서도 솔선하는 면모를 보였다. 또한 백성을 진휼하던 숙종의 면모를 추종하는 자세를 보이기도 하였다. 국가의 성패가 인재 선발에 있음을 알고 과거시험을 중시하였으며, 급제자에게 사은시를 내리기도 하였다. 또 역대 전란과 내란을 겪으면서 도성 방비 체제를 중시하였으며, 대보단에 명나라 태조와 의종을 새롭게 향사하여 존주대의의 대명의리를 강조하였다. 군신 간의 교유에서 수많은 갱진시를 지어 신하들과 국정에 대한 정서를 공유하였으며, 신하들에게 자주 시문을 하사하여 유대를 공고히 하였다.

궁궐 공간에 대해 읊은 내용을 보면 숙종이 왕실 가족의 생활 공간인 점을 부각시켰다면 영조는 자신의 거처인 점을 강조했는데 자신이 출생한 보경당을 '탄생당'이라 하고, 아버지를 시탕하던 곳을 '억석와'로, 잠저인 창의궁을 '구저'로 어린 시절을 보낸 경선당을 '추모당'으로 그리고 만년을 보낸 집경당을 '정와당, 종용당'으로 이름 짓는 등, 자기중심적으로 건물을 파악하였다. 영조가 궁궐 주변에서 자주 보고 또 관심 가진 경물은 앵두나무 등 식물도 있지만, 새벽을 알리는 닭, 여름에 사람을 괴롭히는 모기 등 다양한 편이었으며, 가족으로는 생모 숙빈 최씨에 대한 글이 많은데 국왕이 된 이후에도 격이 낮아 제사도 못 지내고 어머니라 부르지도 못하는 상황을 극복하기 위해 지속적인 추숭을 추진하여 결국에는 어머니의 묘를 '소령원'으로, 혼전을 '육상궁'으로 승격시켜 공식적으로 제사 지낼 수 있도록 하였다. 이처럼 영조는 예를 중시하던 조선 후기 유신들을 누르고 자신의 의지를 관철시키는 추진력을 갖고 있었다. 그러나 장수한 국왕의 숙명으로 인원왕후는 물론 자신이 아끼던 후궁과 자식들의 죽음을 겪어야 했는데 특히 젊은 시절을 함께한 정빈 이씨, 요절한 효장세자와 의소세손 그리고 화억옹주에 대한 애끓는 정은 친제한 제문에 남편으로서, 아버지로서의 비통한 심정이 잘 드러나 있다. 무엇보다 사도세자와 관련된 글들을 폐기하거나 간행하지 못하게 한 점에서 사도세자의 죽음이 얼마나 충격이었는지 공감할 수 있게 한다. 친제 제문보다 더한 슬픔을 느낄 수 있는 조처라 할 수 있다.

넷째, 재위 52년 수명 83세의 영조를 '노왕'으로 드러낸 어제를 살펴보았다. 회포, 읊조림, 강개함, 탄식, 추억, 마음, 아득함 등의 어휘를 제목으로 하는 글을 많이 지었고 『시경』의 편명을 효제의식이나 존주의식을 표상하는 시어로 인용하기도 하였지만, 내의원은 중국 명의인 '편작'으로 인삼탕은 공을 세운 약제라는 '건공탕'으로 작명하는 센스를 보였음을 밝혔다. 끝으로 다섯째, 탕평, 균역, 준천 등 자신의 국정 3대 사업 관련 어제를 자주 지어 성공적인 국정운영자로서의 자부심을 드러내었음을 밝혔다.

제4장 영조어제의 형식

영조어제의 형식을 보면,『열성어제』,『어제』,『영종대왕어제』,『영종대왕어제속편』,『영종대왕어제습유』 등은 제문, 서문, 잠箴 등 주로 한문의 일반적인 문체로 이루어져 있지만『어제집경당편집』,『어제속집경당편집』, 영조어제첩본, 영조어제간본 등은 감정이나 훈유 위주의 내용으로 독특한 산문이나 4언체, 3언체 율문 등 영조의 독자적인 문체로 되어 있다.

　제2장 영조어제현황에서 조사한 내용을 종합하면 영조어제 중 일반적인 문체는 제문이 1,270편으로 가장 많으며, 그다음으로 윤음이 216편, 서書가 101편 등이다.[1] 좀 더 구체적으로 살펴보면,『열성어제』는 시와 문으로 구분되어 있는데 시 494제 791수(별편 9제 9수 포함)에서 별편을 제외한 시 782수를 보면 5언 절구 80수, 5언 율시 8수, 7언 절구 585수, 7언 율시 10수, 고체시

1　이 외에 훈유 98편, 소지(小識) 90편, 축문 78편, 훈유 66편, 서문 43편, 제 36편, 기 31편 등이 있다.

로 48수, 잡체시로 357언시 3수(예제 1편), 6언시 14수[2], 4언시 5수(시경체 모방 2수 포함)[3] 등이 있다.[4] 7언 절구가 압도적이며, 5언 절구와 합치면 절구가 가장 많음을 알 수 있다. 율시를 비롯하여 다른 형식의 시는 매우 적은 편이다. 수가 많지는 않지만 고체시, 잡체시 등을 보면 여러 가지 작시에 대한 고민을 하였음을 알 수 있다. 그러나 크게 독특한 점이 보이지는 않는다. 이 외에 연구聯句 13제 19수, 가사歌詞 9제 13수, 치사致詞 17수 등이 있다. 문은 원편에는 소疏 6편, 행록行錄 3편, 묘지 3편, 음기 8편, 제문 170편, 축문 24편, 훈유 41편, 윤음 162편, 서書 63편, 서문 36편, 기문記文 14편, 발跋 4편, 제題 14편, 소지 73편,

---

2 6언시에는 「한음(閒吟)」, 「효고(曉皷)」, 「영월(詠月)」, 「음영(吟咏)」, 「기곤유필서회(氣困濡筆舒懷)」, 「우제(偶題)」, 「권학문(勸學文)」 2수, 「춘일기회육영(春日起懷六詠)」 등이 있다.

3 4언시에는 「감회[사언](感懷四言)」, 「효순입묘일감회음성[사언](孝純入廟日感懷吟成[四言])」, 「의소묘향대청서게[사언](懿昭墓香大廳書揭[四言])」 등이 있다.

4 이 외에 「권선지로행(勸善指路行)」, 「구저행(舊邸行)」, 「서강행(西江行)」, 「고인행(古印行)」, 「권학가(勸學歌)」, 「육경가(六更歌)」, 「관예동교가(觀刈東郊歌)」, 「노주기민가(勞酒耆民歌)」, 「도금가(陶琴歌)」, 「여민동환시(與民同歡詩)」, 「백공시(百公詩)」, 「심자시(心字詩)」, 「봉안례성동연일당시(奉安禮成同燕一堂詩)」, 「흥회시(興懷詩)」, 「희우시(喜雨詩)」, 「제천정(濟川亭)」, 「한북문(漢北門)」, 「고의(古衣)」, 「속육오당(續六吾堂)」, 「제청산백운도(題青山白雲圖)」, 「흠질충의음성일편(欽質忠義吟成一篇)」, 「개세음(慨世吟)」, 「의황기신망배례일창음(毅皇忌辰望拜禮日愴吟)」, 「전억석음[행복시선중작](前憶昔吟[行幸時船中作])」, 「후억석음[회가일선중작](後憶昔吟[回駕日船中作])」, 「창회음(愴懷吟)」, 「감회음(感懷吟)」, 「친경음(親耕吟)」, 「운한음(雲漢吟)」, 「조일음(朝日吟)」, 「태실가상존호회가승연시구음(太室加上尊號回駕乘輦時口吟)」, 「창회음(愴懷吟)」, 「갑술상원익일음성(甲戌上元朝翌日吟成)」, 「영희전중오친제회가일음성(永禧殿重五親祭回駕日吟成)」, 「세정묘중동초칠일율현빈기빈신례일회일배차심(崴丁卯仲冬初七日率賢嬪曁嬪伸禮而回一倍此心)」, 「어문휼민일흥감작[기사추석일](御門恤民日興感作[己巳秋夕日])」, 「친림도과일작(親臨道科日作)」, 「진찬자전일작(進饌慈殿日作)」, 「어원망배이황일작[갑술모춘](御苑望拜二皇日作[甲戌暮春])」, 「친림구궐일(親臨舊闕日)」, 「시의(示意)」, 「기회(紀懷)」 2편, 「기임각시우회(祈稔閣詩寓懷)」, 「인기여감기회(因其餘感紀懷)」, 「흥감술회(興感述懷)」, 「갑술원조태묘진전전알영수각육상궁전배후술회(甲戌元朝太廟眞殿展謁靈壽閣毓祥宮展拜後述懷)」, 「서시여의재어어제칙아원량병소서](書示予矣載扵御製飭我元良[幷小序])」, 「술회(述懷)」, 「기회(紀懷)」, 「금원관경(禁苑觀耕)」, 「억황은(憶皇恩)」 등 문체 분류가 쉽지 않은 작품들이 있다. 이들을 제목으로 보면 행(行) 4편, 가(歌) 5편, 시(詩) 6편, 음(吟) 14편, 작(作) 6편, 회(懷) 12편, 기타 5편으로 보이는데 이들의 문체별 구별은 차후에 논의하기로 한다.

명銘 13편, 찬贊 9편, 잠箴 3편, 송頌 4수, 상량문 1편 등이 있으며 『영조어제별편』에는 문이 27편 수록되어 있다. 분량을 보면 제문과 윤음이 가장 많고 소지, 서, 서문 등이 그 뒤를 잇고 있다.

시문의 구성과 관련하여 당대 대표적 문인인 채제공과 비교하면 채제공의 문 중에는 상소와 차자箚子, 계啓, 서계書啓, 헌의獻議 등 국왕에게 올리는 글이 가장 많으며, 이어서 제문이 많다.[5] 또한 영조만큼이나 많은 글을 남긴 정조의 문을 보면 제문이 가장 많으며, 교서도 200편 이상이 된다. 잡저, 책문, 윤음 등이 뒤를 잇는다.[6]

영조와 정조의 어제를 채제공의 글과 비교하면 채제공이 신하로서 임금에 올리는 글이 많은 반면, 정조나 영조는 제문이 가장 많고 신하들에게 내리는 글이 다음으로 많은데 영조는 특히 훈유의 글이 많은 것이 특징이다. 그러나 이들은 대부분 전통적인 한문 형식을 지키고 있어 영조만의 독자성이 보이지는 않는다.

『영종대왕어제속편』에는 제문 197편, 훈유 93편, 윤음 34편, 서書 21편,

5 『번암집』 구성을 보면 본집은 59권 27책으로 권수(卷首) 상하(上下)는 사륜(絲綸) 97편과 어찰(御札) 9편으로 이루어져 있다. 59권의 내역을 보면, 권1~19는 1520여 제(題)의 시(詩)로 이루어져 있으며, 이후는 문으로 권20~27은 소차(疏箚) 152편, 권28은 서계(書啓) 54편, 권29는 헌의(獻議) 49편, 권30~31은 계(啓) 100편, 권32~33은 서(序) 53편, 권34~35는 기(記) 50편, 권36은 서(書) 21편, 권37~38은 제문(祭文) 86편, 애책문(哀冊文) 1편, 애사(哀辭) 1편, 권39~43은 행장(行狀) 6편, 시장(諡狀) 22편, 권44~55는 신도비(神道碑) 26편, 묘갈명(墓碣銘) 58편, 묘지명(墓誌銘) 9편, 묘표(墓表) 8편, 유사(遺事) 1편, 전(傳) 14편, 권56은 발(跋) 14편, 권57은 비(碑) 13편, 권58은 명(銘) 24편, 송(頌) 2편, 찬(贊) 12편, 반교문(頒敎文) 1편, 전(箋) 1편, 장(狀) 2편, 상량문(上樑文) 4편, 설(說) 4편, 권59는 잡저(雜著) 22편으로 이루어져 있다.
6 정조의 『열성어제』를 보면 시는 438수(연구 18수 포함), 악장 4수, 치사 1수, 문은 서 23편, 서인(序引) 54편, 기 10편, 비 24편, 지문 1편, 행록 1편, 행장 1편, 제문 430편, 윤음 75편, 교서 225편, 돈유(敦諭) 44편, 유서(諭書) 20편, 비답 21편, 책문 78편, 논 2편, 설 5편, 찬 4편, 잠 5편, 명 16편, 송 2편, 잡저 74편이다(김남기, 「정조어제 해제」, 서울대학교 규장각 편, 『열성어제』 6, 서울대학교 규장각, 2003, 16쪽).

기記 16편, 제題 13편, 소지 12편, 유서 6편, 서문 5편, 축문 4편, 발跋과 고유告由 각 3편, 명銘 2편, 설說, 음기陰記, 사문赦文, 잠箴, 지志, 연구聯句 각 1편 등이다. 제문은 변함없이 제일 많으나 훈유가 93편이나 되는 점이 주목된다.

『영종대왕어제』는 제문 164편, 훈유 14편, 유서 7편, 기문 4편 등이며 제, 책제, 축문 등 각 3편, 칙유, 명 각 2편, 기타 교서, 서문, 사, 비답, 일기 등 각 1편이다. 역시 제문과 큰 차이가 있으나 훈유의 글이 많은 편이다. 『영종대왕어제습유』는 제문 698편, 축문 46편, 훈유와 하사문 각 7편, 서書 6편, 고유문과 시가 각 3편, 기타 소지, 유서, 교서 등이 각 1편씩 있다. 제문과 축문이 압도적으로 많은·편이다.

『어제집경당편집』은 희자명제噫字命題로 된 훈유와 감회의 글로 이루어졌으며, 『어제속집경당편집』도 같은 문체로 이루어졌다. 대개 산문으로 이루어져 있지만 4언체도 60편이나 보인다. 영조어제간본은 훈유의 성격을 지니고 있으며, 영조어제첩본은 『영조어제첩목록』에서 보듯이 희噫, 회懷, 탄嘆 등 감흥적 제목이 대부분이다. 율문의 대부분은 3언체이다. 본 장에서는 먼저 4언체, 3언체 율문 등을 영조체의 항목에서 살피고, 훈서, 윤음과 문답체 등을 차례로 고찰하여 영조어제의 문체적 특징 이해에 기여하고자 한다.

1. 영조체

영조어제첩본 5천여 건은 산문과 율문으로 대별되는데 이 율문에 대해 김상환은 3언, 4언, 5언 단구가 반복과 파격을 보이는 영조의 독특한 문체로서 각 구 이형各句異形,[7] 내구 반복,[8] 전구 반복,[9] 각 구 반복,[10] 기타[11] 등으로 이루어진 '영조체'라고 하였다.[12] 영조체 율문은 4구를 기본으로 하며, 4구 중 앞 2구를 전구前句, 뒤 2구를 후구後句라 하고, 전구에서 앞 구를 내구內句, 뒤의 구를 외구外句라고 명명한 것이다. 그리고 구 수 계산은 내외구를 합한 전구를 1구로 계산한다. 3언체는 6자가 1구가 되는 셈이다.[13] 필자는 영조의 율문이 3언, 4언, 5언, 6언, 잡언 등 다양한 형태를 보이며 특히 3언체가 큰 비중을 지니고 있다는 것을 밝혔다.[14] 영조의 율문은 이처럼 형식이 다양할 뿐 아니라 길이에 있어서도 짧게는 8구에서 길게는 100구까지 다양한 형태를 보여주고 있다.

덕유당 예전을 추억하니
처음 추모한 건 임오년이네.
경자년 어머니를 생각하고
초막에 있을 때는 경술년이었네.
신묘년에 뜰에서 봉작을 받고
임진년에 기로연을 했지.
예전을 생각하니 회포가 만 배인데
서암을 바라보니 마음이 천 길 내려앉네.

7 예: "曷勝懷 只自歎 憶幼時 若前生".

8 예: "曷勝慨 今暮年 曷勝慨 逢此臘".

9 예: "曷勝慨 曷勝慨 夜長甚 夜長甚 曷勝慨 曷勝慨 八旬初 八旬初".

10 예: "曷勝慨 曷勝慨 予何人 予何人 只自歎 只自歎 此何世 此何世".

11 예: "慷慨八旬 是豈孝也 慷慨冥然 是豈孝也".

12 김상환, 「영조어제첩의 체제와 특성」, 『장서각』 16, 한국학중앙연구원 장서각, 2006, 18쪽.

13 김종서는 「영조와 건공탕의 의미」(『장서각』 16, 한국학중앙연구원 장서각, 2006, 101~105쪽)에서 건공탕 관련 율문을 다루면서 홀수 구 같은 어휘 연속 반복과 짝수 구 단어 반복(예: 慨建功 慨建功 爾何功 爾何功 慨建功 慨建功 爾何效 爾何效), 각 구 앞쪽 단어 반복(예: 慨建功 八十餘 慨建功 一何悶 慨建功 誠苟且 慨建功 亦冥然), 각 구 내 같은 단어 반복(예: 問建功 問建功 予視勝 予視勝 建功聞 建功聞 自低頭 自低頭), 일정한 음수율을 통한 언어 배치(예: 慨建功 曷勝歎 爾果效 予若此 日兩服 誠一般 若三飲 氣益藹) 등으로 이루어졌다고 하였다.

14 안장리, 「영조어제첩본 율문의 종류와 주제」, 『장서각』 16, 한국학중앙연구원 장서각, 2006, 50쪽.

당 오른쪽 헌 그 이름은 무엇인가?

안지顔子의 극기잠일세.

德游堂 憶昔年 初追慕 壬午歲

庚子年 憶慈聖 居廬時 即庚戌

辛卯年 庭受爵 於壬辰 耆耆宴

追憶昔 懷萬倍 瞻瑞巖 心千隕

堂右軒 其名何 即顔子 克已箴[15]

위 율문은 영조가 80세 되던 해에 처서處暑를 맞이하여 덕유당에서의 옛일을 순차적으로 회고하고 덕유당 주변의 경물을 읊고 있는데 3언체 10구로 이루어져 있다. 형식은 각 구 이형이다. 이 3언체 율문의 길이를 보면 짧게는 8구「어제개금세御製慨今世」(K4-901)[16] 등도 있으나 길게는 12구「어제개금세御製慨今世」(K4-903)[17] 등], 20구「어제개금세御製慨今世」(K4-904)[18] 등], 30구「어제개금세御製慨今世」(K4-905)[19] 등], 50구「어제과현기御製果眩氣」(K4-1161)[20] 등], 더 나아가 100구「어제갈승모御製曷勝慕」(K4-0535)[21] 등]까지 연속된 경우도 보인다.

---

15 「어제덕유당(御製德游堂)」(K4-1723) 권말에 "歲癸巳處暑月初三日書"라는 관지가 있다.
16 이 율문은 영조 49년(1773) 12월 29일에 지었으며, 한 해를 보내고 새해를 맞이할 즈음의 세상의 인심을 개탄한 내용이다. 내외 3언 8구로 이루어져 있다.
17 이 율문은 영조가 81세에 지었으며, 당시 세태를 개탄한 내용이다. 내외 3언 12구로 되어 있다.
18 이 율문은 영조 50년(1774) 9월 4일에 지었으며, 대신들이 입시하여 경사(慶事)를 진하할 것을 청하였는데 윤허하지 않으면서 감회를 읊은 시이다. 내외 3언 20구로 되어 있다.
19 이 율문은 영조 51년(1775)에 지었는데 영조가 늙음을 개탄하고 세상을 개탄하면서 국가의 기강과 인재를 생각하는 마음을 읊고 있다. 내외 3언 30구로 이루어져 있다.
20 이 율문은 영조 51년(1775) 2월에, 자신에게 일어나는 현기증을 소재로 읊은 내외 3자 50구의 율문이다.
21 이 율문은 영조가 82세에 감회를 적은 율문으로 특히 건공탕에 대해 읊고 있는데 내외 3언 100구로 이루어져 있다.

그 꿈을 크게 깨니 어째서 오늘인가?

깨달음은 무엇인가 바로 내 평생이네.

일한재 이름은 스스로 알 것을 기약한 것.

육오당 명칭으로 나 마음 볼 수 있네.

창의궁 옛집에 십 년간 내 머물렀네.

아아! 신축년에 다시 입궐하였지.

비록 이 당에 있으며 주야로 떨고 있으니

흥취가 이에 이르면 꿈속이 답답하네.

세상은 얼마나 구차하고 온갖 생각 뜬구름 같아

누워 비껴 보니 만기를 초월하네.

大覺其夢 其何今日　其覺維何 卽予平生

日閑齋名 自期可知　六五堂號 予心可見

彰義舊邸 十年予居　嗟哉辛丑 其復入闕

雖在此堂 晝夜憧憧　興惟乎此 夢裏沓沓

何苟乎世 百念浮雲　臥以睥睨 萬機楚越[22]

위 율문은 잠저에서 대궐에 들어와 많은 일이 부질없음을 깨닫고 한가
해지기를 바라는 마음을 표현한 4언체이다. 형식은 각 구 이형이다. 영조어제
첩본에서 이 4언체는 3언체 다음으로 많은 분량을 차지하지만 3언체에 비하
면 10% 정도밖에 되지 않는다. 역시 8구「어제강개御製慷慨」(K4-700)[23] 등], 20구

---

22 「어제대각(御製大覺)」(K4-1703). 권말에 "歲同年同月同日集慶書"라는 관지가 있다.

23 이 율문은 노년에 당 안에서 조섭하면서 과거를 추억하면 아득하기만 한 자신에 대해 한탄하며
   읊은 내외 4언 8구의 율문이다.

「어제강개御製慷慨」(K4-690)[24] 등], 30구「어제강개御製慷慨」(K4-688)[25] 등], 50구「어제
당중호사만회御製堂中呼寫寓懷」(K4-1699)[26] 등], 100구「어제금일흥회만배御製今日興懷
萬倍」(K4-1479)[27] 등] 등 다양하다.

> 지금의 세태 개탄스럽네.
> 그대들은 성인을 배워야 하네.
> 만약 무슨 이유인지 묻는다면
> 이는 모두 한 사람을 속이는 거네.
> 세상 사람들은 학문은 무릇
> 이처럼 잘 배울 수 있다 하네.
> 사람이 모두 요순이 될 수 있다 하지만,
> 나는 스스로 비웃을 뿐.
> 경사를 일컬음을 오장五臟에 감추었는데
> 어찌 산호 소리로 경하하길 기다리리.
> 그 혼미함이 한가지로 심한지
> 그 미혹됨이 굳어진 것 같구나.
> 말해야 무슨 이득 있으랴
> 다만 스스로 강개하기 끝없을 뿐.
> 편작은 건공탕을 더한다지만,

24 이 율문은 지영례를 행한 날 나라의 경사를 일컫는 신하와 백성들에게 강개한 심사를 표현한 내
    외 4언 20구로 이루어진 율문이다.
25 이 율문은 선친에 대한 추모와 건공탕을 마시는 괴로움을 읊은 내외 4언 30구로 이루어진 율문
    이다.
26 이 율문은 집경당에서 회포를 풀기 위해 읊은 율문으로 내외 4언 50구로 이루어져 있다.
27 이 율문은 영조 47년(1771) 4월 5일에 하향대제(夏享大祭)의 이의(肄儀: 예행연습)를 보고 느낀
    감회를 내외 4언 100구로 읊은 율문이다.

팔순에 더욱 혼미할 뿐이네.

慷慨今時體　君輩學聖人

若問此何由　此皆一人誑

世人凡學問　若是善能學

人皆可堯舜　予自一哂焉

稱慶藏五臟　何待山呼賀

其昏一何甚　其迷若是固

言雖其何益　只自慷慨亘

扁鵲加建功　八旬益昏矗[28]

　　위 율문은 5언체 8구로 이루어져 있다. 형식은 각 구 이형各句異形이다. 세상 사람들이 성인聖人을 배운다고 하지만 모두가 요순堯舜처럼 될 수 없다며, 유행만 따르는 시체時體 세상에 대해 강개한 심정을 읊었다. 이 5언은 6구「어제금여회천만御製今予懷千萬」(K4-1395)[29], 10구「어제금봉서야평御製今逢書夜平」(K4-1353)[30], 12구「어제금의공자전御製錦衣公子傳」(K4-1413)[31], 16구「어제기청御製祈晴」(K4-1577)[32] 등이 있지만 작품 숫자는 몇 편 되지 않는다.

28　「어제강개금시체(御製慷慨今時體)」(K4-705). 권말에 "同年同月日慷慨吟"라는 관지가 있다.

29　이 율문은 영조 49년(1773) 9월 1일에, 삼공(三公)과 구경(九卿)이 도전하려는 영조의 금석 같은 마음을 읊은 내외 5언 6구의 율문이다.

30　이 율문은 영조 50년(1774) 8월에, 두 곳의 의례를 손자에게 대신하게 하고서 효와 자식의 도리를 다하지 못함을 탄식한 내외 5언 10구의 율문이다.

31　이 율문은 영조 49년(1773) 윤3월에, 초여름에 들었던 금의공자 황조의 울음소리를 듣고 회포가 일어 읊은 내외 5언 12구의 율문이다.

32　이 율문은 영조가 가을철에 비가 잦자 기청제를 올리면서 감회를 내외 5언으로 16구로 읊은 율문이다.

답답하게 아침저녁으로 건공탕만,

묻건데 전생前生에서도 그랬는지?

두 번도 부족해서 세 번을 권하니

하루에 1량 2전씩일세.

아아! 팔원八元은 언제나 와서

몇 번 복용한 이후에 중지하게 될까?

어제저녁 두 번을 안 먹는 걸 허락받은 것은

진실로 간절히 마시는 걸 허락받았기에.

새벽부터 먼저 복용한 것을 믿어 준 것이지.

어찌 나를 위해서리 남을 위해서네.

아마도 잘 알아서 내 스스로 괴로울 걸

금일 편작은 모두 편안하네.

팔순 군왕이 번민하는데

아아! 내국內局은 날마다 권하네.

관직을 맡았으면서 다만 처방만 받들고

의관 방태여는 열쇠만 생각하네.

어떤 모습이며 이는 어떤 방법인가?

세상 사람이 아는 건 모두 건공탕이네.

예관으로 하여금 신농씨에게 묻게 하고

편작으로 하여금 기백에게 묻게 하네.

沓沓晝夜建功　借問前生亦有

二猶欠足勸三　一日一兩二錢

嗟哉八元何來　數服伊後中止

昨夜許免兩提　因其誠懇許飮

曉來先服信焉　豈爲予寔爲人

其能知予自苦　今日扁鵲皆便

八旬其君惟悶　嗟哉內局日勸

掌務官只奉鈔　方泰興惟開金

何景像此何道　世人知皆建功

令禮官質神農　令扁鵲問歧伯[33]

위 율문은 6언체이다. 형식은 각 구 이형이다. 이 글에서 영조는 매일
세 번씩이나 건공탕을 먹어야 하는 괴로움과 내의원에 대한 불만을 토로하고
있다. 이 6언은 한두 편에 불과한데 3언체와의 차이는 1~7구를 보다시피 내
용 의미가 2·2·2언으로 이루어져 있다는 점이다. 18세기에 유행한 6언시의
의미 단위도 3·3언보다는 2·2·2언으로 이루어져 있다.[34] 그런데 이 시에서
8~10구는 3·3으로 되어 있어 혼용 양상이 보인다. 그만큼 영조는 형식에 얽
매이지 않고 글을 지은 셈이다.

동쪽을 보니 해가 바다 위로 날아오르고

서쪽으로 보니 달이 산 아래로 내려가네.

붉은 꽃은 계단 위를 붉게 하고

푸른 나무는 동산을 푸르게 하네.

나무 그늘에 노란 꾀꼬리 대대로 빈성하고

해를 향해 백학은 쌍쌍이 우네.

구름 속 밝은 달은 구름 속에 밝고

---

33 「어제답답(御製沓沓)」(K4-1658), 권말에 "憧憧年沓沓月同日"라는 관지가 있다.

34 안대회는 18세기 중기 시의 혁신적 변모의 하나로 이용휴의 '6언시 창작 시도'를 들었다. 이용
휴의 「육언(六言)」을 보면 "愛錢莫施爲虜 嗜酒無儀是囚 先生自謂能免 未審它人許不"이라 하여
3·3으로 나눌 수 없음을 알 수 있다(『18세기 한국한시가 연구』, 소명출판, 1999, 240~244쪽).

나무 위 붉은 해는 나무 위를 붉게 하네.

태양은 우주의 등불이요,

명월은 천지의 거울이라.

어진 사람과 어리석은 사람이 하늘땅 차이이듯

군자와 소인은 흑백과 같다.

東望金烏海上飛 西瞻玉兎山下走

紅花階上紅 綠樹園中綠

樹陰黃鶯代代盛 向陽白鶴雙雙鳴

雲中明月雲中明 樹上紅輪樹上紅

紅輪宇宙燈 明月乾坤鏡

賢人愚者若霄壤 君子小人如黑白[35]

이 율문은 오칠언 잡언체이다. 영조가 해와 달 그리고 군자와 소인에 대한 대구를 읊은 글이다. 7언과 5언이 섞여 있는데 이런 형태는 희소한 편이다.

금년에 옛날을 만나니, 효인가 효인가?

무술년을 추억하니, 효인가 효인가?

52년이 아득히 지나가니, 효인가 효인가?

하물며 금년에는 어떻게 예를 펼칠 것인지? 효인가 효인가?

이틀 전에 간신히 예를 펼쳤네. 효인가 효인가?

어제는 다만 절하고 예를 관리했네. 효인가 효인가?

6일 안에 더욱 쇠해지고 더욱 쇠해졌네. 충인가 효인가?

풍천과 육아가 6일에 겸했네. 충인가 효인가?

35 「어제동망금오해상비(御製東望金烏海上飛)」(K4-1766).

지척에 있는 구저에서 예전에 받든 일이 어제 같네. 효인가 효인가?

남은 경사 살피고자 하니 눌렀던 회포가 더 요동치네. 효인가 효인가?

효장과 효순은 나를 생각하는가 연연하나 다만 그 문을 지날 뿐, 자애인가 자애인가?

의소세손은 오 년 전 오직 쌓인 회포를 생각하네. 자애인가 자애인가?

6일을 멀건 죽으로 지탱하니, 더욱 쇠하고 회포만 쌓이네.

비록 집경당에 모였으나, 회포는 만 배요, 그리움은 억만 배네.

今年逢昨日　孝乎孝乎

追憶戊戌年　孝乎孝乎

五十二年冥然過　孝乎孝乎

況今歲何伸禮　孝乎孝乎

兩昨僅伸禮　孝乎孝乎

昨日只拜攝禮　孝乎孝乎

六日之內益衰益衰　忠乎孝乎

風泉蓼莪兼於六日　忠乎孝乎

咫尺舊邸昔奉若昨　孝乎孝乎

餘慶欲審抑懷過動　孝乎孝乎

孝章孝純思予戀戀只過其門　慈乎慈乎

懿昭五昨惟憶鬱懷　慈乎慈乎

六日支撐饘粥　益衰含懷

雖回集慶　懷萬慕億[36]

36　「어제만회억모(御製萬懷億慕)」(K4-1902), 권말에 "歲庚寅暮春寒食清明日　飮涕以識　日雖清明氣
昏　氣昏朝聞夜禮萬億其懷"라는 관지가 있다.

위 율문은 잡언체이다. 영조가 1770년(영조 46) 3월 청명일에 쓴 시로 무술년(1718)에 돌아가신 생모와 창의궁에 모셔진 아들, 손자에 대한 추모의 마음을 읊었다. 후렴구의 음수는 일정하되 내구의 자수가 5자, 6자, 8자, 12자 등으로 불규칙한데 감정에 충실해서 형식에 자유로웠던 영조의 정서가 엿보인다. 이러한 잡언체는『어제집경당편집』에도 보이는데 1767년(영조 43) 74세에 쓴「자성옹자탄自醒翁自歎」의 형식이 다음과 같다.

> 자성옹, 자성옹, 그대는 어찌 자탄하는가?
> 비록 이 명칭으로 불리나 이름이 실상과 같지 않아서네.
> 자성옹, 자성옹, 그대는 어찌 자탄하는가?
> 이로써 거처에 이름 붙이니 마음에 부족하네.
> 自醒翁自醒翁 君何自歎 雖稱此號 名實不同
> 自醒翁自醒翁 君何自歎 以此命舍 心嘗歉然[37]

이 율문은 이렇게 내외구의 음수가 다른 전구가 반복되고, 후구가 4·4구인 형태로 총 20구로 이루어진 잡언체이다.

『어제집경당편집』에서도 독특한 형식들이 많이 실험되고 있지만 영조 어제첩본에 압도적으로 보이는 3언체는 한 편도 없다. 반면에 영조어제첩본 율문은 3언체가 압도적으로 많으며 특히 3언체는 80세 이후인 갑오년(1774)과 을미년(1775) 간에 집중적으로 창작된 것을 확인할 수 있다.

영조가 이렇게 다양한 형식의 글을 창작하게 된 계기는 자신의 감정을 기존의 형식으로만 토로하는 데 만족하지 못했기 때문인 것으로 여겨진다.

---

37 「자성옹자탄(自醒翁自歎)」,『어제집경당편집(御製集慶堂編輯)』 권5, 26장, 국학진흥연구사업추진위원회 편,『영조·장조문집』, 111쪽.

영조는 이른 시기부터 같은 주제에 대해 다양한 형식으로 실험하곤 했는데 1746년(영조 22) '권학勸學'을 주제로 한 글을 보면 영조는 먼저 '學학'을 운으로 34구의 「권학가勸學歌」를 짓고, 이어서 7언 절구의 「권학문」을 2수 지었으며 다시 6언시를 2수 짓고, 또 5언 절구 2수를 지었다.[38] 같은 주제에 대해 시가, 7언 절구, 6언시, 5언 절구 등으로 창작한 셈이다. 같은 시기에 지은 백성과의 즐거움을 주제로 하는 글의 경우도 '歡환'을 운으로 하는 10구의 「여민동환시與民同歡詩」를 짓고 이어서 「시의示意」라는 제목으로 백성과의 즐거움을 7언 절구와 5언 절구로 지었다. 그리고 이 5언 절구는 승정원, 예문관, 병조, 춘추관 등에서 갱진하게 하기도 한다.[39]

영조체에 있어서 『어제집경당편집』과 『어제속집경당편집』에는 3언체가 보이지 않고 4언체만 60편 보이는 반면 영조어제첩본에는 4언체는 별로 보이지 않고 3언체가 대부분이라는 점에서 1764년(영조 40) 11월에서 1770년(영조 44) 7월까지는 4언체를 주로 짓고 그 이후 3언체를 지은 것으로 여겨지는데 『봉모당봉안어서총목』을 보면 1773년(영조 49) 1월 30일에 지은 「어제회천만모만억御製懷千萬慕萬億」(K4-5502)이 최초의 3언체로 여겨지므로 3언체는 이 시기 이후에 지은 것으로 여겨진다.[40]

이로 볼 때 영조는 1772년(영조 48)까지는 4언체를 주로 지은 것으로

---

38 「권학가(勸學歌)」, 「열성어제 권19」, 서울대학교 규장각 편, 『열성어제』 3, 313쪽; 「권학문(勸學文)」, 「열성어제 권19」, 앞 책, 316쪽; 「동제(同題)」 [육언(六言)], 「열성어제 권19」, 앞 책, 317쪽; 「잉전제이작(仍前題而作)」, 「열성어제 권19」, 앞 책, 같은 쪽.

39 「여민동환시(與民同歡詩)」 [병소서(幷小序)], 「열성어제 권19」, 앞 책, 318쪽; 「시의(示意)」, 「열성어제 권19」, 앞 책, 320쪽.

40 이는 좀 더 자세한 천착이 필요하다. 필자는 장서각에서 출판한 『영조어제 해제』 총 10권을 토대로 『봉모당봉안어서총목』의 제목에 영조어제첩본을 맞추어 『봉모당도서목록』 해제본을 만들었던바 이 목록을 토대로 보면 『봉모당봉안어서총목』 권1의 1188번째 있는 「어제회천만모만억(御製懷千萬慕萬億)」(K4-5502)이 3언체임을 확인할 수 있다. 그러나 이는 전체를 살핀 것은 아니므로 추정이라 할 수 있다.

추정할 수 있다. 연대가 밝혀진 자료로 볼 때 1770년 250여 편, 1771년 450여 편, 1772년에 300여 편이던 것이 1773년 800여 편, 1774년 1,400여 편, 1775년 900여 편을 짓고 있어 영조어제첩본에 3언체가 많은 이유는 1773년 이후의 작품이 압도적으로 많기 때문으로 볼 수 있다. 특히 연대 미상의 영조어제첩 본의 경우 '동년 동월 동일同年同月同日'로 적은 관지가 많아 이를 밝히면 그 수 는 더욱 늘어날 것으로 추정된다.

따라서 영조의 영조체 형성 과정은 대체적으로는 4언체→ 3언체로 진 행되며 여기에 내외구, 전후구의 반복이나 후렴 등을 사용하는 것이 특징적 인데 이는 시경체의 영향도 있는 것으로 추정된다. 1749년(영조 25) 영조가 시 경체를 모방한 「흥회방시경체이작興懷倣詩経體而作」[41]을 보면 다음과 같다.

야경 소리 둥둥 하니 북두칠성 밝게 빛나.
멀리 청묘 보며 지난날을 추억하네.
야경 소리 둥둥 하니 은하수가 비단 같아.
민궁을 바라보며 옷깃에 눈물 적시네.
야경 소리 둥둥 하니 별 무리 하늘에 곱네.
들리는 듯 보이는 듯 마음은 묘 앞이네.
夜皷鼕鼕 星斗皎然 遥望清廟 追憶往年
夜皷鼕鼕 銀河如練 瞻望閟宮 涕泗被面
夜皷鼕鼕 星河麗天 如聞如覩 心在廟前

이 외에도 시경체를 모방한 경우로 「계음일시繼吟一詩」[42]를 들 수 있으

---

41 「열성어제 권20」, 서울대학교 규장각 편, 『열성어제』 3, 453쪽.
42 「열성어제 권20」, 앞 책, 454쪽.

며, 이후 구절의 일부를 반복하는 양상을 보인 경우로 「의황기신망배례일창음毅皇忌辰望拜禮日愴吟」,[43] 「전억석음前憶昔吟」,[44] 「홍회시興懷詩」,[45] 「후억석음後憶昔吟」[46] 등을 들 수 있다.[47] 그러나 영조의 율문이 영조체가 되는 것은 50세 전후로 여겨지는데 당대 편찬된 글의 내용을 보면 훈계의 '훈訓'이 제목에 들어가는 교훈서가 주류를 차지하고 있기 때문이다.[48] 만년에 집경당에서 집필한 『어제집경당편집』의 권두도 보면 "집경편록유시후손集慶編錄留示後孫"이라는 어필을 수록하여 훈계가 목적임을 드러내었다. 물론 이 문집은 훈계의 내용만 담은 것은 아니다. 오히려 개인 추모追慕와 자성自省이 주요 내용을 이룰 뿐아니라 스스로를 '자성옹自醒翁'이라 하여 자기만 깨어 있다는 자부심을 드러

---

43 「열성어제 권20」, 앞 책, 466쪽.

44 「열성어제 권20」, 앞 책, 473쪽.

45 「열성어제 권20」, 앞 책, 480쪽.

46 「열성어제 권20」, 앞 책, 484쪽.

47 「의황기신망배례일창음(毅皇忌辰望拜禮日愴吟)」은 7언 10구로 1, 2구를 보면 "朝鮮受命始高皇 幾百餘年皇恩深 字小深恩浹肌膚 夙宵銘鏤愴懷深"과 같이 외구 뒤 3자를 '愴懷深'으로 반복하되 제1구와 제10구만 '皇恩深'이라 하였다. 「전억석음(前憶昔吟)」은 7언 8구로 역시 '愴我心'을 반복하되 제1구와 제8구만 '倍我心'이라고 하였다. 「홍회시(興懷詩)」는 7언 16구로 '愴懷深'만을 16번 반복하였으며, 「후억석음(後憶昔吟)」은 7언 8구로 '愴我心'을 반복하되 제1구는 '一倍心' 제8구는 '知我心'으로 변화를 주었다.

48 최봉영은 「영조·장조문집 해제」(국학진흥연구사업추진회 편, 『영조·장조문집』)에서 영조가 나이가 들자 자신 있게 글을 쓰기 시작했다며, 50세 이후에 「어제상훈(御製常訓)」 및 언해(1745), 「어제자성편(御製自省篇)」(1746), 「어제자성편언해(御製自省篇諺解)」 및 「어제정훈(御製政訓)」(1749), 「어제훈서(御製訓書)」 및 언해(1756), 「어제계주윤음(御製戒酒綸音)」과 「어제고금연대귀감(御製古今年代龜鑑)」(1757), 「어제경세문답(御製警世問答)」(1761), 「어제경세문답언해(御製警世問答諺解)」와 「어제경민음(御製警民音)」 및 「어제경세문답속록(御製警世問答續錄)」(이상 1762), 「어제효제편(御製孝悌篇)」(1763), 「어제조훈(御製祖訓)」 및 「어제경세편(御製警世編)」(1764), 「어제백행원(御製百行原)」(1765), 「어제소학지남(御製小學指南)」(1766), 「어제독서록(御製讀書錄)」(1767), 「어제풍천록(御製風泉錄)」(1771), 「어제팔순서시후곤록(御製八旬書示後昆錄)」 및 「어제권세위효제문(御製勸世爲孝悌文)」(1773), 「어제조손동강대학문(御製祖孫同講大學文)」(1775) 등을 저술하였다고 하였다. 그러나 이러한 훈서는 48세에 지은 『대훈』(1741)이 효시이므로 이때부터로 봐야 할 것이다.

내고 있다.[49]

영조가 기존의 정통적 방식에서 벗어난 글쓰기를 시작한 것도 이러한 자부심을 바탕에 둔 것으로 추정된다. 한편으로는 그럼에도 불구하고 뜻대로 되지 않는 현실에 대한 탄식의 의미도 있었던 듯한데 1762년(영조 38) 임오화변을 앞둔 몇 개월 전 작품에서 절절한 자술自述 율문이 보인다.

> 임오년 4월 꿈에 어머니를 뵈었네.
> 잠에 깨어 회포이니 하물며 평소 같네.
> 오롯이 깨 아침 기다려 장락전에 참예했네.
> 비록 미천한 뜻 펼쳤으나 남은 회포 간절하네.
> 6월 1일 진전에 지영하여
> 먼저 분향하고 경복전에 봉심했네.
> 전각은 비록 적막하나 문침하던 것 같네.
> 오직 우리 어머니 언제 다시 모실까?
> 머리 돌려 앞뒤 보니 길과 거리 완연한데
> 오직 우리 어머니 언제 다시 모실까?
> 북쪽 계단 풀이 무성하나 여전히 꽃 피었네.
> 오직 우리 어머니 언제 다시 모실까?
> 아아 영모당 들창을 다시 여네.
> 오직 우리 어머니 언제 다시 모실까?
> 비록 다시 초상화 뵈나 장차 어디에 아뢸까?
> 오직 우리 어머니 언제 다시 모실까?

49 최봉영(앞 책, 18~19쪽)은 영조가 중년에는 '自省翁'이라 하여 자신에 대한 반성을 중시했지만 노년에는 '自醒翁', '自惺翁', '惺惺翁'이라고 자부하였다고 하였다.

비록 여기에 왔으나 볼 수도 들을 수도 없으니,

오직 우리 어머니 언제 다시 모실까?

아침저녁 안타까운 마음 하소연하려 해도 길이 없네.

오직 우리 어머니 언제 다시 모실까?

정성왕후 같은 사람 없으니 소자의 불효요,

효장세자 같은 사람 없으니 소자의 불효요,

효순세자빈 같은 사람 없으니 소자의 불효요,

의소세손 같은 사람 없으니 소자의 불효요,

이제 모두 돌아가 모시니 소자는 아득하네.

멀고 먼 푸른 하늘이여 이 어떤 사람인가?

전각에 앉아 불러 쓰게 하니 남의 자제로 힘써서

마땅히 나를 거울로 삼아 뒤에 후회하지 말기를.

壬午孟夏　夢拜慈聖　睡覺興懷　怳若平時

耿耿待朝　詣拜長樂　雖伸微忱　餘懷冞深

榴月朔朝　祗謁眞殿　先行焚香　奉審景福

殿宇雖寂　若將問寢　惟我慈聖　何日復侍

回瞻前後　門塗宛然　惟我慈聖　何日復侍

北堦茂草　尙有餘花　惟我慈聖　何日復侍

嗚呼永慕　不忍開牖　惟我慈聖　何日復侍

雖瞻御容　將奏於何　惟我慈聖　何日復侍

夙宵焦心　欲訴無路　惟我慈聖　何日復侍

莫若貞聖　小子不孝　莫若孝章　小子不孝

莫若孝純　小子不孝　莫若懿昭　小子不孝

今皆歸侍　小子冥然　悠悠蒼天　此何人哉

坐殿呼寫 勉人子弟 宜鑑于予 莫悔於後[50]

이 글은 1762년(영조 38) 4월 1일에 쓴 율문이다.[51] 1757년(영조 33)에 승하한 인원왕후에 대한 그리움으로 제7구부터 제20구까지 후구에 '惟我慈聖何日復侍유아자성 하일부대'를 7번 반복하고 있으며, 제21구에서 제24구까지 '莫若−小子不孝막약−소자불효'를 4번 반복하고 있다. 이후 영조는 신하와의 문답에서도 4언을 즐겨 쓰는 태도를 보인다. 1764년(영조 40) 1월 3일의『승정원일기』를 보면 영조가 정초에 종묘를 비롯하여 생모를 모신 육상궁, 자신이 잠저시에 머물렀던 창의궁 등을 둘러보고 궁으로 돌아와 신하에게 내린 말이 있는데 첫 마디에서 '희噫'라는 감탄을 하고 4·4언 2구로 읊고 또 "전월정섭지시前月靜攝之時"라고 한 뒤에 4·4언 7구를 읊고 있다.[52] 이러한 표현이『승정원일기』에 간혹 보이는데 이 당시 영조는 문답할 때 4언을 즐겨 썼음을 알 수 있다. 1765년(영조 41)에 쓴 글을 모은「희자명제 24편噫字命題 二十四編」의 제24편에서도 이를 확인할 수 있다.

오늘은 어떤 날인가? 예전의 탄신일이네.

임오년을 추억하니 하물며 어제 같네.

오늘은 어떤 날인가? 예전의 탄신일이네.

9세에 처음 절한 것이 하물며 어제 같네.

今日何日 昔年誕辰 追憶壬午 怳若昨日

50 「기회(記懷)」,『영종대왕어제』, 국학진흥연구사업추진위원회 편,『영조문집보유』, 219쪽.
51 이 글의 말미에 '歲皇朝崇禎戊辰紀元後百三十五年壬午仲夏朔朝 飮涕謹識 令入侍承宣 書揭於齋室'이라고 언급하고 있다.
52 『승정원일기』, 영조 40(1764) 1월 3일.

今日何日 昔年誕辰 九歲初拜 怳若昨日[53]

　　이처럼 4·4언 106구로 이루어진 이 시는 전구가 동일한 형태로 53번 반복되고 있다. 즉 전구의 내외구는 계속 반복되어 있으며, 후구의 외구는 '怳若昨日황약작일'이 29번, '其復何日기복하일'이 16번, '其惟月日기유월일'이 8번 순차적으로 반복되고 있다. 반복으로 인한 율격화가 확실해진 율문이다. 이 율문은 문답체라기보다는 스스로 일생을 회고하는 독백체의 성격을 띠고 있는데 문답체의 독특한 양식이 확대·정리된 결과로 여겨진다.

　　이렇게 영조어제는 일상생활에서 문답처럼 주고받거나 자신의 일생에 대한 추억·추모를 반복하였기에 하루에도 몇 편씩 작품을 창작할 수 있었는데, 어제첩 말미 관지에 "동년 동 월일同年同月日"이라고 표기한 경우가 많은 점이 하루에 몇 편씩 창작한 사실을 입증한다. 이는 작품의 기법으로도 활용되어 작품 내에서 화자와 청자를 등장시켜 문답을 벌이게 하기도 하였다.[54]

　　영조어제첩본은 매 작품이 창작 시기가 표기되어 있기는 하지만 정확한 시기를 싣지 않은 경우도 많아 모든 작품의 창작 시기를 확인할 수 있는 것은 아니다. 다만 비교적 이른 시기에 3언 율문의 단초를 보이는 작품으로 「어제광명전문명선御製光明殿聞鳴蟬」(K4-1181)을 들 수 있다.

　　우는 매미, 우는 매미, 나를 아는가? 나를 아는가?
　　내가 강보에 있을 때 네 소리 보경당에서 들었지.
　　우는 매미, 우는 매미, 나를 아는가? 나를 아는가?

53　『어제집경당편집』, 국학진흥연구사업추진회 편, 『영조·장조문집』, 64쪽.
54　이는 기존 분류에서 지의부(旨意部)의 '문답(問答)'을 한 항목으로 설정할 정도이다. 스스로를 '자성옹(自醒翁)', '주인옹(主人翁)' 등으로 객체화하여 문답하게 하고 있는데 이런 문답체는 율문보다는 산문으로 이루어져 있다.

내가 어렸을 때 네 소리 건극당에서 들었지.

우는 매미, 우는 매미, 니를 아는가? 나를 이는가?

내가 중년일 때 네 소리 창의궁에서 들었지.

우는 매미, 우는 매미, 나를 아는가? 나를 아는가?

내가 모년일 때 네 소리 광명전에서 들었지.

우는 매미, 우는 매미, 나는 그 소리 익숙하네.

어려서부터 지금까지

우는 매미, 우는 매미, 나는 그 소리 익숙하네.

대궐에서부터 구저에서까지

우는 매미, 우는 매미, 나는 그 소리 익숙하네.

회갑에서부터 근팔近八까지

우는 매미, 우는 매미, 나는 그 소리 익숙하네.

구저에서부터 대궐에서까지

내 나이가 이런데, 네 나이는 또한 어떤가?

내 절로 네게 미소짓나니 너 또한 내게 미소짓네.

봄에 와서 가을에 돌아가고 여름에 울고 겨울에 숨네.

김매기를 권면하는 건가? 수확하기를 권면하는 건가?

저절로 우는가? 저절로 소리하는가?

사람은 사람이고, 매미는 매미이네.

내 어찌 알며, 네가 어찌 알리.

76세에 네 소리 들은 팔십 가까운 노쇠한 늙은 마음만 더하네.

鳴蟬鳴蟬　知予乎知予乎　予在襁褓時　聞爾聲於寶慶

鳴蟬鳴蟬　知予乎知予乎　予在幼少時　聞爾聲於建堂

鳴蟬鳴蟬　知予乎知予乎　予在中年也　聞爾聲於彰義

鳴蟬鳴蟬　知予乎知予乎　予在暮年時　聞爾聲於光明

鳴蟬鳴蟬 予聞熟矣 自成童 至于今

鳴蟬鳴蟬 予聞熟矣 自闕中 至舊第

鳴蟬鳴蟬 予聞熟矣 自回甲 至近八

鳴蟬鳴蟬 予聞熟矣 自舊第 至闕中

予年若此 爾年亦何 予自笑爾 爾亦笑予

春來秋回 夏鳴冬藏 勸耘乎 勸穫乎

自鳴乎 自聲乎 人自人 蟬自蟬

予何知 爾何識 七十六歲聞爾聲 近八衰翁一倍心

　　이 글은 "세기축계하정축서歲己丑季夏丁丑書"라는 관지를 볼 때, 1769년
(영조 45) 6월 27일(정축)에, 매미 우는 소리에 자신이 들었던 때와 장소를 회
상하면서 읊은 율문이다. 매미가 우는 소리를 "知予乎知予乎지여호지여호" 즉
"나를 아는가? 나를 아는가?"라고 하여 자신을 알아주지 않는 처지의 매미와
자신을 일체화하였다. 내용을 보면 강보에 있을 때 보경당에서, 어렸을 때에
건당(建堂: 건극당)에서, 중년에 창의궁에서, 모년에 광명전에서 매미 소리를
들었다고 하여 영조 역시 매미처럼 평생 알아주는 사람 없이 혼자였다는 감
회를 읊고 있다.

　　이 글에서 "지여호지여호知予乎知予乎(4회), 문이성어…聞爾聲於…(4회),
자… 지…自… 至…(4회), 권운호 권획호 자명호 자성호 인자인 선자선 여하지
이하지勸耘乎 勸穫乎 自鳴乎 自聲乎 人自人 蟬自蟬 予何知 爾何識" 등 6언 혹은 3·3언이
율문의 형식을 지니고 있다. 이 율문은 3언, 4언, 7언이 복합된 잡언으로 3언
율문의 단초를 보이는 작품으로 추정된다.[55] 이상과 같은 논의에서 영조어제

55　그러나 첩본에 표기된 형태는 산문 형식이다. 이와 같이 적히게 된 것은 잡언의 경우 특별히 주
　　의하지 않으면 산문과의 구분이 어렵기 때문이다.

첩본의 3언체 율문은 일상의 문답에서 파생되었는데 오랜 기간 다양한 율문의 실험 과정을 거쳐 80세가 된 뒤에 본격적으로 지어진 것으로 여겨진다.

2. 훈유문

3언체 율문이 율문에 있어서 영조체라면 산문에 있어서는 훈유문을 영조체로 볼 수 있다. 영조는 1741년(영조 17) 이후 수시로 어제를 간행하여 반포하는데 이처럼 어제를 짓는 대로 간행하여 반포하는 것은 이전에 없던 영조의 독특한 창작 방식이다.[56] 영조는 1729년(영조 5) 노론 4대신 중 조태채, 이건명을 신원시킨 데 이어 1740년(영조 16) 목호룡의 고변이 무고라는 경신 처분을 내린 뒤 1741년(영조 17) 김창집, 이이명을 신원시켰으며, 목호룡의 국안을 소각시키고 다시 이때의 일을 거론하는 자는 처단하겠다는 의지를 표명하였다.[57] 이때 반포한 훈유문이 『대훈大訓』이다. 이 글에서 영조는 군신의 위상을 엄격히 하고 판단의 주체가 군왕임을 천명하였는데 이는 숙종이 추구하였던 군사君師의 표명이기도 하였다. 이후 영조는 '스승 군주'의 입장에서 자주 훈서를 반포하게 된다.[58] 이를 모아 놓은 목록이 '영조어제간본'이다.

그러나 영조의 훈유문은 이에 그치지 않는데 『어제집경당편집』과 『어제속집경당편집』의 글을 비롯해서 영조어제첩본의 산문이 대부분 훈유문에 속한다고 해도 과언이 아니다. 또한 『열성어제』에 41편, 『영종대왕어제속편』에 93편, 『영종대왕어제』에 21편, 『어제』에 9편, 『영종대왕어제습유』에 7편 등

---

56 세조가 왕세자에게 내린 「훈사(訓辭)」가 있었지만, 영조처럼 수시로 내리지는 않았다. 『세조실록』, 세조 4년(1458) 10월 8일.

57 『영조실록』, 영조 17년(1741) 9월 24일.

58 이근호, 앞 논문.

이 훈유를 주제로 삼고 있다.

훈유문의 내용은 '자성自省'과 '훈유' 그리고 '감회'와 '추모'로 요약할 수 있는데 세자나 세손 등 자신의 후계자를 훈계하거나 기타 신하 및 백성에 대한 훈시를 내용으로 하고 있다. 또한 전범이 되는 내용을 정리한 감계서鑑戒書도 있는데 이들은 공통적으로 교육을 목적으로 하고 있다. 이 외의 훈유 내용은 부모에 대한 추모와 효제 그리고 대명의리의 강조 등이다.

영조어제간본에서 세자를 위한 감계서로 역대 왕의 본보기를 들어 제왕으로서의 도리를 가르친 글로 1745년(영조 21) 경천敬天, 법조法祖, 돈친惇親, 애민愛民, 거당袪黨, 숭검崇儉, 여정勵精, 근학勤學 등 여덟 개의 조목을 열거한 『상훈』과 『상훈언해』[59]를 편찬하고 그로부터 13년 후에는 이 8조목 중에 경천, 애민 부분을 부연한 『속상훈』[60]을 편찬하기도 한다. 1746년(영조 22)에 편찬한 『자성편自省編』은 특히 주목할 필요가 있는데 영조는 이 책을 『경세문답』 등과 함께 경서經書처럼 경연 교재로 활용하여 치도治道의 전범으로 삼으려 했기 때문이다.[61]

훈유문의 특징적인 문체는 감탄사의 남발에 있다. 문장의 서두를 보면 '희噫', '어희於戱', '오호嗚呼' 등의 감탄사로 시작하는 것은 물론 문장 내에서도 계속 반복하고 있는데 「칙유원량飭諭元良」은 '희噫'가 16번 나타나며, '어희於戱'는 6번이나 보인다.[62]

---

59 세자와 후대 왕들에게 제왕으로서의 도리를 가르친 글. 『어제상훈(御製常訓)』(K2-1854); 『어제상훈언해(御製常訓諺解)』(K2-1855; K2-1856).
60 『어제속상훈(御製續常訓)』(K2-1857; K2-1858).
61 『어제자성편(御製自省編)』(K3-91; K4-4104); 『어제자성편언해(御製自省編諺解)』(K4-4106). 이는 영조가 경전과 사서에서 자신의 수양과 왕세자의 가르침에 도움이 되는 구절을 모아 기록한 산문이다.
62 「칙유원량(飭諭元良)」, 「열성어제 권26」, 서울대학교 규장각 편, 『열성어제』 4, 310쪽.

아(噫)!『서경』에 이르지 않았는가? '국왕이 국왕 됨을 어렵게 여긴다'
라고. 뒷사람이 또 이르지 않았는가? '국왕 되기가 어렵다'라고. 매우
지당한 말이라 할 수 있다. 국왕들의 간고한 사업을 계승하고 억조창
생의 위에 임해야 하니 어찌 쉬워 보일 수 있겠는가 또한 어찌 소홀히
할 수 있겠는가?

이는 「칙유원량」 서두이다. 이 글에서 언급한 뒷사람의 이야기는 『논
어』에 있는 이야기이다. 그러므로 이 글에서는 『서경』과 『논어』에서 언급한
사실을 들어 세자에게 국왕의 역할을 쉽게 여기지 말 것을 당부하고 있는 셈
이다.

이처럼 감탄사를 문장의 서두에 드러내고 또 반복하는 양상은 『대훈』
에서도 나타난다. 『대훈』은 '희噫'로 시작하고 있으며, '희'가 4번, '오호嗚呼'가
4번, '희희噫嘻'가 5번, '우차吁嗟'가 2번 보이며 '可勝痛哉가승통재 可勝痛哉가승통
재(어찌 애통함을 이길 수 있겠는가)'라는 문구도 보인다. 『어제상훈』 역시 8개 조
목의 시작을 '희'로 하고 있으며 내용 중에는 '오호'라는 감탄사가 자주 나타난
다. 『자성편』은 「내편」은 '희'로 시작하고 있으며, 「내편」에 '희'와 어희於戲가
각각 22번 나타난다. 「외편」은 '희'로 시작하지는 않지만 '희'가 45번, '어희'가
23번 나타난다.

또한 율문에서 보이는 어구 반복이 산문에서도 자주 나타나는데 「칙
유원량」에서 "바람 소리 혹 과해질까. 이 마음 동동댔네. 비 내림이 혹 쏟아질
까. 이 마음 동동댔네. 밝아야 하는데 어두워질까. 이 마음 동동댔네. 어두워
야 하는데 밝아질까. 이 마음 동동댔네. 더워야 하는데 추워질까. 이 마음 동
동댔네. 추워야 하는데 더워질까. 이 마음 동동댔네(風聲或過 此心憧憧, 雨下或
驟 此心憧憧, 當暘而陰 此心憧憧, 當陰而暘 此心憧憧, 當署而寒 此心憧憧, 當寒而署
此心憧憧)"라고 '차심동동'을 6번 반복하기도 하였다.

『열성어제』훈유문 41편은 권26에서 권28까지 걸쳐 있는데 제목을 보면 '훈유', '흥감興感', '술회述懷', '자술自述', '자술경세自述警世', '시의示意', '시아示我', '서시書示', '서면書勉', '면유勉諭', '수후垂後', '수훈垂訓' 등의 어휘로 이루어지거나 이런 어휘가 포함되어 있어 훈유가 목적임을 드러내고 있다.[63]

『영종대왕어제속편』훈유문 93편의 제목을 보면, '사회寫懷', '기회紀懷', '자탄自歎', '술회述懷', '흥회興懷', '기시記示', '자필自筆' 등의 어휘로 이루어지거나 이런 어휘가 포함되어 있는 제목이 많은데 특히 '기회'가 포함되어 있는 작품이 41편이 있고, '흥회'가 포함되어 있는 작품이 17편이나 있다.[64] 권3에 실린

---

63 『열성어제』에 실린 훈유의 제목은 「열성어제 권26」에 「훈유(계해)(訓諭[癸亥])」, 「수훈원량(垂訓元良)」, 「칙유원량(飭諭元良)」, 「정섭재야명독상훈복술여회시아원량(静攝齋夜命誦常訓復述餘懷示我元良)」, 「재야흥감서시원량(齋夜興感書示元良)」, 「정섭지중영유신독사마온공자치통감당기인기개완특명월편약기개의(静攝之中令儒臣讀司馬温公資治通鑑唐紀因其慨惋特命越編略記慨意)」, 「독당기이흥감(讀唐紀而興感)」, 「시의(示意)」, 「성후휘일음체술회시아자손(聖后諱日飲涕述懷示我子孫)」, 「감개당기수시(感慨唐紀垂示)」, 「수후(垂後)」, 「시의(示意)」, 「시의(示意)」, 「기의(記意)」, 「칙유내국겸시미의(飭諭内局兼示微意)」, 「장고감훈원량(将古鑑訓元良)」, 「수계(垂戒)」, 「정야문답(静夜問答)」, 「열성어제 권27」에 「칙유묘사제관세기사중하초순유(飭諭廟司齊官[嵗己巳仲夏初旬諭])」, 「칙유전사제관기사중하초순유(飭諭殿司齊官[嵗己巳仲夏初旬諭])」, 「칙유능사제관세기사중하초순유(飭諭陵司齊官[嵗己巳仲夏初旬諭])」, 「칙유단사제관세기사중하초순유(飭諭壇司齊官[嵗己巳仲夏初旬諭])」, 「시의(示意)」, 「행례후서시원량(行禮後書示元良)」, 「시의(示意)」, 「인강우감서시원량(因講寓感書示元良)」, 「수후(垂後)」, 「자술(自述)」, 「시의[영수우후](示意[永垂于後])」, 「회갑모년서시원량(回甲暮年書示元良)」, 「을해세초소부학강자성편시회(乙亥嵗初召副學講自省編示懷)」, 「사단기년야좌함인정서록어제이면후왕(社壇祈年夜坐涵仁庭書録御製以勉後王)」, 「수훈(垂訓)」, 「교중외대소신료서계원량(教中外大小臣僚書戒元良)」, 「재실서시원량(齋室書示元良)」, 「칙유총부기성(飭諭揔府騎省)」, 「경성동용학사(警醒銅龍學士)」, 「면유(勉諭)」, 「자술경세(自述警世)」, 「열성어제 권28」에 「문시전관저장의(問詩傳關雎章義)」 2편 등이다.

64 '기회(紀懷)'라는 어휘를 제목으로 하는 글은 감계와 훈유보다는 감회의 성격이 강한데 그럼에도 불구하고 이들을 훈유문에 포함시키는 이유는 『어제집경당편집』과 『어제속집경당편집』에서 별도의 제목이 없는 희자명제 작품 71편을 제외한 220편 작품 중에 '기회'가 제목에 들어간 작품은 52편, '흥회'가 들어간 작품은 26편으로 총 78편이 감회를 읊고 있지만 영조는 이 문집 서두에 '留示後孫'이라고 하여 후손에 보이기 위한 것이라 명시하고 있기 때문이다. 즉, 이런 감회의 글을 쓰는 목적은 자손에 대한 훈유에 있었던 셈이다.

'기회'는 1758년(영조 34) 11월 14일 첫째 며느리의 기일을 맞아 쓴 글이다.[65] 시작은 '오호'라는 말로 시작하고 있으며, 172자로 이루어진 짧은 글임에도 '오호'가 5번, '희'가 2번 나타난다.

이러한 면모는 『영종대왕어제』, 『어제』 등도 같으며, 『어제집경당편집』, 『어제속집경당편집』, 영조어제첩본도 유사하다. 특히 『어제집경당편집』은 서두에 '서시書示'라고 하고 있고, 회자명제噫字命題를 제목으로 하고 있어 훈유문의 성격을 분명히 한 바 있다.

이러한 훈유문은 '윤음'과 '비망기'에 나타나기도 하는데 김백철은 조선시대 국왕의 왕명문서를 왕명을 내리는 교서류敎書類, 특정 사안에 대해 별도로 각 지역이나 관리에게 내리는 유서류諭書類, 국정 현안에 대해 글을 지어 내리는 비망기備忘記, 개인적으로 신료들에게 친필로 써서 내리는 수서手書, 사안에 대해 공식적으로 답하는 비답 등으로 구분하면서,[66] 영조의 왕명문서가 초반에는 비망기의 형식으로 쓰이다가 윤음으로 바뀌었다고 추론하였다.

> 향후 영조는 정국이 안정되자 미리 준비해 온 글을 내리기보다는 직접 승지가 쓰도록 하는 방식이 늘어만 갔다. 머릿속의 생각을 즉석에서 쓰도록 하였으므로, 그만큼 격식이나 문투는 정형성을 잃어만 갔다. 그래서 비망기 역시 구전口傳으로 불러서 쓰도록 하는 경우가 늘었다. 더욱이 국왕의 장문長文의 전교傳敎가 늘어나면서 대외적으로 반포하는 글마저도 왕이 직접 짓는 사례가 확대되었다. 이것이 향후 유서류諭書類의 변화와 더불어 윤음綸音이 대두하는 단서가 된 듯하다.[67]

---

65 「기회」, 「영종대왕어제속편」 권2, 국학진흥연구사업추진위원회 편, 『영조문집보유』, 34쪽.
66 김백철, 「영조의 윤음과 왕정전통만들기」, 『장서각』 26, 한국학중앙연구원 장서각, 2011, 14쪽.
67 김백철, 앞 논문, 25쪽.

이어서 김백철은 윤음의 내용으로 '탕평', '균역', '사치', '금주', '절용' 등 특정 사안에 대해 신료들을 신칙하고 백성들에게 하유하는 내용이 많음은 물론 이 외에도 '감흥', '애도', '존숭', '추모', '황조皇朝', '왕실', '의례', '권학勸學', '태학', '과거', '재변', '감선減膳', '구휼', '절기', '도서', '군사君師', '군제', '백성', '농사', '형정刑政', '인사', '돈유敦諭', '제도' 등 다양한 내용을 다루고 있다고 하였다.[68] 실제 영조어제첩에서 '윤음'으로 명명된 내용을 보면, 1769년(영조 47) 서운관에 내린 윤음[「어제칙운관윤음御製飭雲觀綸音」(K2-1885; K2-1886)], 1770년(영조 48) 승정원과 홍문관의 옥등玉燈과 은배銀杯를 보고 신하들과 문답한 뒤 내린 윤음[「어제추모윤음御製追慕綸音」(K4-4865; K4-4866)], 악기 연주를 걸인 등에게 들려주고 어버이를 추모하는 뜻을 알아주기를 원하는 마음을 표현한 윤음[「어제윤음御製綸音」(K4-3798)], 1772년(영조 50) 건공탕으로 연명하는 처지를 한탄한 윤음[「어제강개윤음御製慷慨綸音」(K2-1834)], 1773년 궁궐 후원에서 사슴의 피를 얻기 위해 사냥하는 것을 금할 것을 경계한 윤음[「어제금렵록윤음御製禁獵鹿綸音」(K2-1841)], 역대 왕의 뜻을 잊지 말고 나라를 지킬 것을 신하들에게 당부한 윤음[「어제유대소신료윤음御製諭大小臣僚綸音」(K4-5682)], 백성이 나라의 근본임을 천명하고 임금은 백성을 위해야 함을 토로한 윤음[「어제선유양도팔도윤음御製宣諭兩都八道綸音」(K4-2612)], 1774년(영조 52) 자신이 재위 50년간 탕평, 준천, 균역을 하고 또 친경, 친잠, 석채례, 등준시, 양로연 등을 하였음을 제시하고 신하와 백성들을 권면한 윤음[「동유대소군공윤음洞諭大小群工綸音」(K2-1850)] 등이 있다.

원래 '윤음'은 '제왕의 조령詔令'을 통칭하는 말[69]로 영조의 윤음은 일반적인 윤음과는 차이가 있다. 숙종어제의 윤음 13편을 보면, 전범이 되는 인물의 사당을 세우거나 제사를 지내는 일, 신하나 백성 등을 훈칙하거나 위로하

68 김백철, 앞 논문, 39쪽.
69 '帝王的詔令', 「윤음(綸音)」, 『한어대사전(漢語大詞典)』 9, 한어대사전출판사, 1992, 904쪽.

는 일, 사육신·단종·임경업 등의 복관復官에 대한 일, 사치품을 태워 없애는 일 등[70]으로 영조의 윤음과는 차이가 있음을 알 수 있다.

한편 이근호는 '비망기'가 중종 대 이후 광범위하게 쓰였으며,[71] 내시가 담당하는 승전색承傳色이 주로 작성하는데 간혹 액정서 소속 사알司謁이 작성하였고[72] 비망기의 주제는 왕실, 인사, 외교, 군사, 사법 등 국정 전반에 걸쳐 있다[73]고 하면서 비망기에 대해 "국왕의 견해를 밝힌 비망기의 언사가 모두 간절한 마음에서 나왔으며, '인심을 감동시키기'에 유효한 수단이기 때문이다. 즉 국왕의 의도나 심정을 잘 보여 준다는 것이다"[74]라고 하였는데 이런 특성은 영조 훈유문의 전형적인 특성이기도 하다. 이로 볼 때 훈유문을 즐겨 쓴 영조가 만년에는 윤음이나 비망기 같은 왕명문서까지 훈유문 투로 지었음을 알 수 있다.

---

70 사당이나 편액을 세우고 제사하는 글은 「종사윤음(從祀綸音)」, 「해주수양산이제묘어필사액윤음(海州首陽山夷齊廟御筆賜額綸音)」, 「악무목특영합향어영유제갈무후지묘윤음(岳武穆特令合享於永柔諸葛武候之廟綸音)」, 「삼월십구일친제사의대신윤음(三月十九日親祭事議大臣綸音)」 등이며, 신하와 백성을 신칙하거나 위로한 글은 「계주윤음(戒酒綸音)」, 「칙유제장윤음(勅諭諸將綸音)」, 「칙유신료윤음(敕諭臣僚綸音)」, 「계유다사윤음(戒諭多士綸音)」, 「위유강도축성사졸윤음(慰諭江都築城士卒綸音)」 등이다. 복관에 대한 일은 「육신복관윤음(六臣復官綸音)」, 「이전병사임경업복관사문의제대신윤음(以前兵使林慶業復官事問議諸大臣綸音)」, 「무인동시월갑자명집백료우대정이전현감신규소진이건사사지각진소회갱대재외대신유신수의지제도이로산복위신비별의존봉지도사하빈청윤음(戊寅冬十月甲子命集百僚于大庭以前縣監申奎疏陳二件事使之各陳所懷更待在外大臣儒臣收議之齊到以魯山復位慎妃別議尊奉之道事下賓廳綸音)」 등이며, 사치품 관련 글은 「분은서피구윤음(焚銀鼠皮裘綸音)」이다(「열성어제 권9」, 서울대학교 규장각 편, 『열성어제』2, 605~625쪽).

71 이근호, 「조선시대 국왕의 비망기」, 『고문서연구』44, 한국고문서학회, 2014, 7쪽.

72 이근호, 앞 논문, 10쪽.

73 이근호, 앞 논문, 15쪽.

74 이근호, 앞 논문, 17쪽.

3. 문답체

　　문답체는 영조어제첩본에 자주 나타나는 문체로「춘화문답春花問答」[75] 처럼 시인 경우도 있으나 대부분 산문에 나타난다. 영조의 문답체는『열성어제』에「정야문답靜夜問答」,「자성서自惺叙」등 2편,『영종대왕어제속편』에「지일여주인옹문답至日與主人翁問答」,「홍회문답겸시경세지의興懷問答兼示警世之意」,「장요순전수문답將堯舜傳授問答」등 3편,『어제집경당편집』에「칠순쇠옹여형렴권이자위문답七旬衰翁與熒菱卷耳自爲問答」,「어사어헌자위문답겸부추모於舍於軒自爲問答兼附追慕」등 2편,『어제속집경당편집』에「야영야장문답夜永夜長問答」,「편집청문답編輯廳問答」,「연화지영문답延和祗迎問答」,「해동문헌비고진전일문답海東文獻備考進箋日問答」,「당중문답堂中問答」,「오삭지후문고취헌가자성옹여주인옹문답五朔之後聞皷吹軒架自醒翁與主人翁問答」등 6편이 나타난다. 그리고 영조어제간본에 1762년(영조 38)에 간행한『경세문답警世問答』1편이 보인다.

　　『열성어제』「정야문답」은 편찬 순서로 볼 때 1749년(영조 25)에 지은 글로 '혹자或者'가 묻고 자신이 대답하는 방식으로 서술되어 있다. 주제는 인심세도人心世道의 난이難易이며, 이를 해결하기 위해서는 국왕의 인재 선발이 중요하다고 답변하고 있다. 고요한 밤 이 문답을 하느라 날이 샜다는 말로 끝을 맺고 있어 밤새 토론할 만한 중요한 주제였음을 강조하였다.[76]「자성서」는 서문인데 형식은 문답체이다. 영조가 주인옹主人翁과 문답하는 내용으로 말미에 "아! 이번에 이 글은 비록 몇 줄로 스스로 문답한 것이나 스스로를 권면하는 마음과 세상을 풍자하는 뜻이 깊구나"[77]라고 하였다. 이 글은 1758년(영조 34)

75　「춘화문답(春花問答)」(「열성어제 19」, 서울대학교 규장각 편,『열성어제』3, 306쪽)은 꽃과의 문답을 담은 삼오언시이다.
76　「정야문답(靜夜問答)」,「열성어제 26」, 서울대학교 규장각 편,『열성어제』4, 367쪽.
77　「자성서(自惺叙)」,「열성어제 34」, 서울대학교 규장각 편,『열성어제』5, 224~225쪽.

에 지은 것으로 추정되는데 이때부터 이미 자신을 늙은이翁로 설정하고 상대도 '주인옹'이라 하였다. 이후『영종대왕어제속편』, 영조어제첩본 등에도 주인옹이 자주 등장하게 된다.

영조어제첩본의 문답체에 대해 김유경은 내용이 정치적인 사안 및 노년의 불만 등을 해소하는 방식으로 활용되었고 형식에 있어서는 다층 문답과 의인화 문답의 양상이 특징이라고 하였다.[78] 필자의 생각에는 다층 문답과 의인화 문답은 부분적 특징으로 보인다. 영조 문답체의 특징은 첫째, 제목에 '문답'이라고 표기한 경우가 대부분이며, 둘째, 문답의 유형은 다른 사람의 물음에 답하는 방식, 스스로 묻고 답하는 방식, 가상의 존재 둘을 설정하여 묻고 답하게 하는 방식, 상대에게 묻고 자신이 답하는 방식 등 네 가지가 있으며 문답의 상대가 사람인 경우도 있고 사물을 의인화한 경우도 있음을 확인하였다. 셋째, 이 문답체는 산문뿐 아니라 율문에서도 활용하였다.

「어제문답시의御製問答示意」(K4-2193)는 다른 사람의 물음에 답하는 방식의 문답체인데 '대저 어떤 사람이 내게 묻기를(夫人有問於予日)'이라 시작하고, '내가 대답하기를(予答日)'로 자신의 의견을 기술하고 있다. 내용을 보면, 영조 자신이 지금은 건강 때문에 숙직을 못 하지만 예전에 선왕 숙종이 병으로 있을 때는 오랫동안 숙직하면서 간병했는데 지금 사람들은 초기草記에 따라 좌지우지되고 있음을 비판하였다. 그리고 사소한 일에도 하례 행사를 하려는 것에 대해서도 비판하였다. 이 글은 영조가 노년에 자신의 건강에 대해 침소봉대하는 신하들의 태도를 비판한 글로 관지에서 자신의 마음을 아는 신하들이 없어서 쓴웃음이 나온다는 말로 마무리하였다.[79] 이런 방식으로는 영조가 내시를 지팡이로 삼아 거둥해야 하는 구차함을 문답식으로 서술한 「어

---

78 김유경, 「문답체를 통해 본 영조 글쓰기의 특징」, 『장서각』 20, 한국학중앙연구원 장서각, 2008.
79 「어제문답시의(御製問答示意)」(K4-2193).

제궤장문답御製几杖問答」(K4-1273), 적전籍田에서 베어 온 곡식을 받은 감회를 서술한 「어제수예후문답御製受刈後問答」(K4-2821), 『시경』의 「비풍」·「하천」편에 대해 문답한 「어제강풍천장문답御製講風泉章問答」(K4-0894) 등도 있다. 문답의 대상으로 사람이 아니라 사물을 의인화한 경우도 있는데 「어제건공문답御製建功問答」(K4-0988)에서는 자신이 복용하는 약재인 건공탕을 의인화하여 '건공탕이 내게 묻기를(建功問於予曰)'이라고 묻고 영조가 답하는 방식으로 이루어져 있다.

자신에게 묻고 자신에게 답하는 자문자답은 「어제정야자문자답御製靜夜自問自答」(K4-4312)에 보인다. 이 글은 영조가 친히 제향祭享을 올리지 못한 감회를 서술한 문답체이다. '문왈'과 '답왈'로 이루어져 있으며, 왜 친제를 하지 못했는가 묻고 이에 설명하는 방식으로 구성되어 있다. 「어제자성편문답御製自省編問答」(K4-4105) 역시 '문왈'과 '답왈'로 이루어져 있다. "묻기를 자성편에서 강개한 것은 무엇인가? 답하기를 내가 만학으로 일찍이 전에 읽었던 것을 다만 암송할 뿐이다(問曰 於自省編 慷慨者何? 答曰 以予晚學 曾前所讀 只誦而已)"라고 하여 영조가 세손에게 자신이 지은 『자성편』의 저술 목적을 설명하는 내용이다.

가상의 존재 둘을 설정하여 서로 묻고 답하게 하는 방식으로는 「어제주인옹여자성옹문답御製主人翁與自醒翁問答」(K4-4460)이 있다. 1769년(영조 45) 4월에 지은 글로 "주인옹이 자성옹에게 물어 말하기를 그대는 늘 나에게 똑똑한가 묻는데 그대 역시 스스로 깨어 있는가? 자성옹이 웃으며 대답하기를 그대 나이가 80세에 가까운데 오히려 자강한 것은 누구의 공인가(主人翁問自醒翁曰 君常問予惺惺 君亦能自醒乎? 自醒翁笑答曰 君年近八 其猶自强 者是誰之功)?…"라고 하여 주인옹이 자성옹과 묻고 답하는 형식이다. 이와 같은 방식으로는 건공탕과 정기산正氣散을 의인화하여 자신이 복용하는 약제에 대한 심회를 서술한 「어제건공정기산문답御製建功正氣散問答」(K4-0994)도 있다.

상대에게 묻고 자신이 답하는 방식으로 상대로 사물을 의인화하여 문답한 「어제여건공문답御製與建功問答」(K4-3541)이 있다. 이 글에서는 영조가 건공탕에게 건공이라는 이름을 지어 준 것을 후회하고 차라리 나를 번민하게 하는 '민여탕悶予湯'으로 개명시키고 싶다는 뜻을 건공탕과 문답하는 방식으로 서술하고 있다.

이 외에도 어전에서의 문답 형식처럼 기술한 방식도 있는데 「어제희보자위문답御製喜報自爲問答」(K4-5619)을 보면 신하 중에 한 사람이 어떤 사안을 제시하면 이에 대한 답을 주위의 다른 신하들에게 하게 한 뒤 최종적으로 영조가 자신의 의사를 토로하는 방식으로 이루어져 있다. 즉, 태사太史가 여름이 가고 처서가 온 것에 대해 노년의 영조에게 다행이 아닌가라고 묻자 영조가 과연 이것이 자신을 위한 것이냐고 좌우 신하에게 묻고 좌우 신하는 처서가 내일인 것은 달력에 있는 자연운행이라 답하였으며 이에 대해 영조가 자신의 의견을 피력하는데 처서가 됐다고 하여 파리, 모기 등의 폐해가 없어진 것은 아니라며 노년의 자신의 상황, 어렸을 때 추억 등을 두서없이 토로한다. 의사전달을 위한 문답체 활용이라기보다는 문답체를 통한 신세 토로가 된 셈이다.

율문에서의 문답체로 「어제강개御製慷慨」(K4-642)를 보면 "세상 사람에게 몰라서 묻기를 내가 과연 효를 했나? 세상 사람들이 답하기를 그대는 진실로 몽매하다(借問世人 予果孝乎 世人答曰 君誠冥然)"라고 하였다. 또한 같은 내용을 율문과 산문으로 각각 보여 주는 경우가 있는데 「어제자성옹문답御製自醒翁問答」(K4-4069)은 율문이고, 「어제자성옹문답御製自醒翁問答」(K4-4070)은 산문이다.

자성옹이 서로 문답하기를,
밤이 길어 어쩌나, 북이 장차 세 번 울리네.

진실로 구차하고, 또한 아득하네.

지금은 몇 년인가? 또 어떤 사람인가?

저 성옹이 묻는 것 무엇인가?

먹는 것을 묻고, 또 자는 것을 묻네.

이 주옹은 뭐라고 답하였나?

몇 숟가락 먹고 몇 시간 잔다 했네.

성옹이 듣고 강개하여 탄식하네.

팔십일 세 인연이 어디까지인가?

주옹이 답하기를, 과연 건공탕일세.

지금 더 들이니 또한 지탱하네.

성옹이 묻기를, 더 들인 건 무엇인가?

주옹이 답하기를, 바로 부자라네.

성옹이 묻기를, 그게 과연 효험있나?

주옹이 답하기를, 나는 알지 못하네.

성옹이 묻기를, 기운 과연 강해졌나?

주옹이 답하기를, 나날이 쇠약해져.

성옹이 묻기를, 어찌 마음 강해졌나?

주옹이 답하기를, 모두 편작 때문.

성옹이 묻기를, 그대 스스로 번민하나?

주옹이 답하기를, 진실로 또한 그래.

아아! 두 늙은이 밤까지 수작하듯,

만약 필기구가 있으면 또한 날을 보내리.

서로 강개하여 마주 차탄하니,

하루 세 번 복용하니 번민 이루 다 할 수 없네.

약방문 보니 마치 범을 만난 듯,

이날을 지내는 자 어떤 사람인가?

自醒翁 相問答　夜長何 鼓將三

誠苟且 亦冥然　此何歲 亦何人

彼醒翁 問者何　問其食 且問睡

此主翁 答若何　食數匙 睡數點

醒翁聞 慷慨歎　八十一 緣何至

主翁答 果建功　今加入 亦支撑

醒翁問 加入何　主翁答 卽附子

醒翁問 其果效　主翁答 予莫知

醒翁問 氣果强　主翁答 日益薾

醒翁問 何心强　主翁答 皆扁鵲

醒翁問 君自悶　主翁答 誠亦然

嗟兩翁 酬酢夜　若文具 亦消日

相慷慨 對咨嗟　日三飮 曷勝悶

見鎖鈔 若逢虎　此度日 是何人[80]

　　이 율문의 작성 일자는 1774년(영조 50) 10월 12일이고, 자성옹과 주인
옹의 문답 형식으로 구성되어 있다. 밤이 길어져 힘들어 구차하게 지내는 정
경으로부터 서두를 시작하였다. 그리고 식사와 잠자리를 묻자 식사는 몇 숟
가락밖에 하지 못하고 잠도 잘 자지 못한다고 답하였다. 그럼에도 81세까지
수명을 누린 이유는 건공탕과 부자附子 덕분이라고 하였다. 자성옹이 기氣가
과연 강한가에 대해서 묻자 주인옹이 날로 약해진다고 답하였다. 그런데 마

80　「어제자성옹문답(御製自醒翁問答)」(K4-4069).

음은 어찌 강한가를 다시 묻자 주인옹은 모두 편작扁鵲 때문이라고 하였다. 두 늙은이의 밤중 수작이 부질없이 글로써 날을 보내는 것과 같아 서로 강개한 마음으로 마주 보고 탄식하였으며, 약방문에 따라 하루에 3번씩 탕제를 마셔야 하루를 살아갈 수 있는 처지를 탄식한다면서 끝을 맺고 있다.

산문인 「어제자성옹문답御製自醒翁問答」(K4-4070)은 역시 81세에 쓰인 문답체이다. 자성옹이 81세의 모년暮年에 어찌 한결같이 건공탕建功湯을 독실히 믿는가를 질문하자 주인옹이 웃으면서 노쇠하였지만, 건공탕에 마음이 없다고 대답하였다. 하루에 2첩도 오히려 잘 마시고 3첩도 억지로 마시며 심지어 1첩을 더 추가하니 내국內局에서는 이로써 여러 편작들이 서로 웃으며 자랑하였는데 자신은 개탄스럽게 여긴다고 하였다. 주인옹이 이 말을 묵묵히 듣고 있다가 이는 진실로 강하게 거부하지 못하고 나약하기 때문이라며 자신은 이를 시체時體이고 골동(汩董: 골통의 뜻으로 현실에 맞지 않는 관습에 매여 있는 상태)이라고 여기며 때때로 거부하기도 한다고 하였다. 주인옹이 또 혼미하지 않게 노력해 줄 것을 자성옹에게 부탁하니 자성옹이 내가 그대이고, 그대가 나이기에 그대 역시 노력하라고 권하는 것으로 끝을 맺고 있다.

위의 율문과 산문을 볼 때 이러한 문답은 원래 영조와 내의원과 나눌 문답이며, 실제 현실에서 노년의 영조는 자주 내의원과 문답을 하였을 것으로 여겨진다. 그러나 현실에서의 문답은 엄격한 상하관계에서 이뤄지는 문답이므로 대등한 문답이 될 수도 없고 영조는 내의원의 대답을 어느 정도로 신뢰해야 할지 가늠할 수 없는 경우도 많았을 것이다. 이에 스스로 믿을 만한 대상을 설정하고 가상 문답을 통해 스스로 받아들일 수 있는 답을 찾거나 답이 없는 문제임을 깨달음으로써 이런 현실을 살아갈 수밖에 없는 자신을 이해하고 인정하는 방편으로 삼았다고 할 수 있다. 이처럼 영조에게 문답체는 의사전달의 방식이며 한편으로는 동등한 입장에서의 의논 대상이 없는 자신을 이해하고 인정하는 방식이기도 했다.

4. 소결

영조는 글짓기와 관련한 독특한 면모를 남겼는데 첫째는 일반적으로 사후에 편찬하는 『열성어제』를 생전에 편찬하게 하였으며 그것도 숙종의 어제분량을 넘길 수 없다며 65세까지의 어제만 수록한 점이다. 둘째는 영조어제간본의 경우와 같이 창작한 글을 바로 간행·반포한 점이다. 셋째는 형식에 있어서 고체시, 5언 절구와 5언 율시, 7언 절구와 7언 율시 등 전통적 방식의 한시와 소疏, 행록行錄, 묘지, 음기, 제문, 축문, 훈유, 윤음, 서書, 서문, 기문, 발문, 제題, 소지, 명銘, 찬贊, 잠箴, 송頌, 상량문 등 전통적인 문체의 글에서 점차 영조체의 율문과 훈유문을 지었으며, 심지어 왕명문서인 윤음, 비망기 등도 훈유문 형식으로 변형시킨 점이다. 이러한 독자적 면모는 48세 이후부터 시작된 것으로 여겨지는데 『어제대훈』이 그 시작인 듯하다. 이 영조체의 대표적인 특징은 글의 서두에 '희噫', '오호嗚呼' 등의 감탄사를 쓰고 이런 감탄사를 자주 반복하며, 특정 어휘와 어구를 반복하는 양상으로 나타난다. 내용에 있어서도 '감흥', '애도', '존숭', '추모', '훈유', '황명皇明', '왕실', '권학', '과거', '감선減膳', '절기', '도서' 등 다양한 내용을 담고 있으며, 기존 윤음이나 비망기에는 없는 개인적인 감회나 감탄과 반복을 그대로 표현한다.

영조체는 시문에 있어서 전통적으로 쓰이던 5언시나 7언시가 아닌 3언체나 4언체 율문을 쓴다는 점이 대표적이며, 훈유문의 경우도 감탄사를 남발하고 어휘나 어구를 반복하는 면모 등이 이전에 없던 영조어제의 독특한 면모라는 점이다. 이러한 면모는 가상의 인물을 설정하여 문답하는 문답체에도 적용되는데 영조는 이런 영조체로 80세의 나이에 1,300여 편 이상을 창작하고 있다. 이로 볼 때 영조는 자기만의 독특한 문체를 만들고 이의 창작을 통해 노년이라는 어려움을 극복하고 장수를 이룰 수 있었던 것으로 여겨진다. 영조의 이러한 독특한 문체는 영조의 특별한 신분과 문학성의 한계로 문학사적으로 큰 영향을 끼치지는 못했으나 노년의 삶을 유지하게 하는 새로운 문체 개발로 평가된다는 점에서 노년 인구가 기하급수적으로 증가하는 이 시대에 중요한 연구 대상으로 삼을 만하다.

제5장 영조어제 교감

영조어제의 교감은 크게 두 부분으로 나뉜다. 첫째는 『열성어제』와 그 초본인 『어제시문』 상책의 비교이며, 둘째는 영조어제첩본과 『열성어제』, 『영종대왕어제속편』, 『영종대왕어제』, 『어제시문』 하권, 『어제집경당편집』, 『어제속집경당편집』 등과의 비교이다.

　첫 번째 비교는 간행본과 초본의 비교이며, 두 번째 비교는 개별 작품과 편찬본의 비교이다. 『열성어제』는 영조의 주관하에 오랫동안의 검토를 통해 간행되었으며, 『어제시문』 상책은 이를 위한 초본의 성격을 지니고 있다는 점에서 이들의 비교는 『열성어제』가 만들어지는 과정을 엿볼 수 있는 계기가 될 것이다. 두 번째 비교는 개별 작품을 장첩하여 보관한 영조어제의 특별한 사정으로 인해 가능해진 비교로 영조어제의 특성을 밝히는 데 기여할 것이다. 이 외에 「감회 10수感懷 十首」는 『어제시문』, 『열성어제』 외에 장첩본도 있어 절을 나누어 고찰하였다.

1. 『어제시문』 상책과 『열성어제』 비교

『어제시문』 상책과 『열성어제』는 모두 시대순으로 편찬되어 있으므로 『어제시문』 상책의 제1수이며, 『열성어제』 권18 제1수인 「경차어제용내국선온석상지희시운敬次御製用内局宣醞席上志喜詩韻」에서 『어제시문』 상책의 최종 시제이며, 『열성어제』 권20 제22제인 「남신역기년흥회이작覽新曆紀年興懷而作」 사이의 작품이 비교 대상이 된다.

『어제시문』 상책의 전체 작품 수는 216제 337수이며, 같은 시기 『열성어제』 작품 수는 258제 469수이다. 『열성어제』의 작품 수가 상당히 증가되었음을 알 수 있다. 이로 볼 때 『어제시문』 상책과 『열성어제』 간행본 사이에 이 증가분이 첨부된 교정본이 있었을 것으로 여겨진다. 본서에서는 이렇게 증가된 작품은 비교 대상이 아니므로 이를 제외하고 논의하도록 하겠다. 증가된 작품을 제외하고 비교해 본 결과 『어제시문』 상책의 시 전체를 삭제한 경우를 비롯하여 다른 글자로 고친 경우, 상통하는 글자로 바꾼 경우, 제목을 고친 경우, 그리고 두 가지 이상이 복합된 경우 등이 보인다.

1) 시 전체를 삭제한 경우

시 전체가 삭제된 경우는 「봉조하이광좌숙사인견일사시奉朝賀李光佐肅謝引見日賜詩」,[1] 「사선원록봉안사賜璿源錄奉安使」,[2] 「임양군익호연일사臨陽君謚號宴

---

1 『어제』, 국학진흥연구사업추진위원회 편, 『영조문집보유』, 266쪽.
2 『어제』, 앞 책, 같은 쪽.

日賜」,[3] 「가행駕幸」,[4] 「장릉재실시長陵齋室詩」[5] 등 5수이다.

　　이 5수가 『열성어제』에 실리지 못한 이유는 시와 관련된 인물의 거취 때문인 것으로 여겨진다. 첫째, 「봉조하이광좌숙사인견일사시」는 1737년(영조 13) 영의정에 제수된 이광좌가 사은숙배할 때 내려 준 7언 절구인데 이광좌는 1755년(영조 31) 나주벽서사건으로 삭탈관직이 되므로 1758년(영조 34) 『열성어제』 편찬 때 삭제시킨 것으로 여겨진다. 둘째, 「사선원록봉안사」는 『선원록』을 사고에 봉안하는 봉안사에게 내려 준 시로 내용을 보면 오대산 사고, 무주 적성산성 사고, 전주 사고 등으로 『선원록』을 봉안하는 일을 격려하고 있다. 이런 일은 대개 종부시 제조가 하기 마련이므로 이 시를 받은 종부시 제조의 거취에 문제가 있어 산삭된 것으로 여겨지나 미상이다. 셋째, 「임양군익호연일사」는 임양군 환에게 시호를 내리고 이를 축하하는 잔치에 내린 시이다. 그런데 임양군 환은 1755년(영조 31) 본가로 돌아가게 되어 임양군이라는 작호를 삭탈시키게 하였다.[6] 이제 더 이상 친가가 아니므로 삭탈된 셈이다.

　　넷째, 「가행」은 임금의 거둥으로 이 시의 전후에 있는 시를 볼 때 1743년(영조 19) 창의궁에 들렀을 때 읊은 시로 보이는데 삭제 이유는 미상이다.

　　　　십오 년 내에 의례 다시 이뤄졌으니,
　　　　당당하게 내려와 미천한 정성 비추소서.
　　　　다른 날 감여가堪輿家로 말 잘하는 자들이
　　　　지금 제가 이미 경영한 것을 흔들지 못하도록.
　　　　十五年來禮再成　洋洋陟降照微情

3　『어제』, 앞 책, 273쪽.
4　『어제』, 앞 책, 274쪽.
5　『어제』, 앞 책, 275쪽.
6　『승정원일기』, 영조 31년(1755) 6월 9일.

他日堪輿頗舌者 莫撓今我己經營

　이 시는 「장릉재실시」이다. 장릉은 인조仁祖의 아버지 원종元宗과 인헌왕후仁獻王后의 왕릉이다. 영조가 1731년(영조 7) 장릉에 뱀이 많다는 말을 듣고 천릉을 시킨 바 있는데 이 시는 그로부터 15년 후인 1745년(영조 22) 영조가 장릉에 거둥하여 재실에서 재숙하면서 지은 시이다. 이 시가 삭제된 이유는 명확하지 않으나 본래 감여가가 천릉과 관계된 말들을 할 때는 1731년이었지 1745년이 아니므로 시기적으로 내용이 맞지 않다고 생각하여 삭제한 것으로 추정된다.

2) 글자나 어휘를 고친 경우

　『어제시문』 상책과 『열성어제』를 비교하면 다른 글자나 어휘로 고친 경우가 가장 많은데 먼저 7언 절구 제화시 「제망견창해일륜홍도題望見滄海一輪紅圖」의 제4수를 보면 다음과 같다.

　　아침 해가 스스로 황도 중에 올라,
　　운무 피어오를 때 푸른 하늘에 닿았네.
　　유람객 해안에 올라 멀리 머리 돌리니,
　　푸른 바다 푸른 산이 온통 붉구나.
　　朝日自乎黃道中 靄然雲霧接靑穹
　　遊人登岸遙回首 碧海靑山混一紅[7]

7　「제망견창해일륜홍도(題望見滄海一輪紅圖)」, 『어제』, 국학진흥연구사업추진위원회 편, 『영조문집보유』, 267쪽; 「열성어제 권18」, 서울대학교 규장각 편, 『열성어제』 3, 240쪽.

이 시는 바다에서의 일출을 바라보는 유람객의 모습을 그린 그림에 대한 제화시이다. 유람객의 모습에 대해『어제시문』상책의 제3구는 "유람객이 봉우리에 올라 멀리 바라보니(遊人上峯遙望裏)"라고 하여 일출을 보는 유람객의 모습을 읊었다면『열성어제』이 시의 제3구에서는 뜬 해가 밝아 해안의 유람객이 직접 보지 못하고 머리를 돌리는 모습을 형용하고 있다.

이러한 수정 원인은 두 가지로 추정할 수 있다. 첫째는 유람객의 모습을 잘못 묘사하였다가 고친 경우, 둘째는 새로운 의미부여를 위해 의도적으로 수정한 경우이다. 필자의 추정으로는 일출을 보는 유람객의 모습은 선명하게 그려졌을 가능성이 낮으므로 첫째의 이유보다는 두 번째 이유로 인해 고친 것으로 여겨진다. 즉, 유람객이 머리를 돌리는 태도를 통해 관람거리였던 태양을 감히 직접 볼 수 없는 존재로 격상시킨 셈이다. 태양은 대개 군왕을 상징하므로 이를 통해 군왕의 위상을 높이는 시로 변형시킨 것으로 보인다.

> 서울 장안성에 가을바람 맑으니,
> 아름다운 전각 높은 궁궐에 달빛이 밝다.
> 이 중에 어디가 좋은지 찾으려는데,
> 집집마다 다듬이 소리 들리네.
> 長安城裏秋風淸　彩閣雲宮月色明
> 欲識此中第一處　家家戶戶搗衣聲[8]

이 시「장안일편월만호도의성長安一片月萬戶搗衣聲」은 이백의「자야오가」 제3수에 나오는 구절로 가을 변방 경비를 맡으러 떠난 남편을 그리워하는 부

---

8 「장안일편월만호도의성(長安一片月萬戶搗衣聲)」,『어제』, 앞 책, 264쪽;「열성어제 권18」, 앞 책, 229쪽.

인의 노고를 그린 절창의 영향을 받았다. 달 밝은 밤 으리으리한 궁궐에서의
즐거움에 빠지지 않고 변방을 지키고 또 그를 위해 옷을 짓는 백성의 노고를
잊지 않겠다는 각오가 담겨 있다. 그런데 『열성어제』에서는 '何所取'로 수정
한 것이 원래 『어제시문』에서는 '第一處'로 표현되어 있다. '가장 좋은 곳'보다
'어떤 곳이 선택할 만한 곳인지'라는 표현이 더 적합하다고 본 것인데 '第一處'
가 일정한 기준에서의 최고 공간을 의미한다면 '何所取'는 기준의 다양성을
용인하는 의미가 있어 다른 기준의 제4구가 잘 호응된다. 다시 말해 '제일처'
는 궁궐의 아름다움을 표상하는 1, 2구의 내용 중에 최고인 곳만을 선택해야
할 것 같다면, '하소취'는 민가의 다듬이 소리로 주제가 전이되게 하는 포용성
을 지니고 있다는 말이다. 당나라 그림에 붙인 시 중에 제12수에서도 이런 점
을 확인할 수 있다.

> 그림마다 매 장마다 시문을 붙이니,
> 붓의 뜻 다하고자 하나 어찌 상세히 알 수 있나 했네.
> 오히려 이 중에 두 가지 아름다움 갖추었으니,
> 고기 잡고 술도 사니 흥취 얼마나 길어질까.
> 圖圖幅幅題詩章　筆意欲窮焉得詳
> 猶有此中二美具　穿魚沽酒興何長[9]

이 시는 「제당화題唐畫」 중 제12수이다. 이 시를 『열성어제』에서는 제
3구의 '兩者好'를 '二美具'로 제4구의 '豪興長'을 '興何長'으로 바꾸었다. '그림'
과 '화제畫題' 두 가지가 있어서 좋다는 단순한 표현을 '두 가지 아름다움을 갖

9　「제당화(題唐畫)」, 『어제』, 앞 책, 265쪽; 「열성어제 권18」, 앞 책, 236쪽.

추었다'라고 하여 '그림'과 '화제'가 모두 아름다운 그림과 붓글씨로 이루어졌음을 강조하였으며, 『어제시문』에서는 홍의 '호방성'에 중심이 두었던 표현을 '홍취 얼마나 길어질까'로 고쳐서 홍의 '종류'보다는 '길이'에 중심점을 옮겨 시의 깊이와 격조를 더욱 높게 하였다.

> 우리나라 관문으론 이곳이 가장 앞쪽.
> 금성탕지가 바닷길 앞에 있네.
> 예전에 봉안하던 시절을 미루어 생각하니,
> 이십 년 지나고 또 육 년이네.
> 我國關防此最先 金城雉堞海門前
> 追惟昔日奉安歲 二十年過又六年[10]

이 시는 강화도 도읍을 읊은 「강도江都」이다. 강화도 도읍은 고려 무신란부터 널리 알려져 병자호란 때도 피난지로 삼았다. 이곳에는 강화도 사고가 있어 중요 전적을 보관하였는데 영조가 26년 전인 1713년(숙종 39) 종부시宗簿寺 도제거都提擧의 자격으로 봉안차 이곳을 들른 적이 있음을 노래한 것이다. 『어제시문』에서는 제1구에 '沁都'라 하였는데 심도는 그저 제목인 '강도'의 이칭일 뿐이므로 '此最先'이라는 말을 설명해 주지 못한다. 이에 '關防'이라는 말로 고쳐서 어떤 면에서 '가장 앞쪽'에 있는 것인지를 명확하게 하였다.

> 시위와 풍악 울리는 옛 궁궐에서,
> 예전을 생각하네. 태조 할아버지의 공을,
> 수레가 장차 들어오려는데 해는 여전한데,

---

10 「강도(江都)」, 『어제』, 앞 책, 274쪽; 「열성어제 권18」, 앞 책, 273쪽.

수레 돌려 다시 보니 달은 동쪽에 있네.

羽旄管籥舊宮中　追憶昔年聖祖功

鑾輿将入金烏在　回駕復看玉兎東[11]

이 「근정전구대선유일작勤政殿舊臺宣諭日作」은 1745년(영조 21) 52세가
된 영조가 자신의 탄신일을 맞아 경복궁 근정전을 들러 1394년 도읍을 정한
해와 자신이 태어난 1694년(숙종 20)의 간지가 같음을 말하며 도읍을 정한 태
조 할아버지를 생각하고 또 당시 경복궁 근정전에 들를 때 해와 달이 같이 떠
있는 모습을 보고 이를 묘사한 것이다. 第3수 第1구의 '到門前'을 '舊宮中'으로
고쳤으며, 第2구의 '深切此心一倍中'을 '追憶昔年聖祖功'으로 고쳤다. 본래 '이
마음이 간절함이 두 배가 되는 중에'라는 구절은 영조가 탄신일에 아버지 숙
종에 대한 추모의 마음이 간절하다는 의미로 쓴 것인데 대상과 내용을 숙종
에서 태조로 바꾼 셈이다. 第3구의 '輦輿'를 '鑾輿'로 第4구의 '回駕後看'을 '回
駕復看'으로 고치기도 하였다.

이 외에도 「양성헌팔영養性軒八詠」 중 「농암모연農巖暮烟」[12]의 第3구 '回
首指覩處'를 '蒼然回首處'로 고쳤다. 「입추立秋」[13]의 第1구 '夏旣'는 '朱明'으로
고쳤으며, 「동조진연일하희시東朝進宴日賀喜詩」[갑진] 第2수[14] 第4구의 '不日茲見
法讌成'은 '法讌從看不日成'으로, 第8수[15]의 第2, 3구 '復見今日盛宴開 微臣幸
參進爵列'은 '今辰復覩盛筵開 微臣幸忝嵩呼列'로 고쳤다. 「제산수도題山水圖」[16]

---

11 「근정전구대선유일작(勤政殿舊臺宣諭日作)」, 『어제』, 앞 책, 290쪽; 「열성어제 권18」, 앞 책, 288쪽.

12 「농암모연(農巖暮烟)」, 『어제』, 앞 책, 257쪽; 「열성어제 권18」, 앞 책, 199쪽.

13 「입추(立秋)」, 『어제』, 앞 책, 258쪽; 「열성어제 권18」, 앞 책, 206쪽.

14 「동조진연일하희시(東朝進宴日賀喜詩)」, 『어제』, 앞 책, 259쪽; 「열성어제 권18」, 앞 책, 『열성어
제』 3, 208쪽.

15 「동조진연일하희시(東朝進宴日賀喜詩)」, 『어제』, 앞 책, 같은 쪽; 「열성어제 권18」, 앞 책, 210쪽.

16 「제산수도(題山水圖)」, 『어제』, 앞 책, 262쪽; 「열성어제 권18」, 앞 책, 216쪽.

제1구 '暎相色'을 '映秋色'으로 고쳤으며, 「남한영회 3수南漢詠懷 三首」 중 제1수 「알원릉추모謁園陵追慕」[17] 제4구는 '今辰始也展余忱'에서 '今行始也展微忱'으로 고쳤다. 또한 제2수 「좌행궁유감坐行宮有感」[18]의 제3구 '微心切'을 '微忱切'로 고쳤다. 「영화당인견친공신사시映花堂引見親功臣賜詩」[19]의 제2구 중 '禁苑召見'을 '禁苑一堂'으로 고쳤으며, 「충헌공김구선시일사좌의정김재로忠憲公金構宣諡日賜左議政金在魯」[20] 제1구의 '父子爲相'을 '父子台司'로 고쳤다.

그 외 「동조통명전진연시십창東朝通明殿進宴時十唱」 중 「포구악抛毬樂」[21]의 제2구 '遏雲祥'을 '遏雲長'으로, 「송도육영시松都六詠詩」 중 「관리관융管理觀戎」[22]의 제2구 '日暎色'을 '映朝日'로, 「고도봉차어제 3수故都奉次御製 三首」 중 제2수[23]의 '月臺廣一基'를 '荒凉滿月基'로 고치는가 하면, 「사단재전작社壇齋殿作」[24]의 3, 4구 '齋中今予感懷切 春二兩秋豈偶然'을 '齋中今日感懷切 前後春秋豈偶然'으로 고쳤다. 「사지례현감성이홍賜知禮縣監成爾鴻」[25]의 제1구 '醴乎不設'은 '醴樽不設'으로 고쳤고, 「희우喜雨」[26]의 제2구 '惟在一心'은 '一念憧憧'으로 고쳤다.

17 「알원릉추모(謁園陵追慕)」, 『어제』, 앞 책, 263쪽; 「열성어제 권18」, 앞 책, 224쪽.
18 「좌행궁유감(坐行宮有感)」, 「열성어제 권18」, 앞 책, 같은 쪽.
19 「영화당인견친공신사시(映花堂引見親功臣賜詩)」, 『어제』, 앞 책, 266쪽; 「열성어제 권18」, 앞 책, 239쪽.
20 「충헌공김구선시일사좌의정김재로(忠憲公金構宣諡日賜左議政金在魯)」, 『어제』, 앞 책, 267쪽; 「열성어제 권18」, 앞 책, 241쪽.
21 「포구악(抛毬樂)」, 「동조통명전진연시십창(東朝通明殿進宴時十唱)」, 『어제』, 앞 책, 269쪽; 「열성어제 권18」, 앞 책, 250쪽.
22 「관리관융(管理觀戎)」, 「송도육영시(松都六詠詩)」, 『어제』, 앞 책, 270쪽; 「열성어제 권18」, 앞 책, 258쪽.
23 「고도봉차어제 3수(故都奉次御製 三首)」, 『어제』, 앞 책, 271쪽; 「열성어제 권18」, 앞 책, 260쪽.
24 「사단재전작(社壇齋殿作)」, 『어제』, 앞 책, 272쪽; 「열성어제 권18」, 앞 책, 264쪽.
25 「사지례현감성이홍(賜知禮縣監成爾鴻)」, 『어제』, 앞 책, 273쪽; 「열성어제 권18」, 앞 책, 266쪽.
26 「희우(喜雨)」, 『어제』, 앞 책, 273쪽; 「열성어제 권18」, 앞 책, 268쪽.

「역림효장묘홍감이작歷臨孝章墓興感而作」[27] 제2구의 '墓草'도 '墓庭'으로, 제4구의
'涕潛然' 역시 '涕泫然'으로 고쳤다. 「제융중호사도題隆中豪士圖」[28]의 제3구 '安閑
遊翫詩書也'는 '草堂閒讀詩書日'로 고쳤고 「태묘하향일서시회잉칙면太廟夏享日
書示懷仍飭勉」[29]의 제1구 '享'을 '自'로 고쳤으며, 「추유석년흥회음성追惟昔年興懷吟
成」[30]의 제4구 '憶古辰'을 '涕濕巾'으로 고쳤다.

또 「경전經傳」[31]의 제2구 '昔年成'을 '費工程'으로 고쳤다. 「사회시 16수
寫懷詩 十六首」 중에 제14수[32]의 제3구는 '開邊'을 '同寅'으로 고쳤고 「근정전구대
선유일작勤政殿舊墓宣諭日作」의 제1수 중 제4구 '向時來'를 '昔年戕'로 고쳤으며,[33]
「사총재체궁청賜冢宰替躬請」의 제2수[34] 중 제3구 '不諒是'를 '不能諒'으로 고쳤
다. 「완월翫月」[35]의 제3구 '殿中朱檻裏'를 '淸宵金漏静'으로 고치는가 하면, 제4
구의 '熏風'은 '薰風'으로 고쳤다. 「우의寓意」의 제3수[36] 중 제2구 '也' 역시 '自'로
고쳤고 「주필走筆」[37]의 제2구에서는 '眼前中'을 '顧望中'으로 고쳤으며, 제4구
에서는 '浮雲捲也'를 '浮雲乍捲'으로 고쳤다.

한편 「남춘조지품달음성일률覽春曹之稟達吟成一律」[38]의 제5구 '意'는 '歎'으

---

27 「역림효장묘홍감이작(歷臨孝章墓興感而作)」, 『어제』, 앞 책, 275쪽; 「열성어제 권18」, 앞 책, 281쪽.
28 「제융중호사도(題隆中豪士圖)」, 『어제』, 앞 책, 276쪽; 「열성어제 권18」, 앞 책, 283쪽.
29 「태묘하향일서시회잉칙면(太廟夏享日書示懷仍飭勉)」, 『어제』, 앞 책, 276쪽; 「열성어제 권18」, 앞
    책, 284쪽.
30 「추유석년흥회음성(追惟昔年興懷吟成)」, 『어제』, 앞 책, 298쪽; 「열성어제 권18」, 앞 책, 289쪽.
31 「경전(經傳)」, 『어제』, 앞 책, 277쪽; 「열성어제 권18」, 앞 책, 290쪽.
32 「사회시 16수(寫懷詩 十六首)」, 『어제』, 앞 책, 같은 쪽; 「열성어제 권18」, 앞 책, 같은 쪽.
33 「근정전구대선유일작(勤政殿舊墓宣諭日作)」, 『어제』, 앞 책, 290쪽; 「열성어제 권18」, 앞 책, 288쪽.
34 「사총재체궁청(賜冢宰替躬請)」, 『어제』, 앞 책, 279쪽; 「열성어제 권19」, 서울대학교 규장각 편,
    『열성어제』 3, 300쪽.
35 「완월(翫月)」, 『어제』, 앞 책, 280쪽; 「열성어제 권19」, 앞 책, 303쪽.
36 「우의(寓意)」, 『어제』, 앞 책, 같은 쪽.
37 「주필(走筆)」, 『어제』, 앞 책, 282쪽; 「열성어제 권19」, 앞 책, 308쪽.
38 「남춘조지품달 음성일률(覽春曹之稟達 吟成 一律)」, 『어제』, 앞 책, 282쪽; 「열성어제 권19」, 앞 책,

로 고쳤다. 「여민동환시與民同歡詩」[39]의 제7구 '雲觀日奏報乎瑞'를 '雲觀日日報嘉瑞'로 고쳤고 「심개이작心慨而作」[40]은 제2, 3구의 '心裏'를 '心曲'으로, '能也'를 '能得'으로 각각 고쳤으며, 「이윤伊尹」[41]의 제2구 '若將莘野時'를 '囂囂莘野時'로 고쳤다. 「장량張良」[42]의 제3구 '黃石'은 '奧訣'로, 「주자周子」[43]의 제3구 '荷香月'은 '花君子'로 고쳤다. 「축대유祝大有」[44] 제2구의 '保我民而能也國'은 '保我民而能治國'으로 고쳤고 「서강행西江行」[45]에서 제10구의 '又因謁陵涉也江'을 '又因謁陵涉此江'으로, 제17구의 '崴巳洽也三十崴'를 '崴巳洽滿三十崴'로 고쳤으며, 「술회述懷」[46]의 제3구 '礪世'는 '勵世'로 고쳤다. 「신조작晨朝作」의 제1수[47]의 제2구 '一心在也'를 '一心惟在'로 고쳤으며, 제2수의 제2구 중 '計乎'를 '懸懸'으로 고쳤고 제3구의 '階裡'는 '階下'로, 제3수의 제2구 중 '興懷深'은 '尚沉沉'으로, 제4구의 '浸'은 '深'으로 고쳤다. 「임우초수시견월명霖雨初收始見月明」[48] 제2수 제3구에서 '溫風吹' 역시 '溫風起'로 고쳤다. 그리고 「주필명우부승지이철보치왕봉심서부우의릉향대청走筆名右副承旨李喆輔馳往奉審書付于懿陵香大廳」[49]의 제3구 '此心今月懷方切'을 '吁嗟今月懷方切'로 고쳤다. 이와 같은 예를 정리하면 〈표-10〉과 같다.

310쪽.

39 「여민동환시(與民同歡詩)」, 『어제』, 앞 책, 『영조문집보유』, 285쪽; 「열성어제 권19」, 앞 책, 318쪽.

40 「심개이작(心慨而作)」, 『어제』, 앞 책, 288쪽; 「열성어제 권19」, 앞 책, 331쪽.

41 「이윤(伊尹)」, 『어제』, 앞 책, 289쪽; 「열성어제 권19」, 앞 책, 333쪽.

42 「장량(張良)」, 『어제』, 앞 책, 289쪽; 「열성어제 권19」, 앞 책, 334쪽.

43 「주자(周子)」, 『어제』, 앞 책, 289쪽; 「열성어제 권19」, 앞 책, 335쪽.

44 「축대유(祝大有)」, 『어제』, 앞 책, 290쪽; 「열성어제 권19」, 앞 책, 336쪽.

45 「서강행(西江行)」, 『어제』, 앞 책, 294쪽; 「열성어제 권19」, 앞 책, 342쪽.

46 「술회(述懷)」, 『어제』, 앞 책, 294쪽; 「열성어제 권19」, 앞 책, 343쪽.

47 「신조작(晨朝作)」, 『어제』, 앞 책, 290쪽; 「열성어제 권19」, 앞 책, 377쪽.

48 「임우초수시견월명(霖雨初收始見月明)」, 『어제』, 앞 책, 265쪽; 「열성어제 권18」, 앞 책, 236쪽.

49 「주필명우부승지이철보치왕봉심서부우의릉향대청(走筆名右副承旨李喆輔馳往奉審書付于懿陵香大廳)」, 『어제』, 앞 책, 297쪽; 「열성어제 권19」, 앞 책, 352쪽.

표-10 「어제시문」상책의 글자나 어휘를 고친 경우

번호	제목(수정 부분)	어제시문	열성어제
1	「題望見滄海一輪紅圖」제4수(제3구)	遊人上峯遙望裏	遊人登岸遙回首
2	「長安一片月萬戶搗衣聲」(제3구)	欲識此中第一處	欲識此中何所取
3	「題唐畫」제12수(제3구)	猶有此中兩者好	猶有此中二美具
4	「題唐畫」제12수(제4구)	穿魚沽酒豪興長	穿魚沽酒興何長
5	「江都」(제1구)	我國沁都此最先	我國關防此最先
6	「勤政殿舊基宣諭日作」제1수(제4구)	君臣追憶向時來	君臣追憶昔年哉
7	「勤政殿舊基宣諭日作」제3수(제1구)	羽旄管籥到門前	羽旄管籥舊宮中
8	「勤政殿舊基宣諭日作」제3수(제2구)	深切此心一倍中	追憶昔年聖祖功
9	「勤政殿舊基宣諭日作」제3수(제3구)	輦輿将入金烏在	鑾輿将入金烏在
10	「勤政殿舊基宣諭日作」제3수(제4구)	回駕後看玉兎東	回駕復看玉兎東
11	「養性軒八詠」,「農巖暮烟」(제3구)	回首指覩處	蒼然回首處
12	「立秋」(제1구)	夏旣將盡報秋節	朱明将盡報秋節
13	「東朝進宴日賀喜詩[갑진]」제2수(제4구)	不日玆見法讌成	法讌從看不日成
14	「東朝進宴日賀喜詩[갑진]」제8수(제2구)	復見今日盛宴開	今辰復覩盛筵開
15	「東朝進宴日賀喜詩[갑진]」제8수(제3구)	微臣幸參進爵列	微臣幸忝嵩呼列
16	「題山水圖」제5수(제1구)	黃花紅葉暎相色	黃花紅葉映秋色
17	「南漢詠懷 三首」,「謁園陵追慕」(제4구)	今辰始也展余忱	今行始也展微忱
18	「南漢詠懷 三首」,「坐行宮有感」(제3구)	追惟逞歲微心切	追惟逞歲微忱切
19	「映花堂引見親功臣賜詩」(제2구)	禁苑召見契合新	禁苑一堂契合新
20	「忠憲公金構宣諡日賜左議政金在魯」(제1구)	父子爲相昔與今	父子台司昔與今
21	「東朝通明殿進宴時十唱」,「抛毬樂」(제2구)	歌聲十二遏雲祥	歌聲十二遏雲長
22	「松都六詠詩」,「南門召民」(제2구)	依然高大日暎色	依然高大映朝日
23	「故都奉次御製 三首」제2수(제2구)	只有月臺廣一基	只有荒凉滿月基
24	「社壇齋殿作」(제3구)	齋中今予感懷切	齋中今日感懷切
25	「社壇齋殿作」(제4구)	春二兩秋豈偶然	前後春秋豈偶然
26	「賜知禮縣監成爾鴻」(제1구)	醴乎不設穆生去	醴樽不設穆生去
27	「喜雨」(제2구)	惟在一心京野民	一念憧憧京野民

28	「歷臨孝章墓興感而作」(제2구)	此辰何意墓草前	此辰何意墓庭前
29	「歷臨孝章墓興感而作」(제4구)	砌上徘徊涕潛然	砌上徘徊涕泫然
30	「題隆中蒙士圖」(제3구)	安閑遊歡詩書也	草堂閒讀詩書日
31	「太廟夏享日書示懷仍飭勉 三首」제1수(제1구)	暮春躬享拜朝宗	暮春躬自拜朝宗
32	「追惟昔年興懷吟成」(제4구)	三復毛詩憶古辰	三復毛詩涕濕巾
33	「經傳」(제2구)	四書小學昔年成	四書小學費工程
34	「寫懷詩 十六首」제14수(제3구)	其能滌黨若開邊	其能滌黨若同寅
35	「勤政殿舊基宣諭日作」제1수(제4구)	君臣追想向時來	君臣追憶昔年哉
36	「賜冢宰替躬請」제2수(제3구)	鄕若不諒是我志	鄕若不能諒我志
37	「歡月」(제3구)	歡步殿中朱檻裏	歡步淸宵金漏静
38	「歡月」(제4구)	薰風時到玉階間	薰風時到玉階間
39	「寓意」제3수(제2구)	今日可云先也知	今日可云先自知
40	「走筆」(제2구)	雨亭同在眼前中	雨亭同在顧望中
41	「走筆」(제4구)	浮雲捲也猶濛濛	浮雲乍捲猶濛濛
42	「覽春曹之稟達吟成一律」(제5구)	心薰樂正意	心薰樂正歓
43	「與民同歡詩」(제7구)	雲觀日奏報乎瑞	雲觀日日報嘉瑞
44	「心慨而作」(제2구)	慨然心裏述文中	慨然心曲述文中
45	「心慨而作」(제3구)	何時能也滌今俗	何時能得滌今俗
46	「伊尹」(제2구)	若將莘野時	囂囂莘野時
47	「張良」(제3구)	三篇黃石受何者	三篇奧訣受何者
48	「周子」(제3구)	恒居所愛荷香月	恒居所愛花君子
49	「祝大有」(제2구)	保我民而能也國	保我民而能治國
50	「西江行」(제10구)	又因謁陵涉也江	又因謁陵涉此江
51	「西江行」(제17구)	歲巳洽也三十歲	歲巳洽滿三十歲
52	「述懷」(제3구)	深慨于心欲礪世	深慨于心欲勵世
53	「晨朝作」제1수(제2구)	一心在也今秋成	一心惟在今秋成
54	「晨朝作」제2수(제2구)	夙夜計乎展謁辰	夙夜懸懸展謁辰
55	「晨朝作」제2수(제3구)	夜中行禮阼階裡	夜中行禮阼階下
56	「晨朝作」제3수(제2구)	曉來夢覺興懷深	曉來夢覺尚沉沉

57	「晨朝作」제3수(제4구)	此鬱中心日日浸	此鬱中心日日深
58	「霖雨初收始見月明」제2수(제3구)	陣陣溫風吹	陣陣溫風起
59	「走筆名右副承旨李喆輔馳往奉」	此心今月懷方切	吁嗟今月懷方切

3) 글자의 순서만 바꾼 경우

『어제시문』 상책과 『열성어제』를 비교할 때 글자의 순서만 바꾼 경우로 5수가 있다. 먼저 「지희시志喜詩」[50] 제4구의 "咸請建儲"를 "建儲咸請"으로 바꾸었고 「동조통명전진연시십창東朝通明殿進宴時十唱」 중 「향발響鈸」[51] 제4구의 '伸今'을 '今伸'으로 바꾸었으며, 「태묘친행기우일노중봉희우太廟親行祈雨日路中逢喜雨」[52] 제2구의 '情禮'를 '禮情'으로 바꾸었다. 또 「사회시 16수」[53]에서 '今惟'를 '惟今'으로 바꾸었고 「심자시心字詩」[54]의 '朱子稱也勤乎省'도 '朱子也稱勤乎省'으로 바꾸었다.

4) 상통하는 글자로 바꾼 경우

『어제시문』 상책과 『열성어제』를 비교할 때 상통하는 글자로 바꾼 경

---

50 「지희시(志喜詩)」, 『어제』, 앞 책, 263쪽; 「열성어제 권18」, 서울대학교 규장각 편, 『열성어제』 3, 227쪽.
51 「동조통명전진연시십창(東朝通明殿進宴時十唱)」, 『어제』, 앞 책, 269쪽; 「열성어제 권18」, 앞 책, 249쪽.
52 「태묘친행기우일노중봉희우(太廟親行祈雨日路中逢喜雨)」, 『어제』, 앞 책, 270쪽; 「열성어제 권18」, 앞 책, 252쪽.
53 「사회시 16수(寫懷詩十六首)」, 『어제』, 앞 책, 277쪽; 「열성어제 권18」, 앞 책, 290쪽.
54 「심자시(心字詩)」, 『어제』, 앞 책, 288쪽; 「열성어제 권19」, 서울대학교 규장각 편, 『열성어제』 3, 331쪽.

우로 22개를 찾을 수 있다. 이들은 의미상에는 차이가 없는 것으로 여겨지는데 '我'를 '予'로 고친 경우로 「사총재체궁청賜冢宰替躬請」[55] 제1수의 제3구, 「작년을축팔월십구일행행이십일일회가금년차월차일추유전년일배차심음성삼시昨年乙丑八月十九日幸行二十一日回駕今年此月此日追惟前年一倍此心吟成三詩」 중 「추모追慕」의 제2구 등 2수가 있다.[56] 기타 「팔시八詩」 중 「수경농현水鏡弄絃」[57]에서 '廻' 대신에 '返'으로 고쳤으며, 「제당화題唐畫」[58] 중 제3수의 제2구에서 '芳草'를 '芳林'으로 고쳤고, 제4수의 제3구에서 '景相'을 '風光'으로 고쳤다. 제5수의 제1구에서는 '草舍'를 '茅舍'로 고쳤다. 또 「봉조하민진원숙사인견일사시奉朝賀閔鎭遠肅謝引見日賜詩」[59]에서 제1구의 '共'을 '同'으로 고쳤고 「이백초조시李白草詔詩」[60]의 제2구 '製詩'를 '題詩'로 고쳤으며, 「낙선당시 2수樂善堂詩二首」[61] 제4구의 '中'을 '心'으로 고쳤다. 「동조통명전진연시십창」 중 「무고舞皷」[62]에서 '兩隊'를 '兩行'으로 고쳤으며, 「술회 2수述懷 二首」[63]에서 '懷'를 '感'으로 고쳤다. 「사회시 16수」[64]에서 제2구의 '沈濛濛'은 '泪濛濛'으로 고쳤다. 「신춘축新春祝」[65] 제1구는 '朝三殿'을

---

55 「사총재체궁청(賜冢宰替躬請)」, 『어제』, 앞 책, 279쪽; 「열성어제 권19」, 앞 책, 300쪽.

56 「작년을축팔월십구일행행이십일일회가금년차월차일추유전년일배차심음성삼시(昨年乙丑八月十九日幸行二十一日回駕今年此月此日追惟前年一倍此心吟成三詩)」, 『어제』, 앞 책, 296쪽; 「열성어제 권19」, 앞 책, 351쪽.

57 「수경농현(水鏡弄絃)」, 『어제』, 앞 책, 264쪽; 「열성어제 권18」, 서울대학교 규장각 편, 『열성어제』 3, 230쪽.

58 「제당화(題唐畫)」, 『어제』, 앞 책, 265쪽; 「열성어제 권18」, 앞 책, 236쪽.

59 「봉조하민진원숙사인견일사시(奉朝賀閔鎭遠肅謝引見日賜詩)」, 『어제』, 앞 책, 266쪽; 「열성어제 권18」, 앞 책, 238쪽.

60 「이백초조시(李白草詔詩)」, 『어제』, 앞 책, 267쪽; 「열성어제 권18」, 앞 책, 239쪽.

61 「낙선당시 2수(樂善堂詩 二首)」, 『어제』, 앞 책, 267쪽; 「열성어제 권18」, 앞 책, 241쪽.

62 「동조통명전진연시십창(東朝通名殿進宴時十唱)」, 『어제』, 앞 책, 269쪽; 「열성어제 권18」, 앞 책, 249쪽.

63 「술회 2수(述懷 二首)」, 『어제』, 앞 책, 274쪽; 「열성어제 권18」, 앞 책, 270쪽.

64 「사회시 16수(寫懷詩 十六首)」, 『어제』, 앞 책, 277쪽; 「열성어제 권18」, 앞 책, 290쪽.

65 「신춘축(新春祝)」, 『어제』, 앞 책, 258쪽; 「열성어제 권18」, 앞 책, 205쪽.

'拜三殿'으로 고쳤고 「제손무연진도題孫武演陣圖」[66]의 제3구 '陣'을 '列'로 고쳤다. 「회맹동가일이영會盟動駕日二詠」중 「경회주연慶會駐輦」[67]의 제3구 '輦'를 '興'로, 「차진문동거부감축물次陳門同居孚感畜物」[68]의 제4구 '童稚'는 '兒童'으로 바꾸었다. 「한음춘하추동잉축유년閒吟春夏秋冬仍祝有年」[69]중 제1수 「춘일春日」의 제3구 '一'은 '始'로 고쳤고 제2수 「하우夏雨」의 제1구에서는 '翫步'를 '緩步'로 고쳤다. 또 「영월詠月」[70]의 제4구 '詩心'을 '詩意'로 고쳤다. 「잉전제이작仍前題而作」의 제1수[71] 제4구 '博覽'은 '傳覽'으로 고쳤고 「여상呂尙」[72]의 '綠柳裡'를 '綠柳下'로 고쳤으며 「흠질충의음성일편欽質忠義吟成一篇」[73]의 '近因心肚興感多'에서 '感'은 '懷'를 고친 것이다. 그리고 「만음謾吟」 제2수[74]의 제1구 '浸浸'을 '沉沉'으로 고쳤다. 「술회述懷」[75]는 제목도 '意'를 '懷'로 고치고 제3구의 '勵'를 '礪'로 고쳤다. 이 외에 명확한 오자를 고친 경우로 「반축제훈시양영頒軸諸勳時兩詠」중 「인정반축仁政頒軸」[76]의 제2구 '管弦'을 '管絃'으로 고쳤다.

---

66 「제손무연진도(題孫武演陣圖)」, 『어제』, 앞 책, 263쪽; 「열성어제 권18」, 앞 책, 219쪽.

67 「경회주연(慶會駐輦)」, 『어제』, 앞 책, 261쪽; 「열성어제 권18」, 앞 책, 221쪽.

68 「차진문동거부감축물(次陳門同居孚感畜物)」, 『어제』, 앞 책, 261쪽; 「열성어제 권18」, 앞 책, 223쪽.

69 「한음춘하추동잉축유년(閒吟春夏秋冬仍祝有年)」, 『어제』, 앞 책, 280쪽; 「열성어제 권19」, 서울대학교 규장각 편, 『열성어제』 3, 301쪽.

70 「영월(詠月)」, 『어제』, 앞 책, 281쪽; 「열성어제 권19」, 앞 책, 306쪽.

71 「잉전제이작(仍前題而作)」, 『어제』, 앞 책, 285쪽; 「열성어제 권19」, 앞 책, 317쪽.

72 「여상(呂尙)」, 『어제』, 앞 책, 289쪽; 「열성어제 권19」, 앞 책, 334쪽.

73 「흠질충의음성일편(欽質忠義吟成一篇)」, 『어제』, 앞 책, 296쪽; 「열성어제 권19」, 앞 책, 349쪽.

74 「만음(謾吟)」, 『어제』, 앞 책, 290쪽; 「열성어제 권19」, 앞 책, 377쪽.

75 「술의(述意)」, 『어제』, 앞 책, 『영조문집보유』, 294쪽; 「술회(述懷)」, 「열성어제 권19」, 앞 책, 343쪽.

76 「반축제훈시양영(頒軸諸勳時兩詠)」, 『어제』 앞 책, 261쪽; 「열성어제 권18」, 서울대학교 규장각 편, 『열성어제』 3, 222쪽.

5) 두 가지 이상이 복합된 경우

『어제시문』상책과『열성어제』를 비교할 때 앞에서 거론한 수정이 2개 이상이 복합적으로 보이는 경우도 6수 정도가 보인다.

> 신산한 어려움 겪어 온 지 몇 년인가?
> 오늘날 세상살이 날마다 더 심해.
> 옆 사람이 만일 앞일을 어쩔 거냐 묻는다면,
> 웃으며 뜬구름 가리키고 또 내 맘 가리키리.
> 艱辛閱歷幾光陰　世道于今日愈深
> 傍人若問調將事　笑指浮雲又指心[77]

이 시는「술회」이다. 1743년(영조 19) 늦가을이나 겨울에 지은 것으로 보인다. 당시 영조는 50세였다. 자신의 험난했던 일생을 생각하며 앞으로도 그저 인생은 뜬구름 같다는 생각으로 살겠다는 생각을 풀었다.『어제시문』에서는 제1구의 '艱辛閱歷'을 '閱歷艱辛'이라 하고 제2구의 '世道于今'을 '于今世道'라 하였다. '열력'과 '간신'의 위치를 바꾸고 또 '우금'과 '세도'의 위치를 바꾼 것이다. 이렇게 위치를 바꾸었을 뿐 아니라 제1구의 '幾歲沉'을 '幾光陰'으로 고치기도 하였다.

「백공시百公詩」[78]는 '공公'에 대한 영조의 생각을 100구로 풀어낸 시이다. 내용이 긴 만큼 고친 내용도 많은 편인데 이 중 순서만을 바꾼 경우로 제

---

77 「술회(述懷)」,『어제』, 앞 책, 274쪽;「열성어제 권18」, 앞 책, 272쪽.
78 「백공시(百公詩)」,『어제』, 앞 책, 286쪽;「열성어제 권19」, 서울대학교 규장각 편,『열성어제』3, 323쪽.

26구의 내구 '幼時能也辨其讒'을 '幼時也能辨其讒'으로 바꾼 경우, 제58구의 내구 '滿心是也一黨字'를 '滿心也是一黨字'로 고친 경우가 있으며, 상통하는 글자로 바꾼 경우로 제38구의 외구 '藹然酬酢心裏公'을 '藹然酬酢心衷公'으로 고친 경우, 제67구 '爲人擇官是也私 爲官擇人乃乎公'을 '爲人擇官是爲私 爲官擇人乃爲公'으로 고친 경우가 있다. 그리고 어휘를 고친 경우로 제33구의 내구 '唐之貞觀可治盛'을 '唐之貞觀莫日盛'으로 고친 경우와 제99구의 외구 '可知此日知大公'을 '可於此日知大公'으로 고친 경우가 있다.

「제천정濟川亭」[79]은 53세인 1746년(영조 22) 한강가에 있는 정자에 대해 16구로 읊은 시이다. 이 시에서 글자를 고친 경우는 제5구 '回首問也'를 '回首時間'으로, 제17구 '今岸'을 '彼岸'으로 고쳤으며, 상통하는 글자로 고친 경우는 제4구의 '崗'을 '岡'으로, 제9구의 '夜裏'를 '夜間'으로, 제18구의 '氣像'을 '氣象'으로 고치고 있다. 「육경가六更歌」[80]는 당나라 현종의 실정을 비판한 시로 본래 밤은 5경으로 이루어져 있는데 아침까지 육경으로 만들어 밤새 놀려고 한 일을 들어 12구로 비판한 시이다. 이 시에서 상통하는 글자로 고친 경우로 제2구 외구 '作五更兮爲一夜', 제5구 외구 '借燈光兮昏沉沉' 등은 모두 '乎'를 '兮'로 고쳤으며, 제12구 내구 '爲堯爲桀在操舍'의 '舍'는 '捨'를 바꾼 것이다. 다른 글자로 고친 경우로는 제10구 외구의 '爲也唐帝興慨哉'를 '竊爲唐帝興慨哉'로 고친 경우이다. 「기회 5수紀懷 五首」[81] 역시 이에 속한다. 제5수에서 다른 글자로 고친 경우로 제2구의 '濟也'를 '濟得'으로 고쳤으며, 상통하는 글자로 바꾼 경우는 제3구 '我'를 '予'로 바꾸었고, 순서를 바꾼 경우로 제4구의 '謁拜'를 '拜謁'로 바꾸었다.

---

79 「제천정(濟川亭)」, 『어제』, 앞 책, 294쪽; 「열성어제 권19」, 앞 책, 341쪽.
80 「육편가(六更歌)」, 『어제』, 앞 책, 296쪽; 「열성어제 권19」, 앞 책, 348쪽.
81 「기회 5수(紀懷 五首)」, 『어제』, 앞 책, 293쪽; 「열성어제 권19」, 앞 책, 337쪽.

6) 본문 이외의 내용을 고친 경우

시 내용 이외를 고친 경우로 제목을 고친 경우, 시의 서문이나 관지를 고친 경우 등이 있는데 제목을 고친 경우는 3수가 보인다. 「방회문십운倣回文十韻」을 「방노인자탄회문시倣老人自歎回文詩」로 고친 경우가 있으며,[82] 「동운同韻」을 앞 시의 제목이 「제시題詩」이므로 「동제同題」로 고친 경우,[83] 그리고 「술의述意」를 「술회述懷」로 고친 경우[84] 등이 있다. 이 외에 시의 서문에 해당되는 글을 축약하기도 하고, 존칭을 위해 뗀 글을 합치거나 때론 띄기도 하였는데 시의 서문을 축약한 경우로 「과송도선죽교이홍감서하십사자명수교방추하음기過松都善竹橋而興感書下十四字命豎橋傍追下陰記」의 서문[85]에서 '表公精忠矣 而是豈特予一時偶感乎'를 '表公精忠 是豈特予一時偶感乎'로 축약하였다. '矣'와 '而' 등 허사를 삭제하여 간명하게 하였다. 관지를 고친 경우로는 「주필관왕묘駐蹕關王廟」[86]에서 '旹歲癸亥仲秋仲旬 追慕拜手 謹取同韻 敬續 御詩'를 '崴癸亥仲秋旬 奉覽 御詩 追慕敬次'로 고쳤다. '旹'는 '時'의 고자로 '歲'만으로도 '時歲'의 뜻이 충분하므로 삭제하였으며, '仲旬'을 '旬'으로 고친 것은 이 시의 창작 시기가 20일이 아니라 10일이어서 수정한 것으로 보인다. '손을 모아 추모하며 삼가 같은 운자를 가져다 공경히 선왕의 시를 잇는다'라는 말을 '선왕의 시를 받들어 보고 공경히 차운하여 추모한다'라고 축약하였다. 「근정전구대선유일

---

82 「방회문십운(倣回文十韻)」, 『어제』, 앞 책, 279쪽; 「방노인자탄회문시(倣老人自歎回文詩)」, 「열성어제 권19」, 앞 책3, 299쪽.

83 「동운(同韻)」, 『어제』, 앞 책, 289쪽; 「동제(同題)」, 「열성어제 권19」, 앞 책, 336쪽.

84 「술의(述意)」, 『어제』, 앞 책, 『영조문집보유』, 294쪽; 「술회(述懷)」, 「열성어제 권19」, 앞 책, 343쪽.

85 「과송도선죽교이홍감서하십사자명수교방추하음기(過松都善竹橋而興感書下十四字命豎橋傍追下陰記)」, 『어제』, 앞 책, 271쪽; 「열성어제 권18」, 서울대학교 규장각 편, 『열성어제』 3, 261쪽.

86 「주필관왕묘(駐蹕關王廟)」, 『어제』, 앞 책, 275쪽; 「열성어제 권18」, 앞 책, 279쪽.

작勤政殿舊基宣諭日作」의 서문[87] 관지에 '이는 바로 도읍에서 생장하여 남북에 있는 산을 모르는 것이다. 또한 내가 태어난 해에시 미루이 예전의 도읍을 정한 해를 생각하면 바로 홍무 갑술년이니 또한 태어난 해와 같다. 또한 어찌 우연이겠는가(是正生長都中 昧抡南北山者也. 且惟予誕歲追記昔日定都之年 即洪武甲戌也. 而又值誕辰 亦豈偶然乎哉)?'를 '이는 바로 도읍에서 생장하여 남북에 있는 산을 모르는 것이다. 예전에 도읍을 정한 해는 바로 홍무 갑술년이니 바로 내가 태어난 해와 부합된다. 오늘 또한 태어난 날이니 또한 어찌 우연이겠는가(是正生長都中 昧抡南北山者也. 追記昔日定都之年 即洪武甲戌 適與予誕歲相符, 今日又值誕辰 亦豈偶然乎哉)?'로 고쳤다. 역시 내용을 간략하고 명료하게 만들었다고 볼 수 있다. 「관풍각여원량관종도시작觀豊閣與元良觀種稻時作」[88]의 서문 중 '令並'을 '並令'으로 순서만 바꾸었다. 「음영吟咏」의 후기[89]에서는 앞의 '先書上句' 뒤에 있던 '下句'라는 어휘를 끝으로 보내기도 하였다. 「탄진황구선시嘆秦皇求仙詩」의 서문[90]에서는 '海内之間 其豈有仙'을 '吁嗟海内 其豈有仙'으로 고쳐 '해내지간'을 '해내'로 줄이고 감탄사 '우차'를 추가하여 신선의 존재에 대한 부정적 입장을 강조하였으며, '大德必有享歲. 雖欲長年 人生於世 其樂何先於此也'을 '大德必得其壽. 人生於世 其樂何先於此也'로 고쳐서 '雖欲長年'을 삭제하고 '有享歲'는 '得其壽'로 고쳐 간략화하였다.

---

87 「근정전구대선유일작(勤政殿舊基宣諭日作)」, 『어제』, 앞 책, 290쪽; 「열성어제 권18」, 앞 책, 288쪽.
88 「관풍각여원량관종도시작(觀豊閣與元良觀種稻時作)」, 『어제』, 앞 책, 276쪽; 「열성어제 권18」, 앞 책, 288쪽.
89 「음영(吟咏)」, 『어제』, 앞 책, 281쪽; 「열성어제 권19」, 서울대학교 규장각 편, 『열성어제』 3, 307쪽.
90 「탄진황구선시(嘆秦皇求仙詩)」, 『어제』, 앞 책, 295쪽; 「열성어제 권19」, 앞 책, 345쪽.

2. 영조어제첩본과 문집 비교

영조는 1758년(영조 34)까지 작품을 열성어제로 편찬하고 이후의 작품
은 첩본으로 만들어 별도의 편찬본을 만들지 않겠다고 했으나『봉모당봉안어
서총목』을 보면 1741년(영조 17) 작품부터 남긴 것으로 되어 있다.『봉모당봉
안어서총목』과 현재 장서각에 소장된 영조어제첩본을 토대로 비교를 진행한
결과『열성어제』의「열조어압첩소지列朝御押帖小識」,[91]『영종대왕어제속편』의
「보춘기회報春起懷」,[92]『영종대왕어제』의「풍천육아기風泉蓼莪記」,[93]『어제시문』
하책의「칠순흥회록七旬興懷錄」[94] 그리고『어제집경당편집』23건과『어제속집
경당편집』에 41건을 찾을 수 있었다.

『열성어제』의「열조어압첩소지」는 영조어제첩본「어제소지御製小識」
(K4-2744)로 전하는데 표지 제첨에는 작은 글자로 '영조어제'가 두 줄로 쓰여
있고 제목은 '소지小識'로만 되어 있다. 권수제는 '어제소지'로 되어 있고『봉모
당봉안어서총목』에도 1751년 작품으로「어제소지」를 수록하고 있어 '어제소
지'로 제목을 삼았다. 이 첩에 대한 해제가『영조어제 해제』권5에 실려 있어
이해에 도움이 된다. 이 첩은『열성어제』「열조어압첩소지」와 내용상의 차이
는 없다. 다만「어제소지」에는 관지에 '嘉義大夫 禮曹參判 臣 洪鳳漢 奉敎 書'

---

91 「어제소지(御製小識)」(K4-2744), 한국학중앙연구원 장서각 편,『영조어제 해제』5, 54쪽;「열조어
   압첩소지(列朝御押帖小識)」,「열성어제 권36」, 서울대학교 규장각 편,『열성어제』5, 333쪽.
92 「어제보춘기회(御製報春起懷)」(K4-434), 한국학중앙연구원 장서각 편,『영조어제 해제』4, 418
   쪽;「보춘기회(報春起懷)」,『영종대왕어제속편』7, 국학진흥연구사업추진위원회 편,『영조문집보
   유』, 115쪽.
93 「어제풍천육아기(御製風泉蓼莪記)」(K4-5270), 한국학중앙연구원 장서각 편,『영조어제 해제』
   10, 157쪽;『영종대왕어제』, 국학진흥연구사업추진위원회 편,『영조문집보유』, 214쪽.
94 「어제칠순흥회록(御製七旬興懷錄)」(K4-4981), 한국학중앙연구원 장서각 편,『영조어제 해제』
   9, 434쪽;「칠순흥회록(七旬興懷錄)」,『어제』, 국학진흥연구사업추진위원회 편,『영조문집보유』,
   307쪽.

라고 필사자가 언급되어 있는 정도이다. 이 소지는 1751년(영조 27) 7월 6일 영조가 효종, 현종, 현종의 비 명성왕후, 숙종, 경종 등의 서명署名을 모아 홍봉한에게 첩을 만들게 하고 이 어압첩에 대해 붙인 글이다.

『영종대왕어제속편』의 「보춘기회」는 영조어제첩본 「어제보춘기회」(K4-434)로 전하는데 영조가 1759년(영조 35) 입춘 직후 지난 날을 돌아보며 감회를 적은 글로 입춘이 되자 청대青臺에서 봄이 왔음을 알리니, 영조는 이로 인하여 예전 일을 돌아보며 100구를 지었다고 하였다. 내용은 자신의 일생을 돌아보되 특히 생모 숙빈 최씨 및 부왕 숙종 등이 돌아가신 해를 나열하며 이들에 대한 그리움을 읊는 내용이다. '청대'는 관상감観象監을 가리킨다. 4언체 100구를 이어서 필사하였으며, 한 단 내려서 발문을 첨부하였다. 『승정원일기』에는 영조가 승지에게 명하여 이 시 100구를 적게 하고, 구윤명具允明이 이를 읽었다고 하였으며, 더구나 '何依何怗'라는 구句에서 구윤명이 '何依何怗'로 쓰는 것이 좋겠다는 의견을 개진하니, 영조가 좋다고 하고 받아들였다고 하였다.[95] 그러나 실제 수록된 내용을 보면 제80구 내구는 '何怗何怗'로 되어 있어 최종적으로 다시 수정이 이루어졌음을 알 수 있다. 그리고 『영종대왕어제속편』과 영조어제첩본의 「보춘기회」는 전혀 차이가 없어 이 첩본 자체가 초고라기보다는 완성본이었음을 알 수 있다.

『영종대왕어제』의 「풍천육아기風泉蓼莪記」는 영조어제첩본 「어제풍천육아기御製風泉蓼莪記」(K4-5270)로 전하는데 1762년(영조 38)으로 영조가 49세일 때의 작품이다. '풍천'과 '육아'는 모두 시경의 편명이다. '풍천風泉'은 「비풍匪風」과 「하천下泉」두 편을 합친 말인데, '비풍'은 『시경』「회풍檜風」의 편명이고, '하천'은 『시경』「조풍曹風」의 편명이다. 이 두 편은 모두 주周나라 왕실이 점점

---

95 『승정원일기』, 영조 35년(1759) 12월 21일.

쇠약해지는 것을 현인이 개탄하며 옛 번성했을 때의 주나라 왕실을 생각하는 내용이다. 여기서는 우리나라가 쇠약해졌을 때 명나라가 구해 준 일을 언급한 것이다. '육아'는 『시경』「소아小雅」의 편명으로 부모가 자신을 낳으시느라 몹시 수고하였음을 말하고, 거듭 스스로 서글퍼하는 내용이다. 이 글에서는 생모인 숙빈 최씨, 선왕인 숙종, 그리고 자신이 왕세제가 될 때 어머니 역할을 한 인원왕후에 대한 추모의 마음을 읊고 있다. 『영종대왕어제』와 영조어제첩본은 내용의 차이가 없다.[96]

또한 기록에 있어서 영조어제첩본에는 대두가 엄격히 지켜지고 있는데 명 태조의 연호인 홍무洪武, 명나라를 뜻하는 황명皇明, 그리고 황제명인 고황高皇, 신황神皇, 의황毅皇 등은 모두 대두를 하였으며, 왕실의 경우 생모인 숙빈 최씨를 지칭하는 선비先妣, 숙종의 승하를 뜻하는 용어龍馭, 숙종의 시를 지칭할 때의 어시御詩, 인원왕후를 지칭하는 자성慈聖, 자은慈恩, 자음慈音, 자안慈顏, 성후聖后 등을 모두 대두하였다. 그러나 『영종대왕어제』에서는 이를 모두 격자隔字하는 데 그쳤다. 글자의 출입은 크게 없으며, 놀라서 심장이 떨어졌다고 하는 운隕 자가 『영종대왕어제』에는 통용되는 운霣 자로 되어 있는 정도이다.

『어제시문』 하책의 「칠순흥회록」이 영조어제첩본에는 「어제칠순흥회록御製七旬興懷錄」(K4-4981)으로 전한다. 영조가 70세를 기념하기 위해 문무증광과文武增廣科를 실시한 뒤의 감회를 읊은 글이다. 이때 왕이 근정전勤政殿에 나

96　영조어제첩본에는 일부 누락된 부분이 있는데 해당 부분 2쪽을 분실한 것으로 여겨진다. 해당 부분은 다음과 같다. "皇曆 是誰之恩? 世受皇恩 逮于寡躬, 而瞻望中州 大明猶晦. 其欲繼述 否德無能, 過吾皇忌辰 夢拜吾皇. 此非淺誠攸致 卽吾皇之眷念 周旋尺壇 何報萬一 忌辰望拜 何伸微忱 嗚呼, 匪風下泉之時 王室雖弱 周國猶在, 顧于今日 奚特風泉, 此不過借其名而興感者. 嗚呼, 字小皇恩 何時報之, 再造皇恩 何時報之, 眷念皇恩 何時報之, 欲報皇恩 河海莫量, 欲報皇恩 河淸莫聞, 欲報皇恩 忱誠莫致. 中夜興思 吞聲嗚咽, 若問其忠 予無可答. 嗚呼, 世豈無永感".

아가 과거에 친림親臨하고 창방唱榜을 행한 것이 10월 24일이고 급제자들에게 인사를 받은 것이 10월 25일이므로 이 글은 그 직후에 쓰인 것으로 보인다.

영조어제첩본 「어제칠순홍회록」은 K4-4982로 구분되는 필사본 한 본이 더 있는데 K4-4981과는 약간의 차이가 있다. 첫째는 근정전勤政殿의 옛터에서 합격자 발표를 하는 이유에 관해, 개국 초의 고사를 드러내기 위함이라는 대목과, 또한 태조가 근정전에 임어臨御한 일이 오늘 자신의 일과 부합한다는 대목에서, K4-4981에는 그해의 간지干支가 갑신甲申으로 적혔으나, K4-4982에는 갑술甲戌로 적혔다.

개국 초의 갑신년은 태종太宗 4년(1404)으로 이해 10월 11일에 태조는 70회 탄신일을 맞아 근정전에서 고희연을 받았다. 그러므로 K4-4981의 갑신이 내용과 부합한다. 개국 초의 갑술년은 태조 3년(1394)으로, 이때에 태조는 육순六旬을 맞이하였다. 『태조실록』을 보면, 태조의 회갑년인 태조 4년의 이 날짜에는 '임금의 탄신일이라 군신들이 헌수獻壽하니, 군신들에게 잔치를 베풀었다'라고 하였고, 태조의 고희년古稀年인 태종 4년에는 '임금이 태상전太上殿에 조회하고, 하례를 행하고 헌수獻壽하여 지극히 즐거워하다가 밤에 파하였다. 이에 앞서 예조에서 태상전의 탄신일과 정조正朝의 하례하는 의식을 상정하였는데, 이때에 이르러, 임금이 태상전의 탄일이라 하여 그 예를 행하였다'라고 기록되어 있다. 그러나 육순에 해당하는 태조 3년에는, "임금의 탄신일이므로 『법화경』을 전내殿內에서 강講하고 중외中外의 죄수들을 사유하였다. 특히 이행李行·이첨李詹의 유배와 이인임李仁任·조민수曹敏修의 금고禁錮를 풀어 주고서 직첩職牒을 모두 돌려주었다"라고 기록되어 있을 뿐 큰 잔치가 있었음은 언급되지 않는다. 회갑연과 고희연에 비해 육순은 규모가 작은 탄신일 잔치가 있었음을 알 수 있다. 또한 갑술년인 태조 3년에는 아직 근정전이라는 이름이 만들어지지 않았기 때문에 영조가 자신이 지금 근정전에서 행하는 일이 개국 초의 일과 부합한다고 하기 어렵다고 보인다. 『태조실록』에

의하면, 갑술년의 이듬해인 태조 4년(1395) 10월 7일에 정도전鄭道傳에게 명하여 새로 지은 궁궐의 여러 전각의 이름을 짓게 하였다고 기록되어 있다. 그러므로 두 번의 갑술甲戌은 모두 갑신甲申의 잘못으로 보인다.

또 하나의 차이는 글의 말미에서 종묘宗廟의 제사를 흠향歆饗하며 자손을 보전하는 여덟 가지 절목 가운데 여섯째 절목이 K4-4981에는 '숭절검 융일욕崇節儉 戎逸慾'으로 적혔으나 K4-4982에는 '숭절검 계일욕崇節儉 戒逸慾'으로 적힌 것이다. 이는 문맥상 K4-4982가 맞다. 『어제시문』의 내용을 보면, K4-4981처럼 두 곳에 모두 '갑신'으로 되어 있고 또한 K4-4982처럼 '계일욕'으로 되어 있다. 이로 볼 때 영조어제첩본에는 필사상의 오류가 보이며 『어제시문』은 이를 수정한 내용을 반영한 것으로 보인다.

『어제집경당편집』 작품 중에 첩본이 있는 작품은 〈표-11〉과 같다.

표-11 『어제집경당편집』에 실린 영조어제첩본

구분	제목	『영조문집보유』 쪽수	장서각 소장 상황
1	柔兆外宴時樂章	83	御製柔兆外宴時樂章(K4-3765; K4-3769~97)
2	望八展禮興懷記意	87	御製望八展禮興懷記意(K4-1925)
3	興懷而記	87	御製興懷而記(K4-5597)
4	興懷之中自歎其衰	90	御製興懷之中自歎其衰(K4-5601)
5	自歎其衰惟憶昔年	99	御製自歎其衰惟憶昔年(K4-4183)
6	紀懷	100	御製紀懷(K4-1590)
7	紀懷	102	御製紀懷(K4-1586)
8	追慕述懷	103	御製追慕述懷(K4-4847)
9	人日	105	御製人日(K4-3849)
10	隨事記懷仍付慨歎	107	御製隨事記懷仍付慨歎(K4-2812)
11	記百述懷	108	御製記百述懷(K4-1555)
12	記夢	110	御製記夢(K4-1553)
13	風泉之懷	113	御製風泉之懷(K4-5271)

14	記夢	117	御製記夢(K4-1552)
15	垂裕後昆	118	御製垂裕後昆(K4-2827)
16	興懷	120	御製興懷(K4-5567)
17	卽席記懷	121	御製卽席記懷(K4-5667)
18	敬題故櫻桃樹	125	御製敬題故櫻桃樹(K4-1079)
19	夙夜錄	126	御製夙夜錄(K4-2841)
20	抑懷	127	御製抑懷(K4-3524)
21	展禮記懷	127	御製展禮記懷(K4-4289)
22	遙望 懿陵飮涕記懷	128	御製遙望 懿陵飮涕記懷(K4-3769~13)
23	資政興懷	128	御製資政興懷(K4-4139)

『어제집경당편집』은 총 6권으로 이뤄졌으며, 권1에 희자명제 28편 포함 59편, 권2에는 희자명제 24건 포함 49편, 권3에는 희자명제 14편 포함 38편이 있는데 이 중에 첩본으로 남아 있는 작품은 없다. 권4에는 19편이 있는데 4편이 남아 있다. 〈표-11〉에서 1~4번에 해당한다. 권5는 36편이 있는데 9편이 남아 있다. 〈표-11〉에서 5~13번에 해당한다. 권6은 27편이 있는데 9편이 남아 있다. 〈표-11〉에서 14~23번에 해당한다.

『어제속집경당편집』 작품 중에 첩본이 있는 작품은 〈표-12〉와 같다.

표-12 『어제속집경당편집』에 실린 영조어제첩본

구분	제목	『영조문집보유』 쪽수	장서각 소장 상황
1	書示冲子	136	御製書示冲子(K4-2561; K4-2562)
2	書示冲子	137	御製書示冲子(K4-2578)
3	興懷	138	御製興懷(K4-5569)
4	紀懷	140	御製紀懷(K4-1596)
5	憶昔記懷以示後昆	143	御製憶昔記懷以示後昆(K4-3267)
6	憶昔記萬懷	152	御製憶昔記萬懷(K4-3260)

7	曉起記懷	154	御製曉起記懷(K4-5528)
8	題示我冲子	154	御製題示我冲子(K4-4336)
9	順康園祗迎後記懷	156	御製順康園祗迎後記懷(K4-2856)
10	諡望興懷	157	御製諡望興懷(K4-2873)
11	因點記懷	158	御製因點記懷(K4-2873)
12	以文代拜	158	御製以文代拜(K4-3826)
13	夜永夜長問答	160	御製夜永夜長問答(K4-3070)
14	祝大有	162	御製祝大有(K4-4903)
15	興懷	162	御製興懷(K4-5568)
16	暮年益勉	163	御製暮年益勉(K4-2043)
17	資政書示冲子	164	御製資政書示冲子(K4-4133)
18	新春祝有年	171	御製新春祝有年(K4-2967)
19	勤政門內記懷	172	御製勤政門內記懷(K4-1279)
20	書示冲子	173	御製書示冲子(K4-2566)
21	憶古懷今	173	御製憶古懷今(K4-3488)
22	遙望 懿陵飲涕記懷	128	御製遙望懿陵飲涕記懷(K4-3769~13)
23	憶忠	174	御製憶忠(K4-3505)
24	自醒翁自慨	175	御製自醒翁自慨(K4-4078)
25	六復蓼莪	182	御製六復蓼莪(K4-3785)
26	萬懷兩日	185	御製萬懷兩日(K4-1900)
27	今雖近八追慕萬億	189	御製今雖近八追慕萬億(K4-1365)
28	今日予懷萬倍	194	御製今日予懷萬倍(K4-1437; K4-2522)
29	三日常參此心何抑	195	御製三日常參此心何抑(K4-2521; K4-2522)
30	紀懷	196	御製紀懷(K4-1602)
31	憶昔	203	御製憶昔(K4-3183)
32	堂中問答	203	御製堂中問答(K4-1673)
33	先自勉示冲子	205	御製先自勉示冲子(K4-2614; K4-2615)
34	百慕	206	御製百慕(K4-2396)
35	朝前復來瞻望社壇	210	御製朝前復來瞻望社壇(K4-4362; K4-4363)

36	因餘懷記萬億	211	御製因餘懷記萬億(K4-3848)
37	近八悶百	211	御製近八悶百(K4-1290)
38	續勸孝悌文	214	御製續勸孝悌文(K4-2753)
39	舊闕前庭追慕萬倍	216	御製舊闕前庭追慕萬倍(K4-1194)
40	題廚院	216	御製題廚院(K4-4339)
41	慶運宮懷萬億	218	御製慶運宮懷萬億(K4-1074; K4-1075)

『어제속집경당편집』은 총 6권으로 이뤄졌으며, 첩본 잔존 양상을 보면 권1의 22편 중 6편, 권2의 26편 중 11편, 권3에 23편 중 7편, 권4에 20편 중 3편, 권5의 20편 중 10편, 권6의 18편 중 7편 등이다.

『어제집경당편집』이나 『어제속집경당편집』의 영조어제는 영조어제첩본의 내용과 같다. 차이가 있더라도 『어제시문』 하책에서 보듯이 필사상의 오류 정도이므로 별도의 비교를 하지 않았다. 일견 『열성어제』, 『영종대왕어제속편』, 『영종대왕어제』, 『어제시문』 하책 등 보다 많은 작품이 영조어제첩본으로 남아 있는 것 같으나 『열성어제』 이후 지은 작품을 장첩으로 만들었으며 영조어제첩본이 대부분 '훈유'와 '자술'로 이루어진 점을 고려할 때 『어제집경당편집』과 『어제속집경당편집』의 모든 작품이 장첩본으로 남아 있어야 할 것 같은데 일부만 남았다고 보는 편이 적절할 것이다.

3. 「감회 10수感懷十首」

「감회 10수」는 개별 작품이 장첩본으로 전하며, 필사본인 『어제시문』, 간행본인 『열성어제』에 모두 실려 있다.[97] 그러나 엄밀히 말하면 이 장첩본은 영조어제첩본은 아니다. 왜냐하면 본서에서 말하는 영조어제첩본은 『봉모당봉안어서총목』 '영종대왕어제첩본'에 수록된 자료를 말하며 영조어제첩본의 첫 번째 작품은 1741년 작품인데 이 시첩은 1729년 작품이기 때문이다. 이 시는 영조의 맏아들 효장세자가 1728년(영조 4) 11월 16일 10세의 어린 나이로 죽자 이듬해인 1729년 11월 15일 소상 전날 요화당에서 지은 것으로 건乾, 곤坤 2첩으로 나뉘어져 있으며 각 첩마다 7언 절구가 5수씩 실려 있다.

전체 10수 중 제3수, 제5수, 제8수, 제10수는 3개가 모두 수정이 이뤄지지 않았다. 제1수, 제4수, 제9수는 약간의 수정이 이루어졌다. 제1수는 특히 약한데 장첩본과 『어제시문』은 같으며, 『열성어제』에서 제3구의 '堂內'를 '堂中'으로 수정한 정도이다. 제4수 제2구에서 『어제시문』과 『열성어제』는 같으며, 장첩본의 '卽也喆'을 '也卽喆'로 글자의 위치만 바꾸었다. 제9수도 『어제시문』과 『열성어제』는 같으며, 장첩본의 제2구의 '典衣'를 '典儀'로 제4구의 '痛哭'을 '涕泣'으로 바꾸었다. 이들은 모두 의미상의 변화는 크게 없다고 봐도 과언이 아니다. 그러나 제6수와 제7수는 크게 바뀐 편이다. 제7수는 『어제시문』과 『열성어제』는 같은데 장첩본과는 크게 차이가 난다. 제1구 외에는 모두 고쳐졌다. 제3구의 '思惟'를 '追思'로 바꾼 것은 큰 의미 변화가 없다고 볼 수 있으나 제4구에서 '濕裙'의 '옷을 적신다'를 '自紛'의 '저절로 흩뿌린다'로 고친 것은 의미가 많이 다르며 특히 제2구는 '隆冬深夜却寒重'을 '寒齋寂寂坐宵分'으로 완전히 바꾸었다. 더 나아가 제6수는 장첩본, 『어제시문』, 『열성어제』가 모두 수정되었는데 『어제시문』에서는 제4구의 '涕自瞳'을 '涕滿瞳'으로 고쳤으며, 『열성어제』에서는 제2구의 '朞年歲月俄頃中'을 '光陰倏忽一朞中'으로 수정하였다. 이를 표로 정리하면 〈표-13〉과 같다.

97 「감회(感懷)」건(乾); 곤(坤)(K4-417), 「감회 10수(感懷 十首)」, 『어제』, 앞 책, 259쪽; 「열성어제 권 18」, 서울대학교 규장각 편, 『열성어제』 3, 211쪽.

표-13 「감회」 장첩본, 『어제시문』, 『열성어제』 비교

首	장첩본	어제시문	열성어제
1	閑坐堂内夜氣清 庭前月色粉墻明 追惟逞歲心惆悵 耳畔時時更鼓聲		1구: 閑坐堂中夜氣清
2	節屆一陽屬仲冬 无情歲月何忽忽 昨年今日忍乎語 建極九容一夢中	3구: 昨年今日那堪憶	3구: 昨年今日那堪憶
3	焂忽光陰練事迴 此心若割奚堪哉 中官也報正時至 求福神門半夜開		
4	嗚呼練月是碁日 自此舍衰卽也吉 情不窮兮禮有限 哀心痛意往今一	2구: 自此舍衰也卽吉	2구: 自此舍衰也卽吉
5	昨年東邸舊書齋 秋月春花幾歲來 今臥此堂感慨切 詠詩豈述萬腔哀		
6	昨夜素衣今日紅 碁年歲月俄頃中 進修往歲心焦日 追憶如新涕自瞳	4구: 追憶如新涕滿瞳	2구: 光陰倏忽一碁中 4구: 追憶如新涕滿瞳
7	夜氣清明无片雲 隆冬深夜却寒重 思惟往昔三加日 一倍感傷涕濕裙	2구: 寒齋寂寂坐宵分 3구: 追思往昔三加日 4구: 一倍感傷涕自紛	2구: 寒齋寂寂坐宵分 3구: 追思往昔三加日 4구: 一倍感傷涕自紛
8	三更四點哭魂宮 明燭筵前紗帳中 揮涕豊原說往昔 豈哀私也一邦同		
9	二聖展哀臨几筵 典衣讀祝耐能宣 吁嗟世事夢醒裏 痛哭焚章丁閣前	2구: 典儀讀祝耐能宣 4구: 涕泣焚章丁閣前	2구: 典儀讀祝耐能宣 4구: 涕泣焚章丁閣前
10	忍言今日此懷哉 兩歲春秋瞬息迴 天道旋環哀又樂 旣乎否極泰乎來		

위 비교에서 확인할 수 있는 점은 남은 형태로 봤을 때 장첩본 →『어제시문』→『열성어제』순서로 만들어진 것으로 여겨진다. 이들을 각각 '원본', '초고본', '간행본'이라 할 때 원본에서 초고본으로 옮기는 과정에서 많이 첨삭했음을 알 수 있다. 상대적으로 초고본에서 간행본으로 옮기는 과정에서는 그다지 많이 고치지 않은 셈이다.

4. 소결

영조어제는 크게 개별 작품을 장첩한 영조어제첩본, 개별 작품을 간행한 영조어제간본, 편찬하여 필사한 문집, 편찬하여 간행한 문집 등으로 대별된다. 일반적으로 개별 작품을 창작하고 이를 모아 편찬하며, 간행하게 되므로 같은 작품이 세 곳에 남아 있을 수 있는데 효장세자의 대상일에 지은「감회 10수」가 이에 해당된다. 그러나 이는 매우 드문 경우이다.

『어제시문』상책과『열성어제』를 비교한 결과『어제시문』에 교정 내용이『열성어제』에 반영되어 있는 것으로 보아『어제시문』은『열성어제』의 저본으로 활용되었음을 알 수 있다. 다만『열성어제』는 1758년까지 시문이 실려 있는데『어제시문』에는 1747년까지의 시만 실려 있으며,『열성어제』에 더 많은 시가 실려 있으므로『열성어제』간행 바로 전의 저본으로 보기는 어렵겠다.『어제시문』과『열성어제』를 비교하면『어제시문』의 시 전체가 산삭된 경우, 글자나 어휘를 고친 경우, 오자를 고친 경우, 글자의 순서만 바꾼 경우, 상통하는 글자로 바꾼 경우, 위의 여러 가지가 복합된 경우, 기타 제목을 고치거나 시의 서문을 축약한 경우 등이 보이는데 대개 문을 간략 명료화하거나 시의 격조를 높이기 위한 수정으로 보여진다.

영조어제첩본과 문집을 비교한 결과『어제집경당편집』과『어제속집경당편집』외에 영조어제첩본의 작품이 문집에 실린 경우는 문집별로 한 편 정도에 불과하였다. 영조어제첩본의 작품과 문집에 실린 작품의 차이는 거의 없었는데 그 이유는 영조어제첩본은 필사본이긴 하지만 초고라기보다는 충분히 검토를 한 뒤에 장첩본으로 만든 완성작이었기 때문으로 여겨진다.

「감회 10수」의 장첩본은 영조어제첩본과 달리 초고를 장첩한 것이기에 『어제시문』, 『열성어제』로 옮겨지면서 부분적인 수정이 이루어졌으며 특히 편찬본인 『어제시문』으로 옮길 때 많은 수정이 이루어졌다. 이로 볼 때 영조어제첩본은 단순히 필사본이라고 하여 초고본으로 볼 것이 아니라 어제편차인에 의해 간행의 수준까지 검토된 작품으로 보아야 할 것이다.

제 6 장 건륭어제와의 비교

1. 건륭제

　건륭제의 성은 애신각라愛新覺羅이며 이름은 홍력弘曆이다. 영조가 태어난 해로부터 7년 후인 1711년에 태어나 영조 사후 23년 후인 1799년에 사망하였다. 영조보다 5세 많은 88세였으며, 영조보다 8년 더 긴 기간(60년) 동안 재위하였다. 재위 기간은 27세인 1737년에서 85세인 1796년까지였으며, 3년간은 태상황으로 지냈다. 건륭제가 60년만 재위한 이유는 자신의 할아버지인 강희제의 재위 기간보다 오래 할 수 없다는 이유였다. 영조가 아버지 숙종을 전범으로 삼은 것과 같이 건륭제는 할아버지 강희제를 전범으로 삼았음을 알 수 있다.

　건륭제는 아버지 옹정제의 넷째 아들이며, 청나라 황실의 후계자 선정 방식 때문에 즉위 때까지 자신이 후계자인 줄 몰랐다. 그러나 일찍부터 할아버지 강희제의 총애를 받았으므로 즉위할 가능성이 높은 것은 알았을 것으로 여겨진다. 건륭제는 어려서부터 제왕으로서 갖추어야 할 교육을 받았으며, 독보적인 두각을 나타낸 것으로 여겨진다. 젊어서 유가 경전과 역사서 등 중국 전통문화 및 무술 등을 배웠는데 학자·시인·예술가·감상가 등의 역량을 지녔고 특히 언어적 역량이 뛰어났던 것으로 전해진다. 무술 중에서는 활쏘기를 잘했다고 한다.

건륭제는 유가 정치 사상을 바탕으로 나라를 다스렸으며, 군주 중심의 정치관을 지니고 있었다. 또한 민본 사상을 지녀 애민이 중요하다고 생각하였으며, 백성을 직접 다스리는 신하들에게 백성을 자녀처럼 대해야 함을 강조하였다. 그러기에 백성의 부담을 덜고 생활을 개선하려 하였지만 봉기하는 경우에 대해서는 엄격하게 처벌하였다. 건륭제 재위 시 청나라는 경제적으로 번영하고, 국고가 충만하였으며, 사회가 안정되고, 인구가 크게 증가하는 등 '건륭성세乾隆盛世'를 이룬 것으로 평가된다. 이렇게 만들기 위해 건륭제는 영토 확장과 농업과 상업 장려에 힘쓰고 학문과 예술을 발달시켰다.

이 시기 청나라는 농법의 개발과 농지 확대를 통해 생산량을 증대시켰고 상업의 발달을 통해 부를 축적했다. 이로 인해 인구는 급증하고 재정과 군사력이 갖추어졌는데 건륭제는 30대 후반부터 국외 정복 사업을 벌였다. 대금천大金川을 시작으로 몽골의 준가르, 대만, 베트남, 미얀마, 네팔, 신장 위구르 등까지 진출한 건륭제는 원나라 이후 가장 큰 영토를 지닌 통치자가 되었다. 그는 이렇게 10번의 원정에서 모두 승리한 것을 자랑하여 스스로를 '십전노인十全老人'이라 일컬었다. 이렇게 확보한 영토를 순행하는 것도 좋아하여 강남을 가는 남순南巡을 6회, 사천성을 둘러보는 서순을 4회, 산동성과 호북성 등을 도는 동순을 5회나 했으며 이를 통해 중앙과 지방의 학문과 예술의 교류를 증진시키게 된다. 소주·항주 지역의 호수를 보고 피서산장에 호수를 조성한 것도 그 예의 하나로 볼 수 있다.

건륭제가 학문을 부흥시키고 예술을 장려한 대표적인 업적은 『사고

전서四庫全書』의 간행이다. 『사고전서』는 12년간 3,800여 명의 학자가 3,458종 79,582권의 서적을 경사자집으로 분류한 것으로 불후의 업적으로 일컬어진다. 원명원圓明園에 서양의 건축술을 도입하여 확장한 공사 역시 건륭제의 대표적인 예술 장려 업적이다.

건륭제 만년의 청나라는 사회 부패와 모순이 커지고 백련교도白蓮敎徒의 봉기가 일어 정치가 어지러워졌는데 건륭제도 정치적 결단, 인재 선발 등에 있어 젊었을 때 같지 않아 이를 다스리지는 못했다. 만년 건륭제의 면모에 대해 대일戴逸은 다음과 같이 평가하였다.

젊었을 때에는 많은 좋은 점이 있었으나 날이 갈수록 그 반대로 바뀌었다. 완강함은 완고함으로 변하였고 자신감은 호언장담으로 변하였고 엄격함은 가혹함으로 바뀌었으며 도덕적인 정당한 요구는 여지 없는 규범과 계율의 경직성으로 변하였다. 심지어 심리적으로도 일상성을 잃어 행위가 괴벽해졌고 사람들의 생각을 벗어났다. 사람들은 이미 그를 이해할 수 없었고 또 감히 그를 꺾을 수 없었다.[1]

2. 청나라의 어제 편찬 양상과 건륭어제

청나라 황제가 어제를 짓기 시작한 것은 제3대 황제 순치제(淸 世祖 順治帝, 1643~1661)부터이나 순치제는 시집 1권을 남겼을 뿐이며, 본격적으로 어제가 편찬된 것은 제4대 황제 강희제부터 제11대 황제 광서제까지이다. 청나

---

1 戴逸,「我國最多産的一位詩人-乾隆帝」, 『吉林大學社會科學學報』, 1985年 第5期, 4쪽.

라는 황제 사후에 어제를 별도로 편찬하지 않고 생전에 편찬하곤 하였는데 이는 사후에 문집을 편찬하는 우리나라와 다른 풍습이다.

순치제의 어제 1권에는 30수의 시가 『만수시萬壽詩』라는 이름으로 순치 13년에 간행되었으며, 강희제의 어제는 4집 44책(문 3,525편, 시 1,146수) 분량인 데 생전에 3집 34책이 간행되었고, 제4집 10책은 강희제 사후 옹정 10년에 간행되었다. 옹정제의 어제는 옹정제 사후인 건륭 3년에 17책(문 185편, 시 540여 수)으로 간행되었다. 가경제의 어제는 생전에 150책이 간행되었고, 사후에 6책 정도가 간행되었는데 예제집 32책을 제외한 문은 238편, 시는 11,760수이다. 도광제의 어제는 52책 중 예제 24책을 제외한 문 127편, 시 2,008수이다. 함풍제의 어제는 6책(문 32편, 시 373수), 동치제의 어제는 8책(문 247편, 시 321수), 광서제의 어제는 11책(문 187편, 시 345수)이 각각 간행되었다.[2]

건륭제가 재위 시절에 지은 어제는 5집 434권 41,800여 수이다. 이 외에 황자일 때 지은 글은 『낙선당전집樂善堂全集』에 실렸으며, 태상황일 때 지은 글은 『어제시여집御製詩餘集』에 모았다.[3] 출판 상황을 보면 건륭 2년에 24책의 예제집, 건륭 14년에 20책의 시집, 건륭 23년에 18책의 예제집, 건륭 24년에 40책의 시집, 건륭 29년에 8책의 문집, 건륭 36년에 40책의 시집, 건륭 48년에 62책의 시집, 건륭 60년에 8책의 문집과 56책의 시집이 각각 간행되었으며, 사후인 가경 5년에 2책의 문집과 12책의 시집이 간행되었다. 총 298책 분량이며, 이중 예제집을 제외한 어제는 문 1,148편, 시 42,550수이다. 열하를 방문했던 이덕무는 건륭제의 시의 분량에 대해 예제집과 갑진년 이후의 시를 제외한 1~4집의 시가 3만 3천 7백여 수라며 감탄하였다.[4] 건륭어제에 보이는

---

2 朱賽虹,「淸代御製詩文槪析」,『北京圖書館官刊』, 1999年 第2期, 83~84쪽.

3 戴逸, 앞 논문, 41쪽.

4 "『樂善堂集』은 잠저에 있을 때 엮은 것으로 거기 실린 시는 거론치 않더라도 등극한 병진년에서 신묘년까지 편집된 것이 1 · 2 · 3집으로 무릇 2만 4천여 수이고, 임진년에서 계묘년까지 엮은 것

문체 종류는 論論, 유諭, 소疏, 훈訓, 축문祝文, 기記, 서序, 발跋, 문問, 고考, 변辨, 비문碑文, 설說, 해解, 잡저雜著, 안어按語, 지어識語, 서후書後, 서사書事, 부賦, 연주連珠, 송頌, 잠명箴銘, 찬贊, 고금체시古今體詩 등 26종이다.

　　건륭제의 문학에 대해 대일戴逸은 시를 매우 빨리 썼으며, 격률에 얽매이지 않고 수식하지 않으며 입에서 나오는 대로 써서 곧 작품을 이루었으니 어떤 시는 비교적 자연스럽고 신선했으나 총체적으로 격조가 높지 않고 좋은 작품이 드물다고 평가하였다. 또한 건륭제 자신도 자신의 시에 대해 졸속하다고 평하였다고 언급하였다.[5] 여기서의 졸속은 가식이 없다는 겸손이기도 하지만 실제 빨리 썼다는 뜻이기도 한데 그렇기에 많은 수의 시를 지을 수 있었다고 할 수 있다. 어떤 때는 매일 십여 수씩 짓기도 하였으며,[6] 건륭 36년에 배를 타고 곤명호에 갈 때는 1시간 동안에 8수를 지었는데 「과광원갑환주수입곤명호연연즉경잡영過廣源閘換舟逐入昆明湖沿緣即景襍詠」의 제8수에서 '배 타고 십 리 갈 때 시 여덟 수인데 도리어 아직 1시간도 지나지 않았구나(舟行十里詩八首 却未曾消四刻時)'라고 자랑하기도 하였다.[7]

　　건륭제의 창작 방법은 직접 짓고 쓰는 경우도 있지만 어떤 경우에는 시를 직접 쓰지 않고 신하들에게 대신 쓰게 하기도 하였다. 또 시를 쓰다가 시흥이 다하여 한두 구만 쓰고 마치지 못하면 신하들에게 마저 결말을 짓도록 하기도 하였다. 이렇게 맡겼다가도 스스로 고친 적도 있지만 대부분은 신하에게 고치게 한 것이 전해진다. 비기碑記와 같은 문체의 경우, 신하에게 초

이 제4집으로 무릇 9천 7백여 수로서 도합 3만 3천 7백여 수이다. 尙書 梁國治와 侍郎 董誥가 편집한 갑진년부터 지금 경술년까지가 또 몇 수가 될는지 모른다. 이어서 기록해야 될 것이다", 이덕무, 「전당시조」, 『청장관전서』 59, 「앙엽기」 6, 한국고전번역DB, 한국고전번역원.

5　戴逸, 앞 논문, 41쪽.
6　戴逸, 앞 논문, 42쪽.
7　「御製詩集」 3集 99卷, 『四庫全書』.

안을 쓰게 하고 자신이 한두 글자만 고치거나 그대로 전제하도록 하였다. 건륭제는 정기적으로 군기처의 관원들에게 자신이 오후에 지은 시의 초고를 다시 필사하도록 명령했고, 고위 관료들에게 편집상의 조언을 받았다. 어제의 창작과 교정을 위해 일군의 예술가들을 늘 주변에 두었으며, 조정 내에 몇몇 문인들, 즉 그 시대의 아류 시인들을 두었다고 한다. 어제 편집의 과정에서 이 문인들은 건륭제가 지은 시를 간행하기 전에 모든 부분에 대해 세심하게 윤문하였을 것으로 여겨진다. 따라서 최초 판본이 황제의 원래 초고와 크게 달라지게 되는 경우도 있었을 것이다. 일부 문신들은 건륭어제의 편차인으로 평소에 건륭제가 참여하는 각종 행사에서 건륭제의 어제체를 찬미하였는데 이런 점은 영조문집 편차인들과 다른 점이다.[8]

건륭제는 자신이 시를 쓰는 방식에 대해 다음과 같이 언급하였다.

> 업무여가에 다른 오락거리가 없어 가끔 시·고문·부 등을 지었다. 문부는 수십 편에 불과했으나 시는 사물에 정을 의탁하여 아침과 저녁으로 읊조렸다. 그중에는 농사에 마땅한 천시天時, 군주로서 일하는 전범과 때로 순시하는 일에서 산천명승, 풍토순리에 이르기까지 그 대강을 기록하여 노래로 형용하지 않는 것이 없었다.[9]

건륭제의 글쓰기 방식이 아침저녁으로 보고 들은 일을 모두 형용하는 식이었음을 알 수 있다. 대일戴逸은 건륭제가 미사여구를 좋아하지 않고 직설

---

8 沈德潜, 『国朝詩別裁集』, "本朝御制詩, 如日月經天, 江河行地, 千百世當奉全集爲準繩"; 沈德潜, 『清诗別裁集』, 岳麓書社, 1998年. 上册 第2頁. 건륭어제의 집필과 편찬과 관련하여 도움을 준 문인은 大學士 梁詩正, 吏部尚書 汪由敦, 刑部尚書 張照, 錢陳群, 禮部侍郎沈德潜, 大學士 尹繼讚, 劉統勛, 陳宏謀, 于敏中, 汪由敦 등이다(劉潞, 「論乾隆皇帝的士人化傾向」, 『中國文化研究』, 1999年, 25期, 55쪽).
9 『御製文初集』卷11, 『初集詩小序』.

적으로 쓰기 좋아했으며, 매년 초하루, 정월 대보름, 동지, 섣달그믐 등에 의례적인 시를 썼는데 초하루에는 7언시만을 그믐에는 5언시만을 썼다고 하였다. 또 글자 수를 맞추기 위해 임의로 글자를 증감하기도 하였다고 하였다. 그리고 건륭제 시의 시기별 분포를 분석하고 그 창작량의 추이에 대해 언급한 것을 보면, 즉위 초에는 정무에 바빠 많이 쓰지 못했으나 이후 건륭 4년까지는 매년 몇십 수 정도를 지었으며, 이후 늘어서 건륭 10년 이후에는 매년 수백 편씩을 지었다고 하였다. 건륭제의 시적 흥취는 계절에 민감했다고 하는데 봄에 가장 높고 여름이 다음이며 겨울에는 창작량이 매우 적다고 하였다. 우울하고 번민할 때 시 창작이 쇠퇴하였는데 건륭 42년 어머니 효성황후가 사망했을 때 어제가 줄었고 태상황 때 백련교가 성행하자 또 어제가 줄었다고 하였다.[10]

　　건륭어제에서 유람 작품은 높은 비중을 차지하는데 산천명승을 비롯하여 강남과 새북塞北 등의 각종 풍광을 반영하고 있다. 또한 누정 건축 등에 대한 시도 많고, 이 외에도 음악과 희곡 감상, 말타기, 얼음지치기, 뱃놀이 시문 등에서는 당시 예술 활동 및 체육 활동을 반영하고 있다.

3. 건륭어제의 내용

1) 국왕

건륭제는 군주로서 영조와 마찬가지로 국태민안과 국방에 대해 노래

10　戴逸, 앞 논문, 42쪽.

하곤 하였다. 건륭제는 국가의 근본은 백성임을 알았고 특히 중국은 농업국이었으므로 농민의 중요성을 잘 알고 있었다. 늘 농사에 관심을 두고 봄에는 사직에 제사하였으며, 가물 때는 황자 및 대신들과 서북교외 흑룡담黑龍潭에 가서 기우제를 지냈다.[11]

영조가 친경례와 친잠례를 했듯이 건륭제도 원명원과 북원산장에서 밭을 갈고, 북해에 잠단蠶壇을 신설하였으며, 청의원평비에 경직도耕織圖를 새기게 하였다. 영조는 경직도 46경 전체에 대해 글을 썼다면 건륭제는 이미 황자皇子일 때 「공독황조성조인황제어제경직도사십육경시경화원운恭讀皇祖聖祖仁皇帝御題耕織圖四十六景詩敬和原韻」[12]에서 7언 절구 46수를 지었는데 이 중 두 수를 보면 다음과 같다.

계속 내리던 비가 처음으로 새벽 해에 개이고,
검은 소가 힘이 있으니 봄밭 갈 만하네.
농가가 힘들고 괴로우나 어찌 게으름을 떨랴.
다시 나뭇가지에서 꾀꼬리 소리 듣는다.
宿雨初過曉日晴　烏犍有力足春耕
田家辛苦那知倦　更聽枝頭布穀聲

일찍이 빈풍칠월편을 읽으니,
해는 더디 넘어가고 하늘은 밝기만 해.
어린 누에 일어나기 전 먼저 씻겨야 하네.
분에 맑은 물결 가득하니 냇가에 사람 가득한 듯.

---

11 「黑龍潭祈雨」, 『御製詩集 5集』 卷89, 『四庫全書』.
12 『御製樂善堂全集定本』 卷25, 『四庫全書』.

曾讀豳風七月篇　遲遲日景麗光天

新蠶未起先宜浴　盆滿明波人滿川

앞 시는 46편 시 중 두 번째 경인 「경耕」이며, 뒤의 시는 직조 시의 첫 번째 시인 「욕잠浴蠶」이다. 꾀꼬리 소리는 자연을 노래하는 새의 소리가 아니라 밭갈이를 재촉하는 노래로 여겨졌는데 '포곡성'은 문자 그대로 '씨(穀)'를 '뿌리라(布)'는 소리이기 때문이다. 뒤의 시에서 '빈풍칠월편'은 『시경』의 편명으로 주공이 농사의 어려움을 성왕에게 가르치는 내용인데, 경직耕織의 내용을 담고 있다. 이 시에서는 어린 누에의 모습이 사람들의 모습 같다고 하여 누에를 잘 키우는 것이 곧 사람을 잘 키우는 것이라는 뜻을 보이고 있다.

　　늙은 농부가 등을 쪼이며 모심기를 하니,
　　흐르는 땀이 밭을 적셔 기름처럼 흐르네.
　　넓은 뜰에서 부채질하며 오히려 더위 싫어.
　　저들이라 하여 어째서 홀로 괴롭지 않겠는가?
　　홀로 괴롭지 않다네. 어찌할 수 없는가?
　　보지 않아도 응당 비견할 것 많다네.
　　농부여, 농부여, 참으로 괴롭구나.
　　좋은 밥만 먹는 내가 부끄럽구나.
　　老農炙背耘田苗　汗濕田土如流膏
　　廣庭揮扇猶嫌暑　彼何為兮獨不苦
　　獨不苦兮無奈何　未見應比見者多
　　農兮農兮良苦辛　慙媿身為玉食人[13]

13 「耕田者」, 『御製詩集 初集』 卷9, 『四庫全書』.

이 시는 김매는 사람에 대한 시이다. 더운 여름에도 아랑곳하지 않고 온몸으로 햇볕을 받으며 더운 줄 모르고 김매는 농부와 편안하게 쉬면서 계속 덥다고 하는 자신을 비교하여 반성하는 모습을 표현하였다. 이러한 시는 영조도 일찍이 쓴 적이 없는 농부 입장의 시이다.

건륭제는 도성 방위에 힘썼던 영조와 달리 영토 개척을 통해 청나라의 영토를 가장 넓게 만든 황제이다. 국내의 반란을 평정하고 외국의 침략을 막았을 뿐 아니라 외국 땅을 점령하기도 하였다. 싸울 때마다 늘 이긴 점을 자긍하여 '십전노인'이라 자칭한 건륭제는 전쟁과 관련된 적지 않은 시를 남겼다. 전쟁의 전말과 과정, 전쟁의 원인과 전개 그리고 국부 전쟁의 정황 등을 상세하게 묘사하였고 전쟁에 대한 관심, 승리의 희열, 그리고 실패했을 때의 번뇌와 초조한 마음 등을 그대로 표현하였다. 「서수西陲」, 「아계주보정초번회신지, 시이지사阿桂奏報凈剿番回信至, 詩以志事」, 「명량등주신강사의, 시이지위明亮等奏新疆事宜, 詩以志慰」, 「서사저정이리첩음지, 시이술사西師底定伊犁捷音至, 詩以述事」 등에서 이런 면을 확인할 수 있다.[14]

서쪽 변방에 바야흐로 혼란을 평정했으나
마침내 전쟁을 그치지는 못했네.
오래 근심함은 처음의 뜻이 아니었으나
3년이 되도 이에 머물렀네.
설령 먼저 영을 내리더라도
어찌 누차 기반을 옮기랴!
일은 순리대로 되나 사람을 핍박함은 변함없으니
사람을 핍박함은 누구의 책임인가?

14　史礼心, 「"十全老人""十全"詩」, 『民族文學硏究』, 2005年, 30쪽.

西陲方蕩定　卒未得休師

勤遠非初意　三年乃逮兹

設能先執領　安用屢移碁

事順乏人幹　乏人責在誰[15]

이 시의 주석에서 건륭제는 서쪽 변방에 병사를 쓰는 것은 본의가 아니었다 하고 일찍이 적장을 베었으나 여러 신료들이 실기하여 3년이 지났음에도 마무리하지 못했다고 하였다. 그렇지만 하늘의 도움으로 평정한 곳이 적지 않다고 자긍하고 전쟁을 끝내지 못한 것은 어쩔 수 없는 상황 때문이라고 인정하였다.[16] 건륭제는 몽골을 평정하였으며, 금천金川의 난리 중에는 북경 항산을 넘어 상대의 진을 무너뜨리기 위해 병사를 훈련시키기도 하였다.[17]

진나라 때 장성이요 한나라 때는 산이라

모두가 우쭐댔지만 방어하기 어려웠지.

오늘날 장성은 정원 동산이 되어

가을에 수렵 갔다 몇 번이고 돌아오네.

秦時闉堞漢時山　總為天驕守禦艱

此日長城為苑囿　三秋巡狩數經還

이 시는 「밀운도중망장성密雲道中望長城」이다. 북경 북동쪽에 있는 밀운으로 가는 길에 만리장성을 보고 읊은 시이다. 만리장성은 진나라 때 북쪽 오

15 「西陲」, 『御製詩集 2集』 卷75, 『四庫全書』.

16 「西陲」, 앞 책.

17 「閱武」, 『御製詩集 3集』 卷63, 『四庫全書』.

랑캐를 막기 위해 세운 장성으로 한나라 때는 북쪽의 침략을 막는 산과 같은
존재로 여겼으나 북쪽의 침략을 막기 어려웠다고 하였다. 이제 건륭제는 북
쪽을 정원 동산으로 삼아 수렵을 즐기는 공간으로 만들었다고 하여 한족보다
우월하다는 과시와 함께 만리장성 이북까지 영토를 개척했음을 과시하였다.
「산전山田」에서는 예전의 전장이 모두 농토가 되었음을 자랑하기도 하였다.[18]

　　건륭제는 반란군을 막은 장수들에게 시를 내려 주기도 하였는데 신강
지역의 반란을 제압한 조혜兆惠와 부덕에게 어제를 쓴 부채를 선물함으로써
그 공훈을 치하하기도 하였다.

　　　화령은 매우 찜통 같은데
　　　장군은 안장을 풀지 않고
　　　국위를 만 리에 떨치니,
　　　신하의 부절로 삼군을 통솔했네.
　　　돈독한 충정에 상장을 주니,
　　　흰 깃털 보는 듯하길.
　　　황향이 부질없이 끈 것 생각하여
　　　모두 평안하기를 위문해 보네.
　　　火嶺炎蒸劇　將軍未解鞍
　　　國威揚萬里　臣節率三單
　　　贈獎赤心篤　持同白羽看
　　　黃香思漫引　存問悉平安

18　"舊代常愁烽火驚 於今此地有人耕 混同中外皆天澤 倍切乾乾保泰情",「山田」第3首,『御製詩集 初
　　集』卷6,『四庫全書』.

이 시는 「사장군조혜서선賜將軍兆惠書扇」이다. 화령은 신강 지역에 있는 지명이다. 1~4구에서는 매우 더운 곳임에도 불구하고 안장을 풀지 않고 싸워 공을 세웠음을 들었다. 5~8구에서는 이에 대한 상으로 부채를 주니 효자 황향이 아버지를 위해 여름에 베개에 부채질하였듯이 효성을 다하고 모두 평안하기를 바란다는 내용이다. 함께 갔던 부장 부덕에게는 전장에서 영웅의 기풍을 전파했다고 칭송하였다.[19] 건륭제는 또한 자금성이 있는 북경에서 그리고 피서산장에서 각 민족의 우두머리를 불러 연회를 함으로써 전체를 통치하는 위치에 있음을 확인하기도 하였다.[20]

2) 왕족

(1) 왕실과 주변 경물

청나라 때 수도는 북경이었고 자금성이 있었으므로 건륭제의 주요 거처도 자금성이었다고 할 수 있다. 아울러 여름에는 피서산장에 몇 개월간 있었으므로 승덕의 피서산장 역시 주요 거처였으며 기타 전쟁이나 순수를 위해 중국 전역을 다닐 때 설치한 행궁 역시 중요한 거처였다고 할 수 있다.

자금성에서 황제가 정무 외에 일상생활을 하던 곳은 후삼궁인 건청궁乾淸宮, 교태전交泰殿, 곤녕궁坤寧宮인데 특히 건청궁은 후계자의 이름을 쓴 전위조서傳位詔書가 있는 편액이 있는 곳으로 유명하다. 그런데 옹정제는 즉위 후 침소를 양심전養心殿으로 옮겼으며, 건청궁은 내정의 전례 및 관원 및 외국 사신 접견 장소로 활용하였다. 건륭제 역시 양심전을 침소로 삼았고,[21] 태상황

---

19 「賜副將軍富德書扇」, 『御製詩集 2集』 卷87, 『四庫全書』.
20 「宴都爾伯特親王策凌郡王策凌烏巴什等於萬樹園詩以紀事」, 『御製詩集 2集』 卷49, 『四庫全書』.
21 「丁巳春帖子」(『御製詩集 餘集』 卷9)의 세주에서 건륭제는 양심전이 자신의 60여 년간 거처라고 하였다(養心殿 爲予六十餘年 安居之所).

이 된 후에는 영수궁寧壽宮을 거처로 삼았다. 영수궁은 본래 강희제가 효혜황태후의 거처로 삼게 한 곳이다.[22]

건륭제는 양심전에 대해 궁중 정원이 가까워 자못 청량하다 하였고,[23] 영수궁은 만수산 아래 낙수당과 같이 있어 수 자壽字가 셋이나 있는 장수의 지역이라고 하였다.[24] 건륭제가 피서산장에 있을 때 연암 박지원이 찾아간 일은 유명하거니와 강희제에 이어 쓴 건륭제의 36경시도 유명하다. 건륭제의 피서산장 36경은 강희제에 이어 피서산장 건축을 마무리한 뒤에 선정하였는데 이는 강희제의 36경과 함께 72경으로 일컬어진다.[25]

제1경 이정문麗正門, 제2경 근정전勤政殿, 제3경 송학재松鶴齋,

제4경 여의호如意湖, 제5경 청작방青雀舫, 제6경 기망루綺望楼,

제7경 순록파馴鹿坡, 제8경 수심사水心榭, 제9경 이지당頤志堂,

제10경 창원태暢遠台, 제11경 정호당静好堂, 제12경 냉향정冷香亭,

제13경 채릉도采菱渡, 제14경 관련소觀蓮所, 제15경 청휘정清暉亭,

제16경 반야상般若相, 제17경 창랑서滄浪嶼, 제18경 일편운一片雲,

제19경 평향반萍香泮, 제20경 만수원萬樹園, 제21경 시마태試馬埭,

제22경 가수헌嘉樹軒, 제23경 낙성각樂成閣, 제24경 숙운첨宿雲檐,

제25경 징관재澄觀齋, 제26경 취운암翠雲巖, 제27경 엄화창罨畫窓,

제28경 능태허凌太虛, 제29경 천척설千尺雪, 제30경 영정재寧静齋,

제31경 옥금헌玉琴軒, 제32경 임방서臨芳墅, 제33경 지어반知魚磻,

제34경 용취암涌翠巖, 제35경 소상재素尚齋, 제36경 영념거永恬居.

---

22 「寧壽宮題句」, 『御製詩集 5集』 卷77, 『四庫全書』.
23 "園居昨近頗清涼 何事炎歊覺異常", 「養心殿齋居」, 『御製詩集 4集』 卷61.
24 "宮名山 名堂名正叶三壽作朋之義", 「節後萬壽山樂壽堂作」, 『御製詩集 5集』 卷86.
25 http://wenku.baidu.com/view/364dc5533c1ec5da50e27048.html.

이 36개 경관은 대개 궁전 지역, 호수 지역, 평원 지역, 산악 지역 등 네 지역으로 대별되는데 궁전 지역은 남쪽에, 호수 지역은 중앙에, 평원 지역은 동북쪽에, 산악 지역은 서북쪽에 각각 위치해 있다.

마름꽃과 마름 열매 연못에 가득한데,
골짜기에서 바람 불어오니 향기를 전하네.
어찌 강남의 화려한 달만 기약하리.
청컨대 변방의 물과 구름 고향을 보시게.
菱花菱實滿池塘　谷口風来拂棹香
何必江南羅綺月　請看塞北水雲鄉

이 시는 「건륭삼십육경」의 제13경인 「채릉도」이다. 황제가 황후 등과 함께 배를 띄우고, 마름을 따는 것을 보기도 하고 또 쉬기도 했다고 한다. 제1, 2구에서는 연못에 가득한 마름의 모습과 향을 묘사하였다. 제3, 4구에서는 이 정경이 북방에 있지만 강남에 못지않음을 자긍하였다. 이 시는 피서산장의 면모가 강남을 모방하되 강남의 경관을 능가하고 있음을 자랑하고자 하였음을 보여 준다.

이 시의 서문에는 "호수의 물결이 맑고 푸르르며 수면에 마름이 많아 마름 잎이 물 위에 붙어 있는 듯하며 해를 등지고 꽃이 피며, 열매와 향이 좋아 연방과 수지 등과 함께 추천받으므로 왕유의 시에 나오는 말로 장소를 이름하였다(湖波澄碧 水面多菱 葉浮貼水 背日花開 佳實脆香 與蓮房水芝並薦 故取摩詰詩中語 名其處)"라고 하였는데 이 글에서 말하는 왕유의 시는 「전원락田園樂」으로 이 시 7수 중 제3수의 제목이 「채릉도」이며, 그 내용에 마름이 있는 곳이 도화원이라고 한 것을 비유한 것이다.

(2) 가족애

건륭제의 어머니는 후궁 출신이었지만 영조처럼 모후를 둬야 후계를 이을 수 있는 입장은 아니었다. 장래를 촉망받는 아들을 둔 관계로 옹정제가 황자로 있을 때 강희제로부터나 또 옹정제가 즉위했을 때 황후로서의 적절한 대우를 받은 것으로 여겨진다. 건륭제가 즉위한 뒤에는 그 대우가 더했으며, 1777년 84세까지 장수하였다. 건륭제의 효심은 대단했는데 황태후가 70회 생일을 맞아 1761년 강남의 소주蘇州를 구경시키고자 했을 때, 먼 길 여행에 어려움이 있다고 판단되자 소주의 상가商街를 북경에 재현하였는데 이는 청조판 디즈니랜드라고 일컬어질 정도였다.[26]

그러나 건륭제가 누구보다 애틋하게 여긴 가족은 첫째 부인인 효현황후孝賢皇后였다. 효현황후 부찰씨는 건륭제와 동갑으로 1748년 37세에 죽었으며, 이후 건륭제는 그녀의 죽음을 애도하는 시를 100편 이상 지었다. 부찰씨는 여러 가지 점에서 영조의 후궁이었던 정빈 이씨와 닮은 점이 있는데 첫째는 동갑이라는 점이며, 둘째는 가장 사랑했던 부인이라는 점이고 셋째는 어린 자식을 잃은 슬픔을 함께 했다는 점이다. 즉, 정빈 이씨는 화억옹주를 돌이 되기 전에 잃는데 부찰씨도 두 명의 아들을 두었으나 첫째인 영련永璉은 9세에 죽었으며, 둘째인 영종永琮은 2세에 요절하였다. 그리고 이 둘째가 요절한 이듬해 부찰씨도 사망하였다. 건륭제는 부찰씨의 아들들이 태어났을 때 후계자로 정하곤 하였는데 후계자를 정하지 않는 청나라의 전통을 지키지 않아 자식들이 일찍 죽은 것이 아니냐는 자책을 하기도 하였다.

멈추지 않고 지나치려고 했건만,
속마음을 숨기는 게 편안치가 않구려.

26　마크 C. 엘리엇, 양휘종 옮김, 『건륭제』, 천지인, 2011, 96쪽.

석 잔의 술쯤 따라 줘도 무방하겠지.

계절은 이제 다시 겨울을 알린다오.

곁에 심은 소나무들이 나이를 먹어 우뚝 솟아

구름을 걷어 내니 푸른 하늘이 펼쳐졌구려.

그대 손을 잡고 집으로 돌아가리니

장수한들 무슨 즐거움이 있으리오.

本欲驅車過　矯情亦未安

三杯不防酹　四歲又雲寒

松種老鱗長　雲開碧宇寬

齊年率歸室　喬壽有何歡?[27]

이 시는 건륭제가 1798년 부찰씨의 무덤을 지나며 읊은 「효현황후릉
수주孝賢皇后陵酹酒」다. 건륭제가 88세 때이며 부인이 죽은 지 50년도 더 지난
때였다. 겨울이 다가오는 황량한 계절, 이제 장수마저 의미 없게 된 노년의
건륭제는 부찰씨가 없어 더욱 외롭다는 점을 절절이 읊고 있다.

첫째인 영련의 죽음과 관련하여 어제집에 별도의 제문 같은 것은 없으
나 유서가 전하는데 시호를 내리기도 하고 황태자로서의 위상을 갖추게 하는
점이 주목된다.

황태자 영련은 황후 소생이며 짐의 적자로 위인이 총명하고 귀중하며
기상이 평범하지 않아 평소에 아버지 옹정의 은혜를 입어 영련이란 이
름을 주어 은연중 후계를 이을 뜻을 보였다. 짐이 즉위한 뒤 바로 황태
자의 예로 책립하지 않은 것은 … 건륭 원년 7월 초2일 아버지의 방식

27　「孝賢皇后陵酹酒」,『御製詩集 5集』卷95,『四庫全書』.

을 따라 친히 밀지를 써서 여러 친왕과 대신을 불러 대면하고 건청궁 정대광명 편액의 뒤에 수장하니 비로 영련이었다. 비록 책립하는 예는 치르지 않았으나 짐은 이미 황태자로 명한 것이다. 이제 이번 달 12일 우연히 한질寒疾을 얻어 드디어 일어나지 못하는 데 이르니 짐의 마음은 매우 슬프다. 짐이 천하의 주인이 되어 어찌 어린애를 잃어 회포가 손상됨을 긍정하랴? 다만 영련은 짐을 이을 적자로, 이미 태자로 정할 계획이었으므로 여러 자식들과 같지 않다.[28]

이 글에서 건륭제는 영련에 대한 슬픔을 표현하는 이유가 자신의 아들이어서가 아니라 청나라 황실을 이을 적통이기 때문이라고 하고 있다. 영조가 숙빈 최씨의 제사를 국왕의 자격으로서 지내기 위해 추숭하였듯이 건륭제도 아들의 위상을 대통의 후계자임을 내세워 황제로서의 슬픔의 정당성을 인정받으려고 한 셈이다.

건륭제에게는 41명의 비빈과 27명의 자식이 있었지만, 특히 부찰씨와 영련에 대한 감정이 남달랐던 것으로 전해지는데 같은 연배의 부인, 요절한 자식에 대한 애틋함이 영조와 같았다고 할 수 있다.

3) 건륭어제의 특징

(1) 명승 가영과 상투구의 반복

건륭제는 영토 확장 및 영토 확인을 위한 순수의 과정에서 많은 시를 지었는데 내용은 자연 산수를 대상으로 삼은 경우가 많아 산수시를 많이 지

28　『欽定大淸會典則例』 卷90, 『四庫全書』.

은 문인으로 평가되었다.[29] 전종범錢宗范은 건륭제의 시가 자연경치와 명승의
풍경을 묘사한 특징이 있다 하고 그 이유에 대해 수십 차례의 순행을 하였으
며, 그때마다 풍경과 문물을 묘사한 작품이 매우 많은데 그중에서도 강남을
여섯 번 순행하며 지은 작품이 가장 뛰어나다고 하였다.[30]

> 북고산에 그때는 전쟁에서 막아 냈는데
> 요봉에서 이제 높다란 소나무 보네.
> 멋진 배로 갔다 온 지 겨우 한 달 지났는데
> 푸른빛 새로 더하니 얼마나 짙겠는가?
> 北固當年戰守衝　嵬峰今見有喬松
> 蘭舟来往纔經月　翠黛新添幾叠濃[31]

이 시는 「북고산北固山」으로 칠언 절구이다. 양자강 남쪽 진강鎭江에는
초산焦山, 금산金山 그리고 북고산이 유명한데 이 시의 기승구는 북고산의 역사
와 형상을 읊고 있다. 송나라 때 장군 한세충韓世忠이 금나라 병사의 남침을 물
리친 일과 북고산의 봉우리인 요봉 위에 우뚝 선 소나무의 기개를 그렸다. 전
결구에서는 건륭제 자신의 순행 양상과 감상을 적었다. 건륭제는 북고산의 경
치를 감상한 뒤 소주와 항주로 내려가서 1개월 후에 다시 진강에 이르러 이 시
를 쓰게 되는데 한달 만에 다시 오니 산천이 더욱 푸르러졌음을 노래하였다.

건륭제는 이런 산수제영시로 팔경시도 많이 지었는데 항주의 명승을

29　張鳳鎮(2011)는 「箋論乾隆山水詩歌」에서 건륭제의 산수시가 전체 시의 10~20%라고 하였으며,
　　그 유형으로 千山 등 산수를 읊은 '卽景抒情山水詩'와 눈과 같은 경치 요소를 읊은 '詠物山水詩'가
　　있다고 하였다.
30　钱宗范, 「乾隆诗歌探析」, 『广西梧州师范高等专科学校学报』第16卷 第3期, 2000年 7月.
31　「北固山」, 『御製詩集 2集』卷26, 『四庫全書』.

읊은 「서호십경시」가 그중의 하나이다.

> 봄물이 처음 불면 푸르름이 귀하지만
> 새나비 그림자에 거울 빛처럼 부드럽네.
> 나의 중대한 명 기다려 노를 저어
> 금빛 물결 마음껏 희롱하며 만경창파 흘러가네.
> 春水初生綠似油　新蛾瀉影鏡光柔
> 待予重命行秋棹　飽弄金波萬頃流[32]

이 시는 서호십경 중 제8경인 「평호추월平湖秋月」이다. '평평한 호수 위의 가을 달'이라는 뜻의 '평호추월'은 맑은 가을의 경관으로 서호의 호수가 거울처럼 맑을 때 밝은 달이 하늘에 떠서 달빛과 호수가 서로 비추는 장관을 나타내며, 강희제가 강희 38년 서호 순행 때에 어필로 '평호추월'이라 편액하여 경점景點이 고정되어 있다. 그런데 이 시가 창작된 시점은 건륭 16년인 1751년 봄이다.

기승구에서 봄물이 처음 불어 수량이 풍부해졌기에 서호가 거울 같다 했고, 전결구에서는 그렇게 깨끗하고 맑은 호수이기에 황제인 나의 명령을 받아 호수 위를 흘러간다고 하였다. 배가 지나가서 흔적을 남기는 것조차 아까울 정도록 맑은 호수임을 느낄 수 있게 한다. 이 외에도 황하의 치수 과정 및 순행할 때 본 건축물에 대한 시를 남겼는데 「열중하閱中河」, 「혜제사惠濟祠」 등이 유명하다. 흥미로운 점은 건륭제가 관습적인 시구를 많이 썼다는 점이다. 봄에 얼음이 녹아 물이 늘어난다는 '春水初生춘수초생'의 경우 「재제혜산원팔경

---

32 「題西湖十景」, 『御製詩集 2集』 卷25, 『四庫全書』.

再題惠山園八景」중「담벽재澹碧齋」,[33] 「제전유성산수십이정題錢維城山水十二幀」중「노정회안蘆汀廻鴈」,[34] 「관란정觀瀾亭」,[35] 「제동방달산수화책題董邦達山水畵冊」중「계교만박溪橋晚泊」,[36] 「수주당구호水周堂口號」,[37] 「과통주過通州」의 제3수[38] 「제동고산수화훼책題董誥山水花卉冊」의「춘경산수春景山水」중「청계의도淸溪倚棹」,[39] 「제전유성산수십이정題錢維城山水十二幀」중「청호수난晴湖水暖」,[40] 「과기수過沂水」,[41] 「오제서호행궁팔경五題西湖行宮八景」중「감벽루瞰碧樓」,[42] 「제송인명류집조화책십이정題宋人名流集藻畵冊十二幀」중「진가구춘계수족陳可久春溪水族」,[43] 「옥대교玉帶橋」,[44] 「자천행궁십영紫泉行宮十詠」중「방실舫室」,[45] 「왕휘춘산비폭용운수평제구운王翬春山飛瀑用惲壽平題句韻」,[46] 「수주당水周堂」[47] 등『어제시집 2집』에서 『어제시집 5집』까지 여러 해에 걸친 16편의 시에서 대개 기승구의 첫 구절로 쓰이고 있다. 건륭제는 4만여 수의 시를 남기고 있어 그중에 16편이 많다고 할 수는 없으나 같은 구절을 이렇게 상투적으로 쓰고 있다는 점은 안자남顔子楠의 말처럼 특별히 편애하는 구절이라고 할 수도 있겠으나 그보다는 건

---

33 "春水初生潋碧漪 澹然滌慮偶憑之", 「澹碧齋」, 『御製詩集 3集』 卷28.

34 "春水初生鴈已廻 新蘆戱戱刺波纖", 「蘆汀廻鴈」, 『御製詩集 3集』 卷74.

35 "春水初生波不寒 和風容與作微瀾", 「觀瀾亭」, 『御製詩集 3集』 卷79.

36 "扁舟一箇泊溪脣 春水初生漾細淪", 「溪橋晚泊」, 『御製詩集 3集』 卷79.

37 "春水初生綠且柔 溶溶漾漾帶堂周", 「水周堂口號」, 『御製詩集 4集』 卷34.

38 "春水初生綠似醅 溯流指日御舟開", 「過通州」, 『御製詩集 4集』 卷35.

39 "春水初生綠且柔 止行弗約任輕舟", 「淸溪倚棹」, 『御製詩集 4集』 卷63.

40 "春水初生接遠空 晴光入照綠波融", 「晴湖水暖」, 『御製詩集 4集』 卷86.

41 "靑州之浸沂爲大 春水初生氾細漪", 「過沂水」, 『御製詩集 5集』 卷3.

42 "春水初生漾細淪 樓亭開處渺無垠", 「瞰碧樓」, 『御製詩集 5集』 卷6.

43 "春水初生具春意 文鱗羣泳愛文漪", 「陳可久春溪水族」, 『御製詩集 5集』 卷41.

44 "玉河高跨入明湖 春水初生春未都", 「玉帶橋」, 『御製詩集 5集』 卷52.

45 "幾間書室沼之濱 春水初生漾碧淪", 「舫室」, 『御製詩集 5集』 卷54.

46 "細皴粗染入神知 春水初生落澗遲", 「王翬春山飛瀑用惲壽平題句韻」, 『御製詩集 5集』 卷63.

47 "春水初生際 溪堂小憩時", 「水周堂」, 『御製詩集 5集』 卷78.

룽제가 시인처럼 시 창작에 있어서 시어의 조탁을 크게 염두에 두고 있지 않았다고 봐야 할 것이다.

(2) 의례적 창작과 '건륭체乾隆體'

어제시로서 건륭제 시의 특징은 의례적 창작을 둘 수 있다. 의례적 창작시로 정월 초하루에 쓰는 원단시元旦詩를 들 수 있는데 건륭제는 건륭 8년인 1743년(건륭 8)부터 1799년까지 한 해도 빠짐없이 56년간 56수의 칠언 율시 원단시를 남겼으며, 또한 1755년부터는 「원단시필元旦試筆」이라는 제목으로 2수씩의 7언 율시를 1799년까지 88수를 지었다.[48]

1755년은 건륭제의 건륭체가 두드러진 시기이기도 하다. 안자남은 건륭제의 시에서 일반 문인에게서 볼 수 없는 특징을 찾아내고 이는 군주의 위치에 있기 때문에 발생한 문체의 특징으로 보았는데 이러한 면모는 특히 다작의 제왕에게서 보이는 듯하다.

안자남이 제시한 건륭제의 어제체의 특징은 세 가지인데, 첫째, 앞에 언급한 것처럼 좋아하는 자구를 자주 사용한다는 점, 둘째, 시를 산문처럼 서술식으로 창작한다는 점, 셋째, 허자와 숫자를 많이 쓴다는 점이다.

건륭 60년에 또 4년이 되려 하니
첫 복에 풍년 점쳐 재미있게 참여했네.
89세에서 이제 구십을 바라보니,
건효 3을 두려워해 감히 3을 잊으랴?
비록 정치에서 물러났지만 그대로 훈계로 다스려.
이는 부끄러운 줄 모르나 실로 가히 부끄럽네.

---

48 顔子楠, 「乾隆詩體之變化」, 『蘭州學刊』, 2016. 부록 도표 참조.

글 쓰고 말 많은 것 지금 파할 수 있으나,

늙어서 하민담에서 정양하네.

乾隆六十又企四　初祉占豐滋味參

八十九齡玆望九　乾爻三惕敢忘三

雖云謝政仍訓政　是不知慙實可慙

試筆多言今可罷　高年静養荷旻覃

　　이 시는 1799년에 지은 「기미원단己未元旦」이다. 2월 7일이 승하일이므로 승하 1개월 전에 쓴 시이다. 1구에서 건륭 60년에 4년을 더했다고 한 것은 건륭제가 재위 60년에 가경제에게 황위를 물려주고 태상황으로 3년을 지낸 것을 표현한 것이다. 만년에 태상황으로서 정치를 하면서 느낀 점을 읊은 시인 셈이다.

　　이 시는 건륭체의 특징이 모두 나타난다. 건륭제 자신의 현재 상황을 시적 긴장감 없이 서술식으로 기술하고 있으며, '60, 4, 89, 3' 등 숫자를 많이 사용하고 또 '又우, 是시, 玆자, 仍잉' 등 허자가 많다. 이 외에도 건륭제의 어제시가 지닌 시교詩教적인 특성에 대한 안자남의 언급[49]을 요약하면 건륭제의 시가는 황제의 국가통치와 신민 교화의 도구로, 국가를 다스리기 위한 반성과 스스로에 대한 권면을 어제의 주제로 삼아 도덕적 전범으로서의 황제를 인식하게 하였다는 것인데 이런 면모는 영조어제에서도 보인다.

49　顔子楠, 앞 논문, 22쪽.

4. 소결

영조는 52년간 재위하고 83세까지 살았으며, 건륭제는 60년간 재위하고 89세까지 살았다. 영조가 둘째 아들로 태어나 경종의 요절이라는 상황에 의해 간신히 즉위한 반면, 건륭제는 일찍부터 강희제의 총애를 받아 순탄하게 즉위했다는 차이가 있다. 또 영조가 외적의 침략과 내란 등을 고려하여 도성 수비에 남다른 관심을 가졌다면 건륭제는 강희제가 마련한 국력을 바탕으로 영토 확장을 추진하여 가장 넓은 영토를 개척한 군왕이었다.

영조는 50년 재위 기간에 탕평, 균역, 준천 등을 최고의 업적으로 꼽았다면 건륭제는 영토 확장을 위한 열 번의 전쟁에서 모두 이긴 점을 내세워서 스스로를 십전노인이라고 자칭하였다. 영조의 고민이 내치였다면 건륭제의 고민은 외치外治였음을 알 수 있다. 영조에게는 당쟁으로 분열된 정세를 조정하는 것이 과제였다면 건륭제에게는 주어진 국력을 바탕으로 힘을 과시하는 적극성이 필요했을 뿐이다.

영조가 『열성어제』 등 문집과 어제첩 등에 8,700여 편의 시문을 남기고 있다면, 건륭제는 『예제집』 등 7개 문집에 4만여 수의 시를 포함하여 5만여 편의 시문을 창작한 것으로 여겨진다. 영조와 건륭제는 최고 통치자 군왕으로서의 글쓰기를 주로 하였으며, 그 방식은 군왕의 의도가 반영된 글을 쓰되 다듬는 일은 관료 문인들이 수행하는 방식이었다. 경우에 따라서는 문인들이 군왕의 마음을 헤아려서 짓고 군왕은 그 글에 가필을 하거나 그대로 반포하게 하였다. 이러한 방식은 개인적인 정서를 표현하는 시에까지 옮아졌다. 영조와 건륭제에게는 늘 최고의 문인들이 주변에 있었으므로 이들을 통해 자신의 시를 첨삭·윤문하곤 하였다. 영조는 『열성어제』 간행을 고려하여 즉위 이후의 어제는 물론 예제 시기의 어제도 검토하게 하였는데 건륭제 역시 같았던 듯하다. 그러기에 건륭제의 예제 간행 역시 예제 시기가 아닌 즉위 이후에 간행된다. 영조와 건륭제는 오래 살았으므로 가족의 죽음을 많이 보게 됐는데 특히 요절한 자식과 부인에 대해 남다른 애정이 담긴 시문이 주목된다. 영조는 동갑이었던 정빈 이씨, 요절한 화억옹주 그리고 효장세자·의소세손 등에 대한 제문, 묘지문 등에서 남편으로서 또는 아버지로서의 가족을 잃은 비통한 심정을 표현하였으며, 건륭제 역시 첫 부인이었던 효현황후에 대한 추모의 정을 두고두고 표현하였다.

영조와 건륭제의 시문에서 공통적으로 거론되는 문제는 '영조체' 또는 '건륭체'이다. 건륭제에게서 보이는 어제체는 숫자를 많이 쓰고, 글자 수를 맞추기 위해 허사를 썼으며, 그래서 시가 문처럼 여겨지게 하는데 이는 영조어제에서도 보이는 방식이다. 이는 신속한 창작도 창작이지만 다작하되 퇴고를 많이 하지 않는 창작 방식에 기인하며, 주변 문인들이 첨삭을 하기는 하되 군왕 자신이 산문 같은 시詩에 대한 거부감이 크지 않았기에 이런 작품으로 남게되었다 할 수 있다. 영조와 건륭제는 형식보다는 내용을 중시하였으며, 자신이 보고 느낀 점을 표현하는데 만족했던 것으로 여겨진다. 그런데 영조는 이런 어제체 이 외에 다양한 반복 방식이 있는 3언체 및 4언체 율문을 즐겨 썼으며, 산문에 있어서도 왕의 뜻을 표현하는 비망기를 기존 글쓰기와 달리 자유롭게 변형시켜 자신의 감정을 강하게 드러내는 글쓰기를 선호하였다는 점, 특히 만년의 글쓰기에서 두드러지게 나타난다는 점이 건륭어제와 다른 점이다.

제7장 맺는 말

왕자, 세제에서 국왕까지 83세의 수명을 누린 재위 52년의 조선 제21대 국왕 영조는 8,700여 편의 작품을 남기고 있어 문학군주로서의 면모를 보이고 있다. 그러나 그동안 영조에 대한 문학군주로서의 평가는 희소했던 편이다. 이에 본서에서는 영조어제의 현황, 영조어제의 내용, 영조어제의 형식, 영조어제 교감, 건륭어제와의 비교 등을 통해 영조어제의 특징을 밝히고자 하였다.

　　영조어제는 영조가 21세였던 연잉군 시절부터 83세 승하할 때까지의 작품이 대부분 남아 있는 것으로 확인되었다. 영조어제는 개별 작품을 장첩한 영조어제첩본, 개별 작품을 간행한 영조어제간본, 편찬하여 필사한 문집인 『영종대왕어제』, 『어제시문』 상·하책, 『영종대왕어제습유』, 그리고 편찬하여 간행한 『열성어제』와 『영종대왕어제속편』, 『어제집경당편집』, 『어제속집경당편집』 등이 있다. 영조어제첩본 또는 영조어제간본을 문집에 수록할 때는 크게 고치지는 않은 듯하다. 다만 『어제시문』처럼 편찬본을 첨삭하여 『열성어제』를 만들 때는 첨삭 정도가 비교적 크게 나타난다. 그 이유는 『어제시문』 상 책은 문집 간행을 위한 저본의 성격을 지니고 있으나 영조어제첩본이나 영조 어제간본은 이미 완성되어 장첩되거나 간행되었던 어제이기 때문이다.

영조어제의 편찬과 간행은 주로 생전에 이루어진 것으로 보인다. 영조 는 어제 편찬을 전담하는 어제편차인을 두고 수시로 어제 첨삭 및 편찬을 진 행하였다. 먼저 영조어제 13책본을 만든 뒤 65세에 20권 10책의 『열성어제』 로 정리하였는데 이는 아버지 숙종보다 많은 분량을 쓰는 것을 꺼렸기 때문 이다. 이후 쓰인 글은 또다시 5책의 속편으로 편찬되며 영조 사후 『영종대왕 어제속편』으로 간행된다. 『영종대왕어제』와 『어제시문』 하책은 모두 필사본 으로 남아 있는데 이는 임오화변壬午火變과 가까운 시기의 글이기에 별도의 간 행을 추진하지 않은 듯하다.

이후 영조는 일부 훈유문은 간본으로 만들어 간행하지만 대부분의 글 은 장첩하여 보관하게 되는데 이 장첩본이 5,277건에 달하는 영조어제첩본이 다. 이 중 일부는 『어제집경당편집』 및 『어제속집경당편집』과 겹치기도 하나 대부분은 유일본이다.

영조어제의 분량을 보면 『열성어제』는 시 822수, 문 664편이며, 『열성 어제별편』의 시와 문을 합치면 시 831수, 문 691편이다. 『영종대왕어제속편』 은 10권 5책으로 문만 435편이며, 『영종대왕어제』는 상하권으로 연구聯句 2편 외에 산문 212편이다. 『어제시문』은 상하권 2책으로 상권은 1714년(숙종 40) 에서 1747년(영조 23)까지의 시 337수가 실려 있으며, 하권에는 1763년(영조 39)에서 이듬해까지의 문 82편이 수록되어 있다. 『영종대왕어제습유』는 4권 4책으로 시 3수와 문 773편이다. 『어제집경당편집』이 6권 3책으로 희자명제 噫字命題 71편을 비롯하여 162편으로 이루어져 있으며, 그중 4언체가 40편이 다. 『어제속집경당편집』은 6권 3책이며, 4언체 20편을 포함하여 129편이다. 『봉모당봉안어서총목』에 의하면 영조어제간본은 85편이며, 영조어제첩본은

5,277편이다. 이들 시문을 합치면 8,700여 편이 된다.

영조는 만년에 자주 글을 통해 자신의 일생을 반추하곤 하였다. 즉위 이전에는 탈속한 세계를 추구하는 경치 관련 시를 주로 썼으며, 즉위 이후에는 자신이 삼종혈맥을 잇는 정통 후계임을 주장하고 조종성덕을 칭송하였다. 조선은 농업국으로 국태민안을 위해 산천과 사직에 기우제를 지내고 관련 제문을 많이 지었다. 국가의 성패가 인재 선발에 있음을 알고 과거 관련 시문을 많이 지었으며, 숙종이 세운 대보단에 신종황제 외에 명나라 태조와 의종을 새롭게 향사하고 존주대의와 대명의리를 읊었다. 이는 숭명배청의 관념적인 대외인식으로 표출되었다. 군신 간의 교유에서도 수많은 갱진시를 지어 국정에 대한 정서를 공유하였으며, 신하들에게 자주 시문을 하사하여 유대를 돈독히 하려 하였다.

궁궐 공간에 대한 글도 많이 지었는데 특히 '거처'로서의 궁궐을 강조하여 자신이 출생한 보경당을 '탄생당'이라 하고, 아버지를 시탕하던 곳을 '억석와'로, 잠저인 창의궁을 '구저'로 어린 시절을 보낸 경선당을 '추모당'으로 그리고 만년을 보낸 집경당을 '정와당, 종용당'으로 이름 지었으며 이 명패를 건물에 걸게 하여 자신의 공간임을 명확히 하였다. 또한 궁궐 주변에서 자주 보고 또 관심 가진 경물인 앵두나무, 닭, 모기 등을 글의 소재로 삼기도 하였다. 가족에 대한 글도 많이 지었는데 제문을 특히 많이 지었다. 영조는 국왕이 된 이후에도 격이 달라 제사도 못 지내고 어머니라 부르지도 못하던 숙빈 최씨에 대해 지속적인 추승을 추진하여 결국에는 어머니의 묘를 '소령원'으로 혼전을 '육상궁'으로 승격시켜 공식적으로 제사 지낼 수 있도록 하였는데, 어머니에 대한 호칭의 변화가 숙빈 최씨 치제문에 남아 있다. 자신이 아끼던 후궁과 자식들에 대한 제문에는 남편으로서, 아버지로서의 비통한 심정이 잘 드러나 있다. 그러나 더욱 비통한 일은 사도세자와 관련된 글들을 폐기하거나 간행하지 못하게 하고 이에 대한 언급 자체를 금기시한 것이다. 누구보다 글짓기를 좋아했던 영조에게 관련된 글의 삭제는 무엇보다 극단적인 조처였으며, 영조에게 사도세자의 죽음이 얼마나 충격이었는지 이해할 수 있게 하는 처사라 할 수 있다.

영조는 특히 만년에 많은 글을 지었다. 81세에는 1,364편을 지었는데 하루에 4편 이상을 지은 셈이다. 이는 전체 글의 15%이다. 만년 작품인 영조어제첩본은 전체 작품의 60%를 차지한다. 이렇게 작문에 정력적인 '노왕'의 어제 내용을 보면, '그리움, 읊조림, 강개함, 탄식, 추억, 마음, 아득함' 등의 어휘를 제목으로 하는 글을 많이 지었고 『시경』의 편명을 효제의식孝悌意識이나 존주의식尊周意識을 표상하는 시어로 인용하거나 내의원을 중국 명의인 '편작'으로, 인삼탕을 공을 세운 약제라는 '건공탕'으로 작명하기도 하였다. 그러면서도 탕평, 균역, 준천 등을 자신의 국정 3대 사업으로 내걸고 관련 어제를 자주 지어 성공적인 국정운영자로서의 자부심을 드러내기도 하였다.

영조어제의 형식을 보면 고체시, 5언 절구와 5언 율시, 7언 절구와 7언 율시 등 전통적 방식의 한시와 소疏, 행록行錄, 묘지, 음기陰記, 제문, 축문, 윤음, 서書, 서문, 기문, 발문, 제題, 소지, 명銘, 찬贊, 잠箴, 송頌, 상량문 등 전통적인 문체의 글도 지었지만 영조체英祖體의 율문과 훈유문을 많이 지었다. 심지어 왕명문서인 윤음, 비망기 등도 이런 문투로 변형시켰다. 이러한 자기화는 48세 이후에 두드러지는데 『어제대훈』이 그 시작으로 보인다. 영조체의 특징은 글의 서두에 '희噫', '오호嗚呼' 등의 감탄사를 쓸 뿐 아니라 내용에서도 이런 감탄사를 자주 반복하며, 특정 어휘와 어구를 반복한다는 점이다. 이처럼 '감흥, 애도, 존숭, 추모, 훈유, 황명皇明, 왕실, 권학勸學, 과거, 감선減膳, 절기, 도서圖書' 등 다양한 내용을 담고 있고, 율문은 3언이나 4언으로 이루어져 있으며, 훈유문의 경우도 감탄사를 남발하고 어휘나 어구를 반복하는데 이는 이전 문체에 없던 영조어제의 독특한 특징이다. 이로 볼 때 영조의 영조체 개발과 다작은 영조가 노년을 극복하고 장수를 이루는 데 기여한 것으로 여겨진다.

건륭제는 장수와 다작에 있어서 영조에 비견되는 인물이다. 영조는 83세까지 살았으며, 건륭제는 89세까지 살았다. 영조가 50년 동안의 재위 기간에 탕평, 균역, 준천 등을 최고의 업적으로 꼽았으며 도성 수비를 중시했다면, 건륭제는 영토 확장을 위한 열 번의 전쟁에서 모두 이긴 점을 내세워서 스스로를 십전노인十全老人이라고 자칭하였다. 영조의 고민이 내치였다면 건륭제의 고민은 외치外治였다는 점이 차이이다. 영조는 8,700여 편의 시문을 남기고 있다면, 건륭제는 5만여 편의 시문을 창작한 것으로 여겨진다. 건륭제가 영조에 비해 5배 이상의 작품을 남겼으나 두 사람 모두 전문 문인보다 많은 작품을 남겼다는 점에서는 다름이 없다. 영조와 건륭제의 글쓰기 방식은 글을 쓰고 다듬는 데 있어서 수행 문인들의 관여가 필수적이었다. 그러나 영조의 '영조체'나 건륭제의 '건륭체'에서 보듯이 이들의 개별적 문체 자체를 없앨 수는 없었다.

영조와 건륭제는 유교윤리로서 효를 강조하기도 했지만, 특히 요절한 자식과 부인에 대해 남편으로서 또는 아버지로서의 가족을 잃은 비통한 심정을 절실히 표현하여 감동을 주고 있다.

영조와 건륭제의 시문에 나타나는 '영조체'와 '건륭체'는 문체의 격식에 구애받지 않고 형식보다는 내용을 중시하던 국왕의 문학 인식과 이를 존중할 수밖에 없었던 어제를 편차하는 문인들의 입장이 반영되었기 때문이다.

영조어제 대부분은 감탄과 반복을 기조로 하며 훈유의 내용을 위주로 한다는 점에서 만년의 넋두리로 치부되어 문학적 가치를 부여하기 어려운 면이 있다. 그러나 영조의 이러한 독특한 문체는 영조의 특별한 신분과 일생 그리고 오랜 노년에서 비롯된 새로운 문학 형식의 발견이라는 점에서 문학적 의의를 평가할 수 있다.

참고문헌

1. 자료편

『어제』(K4-6905), 장서각 소장.

『어제집경당속편집』(K4-4620), 장서각 소장.

『어제집경당편집』(K4-4620), 장서각 소장.

『영종대왕어제』(K4-5654), 장서각 소장.

『영종대왕어제속편』(K4-5655; K4-5656), 장서각 소장.

『영종대왕어제습유』(K4-5657), 장서각 소장.

국학진흥연구사업추진위원회 편, 『영조·장조문집』, 한국정신문화연구원, 1997.

_____ 편, 『영조문집보유』, 한국정신문화연구원, 2000.

궁중유물전시관, 『영조대왕 글·글씨』, 미술문화, 2001.

문화재청 편, 『궁중현판』, 문화재청, 1999.

박용만, 『영조연보』, 미간.

서울대학교 규장각 편, 『규장각지』, 서울대학교 규장각, 2002.

_____ 편, 『열성어제』 1~15, 서울대학교 규장각, 2003.

_____ 편, 『영조어제훈서』 1~4, 서울대학교 규장각, 2004.

_____ 편, 『규장각 소장 왕실자료 해제·해설집』 1~4, 서울대학교 규장각, 2005.

서울시립대학교부설서울학연구소 편, 『궁궐지』 1, 서울시립대학교부설서울학연구소, 1994.

윤한택·김기용·김윤제 공역, 『궁궐지』 2, 서울학연구소, 1996.

이완우, 『영조어필』, 수원박물관, 2012.

한국학중앙연구원 장서각 편, 『숙빈최씨자료집』 1~5, 한국학중앙연구원출판부, 2009~2010.

_____ 편, 『영조대왕』 도록, 한국학중앙연구원 장서각, 2011.

_____ 편, 『영조비빈자료집』 1~2, 한국학중앙연구원출판부, 2011.

_____ 편, 『봉모당도서목록』 영인본·해제본, 한국학중앙연구원출판부, 2012.

_____ 편, 『영조대왕자료집』 1~6, 한국학중앙연구원출판부, 2012~2013.

_____ 편, 『영조자손자료집』 1~5, 한국학중앙연구원출판부, 2012~2013.

_____ 편, 『영조어제 해제』 1~11, 한국학중앙연구원출판부, 2011~2014.

_____ 편, 『경종대왕자료집』 1~2, 한국학중앙연구원출판부, 2016.

_____ 편, 『옛사람들의 사랑과 치정』, 장서각, 2017.

乾隆·國立古宮博物院, 『淸高宗御製詩文全集』 1~3, 國立古宮博物院印行, 1976.

中國基本古籍庫DB, 北京愛如生數字化技術硏究中心硏製.

『四庫全書』, CD-ROM, 迪志文化出版有限公司, 1999.

『漢語大詞典』, 漢語大詞典出版社, 1992.

국사편찬위원회, 『조선왕조실록』, sillok.history.go.kr.

_____, 『승정원일기』, sjw.history.go.kr.

한국고전번역원, 한국고전종합DB, http://db.itkc.or.kr『월곡집』(오원), 『번암집』(채제공), 『청장관 전서』(이덕무), 『사직서의궤』, 『홍재전서』 등].

baidu百科, https://baike.baidu.com.

2. 해제편

강문식, 「《영조실록》의 편찬과정 ―《영종대왕실록청의궤》 분석을 중심으로」, 『영조대왕자료 집』 1, 한국학중앙연구원출판부, 2012.

권오영,「해제」,『영조문집보유』, 한국정신문화연구원, 2000.

_____,「영조와 숙빈 최씨」,『숙빈최씨자료집』1, 한국학중앙연구원출판부, 2010.

김남기,「열성어제 해제」,『열성어제』1, 서울대학교 규장각, 2002.

_____,「정조어제 해제」,『열성어제』6, 서울대학교 규장각, 2003.

김덕수,「《소령원지》의 저술 과정」,『숙빈최씨자료집』1, 한국학중앙연구원출판부, 2010.

_____,「《소령수길원보관현판등록》 해제」,『숙빈최씨자료집』2, 한국학중앙연구원출판부, 2010.

김백철,「영조 묘호의 변화와 정치적 의미」,『영조대왕자료집』1, 한국학중앙연구원출판부, 2012.

김혁,「영조의 존호와 왕권 ―《존숭도감》 의궤를 중심으로」,『영조대왕자료집』1, 한국학중앙
연구원출판부, 2012.

김호,「조선왕실의 출산과정과 《호산청일기》」,『숙빈최씨자료집』1, 한국학중앙연구원출판부, 2010.

노관범,「《영조동궁일기》로 보는 왕세제의 궁중 일상생활」,『영조대왕자료집』1, 한국학중앙연
구원출판부, 2012.

박광용,「영조조 비빈의 역할과 정치적 의미」,『영조비빈자료집』1, 한국학중앙연구원출판부, 2011.

박용만,「육상궁의 조성과 칠궁의 연혁」,『숙빈최씨자료집』5, 한국학중앙연구원출판부, 2010.

_____,「영조의 가족과 생애」,『영조대왕』도록, 한국학중앙연구원 장서각, 2011.

_____,「영조의 출생과 태봉의 조성」,『영조대왕자료집』1, 한국학중앙연구원출판부, 2012.

_____,「효장세자 및 사도세자의 생애와 그 자료」,『영조자손자료집』1, 한국학중앙연구원출
판부, 2012.

송혜진,「영조시대 연향의 의의와 관련 문헌」,『영조대왕자료집』1, 한국학중앙연구원출판부, 2012.

신명호,「봉모당봉안책보인신목록」,『봉모당도서목록』해제본, 한국학중앙연구원출판부, 2012.

_____,「봉모당후고봉장서목」,『봉모당도서목록』해제본, 한국학중앙연구원출판부, 2012.

_____,「《연잉군관례등록》을 통해 본 조선왕실 관례의 성격」,『영조대왕자료집』1, 한국학중
앙연구원출판부, 2012.

심재우,「조선 후기 육상궁 장토의 규모와 관련 자료의 현황」,『숙빈최씨자료집』3, 한국학중앙
연구원출판부, 2010.

_____,「육상궁, 선희궁, 경우궁의 조성과 궁방진」,『영조비빈자료집』1, 한국학중앙연구원출
판부, 2011.

옥영정,「봉모당과 소장문헌목록」,『봉모당도서목록』영인본, 한국학중앙연구원출판부, 2012.

원진희,「《호산청일기》의 한의학적 의의」,『숙빈최씨자료집』1, 한국학중앙연구원출판부, 2010.

윤진영,「《제청급석물조성시등록》과 《묘소제청도청시등록》의 내용과 성격」,『숙빈최씨자료

집』2, 한국학중앙연구원출판부, 2009.

_____, 「사친을 위한 영조의 추숭기록」, 『숙빈최씨자료집』4, 한국학중앙연구원출판부, 2009.

이순구, 「영조대 정순왕후 가례의 내용과 의의」, 『영조대왕자료집』1, 한국학중앙연구원출판부, 2012.

이영춘, 「《무술점차일기》의 의의」, 『숙빈최씨자료집』1, 한국학중앙연구원출판부, 2010.

이현진, 「영조의 승하와 국장관련 전적」, 『영조대왕자료집』1, 한국학중앙연구원출판부, 2012.

임민혁, 「영조의 숙빈 최씨 추숭과 관련 의궤」, 『숙빈최씨자료집』2, 한국학중앙연구원출판부, 2009.

_____, 「봉모당봉안어서총목」, 『봉모당도서목록』해제본, 한국학중앙연구원출판부, 2012.

_____, 「봉모당봉장서목」, 『봉모당도서목록』해제본, 한국학중앙연구원출판부, 2012.

정만조, 「영조대 사친추숭의 정치적 의미」, 『숙빈최씨자료집』3, 한국학중앙연구원출판부, 2010.

_____, 「영조와 그의 시대」, 『영조대왕자료집』1, 한국학중앙연구원출판부, 2012.

정해득, 「원릉의 조성과 능침의 관리」, 『영조대왕자료집』1, 한국학중앙연구원출판부, 2012.

정해은, 「숙빈 최씨 자료의 내용과 특징」, 『숙빈최씨자료집』3, 한국학중앙연구원출판부, 2010.

_____, 「영조 비빈 관련 자료의 내용과 특징」, 『영조비빈자료집』1, 한국학중앙연구원출판부, 2011.

최봉영, 「영조·장조문집 해제」, 『영조·장조문집』, 한국정신문화연구원, 1997.

3. 논문

강성문, 「영조 대 도성 사수론에 관한 고찰」, 『청계사학』13, 청계사학회, 1997.

김남기, 「열성어제에 실린 국왕의 제화시연구」, 『한국문학논총』34, 한국문학회, 2003.

_____, 「숙종의 문예적 관심과 한시 세계」, 『진단학보』98, 진단학회, 2004.

_____, 「국왕의 시문과 생활: 열성어제를 중심으로」, 『열상고전연구』28, 열상고전연구회, 2008.

_____, 「조선의 출판과 관련된 국왕의 시문연구」, 『한국한시연구』17, 한국한시학회, 2009.

_____, 「세조의 문치책과 시세계」, 『대동한문학』33, 대동한문학회, 2010.

_____, 「조선국왕의 한시에 나타난 천기의 인식과 표현양상」, 『한문고전연구』21, 한국한문고전학회, 2010.

김문식, 「조선시대 왕실 자료의 현황과 활용방안」, 『국학연구』2, 한국국학진흥원, 2003.

김백철, 「영조의 윤음과 왕정전통만들기」, 『장서각』26, 한국학중앙연구원 장서각, 2011.

김상환, 「영조어제첩의 체제와 특성」, 『장서각』16, 한국학중앙연구원 장서각, 2006.

김유경, 「문답체를 통해 본 영조 글쓰기의 특징」, 『장서각』20, 한국학중앙연구원 장서각, 2008.

김종서, 「영조와 건공탕의 의미」, 『장서각』 16, 한국학중앙연구원 장서각, 2006.

_____, 「건공탕에 반영된 영조의 노년 건강과 심사」, 『장서각』 20, 한국학중앙연구원 장서각, 2008.

노혜경, 「영조어제첩에 나타난 영조노년의 정신세계와 대응」, 『장서각』 16, 한국학중앙연구원 장서각, 2006.

박용만, 「영조어제책의 자료적 성격」, 『장서각』 11, 한국학중앙연구원 장서각, 2005.

서경희, 「영조어제첩 시어의 의미」, 『장서각』 16, 한국학중앙연구원 장서각, 2005.

안장리, 「영조 궁궐인식의 특징」, 『정신문화연구』 29, 한국학중앙연구원, 2006.

_____, 「영조어제첩본 율문의 종류와 주제」, 『장서각』 16, 한국학중앙연구원 장서각, 2006.

_____, 「조선시대 왕의 팔경 향유 양상」, 『동양학』 42, 단국대학교 동양학연구원, 2007.

_____, 「조선 숙종 《어제궁궐지》 탐색」, 『장서각』 29, 한국학중앙연구원 장서각, 2013.

_____, 「'열성어제별편'에 나타난 대명의리론의 전개」, 『열상고전연구』 42, 열상고전연구회, 2014.

_____, 「시권을 통해 본 유교적 인간상 고찰 −제산 김성탁의 시권을 중심으로」, 『포은학연구』 16, 포은학회, 2015.

_____, 「영조어제의 봉모당 소장 양상 고찰」, 『장서각』 40, 한국학중앙연구원 장서각, 2018.

옥영정, 「장서각 소장 어제류 간본의 서지적 분석」, 『서지학연구』 29, 한국서지학회, 2004.

윤정, 「18세기 국왕의 '文治'사상 연구: 조종 사적의 재인식과 '계지술사(繼志述事)'의 실현」, 서울대학교 박사논문, 2007.

이근호, 「영조대 중반 어제훈서의 간행양상과 의의 −《어제대훈》과 《어제상훈》을 중심으로」, 『장서각』 26, 한국학중앙연구원 장서각, 2011.

_____, 「조선시대 국왕의 비망기」, 『고문서연구』 44, 한국고문서학회, 2014.

이은영, 「조선 후기 어제 제문의 규범성과 서정성: 숙종 영조 정조의 제문을 중심으로」, 『한국한문학연구』 30, 한국한문학회, 2002.

이정민, 「영조대 어제서 편찬의 의의」, 서울대학교 석사논문, 2003.

이종묵, 「장서각 소장 《열성어제》와 국왕 문집의 편찬과정」, 『장서각』 1, 한국학중앙연구원 장서각, 1999.

_____, 「효명세자의 저술과 문학」, 『한국한시연구』 10, 한국한시학회, 2002.

_____, 「조선시대 어제시의 창작양상과 그 의미」, 『장서각』 19, 한국학중앙연구원 장서각, 2008.

이현지, 「성종·연산군대 왕실문학 연구」, 한국학대학원 박사논문, 2009.

_____, 「세조어제시연구」, 『한국고전연구』 22, 한국고전연구학회, 2010.

정만조, 「英祖代 初半의 蕩平策과 蕩平派의 活動: 蕩平基盤의 成立에 이르기까지」, 『震檀學報』

　　　56, 진단학회, 1983.

＿＿＿,「英祖代 中半의 政局과 蕩平策의 再定立: 少論蕩平에서 老論蕩平으로의 轉換」,『歷史學報』111, 역사학회, 1986.

＿＿＿,「영조임금의 업적 －어제문업의 6대사업을 중심으로」,『영조대왕』도록, 한국학중앙연구원 장서각, 2011.

정은임,「궁중문학 연구의 현황과 과제」,『문명연지』9, 한국문명학회, 2008.

조계영,「조선 후기 열성어제의 편간과 보존: 1726년《景宗大王御製添刊時謄錄》을 중심으로」,『서지학연구』44, 한국서지학회, 2009.

조융희,「영조어제와 '풍천(風泉)', 그리고 '풍천'의 전고화(典故化) 양상」,『장서각』20, 한국학중앙연구원 장서각, 2008.

진준현,「숙종의 서화취미」,『서울대학교 박물관연보』7, 서울대학교 박물관, 1995.

戴逸,「我國最多産的一位詩人-乾隆帝」,『吉林大學社會科學學報』, 1985年 第5期.

劉潞,「論乾隆皇帝的士人化傾向」,『中國文化研究』1999年 第25期.

史礼心,「"十全老人""十全"詩－淸高宗乾隆的詩歌創作」,『民族文學研究』2005年 4月.

顔子楠,「乾隆詩體之變化」,『蘭州學刊』, 2016年.

李赛虹,「淸代御製詩文槪析」,『北京圖書館館刊』, 1999年 第2期.

李靓,「乾隆文學思想研究述評」,『文藝評論』, 2012年.

李紅雨,「論愛新覺羅玄燁的政治抒情詩」,『民族文學研究』, 1985年 第3期.

張鳳鎭,「箋論乾隆山水詩歌」,『大衆文藝』, 2011年 17期.

钱宗范,「乾隆诗歌探析」,『广西梧州师范高等专科学校学报』, 第16卷 第3期, 2000年.

朱赛虹,「淸代御製詩文槪析」,『北京圖書館官刊』, 1999年 第2期.

崔岩青,「淸高宗御製紀事詠史詩研究」, 南介大學, 博士論文, 2006年.

4. 저술

김문식,『정조의 제왕학』, 태학사, 2007.

김문식 외,『왕실의 천지제사』, 돌베개, 2011.

김용숙,『조선조 궁중 풍속연구』, 일지사, 1987.

노영구,『영조 대의 한양도성 수비 정비』, 한국학중앙연구원출판부, 2014.

안대회,『18세기 한국한시가 연구』, 소명출판, 1999.

안장리, 『장서각 소장 《열성어제》 연구』, 한국학중앙연구원출판부, 2016.

_____, 『조선왕실의 팔경문학』, 세창출판사, 2017.

엘리엇, 마크 C., 양휘웅 옮김, 『건륭제』, 천지인, 2011.

이남희, 『영조의 과거, 널리 인재를 구하다』, 한국학중앙연구원출판부, 2013.

이영춘, 『영조의 어머니, 숙빈 최씨』, 한국학중앙연구원출판부, 2013.

이욱, 『조선시대 재난과 국가의례』, 창비, 2009.

장서각연구소 편, 『장서각: 장서각에서 옛기록을 만나다』, 한국학중앙연구원출판부, 2011.

천혜봉 외, 『장서각의 역사와 자료적 특성』, 한국정신문화연구원, 1996.

한형주, 『밭 가는 영조와 누에 치는 정순왕후』, 한국학중앙연구원출판부, 2013.

沈德潛, 『清诗別裁集』, 岳麓書社, 1998年.

찾아보기